DONGSUH MYSTERY BOOKS 60

THE MAD HATTER MYSTERY

모자 수집광 사건

존 딕슨 카/김우종 옮김

동서문화사

옮긴이 김우종(金宇鍾)
서울대학교 문리대 졸업. 충남대·경희대 교수 역임. 1957년 〈현대문학〉에 평론 〈은유법논고〉〈이상론〉 등으로 추천을 받고 문단에 나온 뒤 〈난해시의 본질〉〈비평문학의 존엄성〉〈새 세대 새 문학〉〈도피와 참여의 도착〉 등 많은 평론을 발표. 지은책에 《한국현대소설사》《작가론》 수필집 《내일이 오는 길목에서》《우리들만의 운명》 등이 있다.

DONGSUH MYSTERY BOOKS 60
모자 수집광 사건
존 딕슨 카 지음/김우종 옮김
1판 1쇄 발행/1977년 12월 1일
2판 1쇄 발행/2003년 3월 1일
2판 2쇄 발행/2012년 2월 1일
발행인 고정일/발행처 동서문화사
창업 1956. 12. 12. 등록 16-345(윤)
서울 강남구 도산대로 163(신사동, 1층)
☎546-0331~6 (FAX) 545-0331
www.dongsuhbook.com

*

사업자등록번호 211-90-02201
ISBN 978-89-497-0145-5 04840
ISBN 978-89-497-0081-6 (세트)

모자 수집광 사건
차례

변호사의 가발을 쓴 말…… 11

고본(稿本)과 살인…… 28

역적문(逆賊門)의 시체…… 48

심문…… 73

난간의 그림자…… 88

카르카손의 무쇠 화살…… 104

래킨 부인의 소맷부리…… 124

아버 씨의 분위기…… 143

세 가지 힌트…… 167

거울 속의 얼굴…… 184

조그만 석고 인형…… 203

X19호…… 218

비튼 양의 수다…… 232

실크햇을 쓰고 죽다…… 252

고무쥐 사건…… 273

난로 속에…… 291

레스터 비튼의 죽음…… 307

전화 목소리…… 322

혈탑 아래인가…… 334

살인자의 고백…… 351

미해결…… 365

본격 미스터리의 거장 존 딕슨 카…… 379

등장인물

윌리엄 비튼 경(卿) 은퇴한 정치가
레스터 비튼 윌리엄의 동생. 실업가
로라 비튼 레스터의 아내
실러 비튼 윌리엄의 딸
필립 드리스콜 윌리엄의 조카. 신문기자
메이슨 장군 런던탑 부장관(副長官)
로버트 덜래이 메이슨의 비서. 실러의 약혼자
줄리어스 아버 미국의 서적 수집가
래킨 부인 여탐정
맥스, **홉스** 윌리엄 경 집안의 집사
해드리 경감 런던 경시청 소속
펠 박사 사립 탐정
랜폴 펠 박사의 조수

변호사의 가발을 쓴 말

이 이야기도 언제나 일어나는 사건과 마찬가지로 펠 박사가 술 한 잔 마시는 사이에 막이 올랐다.

런던 탑 역적문 돌층계 아래에서 한 사나이의 시체가 발견되었다……. 골프 옷을 입고 있었으며, 머리에는 옷차림과 어울리지 않는 모자를 썼다……. 이 괴기한 의문을 푸는 것이 이 이야기의 요점인데, 해결을 보기까지 얼마 동안 런던 시내에서는 이 사건 때문에, 모자 때문에 저주를 받지 않았나 하는 생각이 들 정도로 큰 소동이 벌어졌던 것이다.

아무리 생각해 봐도 모자 그 자체가 저주의 씨앗이 될 까닭은 없다. 모자 가게의 진열장을 들여다보았다고 해서 위험한 일을 당하지는 않는다. 만일 여러분이 가로등 위에 경찰관의 헬멧이 있는 것을 보았다고 해도, 또한 트라팔가르 광장의 사자상 머리 위에 은회색 실크햇이 얹혀 있는 것을 보았다고 해도 기껏해야 술주정뱅이의 악의 없는 장난쯤으로밖에 생각하지 않을 것이다. 그러므로 랜폴 청년이 신문에서 모자소동 기사를 읽었을 때 웃어넘기려고 한 것도 당연하다고 할 수 있을 것이다.

그러나 해드리 경감만은 그리 간단하게 생각하지 않았다.

해드리 경감과 랜폴은 피커딜리 광장 중심에 가까운 스코트라는 이름의 음식점에서 펠 박사가 나타나기를 기다리고 있었다. 그레이트 윈드밀 거리에 있는 사교 클럽과 비슷한 분위기를 자아내는 식당이었다. 이곳은 그 일부에 속하는 바인데, 방의 사방을 다갈색 거울 판으로 빙 둘렀고 빨간 가죽을 씌운 의자가 호화스러운 분위기를 풍겨 주고 있다. 카운터 뒤에는 진주 테를 두른 술통들이 늘어서 있고, 맨틀피스 위에는 정교한 배의 모형으로 장식했다.

그 한 구석에서 랜폴은 맥주잔을 기울이며 경감의 모습을 관찰하고 있었다. 그는 런던 경시청의 주임경감이라는 이가 무엇 때문에 이런 바보스러운 사건에 머리를 앓고 있는지, 도무지 이상해서 견딜 수 없었던 것이다. 오늘 아침 미국에서 막 도착한 그에게는 취기가 좀 지나친 것으로밖에 생각되지 않는 것이다.

해드리가 말했다.

"나는 이따금 생각해 봅니다만, 펠 박사라는 분은 대체 어떤 지위에 계시는 분이지요? 외부 사람들은 이해할 수가 없습니다. 어려운 사건이라면 무엇이든지 다 도맡으려 하는 모양이지만."

상대방은 웃으며 고개를 끄덕였다.

랜폴뿐 아니라 이 경시청의 주임경감은 대화를 나누는 사람이라면 누구에게든지 호감을 주는 인물이다. 풍채는 소위 남성다운 형이라고 할까, 보통 키에 적당히 살도 찐데다 다부지고 야무진 인상을 준다. 늘 몸치장에 신경을 써서 군대식 입수염과 강철색 머리카락을 잘 손질하고 있다. 그리고 처음 만나는 사람이라도 곧 알아볼 수 있는 그의 특징은 어떤 일에도 동요되지 않는 침착함이다. 시치미를 뚝 떼고 날카롭게 상대방을 관찰하고 있는 것같이 느껴진다. 동작도 물론 경솔함과 거리가 멀다. 그의 눈동자 빛깔을 보아도 신중한 성격을 알 수 있을 것이다. 목소리도 결코 거칠어지는 법이 없다.

"랜폴 씨, 당신은 박사님과 오랫동안 교제해 왔습니까?"

해드리 경감은 맥주잔의 거품을 바라보면서 물었다.

"아니오. 겨우 지난해 7월부터인걸요." 미국인은 이렇게 대답하면서 의외로 짧은 기간이라 자신도 놀라는 듯했다. "기간에 비해서는 상당히 오랫동안 교제해 온 것 같은 기분이 드는군요. 하긴 생각해 보면 무리도 아니지요. 나는 그분 덕택에 아내와 알게 되었으니까요."

해드리 경감은 고개를 끄덕이고 나서 말했다.

"맞았습니다. 그것은 틀림없는 스태버스 사건 때의 일이었지요. 박사님이 랭커셔에서 전보를 쳐 왔기 때문에 경찰관을 보냈던 기억이 납니다."

8개월 이상이나 지난 일이지만 랜폴의 눈 앞엔 그 무렵에 봤던 무서운 장면들이 바로 어제 일같이 떠올랐다. 특별히 어둠이 내리기 시작한 시골 정거장 구내에서 마틴 스태버스 살해 범인의 어깨 위에 펠 박사의 손이 얹어졌던 광경이 지금도 생생하게 되살아나는 것이었다. 그 뒤 모든 것이 평화로운 가운데서 랜폴은 신부 도로시와 함께 행복한 나날을 보내고 있었다. 그리고 이 3월의 안개 짙은 날에 그는 그 뒤 처음으로 런던을 방문하게 된 것이다.

경감은 다시 한 번 싱긋이 웃고 나서 조용한 목소리로 말했다.

"당신은 그 사건이 계기가 되어 부인과 결혼하게 되었지요? 어떻습니까, 놀랐지요? 나는 이래 봬도 꽤 소식통이 빠르답니다……. 사실은 모두 펠 박사한테서 들었지요. 아무튼 그때 박사께서는 굉장한 수훈을 세웠습니다." 여기서 말을 끝내고 나서 해드리는 갑자기 다시 덧붙였다. "그러나 이번 경우엔……."

"그전처럼 성공할 수 있을지 의문스럽다는 말씀입니까?"

해드리 경감은 화제를 돌리려는 듯이 표정을 바꾸면서 말했다.

"그리 간단히 결론내리지는 못하겠지만, 아무튼 당신도 범죄의 냄새만은 맡고 계시는 모양이군요."

"박사님의 편지로 경감님과 이곳에서 만나게 된 사실을 알았기 때문에……."

"그 예감은" 하고 해드리 경감이 말했다. "적중되었다고 생각합니다. 나도 역시 그런 기분이 드는군요." 그는 접어서 호주머니 속에 찔러 넣은 신문을 슬쩍 만지면서 이야기를 계속했다. "그렇지만 이건 내가 취급하는 범위와 조금 어긋나는 것 같은 느낌이 드는군요. 우선 어느 모로 보나 펠 박사의 영역이겠지요. 윌리엄 경한테는 개인으로 조력을 구해 왔습니다. 경시청이 나설 일이라고는 생각할 수 없습니다. 그렇다고 해서 그분의 의뢰를 묵살해 버릴 수도 없고……."

랜폴로서는 상대방이 하는 말의 뜻을 확실히 파악할 수가 없었다. 경감은 생각에 잠기면서 자꾸만 주머니의 신문으로 손이 갔다. 이것은 아마도 그 역시 뭔가 망설이고 있다는 증거일 것이다.

경감은 또 갑자기 말했다.

"랜폴 씨, 당신은 윌리엄 비튼 경을 알고 계십니까?"

"그 유명한 수집가 말씀이지요?"

"역시 알고 계시는군요. 펠 박사의 말로는, 당신도 역시 전문가라고 하시더군요. 경은 고서 수집가입니다. 하긴 나는 경이 정계에서 활약하고 계실 때부터 알고 있습니다만." 경감은 시계를 흘끗 쳐다보았다. "두 시에 만나기로 약속했으니까 이제 곧 나타나실 겁니다. 링컨 발 열차는 킹스 크로스 역에 한 시 30분에 도착할 예정입니다."

그 순간 천둥과 같은 소리가 떨어졌다.

"여어, 오랜만이군!"

목소리의 주인공은 아직 방 밖에 있었다. 길에서 내려오는 계단을 뚱뚱한 몸으로 가득 메우고서 단장을 휘두르며 소리쳤다. 손님이 뜸한 시간이라 온 방 안에 울려 퍼지는 목소리였다. 흰 가운을 입은 바텐더가 놀라서 돌아다보았다. 다른 손님이라고는 저쪽 구석에서 회사원 차림의 두 사람이 아까부터 낮은 목소리로 상담(商談)을 하고 있을 뿐이었는데 그들도 놀라 눈을 둥그렇게 떴다. 거룩하도록 화려한 기디온 펠 박사가 등장한 것이다.

랜폴은 펠 박사의 모습을 보자마자, 큼직한 맥주잔을 치켜들고 탁자를 내리쳤다. 흥이 나서 토로하던 지난 일들이 생각나 가슴이 두근거리도록 기뻤던 것이다. 랜폴은 다시 한 잔을 쭉 들이켜고 나자 유쾌한 노래를 부르고 싶어졌다…….

박사는 지난 해에 만났을 때보다 한층 더 건강해 보였다. 번질번질한 혈색이며 검은 테 안경 너머로 반짝이고 있는 가느다란 눈이며, 산적(山賊) 같은 굵직한 수염을 움직이며 커다랗게 소리 내어 웃을 때마다 살찐 이중턱이 덜렁덜렁 흔들리는 게 모두 다 그립고도 동시에 기쁜 모습이었다. 머리에는 여느 때와 마찬가지로 검은 중절모가 얹혀 있다. 헐렁한 검은 웃옷 아래 큼직한 배를 쑥 내민 것도 언제나 다름없는 그의 모습이었다.

아직도 그는 계단에 선 채 스틱을 한 손에 짚고, 또 한 손으로는 다른 단장을 휘두르고 있었다. 그의 모습은 산타클로스나 콜 노왕(동요에 나오는 옛날의 명랑한 임금님)을 보는 것 같았다. 사실 펠 박사는 야유회 같은 때 콜 노왕으로 분장하는 것을 좋아했다. 박사는 두 사람이 있는 자리로 다가와 힘껏 미국 청년의 손을 흔들어 댔다.

"잘 왔네, 랜폴. 정말 잘 와 주었어. 건강하군, 도로시도 별일 없겠지? 흐음, 그래, 그거 정말 다행인데. 집사람도 안부 전해 달라고 하더군. 해드리가 만나고 싶다고 해서 일부러 채터햄에서 올라

왔는데, 이야기가 끝나거든 같이 가도록 하세. 해드리, 용무란 뭔가?…… 우선 한잔하고 이야기할까?"

서로 마주 보고 앉아만 있어도 이쪽의 기분까지 좋아져 오는 상대가 있다. 펠 박사가 그 전형이 될 만한 사람일 것이다. 그와 마주 보고 앉아 있으면 몇 시간이 지나도 지루한 느낌이 들지 않는다. 첫째, 그 자신이 그런 기분을 깨끗이 웃음으로 날려 보내 버린다. 그 대신 아무리 이쪽에서 점잔을 부려 보아도 곧 밑천이 드러나게 마련인 것이다. 해드리는 그의 말을 웃는 얼굴로 받으며 종업원을 불렀다.

경감은 박사에게 메뉴를 펴 보이면서 그 가운데 하나를 짚었다.

"이 칵테일은 정말 좋습니다. 천사의 키스라는 것과."

"뭐! 뭐라고?"

펠 박사는 의자에서 펄쩍 뛰어올랐다.

"그리고 사랑의 기쁨."

"여봐요, 젊은이!" 박사는 메뉴를 들여다보면서 소리질렀다. "이 가게에선 정말 이것을 손님에게 내놓을 작정인가?"

"네, 그렇습니다만" 하면서 종업원도 박사와 같이 펄쩍 뛰었다.

"천사의 키스에 사랑의 기쁨이라, 아니 또 있구먼. 이건 '행복한 처녀'라고 적힌 것 같은데." 기디온 펠 박사는 안경을 닦으면서 계속 큰 소리를 질러 댔다. "당신들은 말이오, 고귀한 전통에 빛나는 우리 대영제국에 미국 문화가 얼마나 속되고 나쁜 영향을 미쳤는지 생각해 본 적이 있소? 나는 당신들의 양식을 의심하지 않을 수 없소. 이따위 술 이름을 들게 되면 마음이 약한 애주가는 기절하고 말 거요. '맥주 한 잔'이라든지 '위스키와 소다'라고 주문하면 어디까지나 학자답고 신사답게 들리지만, '행복한 처녀 한잔'이라고 한다면 간지러워서 말이 나오겠느냔 말이오. 미국에서도 마찬가지지. 버팔로 빌(미국 서부 영화의 영웅)이 거리의 술집에 나타나서 '천사의 키스'를 가져오라고 소리지를 수 있겠느냔 말이오! 토니 웨러(디킨스의 《픽윅 페이퍼》에 나오는 술을 좋아하는 호인)가 럼 주를 주문했는데 '사랑의 기쁨'이라는 것을 갖다 준다면 대체 어떤 얼굴을 하겠소!"

"죄송합니다." 종업원은 덮어놓고 죄송해했다.

"그러시다면 다른 것을 주문하시지요." 해드리 경감이 취소하듯이 말했다.

"맥주로 하지. 큰 잔으로 부탁하네."

종업원이 식탁을 치우는 동안 박사는 여송연 케이스를 꺼내어 두 사람에게 권했다. 그리고 자신도 한두 모금 여송연을 피우는 동안에 곧 아까와 같이 좋은 기분이 되었다. 그러나 우연히 안쪽을 쳐다보더니 크게 여송연을 휘둘러 대며 별안간 고함을 질렀다.

"난 말이오, 사람을 끌어모으려고 지껄이는 게 아니오!"

바의 안쪽 식당과 경계가 되는 출입문 쪽에 몇몇이 얼굴을 내밀었지만 이쪽을 쳐다보고 있다가 그 소리를 듣자마자 급히 사라져 버렸다. 맨 앞에 앉은 회사원 같은 두 사람도 잔 위에 떠오른 앵두를 씨째로 삼켜 버릴 뻔하다가 다시 아까하던 그 상담으로 돌아갔다.

"해드리, 자네에겐 전에 말한 적이 있는 것 같은데. 나는 벌써부터 《영국에서 고대로부터 내려온 음주 습관》이라는 책을 쓸 계획으로 7년 동안이나 자료 수집을 하고 있다네. 그런데 이런 이상한 술 이름이 있다면, 부록에라도 수록해야 되지 않겠나. 나는 생각만 해도 얼굴이 화끈해지는 느낌일세. 어느 모로 보나 부인용 음료 같단 말이야. 나는 그래도……."

펠 박사는 입을 다물었다.

종업원이 맥주 석 잔을 가져왔기 때문이다. 바로 그 뒤에 검정색 계통의 수수한 옷차림이지만 어디 하나 빠진 데가 없는 모습의 사나이가 다가왔다. 아마도 이 음식점 지배인인 모양인데, 펠 박사의 중절모가 망토와 함께 의자 위에 있는 것을 보자 이상할 만큼 겁먹은 태도로 말했다.

"실례합니다만, 손님, 이 모자에 특별히 주의해 주시기 바랍니다."

박사는 어이가 없어서 잔을 잡으려던 손을 도로 내리고 상대방의 얼굴을 뚫어지게 바라보았다. 이윽고 그는 혈색 좋은 얼굴에 부드러운 표정을 되찾으면서 말했다.

"당신은 보기보다 친절한 사람이군. 자, 악수라도 해 볼까? 겉으로 보아서는 낙천적이고 머리가 돈 것 같지도 않은데 당신의 주의를 마누라한테도 들려 주고 싶구려. 이건 내가 자랑하는 모자거든. 그건 그렇고, 왜 이 모자에 주의하지 않으면 안 된다는 거요?"

사나이의 얼굴이 새빨개졌다. 그는 딱딱하게 굳어진 자세로 말했다.

"말씀하시는 도중에 쓸데없는 말을 드리게 되어 죄송합니다만, 최근 이 부근에서는 기묘한 소동이 일어나고 있어서, 혹시 손님이 해를 입게 된다면 큰 일일 것 같아……. 정말 그 모자 미치광이 녀석, 큰일났어요……."

지배인은 무심결에 지껄여 대어 본색이 드러났지만, 다시 곧 은근한 태도로 되돌아가서 말했다.

"정말 야단났습니다. 그 녀석은 한 번도 실수한 적이 없거든요. 한 번 노렸다 하면 놓친 적이 없습니다."

"대체 당신은 무슨 이야기를 하고 있는 거요?"

"모자 이야기입니다, 손님. 모자 미치광이 말씀입니다."

해드리 경감의 입술이 계속해서 떨리고 있는 것은 웃음을 참으려고 안간힘을 쓰고 있는 증거이다. 서둘러 달아나 버린다면 모르지만, 이대로 있다가는 아마 웃음이 터져 나와 버릴지도 모른다. 그러나 펠 박사는 그런 눈치도 모르는 듯 큼직한 손수건으로 이마의 땀을 닦으며 말했다.

"흐음, 정말 재미있는 이야기인데. 그러니까 이 부근에 머리가 좀 돌아 버린 모자 가게 주인이 있는데, 아무것도 모르고 가게 앞을 지나가는 사람이 있으면 갑자기 안에서 뛰어나와 그 사람의 모자를 빼앗아 간다는 이야기요? 심미적 정신에 충실한 것도 좋지만 너무한 것 같군. 그러나 나는 그렇게 쉽사리 도둑맞을 얼간이가 아니오. 피커딜리의 인파 속에서 눈빛이 이상한 모자 가게 주인한테 쫓겨다니고 싶지는 않은데. 나는 이제는 달음박질을 할 만한 나이가 못 되거든. 게다가 이렇게 뚱뚱해서야 어디 뛸 수 있겠나. 이만하면 모자를 뺏기고 싶지 않은 이유를 충분히 알았겠지. 좀더 이유를 설명해 보라고 할 만큼 당신은 끈질긴 사람 같아 보이지는 않는데."

지배인은 사방에 신경을 써 가면서 낮은 목소리로 말하고 있는데, 박사는 도무지 아랑곳하지 않고 방 안을 걸어다니며 시끄럽게 떠들어 댔다. 칵테일을 마시고 있던 회사원 가운데 하나가 입속말로 몇 마디 불평을 중얼거리더니 외투를 걸치고 총총히 나가 버렸다. 다른 한 회사원만은 여전히 씁쓸한 표정으로 남아 있었다.

주임경감은 좀 지나치다고 생각했는지 무거운 말투로 지배인에게 말했다.

"이젠 알았소. 이분은 지금 막 런던에 도착하셔서 그 소동을 모르고 계시니까, 이따가 내가 설명해 드리겠소."

얼굴이 새빨개진 지배인은 식당 쪽으로 재빨리 사라져 갔다. 펠 박사는 항의했다.

"자네, 왜 이러나! 모처럼 내가 그 사나이를 놀려 주고 재미 좀 보려는데 쫓아 버리다니, 대체 왜 그러나! 그건 그렇고, 나도 너무 소홀했어. 런던의 모자 가게 주인이 그만한 감투 정신을 가지고 있는 줄은 꿈에도 몰랐네. 그러나 양복점 주인이 아니기에 다행이야. 피커딜리 한복판에서 바지라도 빼앗기게 된다면 큰 일 날 테니 말일세. 당장 풍기 문란죄로 걸려들 게 아닌가?"

그는 맥주를 단숨에 마시고 나서, 큼직한 얼굴에 말의 목덜미 털 같은 머리를 흔들어 대면서 웃었다.

경감도 웃고 있었다. 참으려 애를 썼지만, 결국 터져 나오고 만 것이다.

"박사님은 본디 장난을 좋아하시니까, 언제 또 시작될지 몰라서 조마조마하고 있었습니다. 그러나 박사님, 그 지배인이 말한 것은 모두 사실입니다."

"뭐라고?"

"사실입니다." 해드리 경감은 잘 손질된 잿빛 입수염을 매만지면서 되풀이 말했다. 이 사건 때문에 자신도 상당히 초조해 있다는 눈치를 슬쩍 비추었다. "물론 단순한 장난이리라고 생각하고 있습니다만, 잇달아 사건이 계속 일어나고 있지 뭡니까? 모자 한두 개쯤 도난당하고 끝나 버렸다면 신문도 이렇게까지 크게 떠들어 대지는 않을 텐데, 이건 마치 경시청에 도전해 온 듯한 느낌을 주는 겁니다. 그냥 내버려 둔다면 우리들이 웃음거리가 되고 말 염려도 있습니다. 어떻게 해서든지 이 소동을 중지시키지 않으면 안 됩니다."

박사는 안경을 고쳐 끼며 말했다.

"그렇다면 정말 이 부근에 모자 도둑이 날뛰고 있다는 건가?"

"'모자 수집광', 이것이 신문에서 붙인 이름입니다. 이름을 붙인 사람은 프리랜서인 풋내기 드리스콜이지요. 유명한 윌리엄 경의 조카뻘되는 젊은이입니다. 그렇기 때문에 섣불리 그 기사를 취소시키기도 힘들고, 공연히 건드렸다가는 도리어 얻어맞을 가능성이 많지요. 소동을 더욱 확대시키는 결과가 될 테니까요."

펠 박사는 턱을 깃 속에 묻고 생각에 잠겼다. 그의 정신이 긴장한 것은 눈동자가 빛나기 시작한 것으로 보아 짐작할 수 있었다. 그는 짐짓 공손하게 비꼬는 듯이 물었다.

"잡아 버리면 될 텐데, 런던 경시청에서는 그것도 못하는 모양이지?"

해드리는 애써 못 들은 척하고, 가능한 한 부드러운 말투로 입을 열었다.

"캔터베리 대주교(영국 국교의 최고위 성직자)의 제식관(祭式冠)을 도난당했다 해도 이렇게까지 조마조마하지는 않았을 겁니다. 이 사건은 우리들 경찰을 우롱하려는 목적인지도 모릅니다. 웃어넘길 일이 아닌 것 같습니다. 그리고 범인을 체포한다 해도 그 뒤가 문제입니다. 공판이 시작되면 신문사는 재미있다는 듯 마구 달려들게 뻔하니까요. 좀 상상을 해 보십시오. 그 법정이 얼마나 우스운 인상을 세상에 줄지. 근엄하게 가발을 쓴 검사와 변호사가 저마다 일어서서 피고를 규탄하기도 하고 변호하기도 하겠지요. 그 내용이라는 것이, '3월 5일 밤 유스톤 로드 부근에서 토머스 스파클 순경이 헬멧을 탈취당했으며, 더욱이 그 모자는 그 날 밤 경시청 문 앞에 있는 가로등 위에 걸려 있었다' 한다면 재판의 권위 같은 것은 한꺼번에 무너져 버리고 말 게 뻔합니다."

"색다른 흉내를 냈군그래."

이젠 박사도 좀 흥미를 가지게 되었는지 커다란 몸집을 앞으로 내밀었다.

해드리 경감은 주머니에서 신문을 꺼내 내밀며 말했다.

"이 기사를 보십시오. 그 드리스콜 기자가 쓴 겁니다. 아무리 봐도 문장이 훌륭하다고는 할 수 없습니다만, 다른 신문들은 이보다도 더 야유하듯 재미있게 써 대고 있답니다."

펠 박사는 큰 소리로 웃기 시작했다.

"그러니까 해드리, 나를 여기까지 불러 낸 까닭은 이 사건을 좀 거들어 달라고 하기 위한 건가? 그렇다면 거절해야겠네. 나는 오히려 범인에게 응원을 보내고 싶은걸. 정말 애교가 있고 좋지 않나? 이거야말로 현대판 로빈 훗이로군. 그렇지 않다면."

해드리 경감은 박사의 농담에 시무룩한 표정으로 말했다.

"그렇지만 이 이상 드리스콜에게 기사를 쓰게 하면 위험하다고 생각합니다. 자칫 잘못하다간." 그는 입을 다물고 마음속으로 뭔가 생각하고 있는 듯했다. "아무튼 이걸 좀 읽어 보십시오. 박사님은 여전히 재미있을지도 모르겠습니다만."

랜폴도 박사의 어깨 너머로 들여다봤다.

모자 수집광 다시 나타나다!
안하무인 격인 범인의 도량에
경찰의 위신 완전 추락

런던 발 3월 12일. 창부 살해사건인 잭 더 리퍼 사건 이래 런던은 또다시 괴마(怪魔)가 횡행하는 곳으로 변하였다. 바람처럼 나타났다 바람처럼 사라져 뒤에 아무런 흔적도 남기지 않는 모자 수집광은 악마인가, 천재인가? 일요일 아침 또 다시 모자 수집광은 경시청이 자랑하는 우수한 수사진에 도전해 온 것이다.

오늘 새벽 5시쯤 제임스 맥과이어 순경이 담당 구역인 레스터 스퀘어를 순찰하는데 그곳의 광장 동쪽에 나란히 줄지어 서 있는 시내 마차 옆에서 이상한 광경을 목격했던 것이다. 한 대의 시내 마차가 한쪽 바퀴를 보도 위로 올려놓고 있는데 안에서 괴상한 소리가 들려 왔다. 아마 마부가 코를 골면서 자고 있는 모양이었다. 큼직한 후추과자를 씹고 있던 말(이름은 제니퍼)이 지나쳐 가는 맥과이어 순경을 반갑다는 듯이 쳐다보았다. 눈치가 빠른 경찰관은 그때 뜻밖의 사실을 발견했다. 제니퍼의 대가리 위에 큼직한 흰색 가발이 머리칼을 좌우로 바람에 나부끼면서 점잖게 씌워져 있었다. 변호사가 법정에서 쓰는 가발이었다.

맥과이어 순경은 곧 이 사실을 바인 스트리트 경찰서에 보고했다. 처음에는 아무도 상대를 해 주지 않았지만 조사 결과 사실이라는 게 밝혀졌다. 모자 수집광이 또 다시 활동을 시작한 것이다.

본 신문 데일리 해럴드의 독자 여러분들은 지난날 트라팔가르 광장의 넬슨 기념탑 사면을 둘러싼 사자상 가운데 화이트 홀 쪽으로 면해 있는 것의 머리 위에 은회색 실크햇을 씌운 사실을 기억하고 있을 것이다. 모자 안에 쓴 이름으로 소유자는 거슨 스트리트에 저택을 가지고 있는 저명한 주식 거래소 이사 아이작 서이모니디스 레이비 경으로 밝혀졌다.

그 날 밤 안개가 짙게 끼고 있을 무렵이었다. 이런 날씨에는 자주 좋지 않은 일이 일어나기 쉬운 법이지만, 아이작 경은 고아 구제연맹에서 주최하는 강연회에 출석하기 위해 집을 나왔다. 바로 그때 경의 머리에서 문제의 실크햇이 바람처럼 사라지고 만 것이다. 늘 은회색으로 빛나는 실크햇을 머리에 얹고 활보하는 아이작 경의 모습이(적어도) 세상 사람들의 시선을 끌고 있었다는 것은 부정할 수 없다. 그러나 그것이 도난까지 당한 것은 기괴한 일이 아닐 수 없었다.

경찰 당국은 제니퍼의 대가리 위에 가발을 씌운 것도 동일인이리라 추정하고 있다. 지금으로서는 아직 피해 신고가 없기 때문에 소유자는 알 수 없다. 그 결과 여러 가지 억측이 나돌고 있지만 모두 확실한 것은 아니다. 이륜마차의 마부 에일머 발랜스 씨는 자고 있었기 때문에 아무것도 몰랐다고 진술하고 있다.

경시청은 맥과이어 순경이 현장에 나타나기 몇 분 전까지 모자 수집광이 그 부근을 배회하던 것으로 추정하고 있다. 왜냐하면 순경이 제니퍼를 처음 보았을 때, 말은 후추과자를 아직 3분의 1밖엔 씹지 않았기 때문이다. 좀더 생각해 보면 범인은 레스터 스퀘어 부근의 지리에 밝고, 말 대가리 위에 가발을 얹을 때 후추과자를 준 것으로 미루어 보아 제니퍼의 기호도 잘 알고 있었다고 생각된다. 그 밖의 점에 대해서는 유감스럽게도 경찰 당국이 아무런 단서를 잡지 못하는 모양이다.

이 기사는 일련의 기괴한 사건을 다룬 지난 주 이래 일곱 번째 보고이다. 사건이 너무도 기괴하여 그 이면에 정치 음모가 숨어 있지 않을까 하는 억측도 있지만, 기자는 감히 그것을 부정해 버릴 용기가 없다.

모자 수집광 사건 담당 필립 드리스콜

펠 박사는 여기까지 읽고 신문을 내려놓았다. 해드리 경감이 재빨리 말했다.

"다른 여러 가지 사건이 있습니다. 뭐 별로 상관은 없습니다만, 기자들이 이렇게 떠들어 대니까 저도 좀 화가 나는군요."

펠 박사는 안됐다는 듯한 표정으로 말했다.

"그야 물론 경찰이라는 게 본디 그런 것 아닌가. 걸핏하면 신문에 두들겨 맞지. 그런데 정말 단서가 없는 건가? 나도 도와 줄 용의는 있지만 그보다도 여보게, 민완 형사들을 동원하여 레스터 스퀘어 부근의 모자 가게를 모조리 훑어본다면 간단히 알 수 있지 않을까?"

"저는 젊은 학생이나 누군가의 장난을 문제삼아서 일부러 채터햄에게 박사님을 오시도록 부탁드린 것은 아닙니다. 물론 드리스콜이 이런 쓸데없는 기사를 써 대는 것은 괘씸하기 짝이 없습니다. 곧 못 쓰도록 손을 쓰겠습니다. 데일리 해럴드지만 눌러 버리면 다른 신문들은 저절로 조용해질 겁니다.

그러나 박사님께 전보를 친 것은 또 하나의 사건이 터졌기 때문입니다. 윌리엄 경의 사건 말씀인데, 윌리엄 비튼이라는 분은 문제의 풋내기 기자 드리스콜의 아저씨로서 그의 돈줄을 쥐고 있는 사람입니다. 이 윌리엄 경이 가지고 있던 굉장히 귀중한 고본(稿本)을 도난당한 것입니다."

"그래, 그래서?"

펠 박사는 신문을 옆으로 치워 놓고 새삼스럽게 다시 팔짱를 꼈다.

해드리 경감은 말을 계속했다. "고본이라든지 고서(古書) 같은 이러한 종류의 물건을 도난당하게 되면 우리는 언제나 골탕먹게 마련이지요. 여느 도난 사건과 달라 추적하기가 굉장히 힘들거든요. 보석류나 식기류, 또는 명화 도난 사건은 행방을 잘 알고 있지요. 전당포라든지 장물 취급소라든지 그 바탕을 저희들이 잘 알고 있기 때문입니다. 그런데 이번 같은 경우는 좀 달라서, 범인이 장물을 처리할 곳과 미리 계약을 맺어 놓았을 확률이 높습니다. 경우에 따라서는 처음부터 구입하려는 자의 부탁을 받고 하는 수도 있지요. 아무튼 이 같은 물건을 손에 넣으려는 사람은 우선 저절로 입을 열지 않는다고 해도 과언이 아닐 겁니다."

주임경감은 잠시 입을 다물었다.

"그런데 더욱 귀찮은 일은, 경시청이 이 사건을 조사해 본 결과, 윌리엄 경이 도둑맞은 고본이 과연 그에게 소유권이 있는가 하는 의문점이 나온 겁니다. 갈수록 복잡기괴해지는 일입니다."

"그래, 좀더 자세히 말해 주게나."

해드리 경감은 맥주잔을 들었으나 당황하면서 놓아 버렸다. 마침 그때 가로로 통하는 계단에 거친 발자국 소리가 들렸기 때문이다. 한산한 오후인 이맘때쯤에 설마 새 손님이 들어오리라고는 예기치 않았던 것이다. 한쪽 구석에서 조용히 잔을 기울이고 있는 회사원도 놀라서 고개를 치켜들었을 정도였다. 터벅터벅 걷는 발자국 소리의 주인공은 큼직한 외투자락을 펄럭거리며 방으로 들어왔다. 바텐더는 '또 왔구나' 하는 표정을 지었으나, 새로 온 손님의 날카로운 눈길과 부딪치자 급히 잔을 닦던 손을 다시 움직였다.

"어서 오십시오, 윌리엄 경. 참 좋은 날씨입니다."

"뭐가 좋아, 날씨가?"

윌리엄 비튼 경의 기분은 좋지 않은 듯했다. 안개가 짙어졌는지 얼굴이 젖어 있었다. 경은 흰 스카프 자락을 꼭 쥐고 바텐더를 노려보면서 말했다. 이마 위에는 많은 백발이 맥주 거품처럼 솟아오르고 있었다.

"좋기는커녕 굉장한 날씨라네. 여어, 해드리 경감 아닌가! 좋은 곳에서 만났군. 또 자네에게 수고를 끼쳐야 할 문제가 생겼다네."

경은 똑바로 세 사람의 자리 쪽으로 걸어왔다. 그는 펠 박사가 던져 놓은 신문을 힐끗 쳐다보더니 입을 열었다.

"당신들은 이 기사를 읽어 보았소? 모자만 훔치고 다니는 바보 녀석의 기사를? 내가 말하려고 하는 것도 바로 그 이야기인데."

흥분하기 시작하는 노귀족에게 해드리는 주위 사람들의 눈치를 살피면서 말했다.

"자, 좀 진정하십시오. 윌리엄 경. 자리에 앉으시지요. 그 녀석이 또 일을 저지르기 시작했습니까?"

"저지르다니?"

윌리엄 경은 마음을 가라앉히려고 노력하는 듯이 흰 머리칼을 쓸어 올리면서 말했다.

"또 당했다네. 한 시간 반쯤 전 일이라 아직까지 화가 치밀어올라 있는 거라네. 생각만 해도 기분이 언짢아. 더구나 내 집 문 앞에서 일어났으니까 말일세. 자동차를 세워 둔 채 운전기사가 담배를 사러 갔지. 그때 내가 집에서 나와 보니 광장에 안개가 자욱이 끼었더군. 힐끗 자동차 쪽을 돌아보았더니 좀도둑 같은 수상한 사나이가 자동차 창문 안으로 손을 쑥 디밀고 있는 게 아닌가! 내가 '이놈!' 하고 큰 소리로 외치며 계단을 내려서니까 그 녀석도 놀랐는지 손을 잡아빼고."

윌리엄 경은 여기서 크게 숨을 쉬었다.

"나는 오늘 이곳에 오기 전에 선약이 세 군데나 있었네. 하나는 시내에 볼일이 있었고 또 하나는 터로츠 경과 약속한 것이며 마지막으로 내 조카와 약속이 있었네. 아무튼 상대방이 누구이든 만날 수 없게 돼 버렸지 뭔가. 모자가 없어져 버렸으니까! 이젠 더 이상 새로 맞추지 않겠어. 어찌 되었든 세 번째로 3기니를 지불하고 싶지는 않으니까!"

윌리엄 경은 차츰 흥분되어 갔다. 이윽고 그는 다시 짖는 듯한 고함 소리로 되돌아가서 소리쳤다.

"알겠나, 녀석이 또다시 내 모자를 훔쳐 갔단 말이야! 요 사흘 동안에 내 모자를 세 개나 훔쳐 갔어!"

구석의 회사원은 뭐라고 중얼거리더니 고개를 흔들면서 나가 버렸다.

고본(稿本)과 살인

해드리 경감은 탁자를 두드려서 종업원을 불렀다.

"위스키 더블을 이분께 갖다 드리게. 윌리엄 경, 좀 진정하시고 자리에 앉으십시오. 다른 손님들이 정신 병원이 아닌가 착각을 일으키겠습니다. 마음이 가라앉으시면 친구들을 소개해 드리겠습니다."

"아아, 그래! 누구시더라?"

윌리엄 경은 기분이 나쁜 대로 인사를 했지만, 다시 고함을 지르기 시작했다.

"정말 화가 나서 못 견디겠군. 미치겠단 말이야. 오늘 예정된 방문은 매달 어김없이 계속해 왔는데 드디어 그 녀석 때문에 깨지고 말았으니……. 나는 자네에게 잔소리를 하러 왔네. 대체 자네들 경찰은 뭘 하고 있는 건가? 생각해 보게! 나는 이제 가지고 있던 모자를 모두 잃고 말았네. 그래서 새 것을 두 개, 실크햇과 홈버그 모자(챙이 솟고 가운데가 파인 펠트 모자)를 새로 샀네. 그런데 토요일 밤에 모자 미치광이가 실크햇을 훔쳐 갔어. 오늘 오후엔 홈버

그 모자를 또 뺏겼지. 그러니 내가 이렇게 화가 나서 못 견뎌하는 것도 무리가 아닐세."

종업원이 쟁반을 들고 나타났다. 경은 힐끗 그것을 쳐다보면서 말했다.

"응, 위스키로군. 소다수를 좀 넣어 주게. 됐네……. 내 딸한테 모자를 도둑맞은 이야기를 했더니, 왜 쫓아가서 붙잡지 않았느냐고 하지 않겠나. 바보 같은 말이지. 나더러 쫓아가라고! 쫓아간다고 뭐가 되겠나? 딸도 정말 바보 같은 아이라서."

입에서 거품을 내며 떠들어 대던 윌리엄 경이 겨우 자리에 앉아서 술잔을 들었다. 랜폴은 잠자코 그의 모습을 지켜보고 있었다. 경의 과격한 기질은 소문으로 들어 알고 있었다.

우익 신문에는 이따금 경의 경력이 보도되곤 했다. 8세 때 양복 가게에서 일한 것을 출발점으로 42세 때에는 하원의 당수 자리까지 올라갔다. 그러나 대쪽 같은 그의 성격이 화근이 되어, 모 내각의 준비 확장 계획을 그 화려했던 정치 경력의 정점으로 하여 너무 빨리 정치 생명을 잃었다. 전쟁 뒤에 반동으로 일어난 군비 축소가 일반 세론이 되어 버린 뒤에도 그는 의연히 영국 대해군론을 견지하고 있었던 것이 실각의 원인이었다.

그 대신 열광하는 애국자들은 윌림암 경을 지금까지도 우상처럼 여기는 것도 사실이다. 그의 연설은 항상 드레이크 제독(엘리자베스 왕조 때의 제독. 처음으로 세계를 주유해서 스페인의 무적 함대를 격파했음)의 말을 인용하여 지난날 일곱 바다를 제패한 대영제국을 찬미하고는, 역대의 연약(軟弱) 외교를 공격했던 것이다.

아무튼 화려했던 그의 정치 경력은 전쟁과 더불어 끝나 버려 갓 45세를 넘은 그는 정계에서 은퇴하지 않으면 안 되게 되었다. 그리고 지금 랜폴의 눈 앞에 나타난 그는 이미 70고개를 넘었는데도 아직 그 원기는 젊은 사람을 앞지르는 데가 있었다. 다부진 몸집도 굵은 골격도 도저히 노인같이 보이지 않았다. 칼라 위로 보이는 긴 목, 기분 나쁠 정도로 날카로운 파란 눈동자, 손가락 끝은 늘 뭔가 두드리고 있었다. 이마도 높고, 하얗게 센 눈썹은 입수염처럼 굵다. 입술이 가늘고 잘 움직이는 것은 웅변가라는 증거일 것이다.

갑자기 경은 잔을 내려놓더니 펠 박사를 쳐다보고 무뚝뚝하지만 똑똑한 말투로 이야기했다.

"이런 실례했소, 펠 박사. 아까 존함은 들었으면서도 그만 깜박했군요. 바로 그 유명한 기디온 펠 박사이시라구요. 오래 전부터 한 번 만나 뵙고 싶었습니다. 그건 그렇다 치고, 이 괴상한 모자 사건은 정말."

해드리 경감이 급히 그의 말을 막으려는 듯 끼어들었다.

"모자 사건 같으면 우리는 이미 모든 정보를 손에 넣고 있습니다. 그러나 경께서도 아시다시피 겉으로 나타난 것은 단순히 모자를 도난당했다는 것뿐이라 경시청으로서도 그리 대단한 사건으로 보고 있지는 않습니다. 그러나 뭔가 그 이면에 복잡한 사정이 있을 거라는 생각이 들어서 펠 박사님을 오시도록 부탁한 것입니다. 지금 여기에서 자세하게 말씀드릴 시간은 없습니다만, 박사님께는 지금까지도 가끔 협력을 부탁드리곤 했었지요. 우리는 경시청 수사관이라고 해서 외부 인사의 수완을 인정하지 않는 그런 도량이 좁은 사람이 아닙니다. 확실히 이번 사건은 박사님이 맡아야 할 거라고 생각됐기 때문에……."

경감은 고뇌의 빛을 감추지 않았다. 그는 크게 한숨을 쉬고 나서 말을 계속했다.

"그리고 또 이른바 범죄 수사 전문가인 우리의 지식이 완벽한 것이라고 자신 있게 말할 수는 없습니다. 예를 든다면 지난번 경과 거기서 만나기 전까지만 해도 모자 사건에 관한 정보는 모두 나한테 들어와 있다고 믿고 있었습니다. 그런데 지금 말씀을 듣고 보니 두 번째 도난은 원고 뭉치의 도난과 뭔가 관련이 있는 것같이 생각됩니다. 그 원고 사건은 솔직히 말씀드려서 저도 지금까지 모르고 있습니다."

윌리엄 경은 무슨 말을 하려고 볼의 근육을 움직였으나, 그대로 침묵을 지키고 말았다. 펠 박사는 종업원에게 빈 잔을 손짓하며 말했다.

"나는 아까부터 눈치채고 있었습니다. 이번 모자 소동은 학생들 장난치고는 너무 지나치다고요. 더 깊은 사연이 있을 겁니다. 머리가 돈 사람이라면 남의 모자를 수집해 보려는 생각을 가질 수도 있겠지요. 순경의 헬멧, 변호사의 가발, 그런 색다른 물건들을 모아서 친구들에게 의기양양하게 보여 주는 사람도 있겠지요. 내가 미국에서 교편을 잡고 있을 때 학생 가운데 이와 비슷한 버릇을 가진 녀석이 있었답니다. 간판이며 표지판 같은 것을 온 방에 늘어놓고 있었지요. 그렇지 않았나, 랜폴?"

랜폴은 고개를 끄덕였다.

"정말입니다. 놀랄 정도로 많이 모아 두고 있었지요. 그 가운데 하나는 내기를 해서 브로드웨이와 42번 가의 교차점에 있는 교통 표지판을 대낮에 훔쳐 온 거랍니다. 깨끗이 그 내기에서 이긴 거지요. 작업복을 입고 페인트 통을 들고, 다른 한 손에 사다리를 안고 현장으로 나갔답니다. 당당하게 사다리를 놓고 표지판 나사를 빼고는 유유히 가지고 온 거지요. 몇백 명이라는 인파가 지나갔지만 누구 하나 수상하게 생각한 사람은 없었답니다."

"수집광이란 그런 거요" 하고 박사는 말을 계속했다. "그러나 이번 경우는 조금 종류가 다른 것 같소. 단순한 수집광의 짓이라고는 생각할 수 없어요. 모자를 훔쳐서는 반드시 어디다가 장식을 해 두거든요. 일부러 사람들의 눈에 잘 띄게 말이오. 이 사건에는 틀림없이 무언가 의미가 숨어 있을 거요. 특별한 설명이 필요하다고 생각되오."

윌리엄 경은 엷은 입술에 차가운 미소를 지으며 젊은 랜폴과 박사의 얼굴을 바라보고 있었다. 그의 두 눈에는 강한 타산의 빛이 번득이고 있는 것 같았다.

"정말 기발한 생각이지. 그러나 경감, 자넨 진지하게 그렇게 생각하고 있는 건가? 원고가 아무리 소중하다고 하더라도 그것을 훔쳐 내기 위해 온 런던 시내를 쏘다니면서 모자를 훔칠 필요가 어디 있겠나……. 설마 내가 귀중한 원고를 모자 속에 넣고 다니는 것도 아니겠고. 더욱이 원고는 내 모자를 도난당하기 며칠 전에 없어졌네."

펠 박사는 준마의 목털 같은 머리카락을 긁어 올리면서 생각에 잠겨 있다가 입을 열었다.

"모자, 모자 하고 되풀이 말씀하시기 때문에 이야기가 좀 혼란이 되었는데, 우선 도난당하셨다는 원고 이야기부터 설명해 주시기 바랍니다. 무슨 원고인지, 어떤 경로를 통해서 입수하셨는지, 그리고 또 도난당했다는 것을 아시게 된 것은 언제였습니까? 설마 콜리지의 쿠블라 칸(콜리지의 54행으로 된 몽환시, 미완성 작품)의 뒤편 원고를 발견하신 건 아니겠지요?"

상대방은 힘있게 고개를 내저었다. 그러고 나서 위스키를 단숨에 마시고 벽에다 등을 기대더니 펠 박사의 얼굴을 뚫어지게 바라보았다. 무섭게 보이는 눈썹 아래에서 날카로운 눈동자가 반짝 빛났다. 이윽고 득의만만한 표정이 되더니 기쁜 듯한 목소리가 터져 나왔다.

"그럼, 이야기해 드리지요. 당신의 인품에 대해서는 해드리 경감에게서 잘 들었으니까 마음놓고 비밀 이야기를 털어놓겠소. 내가 이 귀중한 원고를 발견한 데 대해서는 세상이 아무리 넓다 해도 꼭 한 사람 아니, 두 사람만이 알고 있소. 그 가운데 한 사람은 물론 나지요. 다른 한 사람은 감정해 준 사람입니다. 그 사람의 이름은 나중에 말하기로 하고, 아무튼 나는 큰 발견을 한 거지요."

그렇지 않아도 뼈가 튀어나온 얼굴이 한층 더 긴장되었다. 젊은 랜폴이 문인의 원고라든가 초판본에 이처럼 미친 듯이 정열을 기울이는 사람을 만나 보기는 이번이 처음이었다. 어이가 없어서 그는 윌리엄 경의 옆얼굴을 쳐다보고만 있을 뿐이었다.

"내가 발견한 그 원고는" 하고 윌리엄 경은 되풀이 말했다. "에드거 앨런 포의 원고요. 아직 한 번도 발표하지 않은 소설이지요. 나 자신과 감정한 사람, 그리고 포 외에는 아무도 듣지도 보지도 못한 작품이오. 어떻소, 믿을 수 없을 정도지요?"

그의 얼굴에는 광기에 가까운 기쁨이 넘쳐흐르고 있었다. 그는 입을 다문 채 소리를 죽여 웃으며 뒷말을 이었다.

"자, 잘 들어 보시오. 그 고본은 포의 작품 가운데 세상에 알려진 어떤 작품보다도 초기에 쓴 것이라오. 이것도 유명한 이야기지만, 《모르그 거리의 살인》의 원고만 해도 쓰레기통 속에서 발견되었다고 하지 않소. 더구나 이것은 그것보다도 훨씬 높은 수준에 속하는 작품이오. 아주 멋진 걸작 바로 그것이지요. 나는 그것을 우연히 발견했습니다. 틀림없는 진짜 포의 원고를. 로버트슨 교수가 보증해 주었소."

경은 자세를 고쳐 앉았다. 그의 손은 반짝반짝 윤이 나는 식탁을 원고지의 주름이라도 펴듯이 연신 문지르고 있었다. 그의 모습은 고본 수집가라기보다는 전당포 주인이 물건의 질을 감정하고 있는 모습에 가까웠다.

"나는 결코 포의 원고를 특별히 수집하고 있는 건 아니오. 당연한 일이겠지만, 이 방면은 미국 친구들의 독무대가 되어 있소. 물론 내 수중에 전혀 없다는 말은 아니오만. 포가 웨스트 포인트에 살고 있을 때 예약 출판을 한 《알 아라프》의 초판이 있고, 볼티모어에서 편집해 낸 남부문학 통신도 몇 권 있지요.

그럼, 발견해 낸 경위를 이야기해 주겠소. 지난 해 9월의 일인데, 나는 미국으로 서적 수집 여행을 갔었소. 그때 필라델피아의 수집가 매스터스 박사를 방문했지요. 그런데 박사가 7번 거리와 스프링스 가든 스트리트 모퉁이에 포가 살았던 건물이 있으니 구경하고 가는 게 어떻겠느냐고 가르쳐 줬기 때문에 곧 그곳으로 찾아가 보았소. 물론 혼자서. 이 굉장한 행운을 얻은 것은 바로 그때였소.

그곳은 빈민굴 같았지요. 정면은 형편 없는 벽돌 구조인데다 뒤쪽에는 빨래들이 잔뜩 널려 있었소. 옆모퉁이에 서 있는 건물이었는데, 근처의 차고에서 자동차를 뒤로 빼내려는 엔진 소리가 들려왔소. 건물은 옛 모습을 그대로 간직해 온 모양으로 단지 옆집과 정면을 이어서 두 채를 한 채로 개조한 것같이 보였소. 내가 찾아갔을 때에는 빈 집이었으며, 수리가 한창이었지요.

옆으로 들어가 보니 높은 판자가 둘러쳐져 있고 문이 나 있었소. 안쪽은 돌을 깐 뜰인데, 가지가 구부러진 나무가 벽돌 사이로 쭉 내밀고 있었지요. 부엌을 들여다보았더니 무뚝뚝한 표정을 한 일꾼이 봉투 위에 무슨 숫자를 써 넣으며 계산을 하고 있었소. 현관에 가까운 방에서는 계속 망치 소리가 들려 오고…….

그래서 나는 그 일꾼에게 부탁했지요. 이 집은 옛날에 유명한 소설가가 살았던 곳인데, 좀 구경할 수 없겠느냐고 말이오. 그랬더니 그 사람은 마음대로 구경하라고 말하고는 다시 계산을 시작하지 않겠소.

나는 안으로 들어갔지요. 당신들도 잘 알고 있겠지만, 천장이 낮은 작은 방들이 몇 개나 붙은 건물이었소. 수리를 하고 있던 방은 아치 형의 철책이 달린 맨틀피스를 끼고 천장에 닿을 만큼 장이 죽 놓여 있었소. 뒤쪽 벽에는 벽지를 발랐지요. 포는 이 방에서 양초를 켜고 원고를 썼던 거요. 버지니아가 옆에서 하프를 켜고, 클렘 부인이 감자 껍질을 벗기고 있었겠지요……."

윌리엄 비튼 경은 분명히 자신의 이야기에 도취된 모양이었다. 청중을 의식하고 그의 변설은 더욱 생생한 빛을 내뿜었다. 학자, 정치가, 표구사의 각 특징이 뼈가 굵은 그의 표정에서 스며 나왔다. 요란한 손짓까지 섞어 가며 그는 이야기를 계속했다.

"일꾼들은 장의 배치를 바꾸고 있는 참이었소." 윌리엄 경은 몸을 앞으로 쑥 내밀었다. "그런데 이것이 아주 힘드는 일이라서 장을 움직이고 나자 벽이 많이 상하게 되었지요. 게다가 벽지를 발라 때워 버리는 게 아니라 전면을 새로 칠할 모양이었소. 일꾼 두 사람이 벽을 긁어 내고 있었지요. 모르타르 먼지로 방 안은 온통 자욱했소. 거기서 우연히 내 눈에 띄게 된 것이, 당신들은 그것이 무엇이었다고 생각하시오? 내 몸은 나도 모르게 덜덜 떨리기 시작했소. 벽 바탕이 되는 판자 사이에서 두 겹으로 접은 얇은 종이가 나와 있었기 때문이오. 습기가 차서 좀투성이가 되어 있었지만, 나에겐 정말 하느님께서 주신 선물이었소. 이 집의 문지방을 넘어설 때부터 나는 신의 계시 같은 게 느껴졌소. 일꾼들이 수리하고 있는 것을 보았을 때 나는 이곳에서 틀림없이 뭔가 나올 거라는 육감이 있었던 거요.

솔직히 말씀드리자면 나는 미친 듯이 일꾼들을 헤치고 달려갔소. 일꾼들은 놀라서 왜 그러느냐고 소리쳤지만, 나는 그런 것에는 신경 쓰지 않았지요. 나는 한눈에 알아보았소. 완전한 것이라고. 당신들도 잘 알고 있겠지만 서명 아래에 구부러진 선을 선명하게 쳐 둔 것이 포 원고의 특징이오. 그러나 이 때가 중요한 고비였소. 경솔하게 움직일 수는 없으니까요. 이 건물의 소유주가 어떤 인물인지는 모르지만, 뜻밖에도 원고의 가치를 알고 있을지도 모르거든요. 게다가 또 일꾼들에게 돈을 준다 해도 섣불리 큰 돈을 주었다가는 눈치를 채고 더 요구해 올 위험이 있었으니까요." 윌리엄 경은 싱긋이 웃고 나서 다시 말을 이었다. "그래서 나는 이렇게 말했지요. 옛날 이 집에 살고 있던 사람에게 그리운 추억이 있어서 그 기념으로 이걸 가졌으면 좋겠는데, 여기 10달러가 있으니 양보해 주지 않겠느냐고 말이오. 이만큼 내가 신경을 썼는데도 그들은 의심하는 눈치였소. 어딘가 숨겨둔 보물의 소재지라도 써 있는 게 아닐까 하고 의심을 했는지 쉽사리 승낙해 주지 않았단 말이오. 포의 망령에게라도 들려 준다면 아마 기뻐할 이야기지만."

윌리엄 경은 팔을 뻗치면서 입속으로 우물우물 웃었다.

"그들은 자세히 원고를 들여다보았지요. 나도 조마조마하면서 보았는데, 그것은 소설 같았소. 그들에게는 한없이 길고 어려운 말만 나와 있는 재미없는 작품으로 생각되었는지 20달러로 낙착이 되었지요. 나는 원고를 받자마자 서둘러 그 자리를 떠나 버렸소.

아시다시피 현대에 포 연구의 권위자는 볼티모어에 있는 로버트슨 교수요. 그는 그전부터 나와 아는 사이였기 때문에 곧 발견물을 봐 주었지요. 물론 그전에 그와 의논하여 지금부터 보여 주려는 물건에 대해 절대로 남에게 이야기해서는 안 된다는 다짐을 받아 두었소."

랜폴은 경감의 얼굴을 쳐다보았다. 윌리엄 경이 이야기하고 있는 동안 해드리 경감은 싫증이 났다고까지는 말할 수 없지만 눈살을 찌푸리고 좀 지루한 듯한 모습을 보이고 있었던 것이다. 그리하여 경의 이야기가 일단 끝나게 되자 곧 해드리가 말했다.

"그런데 왜 그 일을 비밀에 붙이고 계셨지요? 소유권이 완전히 당신의 손에 들어올지 그 점은 의문이라 하더라도, 발견자의 우선권을 주장할 권리는 있을 게 아닙니까? 첫째, 이런 대발견을 잠자코 숨기고 있을 필요가 어디 있습니까? 세상에 공표하면 틀림없이 당신의 공적은 크게 갈채를 받을 텐데요."

윌리엄 경은 잠시 경감의 얼굴을 쳐다보고 있다가 이윽고 머리를 저으며 대답했다.

"자네는 모를 걸세. 설명하기 곤란하지만, 요컨대 나는 말썽을 일으키고 싶지 않았던 걸세. 이번 발견을 내 가슴 속에만 간직하고 싶었던 거지. 포와 나 두 사람만의 비밀로 말이야. 다른 사람은 아무도 아직 보지 않았으니까. 어떤가, 점점 더 포에 알맞는 이야기가 아니겠나?"

경은 말하는 데 정열이 넘쳐흘러서 안색까지 창백해 보였다. 좀 더 강하게 표현하고 싶은데 적당한 말이 생각나지 않아 안타까운 듯한 표정이었다. 손만이 쉴새없이 공중에서 헤엄치고 있었다.

"아무튼 로버트슨 교수는 명예로운 학자일세. 그 로버트슨 교수가 절대로 누설하지 않겠다고 약속해 주었지. 하긴 그도 역시 처음에는 자네처럼 공표하라고 권했었지만, 그러나 내가 승낙할 것 같은가. 마침내 원고를 감정해 본 결과 내 생각대로, 아니 그 이상의 것이라는 게 밝혀진 걸세."

"그것이 무엇이었지요?" 펠 박사가 좀 날카롭게 물었다.

윌리엄 경은 대답하려고 말을 꺼내다가 잠시 망설였다. 두 번째로 입을 열었을 때는 목구멍 속에서 조심스러운 소리가 울려 나왔다.

"잠깐만, 당신들을 믿지 못하는 것은 아니지만, 처음 만난 사람들 앞에서 너무 지껄여 버린 것 같군. 아니, 아니, 나쁘게 생각지는 마시오. 나쁜 뜻으로 말한 것은 아니니까. 원고가 어떤 것인가 하는 점은 지금까지 한 이야기로서 판단이 갈 것이오. 그러니까 우선 이 도난 사건 해결을 위해서 나에게 도움이 되어 주겠느냐 하는 것부터 묻고 싶은데, 어떻소, 해드리? 이 이야기를 하느라고 시간을 허비해 버렸고……."

"허비했다고 하시지만, 우리는 당신의 이야기를 잘 듣고 있었는데요." 주임경감은 싱글싱글 웃으면서 가볍게 항의했다.

그때 갑자기 펠 박사의 얼굴에 기묘한 표정이 떠올랐다. 경멸도 아니고, 농담으로 돌리겠다는 것도 아니고, 또 지루하다는 눈치도 아니었다. 말하자면 이 세 가지를 합친 듯한 표정이었다. 그는 안경을 고쳐 쓰고 윌리엄 경을 똑바로 쳐다보았다.

"그렇지만 윌리엄 경, 도난 사건 이야기는 들었습니다만 누가 수상한지, 그 말씀은 안 하셨군요. 짐작 가는 용의자는 없습니까?"

윌리엄 경은 있다고 말하려는 듯하더니 갑자기 화제를 돌려 버렸다.

"도난당한 곳은 버클레이 스퀘어에 있는 나의 집이오. 도난당한 날짜는 오늘이 월요일이니까, 그렇지, 토요일 오후에서 일요일 아침 사이구. 좀더 자세히 설명해 드리지요. 나는 침실 옆방을 서재로 사용하고 있소. 물론 2층에 있지요. 도서실과 서재는 아래층에 있고, 나의 장서는 대부분 그곳에 있소. 토요일 오후 나는 2층 서재에서 아까 말한 그 원고를 꺼내 보다가, 그것을 그대로 두고 외출했지요."

"방에 열쇠를 채우셨습니까?" 해드리 경감이 물었다.

그의 직업 의식이 고개를 쳐든 모양이다.

"아닐세, 원고 이야기를 아무에게도 하지 않았으니까 특별히 조심할 필요도 없었네. 얇은 종이에 싸서 책장 서랍 속에 넣어 두었다네."

"집안 사람들은 물론 아무도 모르겠지요?"

윌리엄 경은 머리를 가볍게 숙여 보이며 대답했다.

"문제는 바로 그거야. 내 입으로 말하기는 곤란하지만, 솔직히 말해서 누가 어느 정도 알고 있는지 나로서는 전혀 모르고 있거든. 좀더 자세히 조사해 보기 전에는 말이지. 하지만 나는 가족들을 의심하고 싶지는 않네."

"당연한 말씀입니다, 그래서요?"

"가족이라면, 딸 실러와."

해드리 경감은 약간 눈살을 찌푸렸다. 그는 고개를 수그린 채 말했다.

"지금 제가 질문한 것은 하인들을 말하는 겁니다."

"딸 실러와 동생 레스터 부부가 있지. 내 아내의 조카 필립은 아파트에서 살고 있지만, 일요일마다 내 집에서 저녁을 같이 들게 되어 있네. 가족은 이들이 전부일세. 나머지는 손님이 한 사람 묵고 있는데, 미국의 고서 수집가 줄리어스 아버 씨라네."

윌리엄 경은 말을 마치고 잠시 동안 손 끝을 바라보고 있었다. 이윽고 그는 아무렇게나 손을 흔들어 가며 덧붙여 말했다.

"물론 가족들은 내가 미국에서 귀중한 원고를 가지고 왔다는 것을 알고 있지. 그러나 그것이 얼마나 귀중한 보물인가 하는 것은 전혀 모른단 말일세. 그들은 도무지 이런 물건에는 관심이 없으니까. 또 뭔가 발견해 냈나 보다 하는 정도로 생각했겠지. 그러나 이것은 내 생각이고, 이야기를 해 버렸으니까 아마 흥미를 가지고 있는 사람이라면 짐작은 하고 있을 걸세. 하지만 다행인지 불행인지 내 가족 중에는 그런 고상한 취미를 가진 사람이 하나도 없다네."

"그럼, 아버 씨는?"

윌리엄 경은 조용히 말을 계속했다.

"나는 그것을 아버 씨에게만은 보여 주려고 했다네. 그 사람은 열렬한 포의 초판본 수집가니까. 그러나 나는 그만두기로 했네. 그래서 아직 한 마디도 하지 않았지."

"그래서요?" 해드리 경감은 이야기를 재촉했다.

"아까 말한 대로 토요일 오후에 원고를 다시 한 번 점검해 봤지. 그것도 오후가 조금 지나서 말일세. 그것이 끝나자 나는 런던 탑까지 외출했다네."

"런던 탑으로요?"

"나의 친구 메이슨 장군이 런던 탑의 부장관이거든. 요즈음 그는 비서와 함께 탑의 고문서를 정리하고 있는 중인데, 굉장히 진귀한 기록을 발견했다고 알려 왔더군. 뭐라더라, 웨섹스의 백작 로버트 더빌로(엘리자베스 여왕의 총신. 런던 탑에서 처형되었음)에 대한 것인데, 꼭 나한테 보여 주고 싶다는 거였어."

"그래요. 그래서요?"

"탑에서 돌아와 혼자서 식사를 하고, 극장에 갔지. 그 동안 서재에는 들르지 않았네. 극장에서 돌아온 뒤 시간이 꽤 늦었기 때문에 그대로 침실로 갔지. 그래서 도난당한 사실을 맨 처음 알게 된 것은 일요일 아침이었네. 얼른 볼 때는 외부에서 침입한 흔적이 전혀 없었네. 창문은 모두 채워져 있었고, 아무것도 손 댄 흔적이 없었으니까. 그런데 그 원고 하나만 연기처럼 책상 서랍 속에서 사라져 버린 걸세."

해드리는 귓밥을 만지작거리면서 이야기를 듣고 있었다. 그는 펠 박사 쪽을 쳐다보았다. 박사도 가슴에 턱을 묻은 채 한 마디도 놓치지 않으려는 태도였다.

"서랍의 열쇠는?" 해드리가 물었다.

"채우지 않았네."

"방은?"
"늘 채우지 않는다네."
"그래서 어떻게 하셨나요?"
"집사를 불렀지." 윌리엄 경은 뼈가 굵은 손가락으로 식탁을 톡톡 두드리기 시작했다. 그리고 몇 번이나 긴 목을 흔들고 나서 말을 계속했다. "솔직히 말한다면 나는 처음에는 이 집사를 의심했었네. 새로 들어왔으니까. 고용한 지 아직 석 달도 채 못 되었거든. 이 사람이라면 내 방에도 자유롭게 드나들 수 있고, 아무한테도 의심받지 않고 자연스럽게 손 댈 수 있을 테니까. 그러나 한편 좀더 생각해 보면 그는 아주 성실한 성격으로 개처럼 충성을 다하는 하인이란 말이야. 게다가 그렇게 재빠르게 행동할 수 있는 위인이 못 돼. 자기가 맡은 일 외에는 전혀 머리가 돌아가지 않는데, 포의 원고를 어떻게 한다든지 하는 재주가 있을 리 없지. 나는 이래 봬도 사람을 보는 눈은 자랑할 수 있을 만큼 정확하다네."
해드리 경감이 입을 열었다.
"그런 자신은 누구나 가지고 있어서, 그 결과 우리는 실컷 고생만 하게 되는 거지요."
"자네는 그렇게 말하지만, 내 경우는 틀림없네. 나의 자신에 착오는 없었어. 그를 고용한 사람은 딸 실러인데, 그는 고(故) 샌디발 공작 댁에서 15년 동안 별사고 없이 지내 왔다네. 나는 그것을 확인하기 위해 어제 샌디발 공작의 미망인을 만나 사정을 털어놓고 물어 보았더니, 부인은 그런 혐의를 일소에 붙여 버리지 뭔가. 맥스는 절대로 그런 사람이 아니라면서 말일세. 사실 내가 맨 처음 물어 보았을 때는 수상하게 생각하고 있었기 때문인지는 몰라도 그가 당황하여 제대로 대답도 못하고 우물거리는 것 같았네. 하지만 그것도 지금 생각해 보니 본디 성실하고 어리석기까지 한 사람이라서 나의 으름장에 놀라 그랬던 모양일세."

"그때 집사 맥스가 뭐라고 말하던가요?"

"그다지 이렇다 할 이야기는 하지 않았네. 오히려 그에게 이것은 중대 사건이라고 알려 주기 위해 애를 써야 할 정도였다니까. 잃어버린 원고가 무엇과도 바꿀 수 없는 귀중한 것이라는 사실이 그에겐 이해가 가지 않는 것 같았네. 그 점에서는 다른 하인들도 마찬가지겠지만, 요컨대 나는 그들을 의심하고 싶지 않네. 모두 옛날부터 충성을 다해서 일해 온 이들이라 나 자신이 한 사람 한 사람 신상까지 다 기억하고 있을 정도이니까."

"그러면 이번에는 그 날의 가족들 행동에 대해 말씀해 주실까요?"

"딸 실러는 토요일 오후에 외출하고 없었네. 한 번 집에 잠깐 다녀간 모양이지만, 그것도 들어오자마자 곧 나가 버렸다더군. 약혼자와 저녁을 같이한 모양이야. 딸의 약혼자는 아까 말한 메이슨 장군의 비서로." 윌리엄 경은 부자연스러울 만큼 당황하면서 말했다. "덜래이라는 젊은이라네. 정말 딸아이와 잘 어울리는 상대이지. 지금 무슨 말을 하던 참이었나? 그래, 그래. 그 날의 가족들 행동에 대해서 말했지. 아우 레스터 부부는 서부 지방의 친구를 방문하기 위해 여행중이었는데, 다음 날인 일요일에 돌아왔다네. 필립, 조카 필립 드리스콜도 역시 일요일에야 찾아왔으니까. 그 역시 토요일에는 모습을 나타내지 않았지. 그러니까 원고를 분실한 시간에는 수상한 일이 하나도 없었다는 결과가 되네."

"그러면 아버 씨는 어떻습니까?"

윌리엄 경은 잠시 두 손을 비비며 생각에 잠겨 있다가 겨우 입을 열었는데, 그의 말투는 마치 무슨 목록이라도 읽고 있는 것처럼 놀라울 정도로 억양이 없었다.

"그 사나이는 전형이 될 만한 수집가일세. 수집에는 열광하지만,

그 밖의 다른 일에 대해서는 나서기를 아주 싫어하는 성미라네. 이따금 구수한 말을 하기도 하네만, 말하자면 학자 타입이라고 할 수 있을 걸세. 나이는 아직 젊어. 마흔 안팎쯤 되었을까. 그런데 무슨 이야기를 해야 되지? 그렇지, 그래. 아버 씨의 알리바이지. 솔직히 말해서 그는 우리들이 볼 수 있는 장소에 없었다네. 그는 주말에 미국 친구한테서 초대를 받아 시골로 가고 없었네. 토요일에 출발해서 오늘 아침에 돌아왔지. 그러나 여행중이었다는 것은 확실하네. 나는 장거리 전화로 확인해 두었거든."

랜폴은 '정말 극성이군' 하고 생각했다. 그러나 그는 또 이렇게도 생각해 보았다. '그것도 무리는 아니야. 생명과 바꿀 수 없는 귀중한 물건을 잃었으니까. 외부 사람이라면 그가 누구이든 일단 의심해 보고 싶겠지. 비록 자기와 같이 성실하기 그지없는 서적 수집가라 할지라도. 오히려 그런 경우라면 의심이 더할 것이다.' 근엄한 얼굴의 신사들이 어린아이들의 장난감에 정신을 잃듯이 낡아빠진 원고를 쫓고 있는 모습을 상상하니 랜폴의 얼굴에 자기도 모르게 쓴웃음이 떠올랐다. 그러나 그 순간 윌리엄 경의 차가운 시선을 받고 그는 얼른 웃음을 삼켰다.

"그리고 나는 이 문제가 스캔들이 되는 것을 바라지 않네. 그래서 해드리 경감, 자네를 만나고 싶었네. 사정은 이와 같은데, 아주 단순한 도난 사건 같으면서도 단서를 잡으려니 도무지 알 수가 있어야지."

해드리 경감은 고개를 끄덕였다. 마음 속으로는 계속해서 생각에 잠겨 있는 듯했다.

"운이 좋으시군요. 마침 펠 박사께서 와 계시니까요. 박사님의 도움만 얻게 되면 범인 체포는 시간 문제입니다. 이 말이 틀린다면 저는 즉각 경시청에 사표를 내겠습니다. 그러나 윌리엄 경, 그 대신 제 쪽에서도 경에게 부탁이 있습니다."

"나에게 부탁이 있다고? 뭔가? 받아들일 만한 것이라면 무엇이든지 다 들어 주겠네."

"조카님 말씀인데, 드리스콜 씨 말입니다."

"필립 말인가? 필립이 어째서?"

"신문사에 나가고 계시지요?"

"그렇지. 그러나 일류 기자라고는 할 수 없네. 견습기자쯤 될까? 그 아이를 신문사에 취직시키느라고 나도 무던히 애를 썼지. 그러나 우리들끼리 하는 말이지만, 일전에 베테랑 기자들과 만난 자리에서 필립의 평을 들었네. 이제 겨우 어떻게 기사를 쓰기는 하지만, 가장 중요한 신문기자다운 센스가 없다는 걸세. 허버틀의 비평이 가장 신랄했어. 아마 드리스콜은 센트 마거리트 성당 앞을 지나치다가 흰 쌀이 1인치쯤 뿌려진 것을 보았다 해도 성당 안에서 결혼식이 거행되고 있는 사실을 눈치채지 못할 거라는 말이었네. 하하하! 그래서 아직까지 부서도 받지 못하고 있다는 거였지."

그러나 해드리 경감은 얼굴 표정 하나 변하지 않고 식탁 위에 신문을 집어 들었다. 경감이 말을 꺼내려고 하는데 종업원이 옆으로 와서 그의 귀에다 대고 뭔가 속삭였다.

"뭐라고?" 주임경감은 소리쳤다. "좀더 큰 소리로 말해 봐……. 응, 그래. 내가 해드리야……. 그래, 알았네."

그는 잔을 비우고 얼굴을 들었다.

"이상하군요. 직장에다 용무가 있더라도 부르지 말라고 일러 놓고 나왔는데, 잠깐 실례합니다."

"왜 그러나?" 펠 박사는 깊은 생각에서 깨어난 듯이 안경 너머로 눈을 깜빡이며 물었다.

"전화가 온 모양입니다. 곧 돌아오겠습니다."

해드리는 종업원과 함께 나갔다. 그 뒤로는 침묵이 계속되었다. 방금 경감의 눈에는 랜폴의 가슴에까지 기묘한 불안을 일으키는 뭔가가 있었다. 젊은 미국인은 윌리엄 경의 얼굴을 쳐다보았다. 영국의 노귀족도 같은 불안에 젖어 있는 것 같은 표정이었다.

경감은 2분도 채 못 되어 돌아왔다. 목 부분이 긴장되어 있었다. 그렇다고 해서 당황하고 있는 것 같지는 않았다. 여느 때와 같은 걸음걸이였으나, 타일 바닥을 밟는 소리가 이상할 만큼 높이 울렸다. 빛나는 불빛 아래 그의 얼굴은 기분 나쁠 정도로 창백해져 있었다.

스탠드 앞에서 그는 바텐더에게 뭔가 지시하고 나서 자리로 돌아왔다.

"여러분들께 한 잔씩 더 주문해 놓고 왔습니다. 위스키로요. 3분 뒤에 문을 닫는다는군요. 드시고 나면 밖으로 나가십시다. 그리고 죄송합니다만, 저하고 같이 가 주셨으면 합니다."

"가다니, 어디로?" 윌리엄 경이 놀라며 말했다.

해드리는 잠자코 있었다. 종업원이 술을 가지고 왔다.

"자, 여러분. 건배!"

해드리는 소리치고 나서 급히 잔을 비웠다. 랜폴은 또다시 기분 나쁜 분위기가 주위에 번져 오는 것을 느꼈다.

해드리는 조용히 상대방의 얼굴을 보며 말했다.

"윌리엄 경! 놀라지 마십시오."

"무슨 일인가?" 노귀족은 되물었다. 그는 잔을 들려고도 하지 않았다.

"우리는 조금 전까지 조카님 필립씨에 대해서 이야기를 하고 있었는데……."

"그런데 그것이 어쨌다는 건가? 빨리 말해 보게. 필립이 어떻게 됐다는 거지?"

"말씀드리기 참 어렵습니다만, 필립 씨가 세상을 떠났답니다. 런던 탑에서 시체가 발견됐다는군요. 상황 판단의 결과 살해된 것 같다고 합니다."

반짝거리는 탁자 위에서 윌리엄 경이 쥐고 있는 술잔이 소리를 냈다. 초점을 잃은 시선만을 해드리의 얼굴에 던진 채 움직이지 않았다. 숨까지 멎은 듯이 경은 꼼짝도 하지 않았다. 긴 침묵이 흐르는 동안 거리를 달리는 자동차의 경적 소리만 귀에 들려 왔다. 경의 손은 아직까지도 가늘게 떨고 있었다. 술잔을 꼭 쥐고 있기 때문에 그것이 줄곧 식탁 위에서 소리를 내었다. 이윽고 그는 겨우 입을 열었다.

"밖에 내 차가 있소."

해드리가 덧붙여 말했다.

"장난으로 생각해 왔었습니다만, 무서운 살인 사건에까지 이르게 되었습니다. 윌리엄 경, 필립 씨는 골프 옷을 입고 있었습니다만, 그 머리에는 도난당한 당신의 실크햇을 썼다고 합니다."

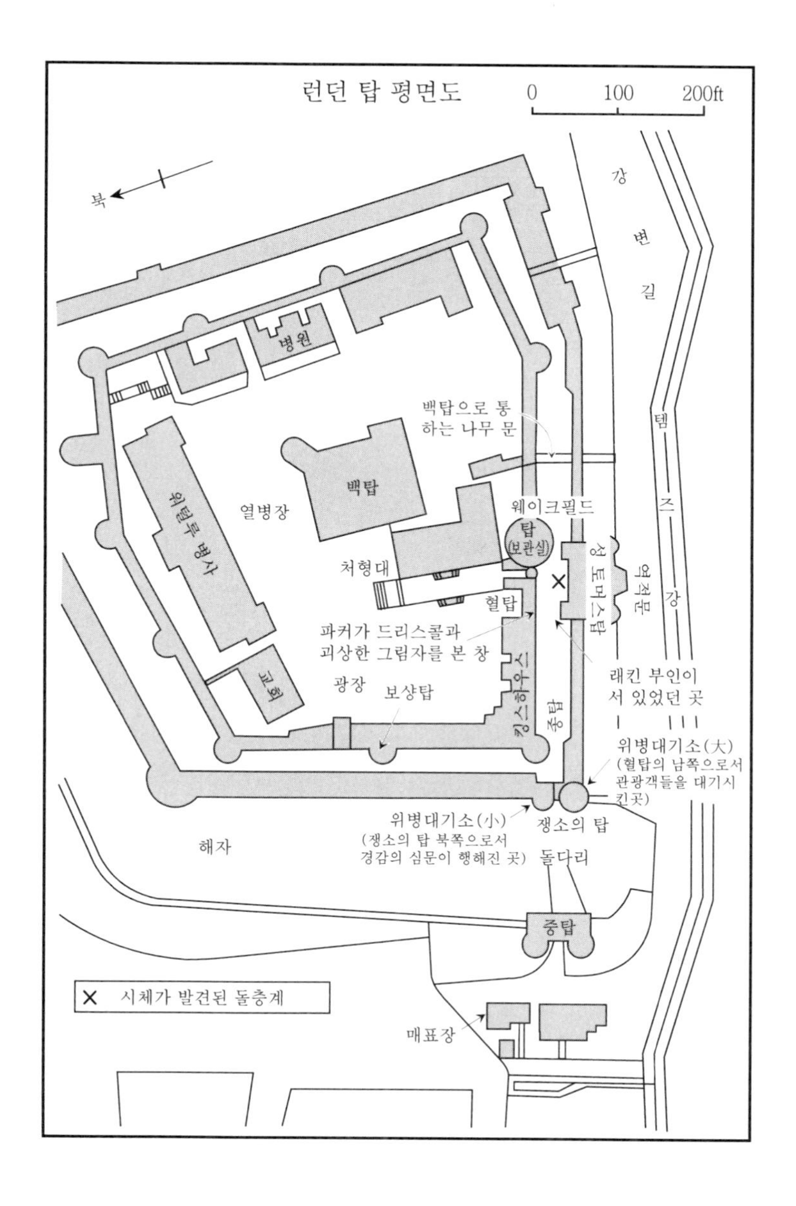

런던 탑 평면도
0
100
200ft
북
강
변
길
병원
백탑으로 통
하는 나무 문
템
즈
강
백탑
열병장
위털루 병사
웨이크필드
탑
(보관실)
처형대
성 토마스 탑
역적문
혈탑
파커가 드리스콜과
괴상한 그림자를 본 창
킹스하우스
종탑
교회
광장
보샹탑
래킨 부인이
서 있었던 곳
위병대기소(大)
(혈탑의 남쪽으로서
관광객들을 대기시
킨곳)
위병대기소(小)
(쟁소의 탑 북쪽으로서
경감의 심문이 행해진 곳)
쟁소의 탑
돌다리
해자
중탑
× 시체가 발견된 돌층계
매표장

역적문(逆賊門)의 시체

런던 탑.

백탑(白塔) 위에는 세 마리 사자를 그린 노르만의 깃발이 윌리엄 정복왕 이래 펄럭펄럭 바람에 나부끼고 있다. 칸에서 캐어 온 돌을 쌓아 만든 성벽은 지금도 여전히 회백색의 그림자를 템스 강에 던지고 있다. 토지 대장을 작성하기 천년 전부터 로마의 병사들은 여기서 보초를 섰고, 줄리어스 시저 탑 위에서 저녁마다 소리쳐서 시간을 알려 준 방어 요새의 옛터이다.

안팎의 성벽으로 둘러싸인 14에이커의 넓이에 잿빛으로 늘어서 있는 성채. 주위에 빙 둘러 해자를 파 놓은 것은 리처드 사자왕의 치세 때이다. 흑철빛 갑옷과 투구에 빨간 군복을 입은 역대 왕자들이 말을 타고 나타났던 날들도 이미 먼 옛날이 되어 버렸다. 헨리 8세도, 에드워드 철추(鐵椎)왕도 한 번쯤은 화려한 모습을 이 무대 위에 등장시켰을 것이다. 에드워드 3세가 귀부인을 위해서 가터를 주운 것도 바로 이곳이었다(이것이 가터 훈장의 시작임). 토머스 베케트(캔터베리 주교. 헨리 2세 앞에서 자기의 주장을 고집하다가 암살당함)의 망령은 지금도 아직 성 토머스 탑을 배회한다고 한다. 성 안 광장에서는 기사들이 무기(武技)를 겨루었고, 윌리엄 홀에서는 연회며 술잔치의 불빛이 화려했다. 해자를 따라 난 길에는 800년의 음침한 역사가 그림자를 드리우고 있다. 수많은 탑 안 길들의 이름을 되뇌어 보면, 궁전의 고함 소리며 군마의 울음 소리가 아직도 귓전에 들려오는 것 같다.

런던 탑은 궁전이며, 성채며, 그리고 감옥이었다. 찰스 스튜어트가 그 긴 망명 생활에서 왕좌에 복귀할 때까지 이곳은 국왕의 궁전이었으며, 오늘날도 왕실의 소유임에는 변함이 없다. 옛날 마상 시합이 열렸던 위털루 병영에서는 밤낮으로 나팔 소리가 울려 퍼지고, 근위기병의 구두 소리가 높이 울려 온다. 푸른 잔디밭 나무 그늘에는 분수가 반짝이는 물을 뿜어 올리고 까마귀 떼들이 날아든다. 그러나 이 광장이야말로 그 옛날 눈을 가린 남녀들이 몇 단의 계단을 조용히 올라가서 단두대에 목을 바친 장소이다. 흐려서 추운 날에는 템스 강에서 연기 같은 안개가 피어오른다. 그 안개에 싸이게 되면 자동차 소리며 마차 소리도 멀리서 들리는 것같이 되고, 둥근 탑의 흉벽도 희미하게 꺼져 버린다. 강변을 오르내리는 배들의 기적 소리가 비명에 가까운 메아리를 남길 뿐이다.

해자를 둘러싼 철책이 감옥의 철창을 연상시켜 이상한 기분이 든다. 언덕 기슭을 둘러싼 잿빛 성벽에는 자그마한 창문이 있기는 하지만 그것도 실같이 가느다란 틈에 지나지 않아, 바깥과 완전히 차단되어 있다. 그래도 이 안에서 일어난 갖가지 비참한 일들, 곧 이 속에 갇혀 있던 어린 두 왕자가 등불 아래에서 교살당하는 모습(리처드 3세가 조카인 에드워드와 그 동생을 살해했음)도, 장식 달린 깃과 새털 달린 모자는 화려하지만 얼굴이 창백하게 변한 월터 롤리(엘리자베스 여왕의 총신. 무인이며 역사가)가 혼자 쓸쓸히 성문을 지나가는 모습도, 혈탑(血塔)의 지하 깊은 감옥에서 독을 마신 토머스 오버베리 경(17세기의 저술가. 로버트 카와 이섹스 백작 부인의 결혼에 반대하다가 독살됨)이 고생하는 모습도 모두 다 우리들의 상상에 남아 있다.

램폴은 그전에 한 번 이곳을 방문한 적이 있었다. 그때는 아직도 더운 여름이라서 성벽 안에는 나무들과 정원의 화초들이 초록빛으로 빛나고 있었다. 그러나 오늘은 모든 정경이 달라져 있을 것이다. 피커딜리 서커스에서 런던 탑까지 윌리엄 경의 자동차가 달리는 동안에도 그의 환상은 차츰 음울한 빛을 짙게 해 갔다.

뒷날 다시 돌이켜 생각해 보니 스코트 음식점에서 해드리 경감이 한 말에는 몸서리쳐지는 듯한 무서운 의미가 포함되어 있었던 것이다. 런던 탑에서 한 사람이 살해되었다는 것만으로는 충분치 않다. 골프 옷을 입은 시체의 머리에 누구인지는 몰라도 악마의 손이 윌리엄 경의 실크햇을 올려놓았던 것이다. 훔친 모자를 계속해서 가로등 위에, 마차 말의 대가리에, 사자상의 대가리 위에 사람들의 눈에 잘 띄도록 놓아 두더니 마지막으로 가장 무서운 장면에 이용한 것이다. 어린 학생들의 심심풀이거나, 아니면 장난 정도로 생각하고 있었던 일이 급진전하여 괴상한 무대에 중대한 역할을 띠고 등장한 것이다. 이 기괴한 도난 사건의 마무리로서 런던 탑의 역사를 배경으로 하여 죽은 자의 머리를 실크햇으로 장식하는 것보다 더 적절한 것은 없지 않을까!

목적지에는 언제 도착될는지 몰랐다. 웨스트 엔드에서는 아직 그리 심하게 안개가 낀 것 같지 않았는데 강이 가까워지자 차츰 짙어져서 캐논 스트리트를 지날 무렵에는 걸어가는 사람들을 분간할 수조차 없을 정도였다. 윌리엄 경의 운전수는 조심조심 차를 몰고 있었다. 윌리엄 경은 뒷자석에 해드리 경감과 펠 박사 사이에 끼어 앉아 어두운 표정을 짓고 있었다. 모자가 없어서 화가 치밀어 오르는지, 자포자기한 것처럼 목도리를 목에 다 감고 두 손으로 무릎을 꽉 움켜쥔 채 반쯤 몸을 앞으로 내밀고 있었다. 랜폴은 좁은 보조석에 앉아서 차 안의 희미한 불빛에 비치는 경의 얼굴을 말없이 바라보고 있었다.

윌리엄 경은 이따금 크게 한숨을 쉬었다.

"뭔가 이야기라도 좀 해야 되겠군요." 펠 박사가 입을 열었다. "하긴 해드리 경감으로서는 살인 사건이 일어났다는 소식을 듣고 오히려 더 기운이 났는지도 모르지만 이젠 내 일도 다 끝난 것이겠지?"

"천만의 말씀입니다. 지금부터 점점 더 박사님의 도움이 필요해질 겁니다."

펠 박사는 볼을 불룩하게 한 채 잠자코 있었다. 앞에 짚고 있는 스틱의 손잡이에 살찐 턱을 올려놓고 있었는데, 검은 중절모가 그의 얼굴에 그림자를 떨어뜨리고 있었다…….

"그렇다면 윌리엄 경에게 좀더 물어 볼 말이 있는데……."

"물어 보시오, 사양 마시고."

경은 앞에 안개를 바라보면서 말했다. 자동차가 크게 흔들렸다. 윌리엄 경은 목을 앞으로 내밀 듯이 하고 다시 말했다.

"나는 그 아이를 굉장히 사랑했었소."

다시 침묵이 계속되었다. 차는 미친 듯이 경적을 울려 댔다. 랜폴의 앞자리에서는 세 사람의 등이 춤을 추고 있었다.

"그러셨을 겁니다." 펠 박사는 안됐다는 듯한 목소리로 말했다.

"해드리, 아까 전화에서 무슨 말을 들었나?"

"보고는 간단한 것이었습니다. 젊은이가 가슴을 찔린 채 죽어 있다는 겁니다. 골프 옷을 입고 윌리엄 경의 모자를 쓰고 있답니다. 그 이상의 것은 못 들었습니다. 전화는 경시청에서 온 것인데, 나에게 할당된 것은 관할이 다릅니다. 이것은 지방 경찰이 취급할 사건이므로 우리 경시청 사람들은 특별히 지방 경찰이 원조를 요청하든지, 본청에서 개입할 필요가 있다고 인정하는 경우가 아니면 출동할 수 없게 되어 있지요. 그러나 이 사건은."

"어떻단 말인가?"

"예감이 있었어요. 그 바보스러운 모자 소동은 단순한 장난으로 생각되지 않았거든요. 나는 부하들에게 명령해 두었습니다. 모자 소동 사건으로 지방 경찰에서 새로운 보고가 들어오면 어떤 것이라도 좋으니 앤더스 형사부장을 통해 곧 알리도록 하라고 말입니다. 부하들은 내 명령을 쓸데없는 헛수고라고 비웃고 있었던 모양입니다만, 역시 내 예감은 들어맞았습니다. 하지만 한 걸음 더 나아가 본격적인 수사를 시작하지 않았던 것이 실수였습니다. ——그는 분한 듯한 눈초리를 펠 박사에게 던졌다——. 그러나 박사님에게는 말씀드렸지요. 나는 결코 자신의 힘을 과신하고 있지 않다는 것을. 아무튼 박사님을 오시게 해서 다행입니다. 이번 사건은 앞으로 제가 담당하겠습니다."

"잘됐군. 그러나 그 모자가 윌리엄 경의 것이라는 사실을 어떻게 탑 안의 사람들이 알았을까?"

윌리엄 경이 몸을 내밀면서 말했다.

"그건 내가 설명할 수 있소. 만찬에 초대될 때마다 모자가 바뀌어서 곤란한 적이 있지요. 모두 똑같은 실크햇이 한 줄로 죽 걸려 있다고 상상해 보시오. 이름의 머리글자만으로는 어느 게 자기 모자인지 여간해서 알아보기 힘들거든요. 그래서 나는 예장용 모자에는 안쪽에 '비튼'이라는 금박을 찍어 두기로 했소. 오페라 모자 같은 데에 말이오. 그래, 참, 실크햇에도 찍어 두었지."

그는 얼마쯤 무심결에 지껄이고 있었으나, 말하는 도중에 갑자기 생각난 일이 있었던지 말이 빨라졌다.

"그래, 깜박 잊고 있었군. 그것은 새로 맞춘 모자였소. 홈버그 모자를 살 때 오페라 모자의 스프링이 고장난 것을 생각하고 같이 사두었던 거요. 아직까지 한 번도 써 본적이 없는데. 그것은."

그는 입을 다물고 눈을 비볐다.

"이상한데……. 자네는 지금 나의 '도둑맞은 모자'라고 하는 보고를 들었다고 했지? 그렇지. 그 실크햇은 도둑맞았네. 그것은 틀림이 없는데. 어떻게 그것을……. 그리고 그것이 또 왜?"

해드리 경감은 조마조마한 듯이 말을 받았다.

"제가 말씀드린 게 아닙니다. 전화에서 들었을 뿐입니다. 그러나 보고에 따르면 시체를 발견한 사람은 메이슨 장군인 모양입니다. 그래서."

"아아!" 하고 윌리엄 경은 고개를 끄덕이고 나서 코뼈를 손가락으로 만지면서 말했다.

"메이슨은 일요일에 우리 집에 와 있었어. 그때 내가 얼핏 그 이야기를 했는지도 모르겠군."

펠 박사도 몸을 앞으로 내밀었다. 애써 숨기고 있었지만, 분명히 흥분하고 있는 것 같았다.

"그렇다면 새 모자였군요. 새로 맞춘?"

"그렇소, 지금 말한 대로."

"오페라 모자는 한 번도 쓰지 않았다고요? 도둑맞은 것은 언제입니까?"

"토요일 밤이었소. 극장에서 돌아올 때 피커딜리에서 버클레이 스퀘어로 꼬부라지는 거리에서 샀지요. 지루하고 찌는 듯한 밤이어서, 자동차의 문을 모두 열어 두었었소. 그 근처는 가로등도 뜸해서 좀 어두운 곳이거든요. 가만 있자, 지금 무슨 이야기를 하고 있었지? 그래, 토요일 밤 이야기이지. 랜스다운 하우스 앞까지 오자 장님 같은 사나이가 펜 접시인가 뭔가를 들고 길을 가로지르려 하고 있었소. 나의 운전사는 그가 지나가도록 하기 위해 속력을 늦추었지요. 그런데 그 순간 어둠 속에서 수상한 사나이가 뛰어나왔단 말이오. 자동차의 뒷문으로 손을 집어 넣어서 모자를 움켜쥐자마자 그냥 달아나 버렸다오."

"그래서 어떻게 하셨지요?"

"가만히 있었지요. 깜짝 놀랐을 뿐이오. 정말 당황하지 않을 수 없었소. 빈 차도 아닌데 어떻게 그런 난폭한 짓을 할 수 있었는지."

"그 사나이를 뒤쫓았습니까?"

"뒤쫓아 봐야 헛일일 것 같았으므로 그냥 내버려 두었소."

"무리도 아닙니다." 펠 박사가 말했다. "그럼, 경찰에 신고도 안 하셨겠군요? 그 사나이는 어떻게 생겼습니까?"

"너무 별안간 일어난 일이라 아무것도 똑똑히 기억하고 있지 못하오. 아차하는 순간에 이미 사라져 버렸으니까. 화는 나지만, 그러나." 윌리엄 경은 이리저리 눈을 돌려서 경감과 박사를 번갈아 쳐다보면서 말했다. "나로서는 모자 같은 것은 어떻게 돼도 상관 없소. 불쌍한 것은 필립이지. 좀더 잘해 줄 것을……. 자식같이 생각하고는 있었지만 금전면에서는 좀 인색하게 대했던 것 같소. 용돈도 빠듯하게 주었고, 늘 욕만 했지요. 너같이 쓸모없는 녀석은 없어져서 낭비를 삼가야 해. 용돈을 좀더 깎아 내릴 생각이라며 잔뜩 겁만 주었지요. 왜 그렇게 잔소리를 많이 했는지 스스로 생각해 봐도 내 기분을 모르겠소. 나는 그 애의 얼굴만 보아도 설교를 하고 싶어지거든. 도무지 그 녀석도 나빠. 돈의 고마움 같은 것은 전혀 생각지도 않고 낭비만 하고 있었으니까." 윌리엄 경은 주먹을 쥐고 무릎을 탁 쳤다. 그러고 나서 천천히 덧붙여 말했다. "그러나 이젠 그런 걱정도 없어져 버렸어. 그 애는 죽어 버렸단 말이야!"

자동차는 벽돌로 지은 굉장한 건물들이 늘어선 부근을 미끄러지듯이 달려갔다. 창 너머로 보이는 가로등은 완전히 안개에 덮여서 푸른 빛을 발하고 있었다. 그들을 태운 차는 마크 레인을 빠져 나가 대화재 기념비의 네거리를 돌아서 타워 힐로 내려갔다.

안개는 완전히 짙어졌다. 랜폴의 눈에도 몇 피트 앞이 보이지 않았다. 가로등도 희미하게 흐려서 템스 강으로 보이는 부근부터는 항해하는 배들이 울리는 기적소리가 쉴새없이 들려 오는 것이었다. 어디선가 화물 마차의 바퀴 소리가 들려 왔다.

네모난 자동차는 철책 사이의 문을 지나서 성 안으로 들어갔다. 랜폴은 안개로 젖어 있는 차창을 잘 닦아 내고 줄곧 바깥을 내다보았다. 물이 없는 해자에 흰 콘크리트가 깔리고 한복판 가까운 곳에 그물이 쳐진 채 내버려져 있었다.

자동차길은 왼쪽으로 돌아서 목조 건물 앞을 지나갔다. 랜폴의 기억에 따르면 이것은 틀림없이 매표장과 찻집이었던 것이다. 성문 양쪽에는 낮고 둥근 탑이 계속되고 있었다. 성문 아래에서 자동차는 정지 명령을 받았다. 검은 모자에 근위 기병의 회색 군복을 입은 위병이 나타나서 총을 들이댔다. 차가 천천히 다가가 멈춰 서자마자 해드리 경감이 뛰어내렸다.

그러자 곧 그 어스름 속에서 또 하나의 그림자가 나타났다. 그는 짧은 감색 웃옷을 입고 목 있는 데까지 단추를 채우고 있었으며, 빨갛고 파란 위병대 모자를 쓰고 있었다.

"주임경감 해드리 씨지요? 수고하십니다. 이 쪽으로 오십시오."

말씨는 공손했지만 군대식으로 또렷또렷하여, 과연 소문에 들은 대로라고 랜폴은 생각했다. 런던 탑의 위병들은 고참 중사들 가운데에서 선발하여 특별히 상사로 진급시켜서 근무하도록 하고 있으니, 그 행동에 무리가 없는 것은 당연한 일일 것이다.

해드리 경감도 간단히 물었다.

"사건 담당자는?"

"위병대장입니다. 부장관님의 명령으로 담당하고 있습니다. 이분들은?"

"내 동료요. 이분은 윌리엄 비튼 경. 어떻게 수배했소?"

상대방은 힐끗 윌리엄 경을 쳐다보았으나 곧 해드리 경감을 향해서 말했다.

"사건 경위는 위병대장이 설명해 주실 것입니다. 시체는 메이슨 장군께서 발견하셨습니다."

"장소는?"

"역적문으로 내려가는 돌층계 아래라고 합니다. 아시다시피 위병은 탑 안 경비의 전권을 쥐고 있습니다만, 메이슨 장군에게서 당신이 피해자의 백부되시는 분과 잘 아는 사이라는 이야기를 듣고 곧 연락한 겁니다. 지방 경찰에는 알리지 않았습니다. 당신들이 도착할 때까지 시체 관리는 우리들이 하고 있습니다."

"현장 상황은?"

"탑 안의 출입을 일체 금지시켰습니다."

"잘하셨소. 나중에 경찰 의사가 올 테니 그분만은 들어갈 수 있도록 지시해 주시오."

"알았습니다."

그는 위병에게 간단한 명령을 남기고 일행을 안내하여 탑 안으로 들어갔다.

지금 서 있는 곳은 중탑(中塔)이라고 부르는 곳으로, 여기서부터 해자 위에 걸려 있는 돌다리를 건너가면 더 큰 탑으로 통하게 된다. 그곳은 원형의 보루로서, 바깥벽의 입구로도 사용되었다. 군데군데 하얀 돌이 박힌 암회색 돌벽이 좌우로 길게 뻗어 나가고 있었다. 이로써 완고한 성벽을 이루고 있는 모양인데, 지금은 짙은 안개에 싸여서 입구조차도 제대로 보이지 않았다.

펠 박사, 해드리 경감, 윌리엄 경이 위병의 뒤를 따랐다. 랜폴은 몸이 오싹해져 옴을 느꼈다. 그의 주위는 완전히 바뀌었다. 중세인 동시에 현대이기도 한 것이다. 이상한 세계에 들어가는 듯한 느낌이었다.

다음 탑의 아치까지 오자, 갑자기 또 한 사람의 그림자가 안개 속에서 튀어나왔다. 약간 뚱뚱하고 체격이 좋은 사나이였다. 두 손을 레인코트 주머니에 찌르고, 중절모를 눈썹 아래까지 푹 눌러 쓰고 있었다. 모든 사람의 발자국 소리를 들었는지, 가까이 와서 안개를 뚫고서 들여다보았다.

"여어, 비튼도 같이 왔군. 어떻게 알았나?" 하면서 그는 윌리엄 경의 손을 꽉 잡았다.

"굉장히 폐를 끼친 모양이지, 메이슨? 시체는 어디 있나?"

상대방은 생강색 입수염에다 턱수염까지 길렀다. 수염 끝이 안개로 젖어 있었다. 구릿빛 얼굴에는 수많은 주름이 달리고, 날카롭게 빛나는 눈 언저리에도 깊은 주름이 둘러져 있었다. 그는 고개를 약간 갸웃하고는 눈을 깜짝도 하지 않은 채 윌리엄 경을 쳐다보고 있었다. 텅 빈 성 안에서는 아무 소리도 들리지 않았다. 들리는 것이라고는 템스 강 위를 오가는 배들이 울리는 기적 소리뿐이었다.

악수를 마치자 겨우 상대방은 입을 열었다.

"이분들은?"

"주임경감 해드리, 펠 박사, 랜폴 씨. 이분은 메이슨 장군이오. 그런데 메이슨, 빨리 시체를 보고 싶은데."

메이슨 장군은 그의 팔을 잡고 말했다.

"자네도 알겠지만 경찰이 도착할 때까지는 시체에 손을 댈 수 없네. 발견된 곳에 그대로 놓아 두었지. 우리들의 행동에는 잘못이 없다고 보는데, 어떻소, 해드리 씨?"

"말씀하신 대로입니다. 그러니까 이제 그 장소로 안내해 주시지 않겠습니까? 시체는 경찰 의사가 올 때까지 그대로 둬야 합니다만."

윌리엄 경이 낮은 소리로 가만히 말했다.

"메이슨, 누가, 아니, 어째서 이런 짓을 저질렀을까? 누가 죽였어? 이런 지독한 짓을."

"거기까지야 난들 알 수가 있나? 나는 단지 발견했을 뿐일세. 정신 차리게, 윌리엄! 우선 한잔하기로 할까?"

"괜찮네. 나는 끄떡없어! 어떻게 피살되어 있었지?"

메이슨 장군은 줄곧 입수염과 콧수염을 쓰다듬고 있었다. 그것이 그의 마음 속 동요를 나타내는 유일한 증거였다. 그는 말했다.

"내 생각으로는 큰 활에 무쇠 화살을 꽂아 쏜 것 같네. 가슴에 꽂힌 화살 끝이 등 뒤에까지 뚫고 나갔어. 아니, 쓸데없는 말을 해 버렸군. 아무튼 흉기는 큰 활일세. 무기 진열실에 가면 흔히 볼 수 있는 거지. 심장에 명중했더군. 즉사야. 조금도 고통을 받지 않았다고 생각되네만."

경감이 입을 열었다.

"그렇다면 사살된 셈이군요?"

"그렇지 않으면 단검 대용으로 찔렸는지도 모르지요. 그렇게 보는 것이 맞을지도 모르오. 그건 당신이 자세히 조사해 봐야 되겠지요. 나머지 일의 처리는 당신에게 넘겨 주겠소. 조사할 때는 위병 대기실을 사용해도 좋소."

"관광객은 어떻게 했습니까? 마음대로 돌아가지 못하도록 명령하셨다는 이야기를 들었는데."

"다행히도 날씨가 나빴기 때문에 관광객의 수는 그다지 많지 않았소. 그리고 또 한 가지 다행스러웠던 것은 역적문의 돌층계 부근에는 안개가 더욱 짙었기 때문에 그곳에 사람이 죽어 있다는 사실을 알아차린 관광객들이 거의 없다는 점이오. 그들은 돌아갈 때 출구에서 나가면 안 된다는 지시를 받았지만 사고가 났으니까 잠깐 기다리라는 말을 들었을 뿐 까닭을 모르는 채 당신이 오기를 기다리고 있지요. 아무튼 조사가 시작될 때까지는 일단 대우를 잘 해 주라고 지시해 놓았소."

그러고 나서 그는 위병장에게 명령했다.

"나는 이분들을 현장으로 안내해 드리고 오겠네. 나머지는 위병대장에게 부탁해 두지. 아까 덜래이에게 관광객들의 주소와 이름을 적어 두라고 말해 뒀는데 다 됐겠지. 그럼 여러분, 안내해 드리겠습니다."

그들 앞쪽에는 돌로 포장된 길이 똑바로 나 있었다. 왼쪽의 큰 아치 속에 또 하나의 둥근 탑이 윤곽만을 희미하게 드러내고 있었다. 그것을 중점으로 하여 도로와 나란히 높은 성벽이 달리고 있는데, 그 성벽이 바로 내성의 방어벽이 되는 것이었다. 성곽 안에 또 성곽이 있어서 내성, 외성 둘로 나뉘어 있다. 오른편에는 외성의 벽이 계속되어 있으며 그 밖은 템스 강변이 된다. 안벽과 바깥벽 사이에는 폭 25피트 내지 30피트쯤 되는 길이 있고, 강을 따라서 성 안으로 계속되고 있다. 그 사이에 군데군데 파란 불빛이 보이는 것은 가스등이 안개에 젖은 까닭일 것이다.

안팎 두 개의 성벽 사이에 낀 돌 포장길은 모든 사람의 발자국 소리를 크게 메아리치게 했다. 오른편의 불빛이 환한 곳은 그림엽서를 팔고 있는 곳일 것이다. 그곳에서도 위병이 지키고 있는지 큼직한 위병 모자가 역시 큼직한 그림자를 만들고 있었다. 그 길을 100야드쯤 간 곳에서 메이슨 장군은 발을 멈추고 오른쪽을 손짓했다.

"이것이 성 토머스 탑, 이 아래가 역적문이오."

이름부터 불길한 느낌을 준다. 탑 그 자체는 큰 아치 위에 서 있기 때문에 그리 눈에 띄지도 않았다. 이 길다란 석조 아치가 이른바 역적문인데, 두꺼운 벽 속에 난로를 박아 놓은 듯이 기분 나쁜 형태를 이루고 있었다. 도로면에서 그곳까지 내려갈 수 있도록 16단의 폭넓은 돌층계가 이어져 있었다. 층계 아래는 넓게 돌로 포장이 되어 있는데, 옛날에는 템스 강의 상류였던 곳이다. 역적문이란 본디 템스 강에서 런던 탑으로 통하는 수로의 입구이다. 옛날에는 강물이 넘쳐서 돌층계 아래까지 들어왔다고 한다. 성 안으로 죄수들을 운반하는 호송선은 아치 밑을 지나 이곳에 배를 대었다. 그 무렵의 관문은 지금도 보존되어 있다. 아치의 천장까지 닿는 두꺼운 나무로 만든 문이 그것이었다. 배를 매어 두던 쇠고리도 지금 그대로 있다. 템스 강의 제방 공사가 준공되고 나서부터 이 넓은 지역은 물이 없는 호수로 변해 버린 것이다.

랜폴은 처음으로 이곳을 구경했을 때 굉장히 강한 인상을 받은 기억이 났다. 그 굉장한 아치도 때마침 짙은 안개에 가려서 똑똑히 보이지 않았다. 그것을 그때 기억을 더듬어서 보충하려고 했으나 대문 위에 박아 둔 끝이 뾰족한 큰 못들이 지옥의 이빨을 연상시켜 주는 것을 보았을 뿐이었다. 지금은 돌층계 아래에 통행이 금지되어 내려가는 곳에 철책이 쳐 있었다. 그 아래는 짙은 안개가 자욱하여 우물 속을 들여다보는 것같이 흐려 보였다.

메이슨 장군은 주머니 속에서 회중전등을 꺼냈다. 위병이 한 사람 철책 옆에 서 있는 것을 보고 회중전등의 불빛으로 신호를 보냈다.

"자네는 혈탑 입구를 지키고 있게. 아무도 접근시켜선 안 돼. 자, 여러분! 내가 발견한 곳은 이 아래입니다. 철책을 넘어서 내려가 보실까요? 나는 아까 한 번 내려가 봤는데."

장군은 회중전등의 불빛을 차츰 층계 아래쪽으로 비춰 갔다. 보고 있는 동안에 랜폴은 생리적인 오한을 느끼는 듯, 안개에 젖은 난간 손잡이를 꽉 움켜쥐고 몸을 기대었다. 눈을 감든지 얼굴을 돌려 버리면 될 텐데, 그것조차도 할 수 없었다. 가슴이 꽉 죄어드는 것같이 심하게 고동쳤다. 그리하여 결국 그는 보았던 것이다.

그것은 층계 아래쪽에 머리를 오른쪽으로 돌리고 쓰러져 있었다. 계단 위에서 굴러 떨어진 것 같은 모습이었다. 필립 드리스콜의 시체였다. 두꺼운 웃옷에 골프용 바지, 골프용 양말, 두꺼운 가죽 구두를 신고 있다. 웃옷은 물론 큼직큼직하게 줄이 쳐진 체크 무늬. 옷의 색깔은 밝은 갈색인 것 같은데, 물기에 젖어서인지 시꺼멓게 보였다. 그렇기는 하나 그들 가운데 누가 그것을 확실히 확인한 것은 아니었다. 한눈에 똑똑히 볼 수 있었던 것은 메이슨이 비추는 회중전등의 불빛을 받아 시체의 왼쪽 가슴 부근에서 강철 같은 게 몇 인치 튀어나와 둔한 빛을 되비치고 있는 것뿐이었다. 출혈은 심하지 않은 듯했다.

얼굴은 그들 쪽을 향하고 있었다. 심장에 화살이 꽂힌 것을 짐짓 보여 주기라도 하려는 듯이 가슴을 약간 치켜들고, 창백해진 양초 같은 얼굴에 가볍게 눈을 감고 있었다. 조금 화난 듯한 표정으로, 이상한 모자만 쓰고 있지 않다면 그다지 무서운 느낌은 들지 않았을 것이다.

이 오페라 모자는 층계에서 굴러 떨어질 때도 부서지지 않았던 모양이다. 그것은 필립 드리스콜의 머리에는 좀 큰 듯싶었다. 무리하게 씌웠는지, 아무렇게나 올려놓았는지는 몰라도 눈 있는 데까지 내려와서, 양쪽 귀가 가까스로 챙을 받치고 있는 모습이 무엇보다도 괴상하게 보였다. 그 모습을 보자마자 윌리엄 경은 '앗!' 하고 소리를 질렀다. 분노의 소리라기보다는 흐느낌에 가까운 고함이었다.

메이슨 장군은 회중전등을 껐다.

"보신 바와 같습니다." 어둠 속에서 장군의 목소리만이 울렸다.

"너무 모자가 이상하여 나는 벗겨서 속을 들여다보았지요. 그래서 소유자를 알았소. 해드리 경감, 내려가서 조사해 보시겠소? 그렇지 않으면 경찰 의사를 기다리기로 할까요?"

"회중전등을 좀 빌려 주십시오." 경감은 재빨리 대답하고 회중전등을 받아들더니 빙돌려 가며 사방을 비추어 보았다. "그런데 메이슨 장군, 어떻게 이런 장소에서 시체를 발견하게 되었습니까?"

"거기에도 여러 가지 이야기가 있소. 우선 그 사람이 탑 안에 나타난 시간인데, 오후 그리 늦지 않은 시간이었소."

"정확하게는 모르겠지요?"

"아마 오후 1시 20분이 지나서일 거요. 그때는 내가 아직 탑으로 돌아오기 전이었지요. 비서인 덜래이가 시내에서 나를 자동차로 태워다 주었소. 우리가 도착한 것은 꼭 2시 반이었소. 차가 쟁소(爭訴)의 탑 아래를 지났을 때 병영의 시계가 쳤던 것을 기억하고 있습니다."

장군은 길을 따라서 뒤쪽을 가리켜 보였다.

"저것이 그 쟁소의 탑이오. 아까 내가 당신들과 만난 곳이지요. 그러고 나서 우리들은 해자의 길——바로 이 길이오——을 지나서 덜래이는 나를 혈탑 입구까지 태워다 주었소. 자, 바로 저기요. 이 바로 정면에 보이지 않소?"

그들은 일제히 탑 안의 어스름 빛을 통해서 그쪽을 보았다. 혈탑은 통로를 사이에 두고 이쪽 탑과 마주 보고 있었다. 철책의 창같이 날카로운 이빨이 내밀고 있는 것이 보였다. 그 앞에 높직한 언덕이 희미하게 보였고, 자갈을 깐 길이 계속되었다.

"나의 거실은 내성의 킹스 하우스에 있소. 그래서 나는 문을 지나 방으로 돌아왔지요. 덜래이는 차를 차고에 넣기 위해서 해자의 길을 내려갔고, 그때 나는 우연히 레오나드 홀더인 경에게 볼일이 있다는 생각이 떠올랐소."

"레오나드 홀더인 경?"

"보기실(寶器室)의 관리장이오. 경의 거실은 성 토머스 탑의 저쪽이라서……. 잠깐 그 회중전등을 저쪽으로 비춰 보시오. 그렇지, 저쪽 역적문의 아치 쪽으로 말이오. 꼭 그 지점쯤이오."

그쪽에 철창 달린 무거운 문이 단단한 돌벽에 달려 있는 것이 안개 속에서 보였다.

"그쪽 층계를 올라가면 교회가 있는데, 그 건너편 방이 레오나드 경의 거실이 되어 있소. 그래서 나는 길을 가로질러 이 탑으로 왔지요. 안개가 짙게 낀데다 비까지 내리기 시작해서 이 근처는 완전히 깜깜해져 있었소. 저 문까지 가는데도 나는 계단을 헛딛지 않기 위해 난간을 꼭 붙잡고 걸어갔지요. 그때 나는 무심코 돌층계 아래를 내려다보았소. 왜 그런 마음이 들었는지 지금 생각해 보아도 알 수가 없지만, 육감이라고나 할까……. 요즘 사람들은 이런 말을 하면 비웃겠지만, 나같이 오랫동안 직장에서 수많은 시체를 보아 온 사람에게는 그러한 예감이 생기게 되는 모양이오. 아무튼 나는 돌층계 아래를 내려다보았소. 물론 아무것도 똑똑히 보이지는 않았지만, 뭔가 낯선 물건이 길게 누워 있는 것 같았소. 나는 통행금지용으로 세운 철책을 넘어 발밑을 조심하며 내려갔지요. 거기서 성냥불을 켜 보니 이렇게 나동그라져 있더군요."

장군의 말씨는 놀라울 만큼 냉정하고 간결했다. 그는 말하는 도중에도 줄곧 떡 벌어진 두 어깨를 흔들고 있었다.

"그래서 어떻게 하셨습니까?"

해드리의 질문 같은 것은 귀에 들어오지도 않는다는 듯이 메이슨 장군은 설명을 계속했다.

"분명히 살해된 것 같았소. 아무리 용감한 사나이라 해도 자살을 하기 위해 가슴팍에다 강철로 만든 화살을 꽂는 것은 도저히 상상할 수 없는 일이니까 말이오. 더군다나 그 화살로 가슴뼈에서 등뒤까지 꿰뚫는 것은 아무래도 불가능한 일이지요. 게다가 드리스콜은 저렇게 약하고 몸집도 작으니까. 혼자 힘으로는 할 수 없었을 거요. 숨이 끊어지고 나서 시간이 꽤 지났는지 몸은 식어 가고 있었소. 어떻게 해서 드리스콜이 저런 곳에 들어가게 되었는지 그것은 다른 사람에게 물어 보기로 하고, 나는 발견하게 된 경위만을 설명하겠소. 그때 마침 덜래이가 차고에서 돌아왔지요. 나는 곧 그를 불렀소. 그러나 그때는 아직 그에게 죽은 사람의 신원을 비밀로 해 두었소. 덜래이는 드리스콜의 사촌누이 실러 비튼과 약혼 중이라서 깜짝 놀라게 만들어서는 안 되겠다는 나의 배려에서였지요. 나는 덜래이에게 빨리 경비병을 시켜 베네딕트 박사를 불러 오게 하라고 일렀소."

"베네딕트 박사라니요?"

"이곳 위수(衞戍)병원장이오. 그 뒤 백탑에 가서 위병대장인 래드번을 불러 오라고 했지요. 래드번은 언제나 두 시 반까지 백탑에서 근무하고 있지요.

그래서 나는 래드번에게 지시하여 곧 모든 성문의 출입을 금지시키고, 아무도 이 성안에서 빠져 나가지 못하도록 수배시켰소. 드리스콜이 살해된 때로부터 상당한 시간이 지났기 때문에 범인은 도망갈 생각만 있었다면 벌써 달아나 버렸을 거요. 너무 늦어 새삼스러운 조치라는 것은 알았지만 일단 해야 할 수배는 다해 놓는 것이 좋겠다고 생각되었기 때문에……."

"잠깐만, 메이슨 장군" 하고 해드리 경감이 입을 열었다. "바깥벽에는 성문이 몇 개 있습니까?"

"세 개 있소. 여왕문은 상관할 필요가 없겠지요. 이 문은 본디 출입이 금지된 곳이니까. 중요한 출입구를 들어 본다면 중탑 아래에 있는 문, 아까 당신들이 들어온 문이오. 그리고 나머지 두 개는 템스 강변으로 향하고 있소. 문은 모두 해자의 길을 곧장 지나간 곳에 있소."

"문마다 모두 위병이 지키고 있겠지요?"

"물론이지요. 모든 성문에는 위병대의 근위 기병이 배치되어 있소. 그 밖에 탑의 위병도 있고. 그렇지만 수배 전에 나간 사람들의 인상을 조사해 내는 것은 어려운 일이 아니겠소. 왜냐하면 하루에 이 런던 탑의 성문을 지나가는 사람은 수천 명이나 되니 말이오. 하긴 위병들 중에는 너무 지루한 나머지 관광객들을 품평하며 즐기는 자들도 있는 모양이지만. 하지만 운 나쁘게도 오늘은 하루 종일 안개가 짙었고 게다가 그 시간에는 비까지 내리고 있었으니만큼, 여간 사람의 눈을 끄는 자가 아니면 점을 찍어 놓기가 힘들었을 거요."

"그거 참 유감이로군요!" 해드리 경감은 한숨을 쉬었다. "그래서 그 다음에는 어떻게 하셨습니까?"

"내가 한 일 말이오? 대강 말한 그대로요. 베네딕트 박사는 나의 견해에 동의를 했소. 박사의 검시 결과에 따르면, 드리스콜은 내가 발견한 시간보다 적어도 15분쯤 전에 숨이 끊어진 것 같다고 하오. 그 뒤의 일은 당신들이 들은 대로요."

거기까지 설명하고 나자 갑자기 메이슨 장군은 입을 다물었다. 잠시 뒤 그는 다시 다음과 같이 덧붙였다.

"드리스콜이 오늘 오후 이 성 안에서 무엇을 하고 있었는지, 그 행동에 대해서는 정말 기괴하고 믿을 수 없는 이야기가 있소. 그는 정신이 이상해진 것인지, 그렇지 않으면, 아니, 해드리 경감, 우선 당신의 눈으로 직접 시체를 검사해 보는 게 좋겠소. 나머지 이야기는 위병 대기소에서 하기로 하고."

해드리 경감은 고개를 끄덕이며 펠 박사를 쳐다보았다.

"박사님, 같이 내려가 보시겠습니까?"

펠 박사는 아까부터 사람들 뒤에 서서 묵묵히 장군의 설명을 듣고 있었다. 망토를 걸친 등을 꼽추같이 동그랗게 하고는 그 큰 몸집을 감당 못하겠다는 듯이 서 있는 모습은 마치 산적이 잘못 실수하여 탑 안에 들어온 게 아닌가 싶을 정도였다. 메이슨 장군도 이야기하는 동안에 몇 번이나 꿰뚫어 보는 듯한 시선을 그에게 던졌던 것이다. 아마 장군은 검은 중절모를 쓰고, 검은 테 안경 너머로 가늘기는 하지만 날카로운 빛을 내뿜는 이 사나이가 대체 어떤 인물인지, 그리고 또 무슨 까닭으로 이런 곳에 모습을 나타내게 되었는지 궁금했을 것이다.

"나는 가고 싶지 않네." 펠 박사는 말했다. "이 철책을 넘는 것은 힘든 일이니까. 내 몸은 그리 가볍지 않거든. 그리고 또 일부러 내려가 볼 필요도 없을 것 같군. 자네에게 다 맡기지. 나는 여기서 봐 둘 테니까."

경감은 장갑을 끼고 나서 철책을 넘었다. 그는 회중전등으로 발 밑을 비추면서 한 걸음 또 한 걸음 돌층계를 내려갔다. 또다시 랜폴은 힘껏 난간을 붙잡고 시선을 돌려 버렸다. 푸른 외투에 중산모를 쓴 해드리 경감은 조용히 계단을 내려가서 냉정한 표정으로 시체 앞에 섰다.

먼저 그는 회중전등으로 시체를 비추어 그 위치를 확인했다. 수첩을 꺼내 위치도를 그리고, 그 속에 여러 가지 숫자를 써 넣었다. 그것이 끝나자 시체 앞에 쭈그리고 앉아 손발의 관절을 구부려 보기도 하고, 위치를 좀 바꾸어 보기도 하고, 시체의 머리 뒤에 손을 대어 보기도 했다. 필립 드리스콜은 양복점의 마네킨처럼 가만히 있었다. 그 다음에는 그 근처 포장돌들을 핥듯이 자세히 조사하고, 그리고 나서 시체의 가슴에 박혀 있는 무쇠화살을 조사했다. 잘 닦인 강철제의 둥근 작대기인데, 활 줄에 거는 오늬는 붙어 있지 않았다. 안개에 젖어서 화살 표면이 흐려져 있었다.

마지막으로 해드리 경감은 모자를 벗겨 보았다. 살아 있었을 때에는 도락자로 알려졌던 젊은이의 처참한 얼굴이 나타났다. 가엾다고도, 바보스럽다고도 말할 수 없는 표정이었다. 이마께에 붉은 기가 도는 갈색 머리칼이 붙어 있었지만 해드리 경감은 그것을 떼어 보려고 하지도 않고 실크햇만을 살펴보았다. 이윽고 대강 조사가 끝났는지 그는 모자를 들고 천천히 층계를 올라왔다.

윌리엄 경이 기침을 하면서 목쉰 소리를 냈다.

"어떤가, 해드리?"

해드리 경감은 철책을 넘어 먼저 있었던 곳으로 돌아와서는 잠시 동안 모든 사람 앞에 선 채 말이 없었다. 회중전등을 끄고 그것으로 손바닥을 탁탁 치고 있었다. 어두운 곳이라서 랜폴은 그의 얼굴이 똑똑히 보이지 않았으나, 경감이 다른 통로에 신경을 쓰고 있다는 것을 알아차렸다.

템스 강 위로 안개 경보를 알리는 기적 소리가 길게 메아리쳐 갔다. 랜폴은 몸을 떨었다.

해드리 경감은 이윽고 입을 열었다.

"메이슨 장군, 당신의 위수 병원장은 한 가지 사실을 보지 못했습니다. 드리스콜의 두개골 아랫부분에는 타박상이 있습니다. 세차게 구타당한 흔적인지도 모릅니다만, 제 생각으로는 살해된 뒤 돌층계로 굴러 떨어지면서 받은 상처 같습니다." 주임경감은 주위를 조용히 둘러보면서 말을 계속했다. "아마도 범인은 드리스콜이 이 난간 곁에 서 있을 때 습격을 했을 것입니다. 이 난간은 꽤 높은 편이니까 키가 작은 드리스콜에게는 허리보다 위에 닿았겠지요. 따라서 화살이 아무리 세게 내리쳐졌더라도 난간 저쪽으로 굴러 떨어지지는 않을 것입니다. 범인을 살해한 뒤에 다시 들어올려서 난간 밖으로 집어던졌는지도 모릅니다."

경감은 한 마디 한 마디 생각해 가면서 이야기하고 있었다. 그리고 줄곧 같은 간격으로 회중전등을 손바닥에다 탁탁 치고 있었다…….

"물론 무쇠 화살을 단검 대신으로 사용하여 가슴을 찌른 것이라고 생각됩니다만, 한편 만일의 경우를 생각하여 그 본디 용법대로 활에서 쏜 게 아닌가 하는 것도 검토해 볼 필요가 있습니다. 그러나 그것은 도저히 불가능합니다. 오히려 바보스러운 생각이라고 해도 괜찮을 겁니다. 만일 활을 사용했다고 한다면, 범인은 별수없이 그 복잡한 장치가 된 중세기의 무기를 걸머지고 런던 탑을 배회하지 않을 수 없었겠지요. 꿈 같은 이야기입니다. 공상 외에는 있을 수 없는 일이지요. 그렇다면 범인은 왜 이런 흉기를 사용했을까요?"

그러자 옆에서 펠 박사가 경감의 말투를 흉내내듯이 말했다.

"그는 왜 모자 같은 것을 훔쳤을까요?"

랜폴은 메이슨 장군의 어깨가 움찔하는 것을 보았다. 미치광이 같은 의문의 구름을 어떻게 해서라도 풀어 보려는 것 같았다. 그러나 해드리 경감은 펠 박사의 말 같은 것은 들리지도 않는 듯이 조용한 목소리로 설명을 계속했다.

"안개 속에서 일어난 일입니다. 단검이나 곤봉 같은 것으로도 충분히 같은 효과를 얻었을 겁니다. 그리고 또 이렇게 짙은 안개 속이니까 조금만 거리가 멀어져도 표적을 겨누는 것은 무리입니다. 화살을 심장에 명중시키는 건 생각도 할 수 없는 일이지요. 그리고 끝으로 이 모자 말입니다만……." 그는 겨드랑이 아래에 끼고 있던 실크햇을 가리키면서 말을 이었다. "무슨 목적으로 범인은 이 실크햇을 죽은 사람의 머리 위에 올려 놓았을까요? 드리스콜이 탑에 왔을 때는 이런 모자를 쓰고 있지 않았을 텐데……."

"물론 이런 모자는" 하고 메이슨 장군이 입을 열었다. "쓰고 있지 않았소. 중탑의 수비병도 위병과 같은 증언을 하고 있소. 드리스콜은 테 없는 모자를 쓰고 있었다더군요."

"그 테 없는 모자는 현장 부근에서 발견되지 않았습니다. 그런데 메이슨 장군, 이 성문을 통과하는 관광객들은 굉장한 숫자일 텐데 어떻게 위병들이 드리스콜을 알아 볼 수 있었을까요?"

"단골이니까요. 적어도 그는 위병들과 만나면 인사 정도는 하고 지내는 사이였소. 수비병들은 자주 교대를 하고 있지만 드리스콜처럼 자주 찾아오는 사람의 얼굴쯤은 익히게 되지요. 왜 드리스콜이 그렇게 자주 찾아왔느냐고요? 그건 물론 구경하러 오는 것이 아니라 덜래이를 만나러 오는 거였소. 그 도락자는 지금까지 여러 번 곤경에 빠질 때마다 덜래이를 만나러 왔었지요. 오늘 찾아온 것도 아마 돈 때문이었을 거요. 오늘 찾아왔을 때 모습을 위병에게 자세히 물어 보도록 하겠소. 내가 직접 그의 모습을 본 것은 아니니까."

"이제 사건은 대강 알았습니다. 그럼, 다음에는 흉기 말씀인데……. 그전에 우선 확인해 두고 싶은 것이 있습니다. 첫째, 이것만은 의심할 여지가 없습니다. 사인이 사살이든 자살이든간에 범행을 한 곳은 이 돌층계 부근이라는 점입니다. 범행 장소가 다른 곳이었다면 그렇게도 많은 위병들이 지켜보는 가운데 시체를 짊어지고 여기까지 운반해 왔다는 말이 되는데, 그런 일은 상상도 할 수 없습니다. 그리고 이 층계 부근은 몸을 숨기는 데 딱 알맞습니다. 이 점을 아마도 교묘하게 이용한 것 같습니다.

그러나 불가능하다고 생각되는 일도 일단 조사해 둘 필요가 있으므로 지금부터 한 가지씩 검토해 나가도록 하지요.

첫째, 드리스콜은 대형 화살에 맞았다고 가정해 봅니다.

둘째, 그 경우 시체가 층계 아래에 쓰러져 있는 것은 화살의 힘이 굉장히 세었기 때문에 사살된 순간 피해자가 난간 밖으로 굴러 떨어졌든가, 아니면 범행을 저지른 뒤 범인이 시체를 집어던졌든가 둘 가운데 하나일 겁니다.

셋째, 마지막으로 범인은 드리스콜의 머리 위에 모자를 얹어 놓고 달아났습니다.

이러한 순서가 되겠는데, 만일 이 가정이 옳다고 한다면 과연 이 돌층계 부근에 그만한 무쇠 화살을 쏠 수 있는 지점이 있을까요?"

메이슨 장군은 묵묵히 턱수염을 쓰다듬고 있었다. 다른 사람들도 아무 말 없이 통로 저쪽 성벽으로 시선을 던지고 있었다. 혈탑이 안개 속에 희미하게 떠올라 있었다. 해자 가장자리로 난 길 저쪽 깊숙한 곳에도 또 하나의 문이 큼직한 입을 벌리고 있는 게 보였다.

이윽고 메이슨 장군이 말했다.

"쏘려고 마음만 먹는다면 쏠 수 있는 장소는 얼마든지 있소. 이 통로의 동쪽에서도 서쪽에서도, 역적문의 어떤 쪽에서도 해치우려면 못할 리 없지요. 혈탑의 출입구에서도 쏠 생각만 있으면 쏠 수 있었을 거요. 아니지, 저 출입문에서라면 더욱 가능성이 있을 지 모르오. 여기까지 직선 코스이니까.

그러나 해드리 경감, 그런 것은 생각할 필요가 없소. 말이 안 되니까. 소총도 아닌 큰 활을 걸머지고 이 런던 탑을 돌아다닐 수는 없단 말이오. 게다가 출입구 저편은 웨이크필드 탑의 입구라오. 여기도 역시 관광을 허가한 장소이고, 늘 위병이 지키고 있어서 발견되기 마련이지요. 좀더 가능성이 있는 방향으로 이야기해야 하오. 무쇠 화살을 쏘았다고는 생각할 여지가 없소."

해드리 경감은 솔직히 고개를 끄덕이고 나서 말했다.

"곤란하다는 것은 충분히 알고 있습니다. 그러나 당신도 말씀하신 것처럼 가능성이 없다고는 생각지 않습니다. 예를 들어 창문은 어떻습니까? 성벽 위에서라면 어떻겠습니까?"

"뭐, 뭐라고요?"

"창문이나 성벽 위에서 쏠 수는 없었겠느냐고 묻고 있는 겁니다. 물론 이런 것은 묻지 않아도 좋을지는 모릅니다만, 저에겐 이 안개 때문에 잘 보이지가 않아서요."

장군은 해드리의 얼굴을 뚫어지게 쳐다보고 있다가 두세 번 고개를 끄덕였다. 그러자마자 갑자기 귓가에서 오랫동안 전장에서 단련된 고함 소리가 울려 퍼졌다. 랜폴이 깜짝 놀라 펄쩍 뛰어오를 만큼 격렬한 분노가 섞인 목소리였다.

"그렇군! 해드리 경감, 런던 탑의 수비병 가운데 범인이 있다고 한다면."

해드리 경감은 사과하듯이 말했다.

"장군, 그게 아닙니다. 저는 그런 의심을 하고 있는 것은 아닙니다. 그저 형식적인 질문을 했을 뿐입니다."

메이슨 장군은 레인코트 주머니에 두 손을 찌른 채 잠시 동안 아무 말 없이 서 있었다. 이윽고 그는 홱 몸을 돌려 내성의 동벽을 손가락질하면서 말했다.

"왼편을 보시오. 건물이 몇 동인가 성벽에서 고개를 내밀고 있지요? 보이오? 안개가 짙어서 잘 모르겠지만, 날씨만 좋다면 창문이 이 쪽을 향해 있는 것이 보일 거요. 저것이 킹스 하우스 건물이오. 위병들과 그 가족들이 살고 있지요. 내 집도 역시 저곳에 있소.

성벽 위는 보루로 이루어져, 혈탑과 연결되어 있소. 그 부근은

'로레이 경의 길'이라고 하는데, 키가 작은 사람은 들여다볼 수 없을 만큼 높다오. 저쪽에서도 이쪽 탑을 바라볼 수 있도록 창문이 몇 개씩이나 열려 있단 말이오.

그리고 또 있지. 혈탑 바로 오른쪽에 커다란 둥근 탑이 보이지요? 저것이 웨이크 필드 탑인데, 보관(寶冠)이 간직되어 있는 곳이오. 저곳에도 이쪽을 향한 창문이 있소. 그리고 위병이 두 사람 계속해서 경비를 하고 있지요. 내 설명은 대강 이런 것인데, 알아들겠소?"

"고맙습니다." 주임경감은 대답했다. "좀더 안개가 걷히고 나면 조사를 하게 해 주십시오. 그럼, 여러분, 좋으시다면 다 같이 위병 대기실로 가실까요?"

심문

메이슨 장군은 윌리엄 경의 팔을 두드리면서 재촉했다. 그러나 경은 아무 말 없이 난간 너머로 돌층계 아래를 내려다보며 언제까지나 움직이려고 하지 않았다…… 그러나 결국 그는 묵묵히 장군과 어깨를 나란히 하고 걷기 시작했다.

해드리는 고개를 두세 번 끄덕여 보였으나 역시 움직이려고 하지 않았다. 모자를 겨드랑이에 낀 채 회중전등으로 수첩 위를 비추면서 열심히 뭔가 적어 넣고 있었다. 그는 얼굴 모습이 굳어진 채 계속 난처한 표정을 지었다.

모두 걷기 시작했으므로 해드리도 할 수 없이 수첩을 덮고 고개를 들었다.

"메이슨 장군, 한 가지만 더 묻고 싶은 게 있습니다. 흉기로 사용된 무쇠 화살은 이 탑 안에 있는 수집품 가운데 하나일까요?"

"그런 질문이 나올 줄 알았소. 하지만 나도 아직 그것은 모르오. 지금 조사를 시키고 있지요. 이 탑 안에는 큰 활이며 굵은 화살들이 물론 많이 수집되어 있소. 백탑의 3층에는 무기실이라는 방이 있어, 유리 상자 속에 무기들을 넣어 여러 가지로 진열해 놓고 있지요. 그러나 그곳 물건들을 도둑 맞았다는 말은 아직 듣지 못했소. 열병장 저쪽의 벽돌탑에 작업장이 있는데, 그곳에서 투구며 무기를 수리하고 있는 위병을 부르러 보냈으니까 곧 올 거요. 그에게 들어보면 대강 알 수 있을 거요."

"진열품인 큰 활이 흉기로서 사용될 수 있을까요?"

"물론이지요. 손질이 잘 돼 있거든요. 실제 무기로서도 충분히 이용할 수 있소."

해드리 경감은 잇사이로 소리를 내면서 펠 박사를 향해 말했다.

"박사님, 왜 그러십니까? 박사님같이 이야기를 좋아하시는 분이 기분이 언짢을 만큼 잠자코 계시는군요. 무슨 생각을 하고 계십니까?"

펠박사는 크게 콧소리를 내고 나서 말했다.

"생각을 하고 있지. 물론 충분히 생각하고 있다네. 그러나 그것은 창문이나 활 이야기가 아니고, 그 모자일세. 어디 그 실크햇을 나에게 건네주지 않겠나? 밝은 데서 자세히 조사해 보고 싶군."

해드리는 곧 모자를 건네주었다. 메이슨 장군은 사람들을 쟁소의 탑에서 왼쪽 편으로 안내하며 말했다.

"위병 대기소는 큰 곳과 작은 곳 두 군데가 있는데, 이곳은 작은 곳이오. 큰 쪽은 이 소동 때문에 관광객들을 대기시켜 놓았소."

장군은 아치 아래 문을 열었다.

랜폴은 그 안으로 들어가서야 비로소 바깥의 추위를 느낄 수 있었다. 난로에 석탄이 벌겋게 타오르고 있었다. 방은 원형으로 기분 좋은 느낌을 주었다.

원형의 천장에서 샹들리에를 드리우고 벽의 천장에 가까운 높이에 창문이 십자 모양으로 달려 있었다. 단단한 가죽의자와 책장을 죽 늘어 놓았다.

커다란 책상 앞에 꽤 나이가 든 노인이 앉아 있었다. 그는 똑바른 자세로 두 손을 가지런히 앞에다 놓고 있었다. 모두 들어서자 숱이 많은 하얀 눈썹 아래로부터 날카로운 눈동자를 올려서 힐끗 쳐다보았다. 옷차림은 다른 위병들과 같았지만, 지금까지 만나 본 어떤 위병들의 옷보다도 훨씬 고급스러웠다.

그 옆에서 키가 크고 깡마른 젊은이가 종이 위에 엎드리듯이 하여 뭔가 쓰고 있었다.

"여러분, 자리에 앉으시지요." 메이슨 장군이 먼저 입을 열었다.

"이 사람이 위병대장 래드번이오. 이 사람은 내 비서 덜래이."

노인은 모두에게 의자를 권하고 소개가 끝나자 여송연 상자를 내밀었다.

"뭔가 단서를 잡았나, 래드번?"

위병대장은 고개를 가로젓고 나서, 이제까지 자기가 앉아 있던 의자를 메이슨 장군에게 권했다.

"그다지 큰 단서는 발견하지 못했습니다. 백탑의 위병과 작업장 주임에게도 물어 보았습니다만, 기대한 만큼 수확은 없었습니다. 상세한 것은 덜래이가 속기해 두었습니다."

젊은이는 흩어져 있는 종이 쪽지들을 장군에게 건네주고 나서 그의 표정을 살폈다. 혈색이 좀 좋지 않아 보였지만 랜폴은 한눈에 그가 마음에 들었다. 갸름한 얼굴은 우울, 바로 그것이었다. 그 가운데서 입술에만 겨우 쾌활함이 깃들어 있었다. 적갈색 머리칼이 흐트러져 있는 것은 쓸데없이 손톱으로 긁어 대는 버릇 때문이리라. 사람 좋아 보이는 잿빛 눈동자는 심한 근시인 것 같았다. 그는 코 위에 얹은 안경테를 매만지면서 눈살을 찌푸리고 이쪽을 쳐다보고 있었다. 그러나 그것도 순간적인 일이고, 곧 다시 종이 쪽지 위로 눈길을 돌리며 말했다.

"정말이지……. 윌리엄 경, 오셨다는 말씀은 들었습니다만, 뭐라고 위로 말씀을 드려야 할지 모르겠습니다. 제가 얼마나 슬퍼하고 있는지 짐작이 가시리라 생각합니다."

그는 서류에서 고개를 들지 않고 이렇게 말했으나, 곧 화제를 바꾸어서 메이슨 장군을 쳐다보며 말했다.

"서류는 여기 정리해 두었습니다. 무기실에서는 물론 아무것도 도난당한 물건이 없습니다. 작업장 주임에게도, 백탑의 3층을 담당하고 있는 두 사람의 위병에게도 물어 봤습니다만, 그 큰 활의 화살은 우리 수집품이 아닌 모양입니다."

"틀림없겠지? 어떻게 그렇게 똑똑히 알아볼 수 있었을까?"

코안경의 위치를 바꾸면서 덜래이는 대답했다.

"그 점에 대해서는 존 브라운로가 전문입니다. 그의 설명에 따르면, 우리 수집품 가운데 그런 고대의 무쇠 화살은 없다는 겁니다. 시체에 꽂혀 있는 것을 보았을 뿐인데도 14세기 후반의 화살이 틀림없다고 말하더군요. 그의 진술을 다시 읽어 드리지요. '우리 진열장에 있는 것은 비교적 근대의 물건뿐으로, 이 흉기로 쓰인 물건보다 훨씬 굵고 짧으며, 화살의 오늬도 더 큽니다. 시체에 꽂힌 오늬는 아주 가느다란 것이어서 진열장의 어떤 활을 꺼내 보아도 화살이 맞지 않습니다'고 그는 진술하고 있습니다."

메이슨 장군은 해드리를 쳐다보았다. 경감은 마침 외투를 벗고 있었다.

"당신이 이 사건을 담당하셨지요? 자, 경감님. 이 의자에 앉아서 충분히 질문해 보시오. 대답할 수 있는 일이면 무엇이든지 대답할 테니. 다만 무쇠 화살에 대해서는, 그것은 쏜 게 아닌 듯하오. 범인이 외부에서 활을 운반해 왔다면 또 모르지만, 이 탑 안의 진열품을 사용한 것 같지는 않다는 거요. 그렇지, 덜래이?"

"브라운로의 설명에 따르면, 이 진열실의 활도 무리를 해서 사용한다면 못할 것도 없겠지만 화살이 잘 맞지 않아서 멀리까지 쏠 수는 없다고 합니다."

메이슨은 고개를 끄덕이면서 '자, 어떻소?' 하는 표정으로 경감의 얼굴을 힐끗 쳐다보았다. 랜폴은 그때 밝은 빛 아래에서 비로소 장군의 모습을 잘 살펴볼 수 있었다. 흠뻑 젖은 모자와 레인코트를 아무렇게나 의자 위에 집어던지고 두 손을 난로불에 녹이고 있었다. 그러한 지위에 있는 사람들에게서 흔히 볼 수 있는 거드름 같은 것은 전혀 없었다. 아주 눈에 잘 띄는 생강빛 입수염과 뾰족한 턱수염을 기르고 있었지만, 이마는 완전히 대머리져 있었다. 그 대신 눈만은 날카로운 빛을 발하고 있어 실제보다 젊어 보였다. 그는 난로 앞에 쭈그려 앉듯이 하여 어깨 너머로 경감을 돌아보며 말했다.

"그럼, 수사를 시작해 볼까요? 무엇부터 착수하겠소?"

덜래이는 서류를 책상 위에 올려놓고 메이슨과 윌리엄 경을 번갈아 쳐다보며 말했다.

"말씀드려 두어야겠습니다만, 관광객 가운데 관계자가 두 사람 있었습니다. 일반 관광객과 같이 위병 대기소에 보호하고 있습니다만, 비튼 부인은 아주 흥분하여 계속 소동을 부리고 있습니다."

"뭐라고?" 윌리엄 경이 고개를 들고 소리쳤다.

"레스터 비튼 부인입니다. 부인은."

윌리엄 경은 은빛 머리칼을 마구 긁어 대더니 멍해진 표정으로 메이슨의 얼굴을 쳐다보며 되물었다.

"대체 그녀가 무엇하러 이런 곳에 왔을까?"

해드리 경감은 책상 앞에 앉아서 수첩과 연필과 회중전등을 가지런하게 늘어놓고 있다가 윌리엄 경의 말을 듣자 조용히 고개를 들었다.

"저도 그것을 알고 싶습니다. 지금부터 그것을 조사할 생각입니다만, 그런데 덜래이 씨. 당신은 아무 말씀도 묻지 말아 주십시오. 내가 직접 찾아 뵙고 물어 볼 테니까."

"윌리엄 경, 레스터 비튼 부인이 탑 안에 있다는 이야기를 들으시고 상당히 놀라신 것 같은데, 그렇게도 뜻밖의 일입니까?"

그러자 상대방은 더욱 낭패한 표정이 되어서 말했다.

"그건, 자네가……. 저, 자네는 그녀를 잘 모르겠지만, 그녀는 돌아다니기를 좋아하는 성미라서……. 그러나 그렇지, 덜래이, 자네는 그녀에게 필립의 재난을 이야기했나?"

"어차피 말씀드려야 할 것 같아서……."

"그녀는 뭐라던가?"

"미칠 것만 같다고 말했습니다. 그리고 그 밖에도 여러 가지로."

해드리는 계속해서 연필 끝으로 책상 위를 두드리고 있었으나, 그 때 다시 재빨리 얼굴을 들었다.

"덜래이 씨, 다른 또 한 분은?"

"아버 씨입니다. 줄리어스 아버 씨. 고서 수집가로 이름난 분인데, 윌리엄 경 댁에 머물러 계시다고 들었습니다만."

윌리엄 경의 눈이 갑자기 험악해졌다. 드리스콜이 죽었다는 소식을 듣고 나서 처음으로 엿볼 수 있는 날카로운 표정이었다. 창백해졌던 표정에도 핏기가 되살아나 눈동자까지 반짝이기 시작했다. 그는 어깨를 으쓱하며 쿵 하고 소리 내어 의자에 주저앉았다.

"뭐라고? 그 사람도 와 있단 말이지? 이상한 일이군. 정말인가?"

주임경감도 연필을 내던지고 나서 말했다.

"말씀대로 정말 이상하군요. 그러나 이 사람도 역시 그대로 내버려 두십시오. 우선 드리스콜 씨의 오늘 행동에 대해서 알고 싶습니다.

어떤 것이라도 좋습니다. 가능한 데까지 자세히 말씀해 주십시오. 메이슨 장군도 아까 말씀하셨지만, 당신에게는 뭔가 들려 줄 만한 일이 있을 것 같은데요?"

메이슨 장군은 난로불에서 눈을 떼고 곧 위병대장에게 명령을 내렸다.

"래드번, 킹스 하우스에 가서 파커를 데리고 오게."

위병대장은 곧 나갔다. 장군은 곧 설명을 덧붙였다.

"파커는 나의 부하로 보어 전쟁 때부터 계속 내 밑에서 일하고 있지요. 정말 충실한 사람이오. 나는 완전히 그를 믿고 있답니다. 곧 오겠지만, 그때까지는 덜래이의 이야기를 듣기로 합시다. 덜래이, 경감에게 오늘의 기묘한 추적놀이에 대해서 이야기해 드리게."

덜래이는 고개를 끄덕였다. 그러나 그 얼굴에는 난처한 듯한 표정이 역력하게 떠올랐다. 그는 이마에 손을 대고 잠시 동안 생각에 잠겨 있더니 이윽고 결심한 듯이 이야기를 시작했다.

"경감님, 여기에 대체 어떤 의미가 포함되어 있는지 나로서는 알 수가 없습니다. 지금까지도 확실히 모르겠습니다. 다만 누군가가 필립에게 덫을 놓았다는 것은 짐작이 갑니다. 이야기가 길어지겠는데, 담배를 피워도 괜찮겠습니까?"

이렇게 말하면서 비서는 의자에 걸터앉았다. 발이 좀 떨리고 있는 것 같았다. 그는 여송연 상자에서 담배를 꺼냈다. 해드리 경감은 성냥불을 붙여 주면서 말했다.

"덜래이 씨, 윌리엄 경한테서 들었습니다만, 당신은 경의 따님과 약혼하셨다고요? 그런 사이라면 드리스콜 씨에 대해서 특별히 잘 알고 계시겠군요?"

덜래이는 조용히 대답했다.

"물론 잘 알고 있습니다. 지나칠 정도로 잘 알고 있습니다."

담배 연기가 눈 속으로 들어갔는지 그는 줄곧 눈을 깜박거리고 있었다.

"따라서 이번 사건은 나에게 굉장한 타격이었습니다. 드리스콜은 이상하게도 나를 실무가라고 과신하고 있어서, 걸핏하면 나에게 의논하러 오곤 했지요. 드리스콜은 늘 말썽만 일으키는 사람입니다. 그때마다 그는 나에게 전화를 걸어 왔지요. 알고 보면 별일도 아닌데 당장 이 세상에 종말이라도 온 듯이 떠들어 대었답니다. 나는 결코 말썽을 처리하는 수완 같은 것은 없었지만 그래도 그 사람보다는 나은 편이었지요. 드리스콜은 그냥 '큰일났네! 큰일났어!' 라고 떠들어 대기만 하고, 도저히 견뎌낼 수가 없다고 허풍을 떨 뿐입니다. 너무 많이 지껄여 댔습니다만, 역시 이런 일을 알아 두지 않고서는 지금부터 이야기하는 것을 이해하지 못하실 것 같아서……."

해드리 경감은 눈을 감고 듣고 있었으나, 이 순간 윌리엄 경을 힐끗 바라보면서 물었다.

"말썽이라니, 어떤 종류의 말썽이지요?"

덜래이는 조금 머뭇거리다가 대답했다.

"대부분 돈 문제였습니다. 언제나 정해 놓고 그랬지요. 큰 금액은 아니었습니다만, 그 대신 늘 외상 때문에 쫓겨다니고 있었습니다."

"여자 관계는요?" 해드리가 갑자기 물었다.

비서는 기분이 언짢은 듯이 대답했다.

"그건 누구나 다 그렇지 않습니까? 아니, 실례를 했군요. 나는 단지 젊은이들의 이야기를 했을 뿐입니다. 아무튼 그의 경우 그 방면에서는 아주 명랑한 것 같았습니다. 가끔 한밤중인데도 예사로 전화를 걸어 오곤 했거든요. '오늘 밤 파티에서 절세의 미인을 만났어. 여태껏 보지 못한 천사 같은 여자인데' 하면서 크게 떠들어 대지만, 그것이 채 한 달도 못가 식어 버리는 겁니다……."
"최근에 복잡한 문제 같은 것은 없었나요?"
비서가 부정의 뜻으로 손을 흔드는 것을 보고 경감은 다짐을 받으려는 듯이 말했다.
"이번 일은 살인 사건이기 때문에 동기가 가장 중요합니다. 따라서 이렇게 파고들어 질문을 하더라도 이해해 주셔야 하겠습니다."
"복잡한 문제는 정말 없었습니다."
"그럼, 다시 계속하겠습니다. 당신이 늘 그 사람의 상담역이 되어 주셨다고요?"
"드리스콜은 늘 나를 찾아와서 슬그머니 치켜세우거든요. 나도 실러의 인척이기 때문에 도와 주지 않을 수 없었습니다. 그 점을 항상 그가 이용하는 겁니다. 하기는 나뿐만 아니라 누구든지 다른 사람의 운명에 관해서 상담을 받게 되면, 기꺼이 거기에 응할 것입니다. 바보스러운 이야기입니다만 아무튼 지금 말한 바와 같습니다. 이것도 오늘 사건을 이해하시는 데 꼭 알아 두실 필요가 있을 겁니다."
덜래이는 잠깐 말을 중단하고 담배를 피웠다. 이윽고 그는 다시 말을 이었다.
"오늘 아침 일찍 전화가 걸려 왔었습니다. 장군의 서재에서 파커가 전화를 받았지요. 나는 아직 침대에서 자고 있었는데, 무심결에 들어 보니 드리스콜이 굉장히 흥분한 것 같았습니다. 나를 만나고 싶으니까, 1시 정각에 런던 탑으로 오겠다는 것 같았습니다. 전화 이야기 중에 내 이름이 너무 많이 나오기 때문에 결국 나는 침대에서 내려와 수화기를 받았습니다.
'또 시작이구나' 하고 생각했습니다만, 기운을 북돋아 주기 위해 기다리고 있겠다고 말했습니다. 그러나 오후에는 약속이 있어 외출할 예정이니까 빨리 오라는 말을 잊지 않고 해 주었지요. 메이슨 장군님이 자동차의 클랙슨 소리가 시원치 않으니 호번의 수리소에 가서 고쳐 오라는 지시를 하셨기 때문입니다. 전류를 통해서 소리가 나도록 하는 것인데, 소리가 나기 시작하면 그치지를 않거든요."

"수리소는 호번에 있습니까? 왜 그렇게 멀리까지 가셔서 수리를 하지요?"

순간 메이슨의 얼굴이 흐려졌다. 그는 난로에 등을 돌리고서 두 다리를 넓게 벌리고 있었는데, 무뚝뚝한 목소리로 고함을 지르듯이 말했다.

"멀다는 건 누구든 다 알고 있소. 그러나 나의 옛날 부하가 그 수리소를 경영하고 있지요. 중사였는데, 정말 일을 잘 해 주었소. 내 차는 모두 거기서 수리하게 되어 있소."

"그런 뜻이 아닙니다. 자, 덜래이 씨, 그러고 나서 어떻게 하셨지요?"

랜폴은 벽에 나란히 늘어선 책장 앞에 서 있었다. 쥐고 있는 담배에 불을 붙이는 것도 잊어버리고 덜래이의 이야기에 귀를 기울이고 있었다. 그러나 이상하게도 이것이 살인사건의 수사라는 실감은 들지 않았다. 마틴 스태버스 사건 때와 너무도 상황이 달랐던 것이다. 물론 이번 일은 그 사건 때처럼 랜폴 자신이 와중에 말려든 것은 아니다. 우연한 기회에 오페라 모자를 쓴 기괴한 시체의 수사에 입회할 허가를 받은 것뿐이므로 냉정한 국외자로서 관찰이 흐려지지 않은 것은 알지만, 그러나 아무리 그렇다 하더라도…….

중세기를 연상케 하는 방 안에 전등이 환하게 켜 있었다. 책상 저쪽에는 강철같이 딱딱한 머리카락과 짧게 깎은 입수염을 불빛에 반사시키면서 해드리 경감이 대기하고 있었다. 이 날카로운 눈을 가진 주임경감의 마음 속은 어떤지 몰라도, 겉으로는 아무렇지도 않은 듯이 꾸미고 있었다. 그 오른편에는 윌리엄 비튼 경이 앉아 있었다. 냉정한 눈 깊숙이 갈고 닦은 듯한 날카로움이 번쩍이고 있다. 왼쪽에는 비쩍 마른 로버트 덜래이가 뒤틀린 듯한 표정을 짓고 있었다. 우뚝 서 있는 사람은 메이슨 장군 혼자뿐이다. 그는 난로에 등을 돌린 채 긴장된 표정을 없애려고 하지도 않았다. 가장 큰 의자에 펠 박사가 앉아 아까부터 두 손에 오페라 모자를 들고 올빼미 같은 눈초리로 들여다보고 있었다. 그는 이따금 뒤집어 보고는 뭔가 혼잣말을 지껄이는 것 같았다…….

박사의 모습이 이상하게도 랜폴을 초조하게 만들었다. 박사는 결코 이렇게 얌전히 앉아 있는 성미가 아니다. 쉴새없이 악의 없는 독설을 주위에 퍼부어 상대방의 주장을 여지없이 깨뜨려 버리고는 기뻐하는 것이 그의 버릇이었다. 그런데 오늘은 확실히 좀 이상하다. 그것이 적지않이 젊은 미국인에게 불안감을 주었다.

다시 정신을 차려 보니 덜래이가 지껄이고 있었다. 랜폴은 다시 긴장했다.

"나는 그것을 그리 대단치 않게 생각했습니다. 오전에는 잊고 있었습니다만, 약속 시간인 한 시쯤에 다시 전화가 걸려 왔습니다. 파커가 받았는데, 이번에도 역시 필립 드리스콜에게서 온 것이었지요."

덜래이는 꽁초를 끄고 나서 말을 계속했다.

"필립은 나를 불러 달라고 말했답니다. 그때 나는 기록실에서 장군의 원고를 정리하고 있었기 때문에 파커가 전화를 그리로 돌려 주었지요. 그의 목소리는 아침보다도 한층 더 혼란스러운 것 같았습니다. 갑자기 일이 생겨서 탑에 못 가게 됐다, 그 이유를 전화로는 말할 수 없으며, 아무튼 못 가게 되었으니 내 쪽에서 좀 와 달라는 것이었습니다. 그는 여느 때처럼 장황하게 허풍을 떨었지요. 여러 번 들어 본 문구입니다만, 생사에 관련된 중대한 문제니까 어떻게 해서든지 꼭 와 달라는 거였습니다. 저는 곤란하다고 느꼈습니다. 그래서 일이 많아 나갈 수 없으니 그렇게 중요한 문제라면 자네가 직접 오는 게 좋지 않느냐고 말해 줬지요. 그러자 드리스콜은 다시 '나는 지금 생사의 갈림길에 서 있단 말이야! 친구 사이에 그럴 수가 있어!' 하면서 마구 떠들어 댔습니다. 그리고는 아무튼 시내까지 나오라면서 내 말은 들으려고 하지도 않았지요. 그의 아파트는 블룸즈베리에 있습니다. 자동차 수리소에서 거기까지는 얼마 안 되는 거리입니다. 그곳에 들렀다 간다고 해도 그리 시간이 많이 걸리지는 않을 것 같아 결국 내쪽에서 가기로 타협이 됐습니다. 곧 가겠다고 하니까 기뻐하는 눈치였습니다."

덜래이는 의자 속에서 연신 몸을 움직이고 있었다.

"확실히 여느 때의 그보다 훨씬 진지했습니다. 지나칠 만큼 진지했기 때문에 혹시 돌지 않았나 생각했을 정도였으니까요. 그래서 나는 곧 출발했습니다."

"어딘가 정신이 이상해진 것 같은 데가 있었습니까?"

"설마…… 아니, 없었다고 할 수도 없군요……. 아무튼 확실한 것은 잘 모르겠습니다. 좋도록 판단을 내려 주십시오."

덜래이는 방구석으로 시선을 던졌다. 거기에서는 아까부터 펠 박사가 열심히 모자를 들여다보고 있었다. 갑자기 덜래이는 불안스러운 시선을 움직였다.

"요즘 필립은 지나칠 정도로 기분이 좋았습니다. 나도 사정이 그렇게 급변한 데 대해 놀랐지요. 그는 문제의 모자 도둑 기사를 써 내고는 의기양양해 있었는데……."

"그런 것 같았지요." 경감의 눈에 갑자기 흥미가 솟아나는 것 같았다. "그래서 어떻게 됐나요?"

"지금까지는 무소속 기자였으나, 이번 기사가 성공하게 되면 주필이 그에게 적당한 자리를 주겠다고 약속한 모양입니다. 그런데 갑자기 그가 비관하는 말을 꺼냈기 때문에 나는 당황할 정도였답니다. 그때 내가 이런 말을 한 것을 기억하고 있습니다."

'왜 그러지, 드리스콜? 무슨 사건이라도 일어났나? 나는 자네가 모자 미치광이를 추적하느라고 바쁜 줄 알았는데.'

그러자 드리스콜은 이상할 만큼 겁먹은 목소리를 냈습니다.

"'바로 그거야. 아무래도 내가 너무 추적한 것 같아. 저쪽에 너무 자극을 많이 주어서 이번엔 내가 위험하게 됐어.'"

듣고 있던 랜폴은 공포에 가까운 감정에 사로잡혔다. 덜래이의 말을 듣자 멋쟁이며 호남인 드리스콜이 허영이고 뭐고 다 버리고 새파랗게 질린 얼굴로 수화기를 들고 있는 모습이 그의 눈 앞에 선하게 떠올라 왔다. 경감이 몸을 앞으로 내밀면서 물었다.

"모자 도둑 사건 때문에 드리스콜 씨가 신변에 위험을 느끼게 됐다는 말입니까?"

"그런 모양입니다. 물론 나는 일소에 붙였지요. 이런 말을 되물어 본 기억이 나는군요."

'아니, 그럼, 자네의 모자까지도 도둑맞게 됐다는 건가?'

그러자 그는 이렇게 대답했지요. 굉장히 진지한 어조로."

"뭐라고 했지요?"

"'걱정하고 있는 것은 모자가 아니라 나의 목이란 말이야…….'"

침묵이 오래 계속되었다. 그것을 깨뜨리고 해드리가 조용히 말했다.

"그래서 당신은 이곳을 나가자 곧 그의 아파트로 갔겠군요?"

"거기서부터 이야기가 좀 이상해집니다. 우선 차를 수리소에 갖다 넣었습니다. 수리소는 하이 호번의 딘 스트리트에 있지요. 일이 많이 밀려 있지만, 곧 수리해 주겠다고 말했습니다. 그러나 그 동안 차 옆에서 기다리고 있을 기분도 나지 않아 우선 드리스콜의 아파트에 갔다가 돌아오는 길에 차를 찾아가려고 했습니다. 급히 사용해야 할 일도 없었으니까요……."

해드리 경감은 수첩을 꺼내며 물었다.

"아파트의 주소는?"

"서부 중앙구 더비스톡 스퀘어 더비스톡 아파트 34번지. 방은 아래층 2호실이었습니다. 그런데 오랫동안 초인종을 눌렀는데도 아무도 나오지 않았습니다. 그래서 안으로 들어가 보았지요."

"문이 열려 있었습니까?"

"아니오, 나는 열쇠를 가지고 있었거든요. 아시다시피 런던 탑의 폐문 시간은 열 시입니다. 저녁마다 열 시 정각에 성문이 닫히지요. 그 뒤에는 국왕이라 해도 안으로 들어갈 수 없습니다. 그러므로 극장이나 댄스 파티 같은 데에 가는 날 밤이면 어딘가 잘 곳을 마련해 두지 않으면 안 됩니다. 그래서 내가 늘 이용하고 있는 것은 필립의 방에 있는 소파입니다……. 가만 있자, 어디까지 이야기했지요? 그렇지, 필립의 아파트를 방문한 데까지 말했지요. 나는 그가 돌아오기를 기다리고 있었습니다. 식사하러 나간 줄 알았는데 사실은."

덜래이는 한숨을 내쉬었다. 그리고 손바닥으로 책상을 탁 치더니 말을 이었다.

"내가 런던 탑을 나오고 나서 15분도 채 되지 않아 필립 드리스콜은 나를 찾아와서 장군의 거실에 앉아 있었던 겁니다. 파커가 전화를 받고 지금 막 떠났다고 말하자 필립은 안색이 싹 달라지더랍니다. 파커의 이야기를 듣고 그야말로 까무러칠 정도로 창백해졌다더군요. 그리고는 다음 순간 완전히 달라져 이번에는 새빨갛게 화가 나서 파커에게 욕을 퍼부었다고 합니다. '오늘 아침에 전화로 한 시에 약속해 놓고 변경 같은 것은 하지도 않았어! 두 번째 전화라고? 내가 언제 그런 전화를 걸었어!' 하고 눈을 부라리며 노발대발했답니다."

난간의 그림자

해드리 경감은 긴장했다. 그는 연필을 책상 위에 조용히 내려놓았다. 턱 부근의 선이 굳어져 있었다. 돌을 깐 방은 난로에서 불타는 소리만 날 뿐, 다른 소리는 아무것도 들리지 않았다.

이윽고 경감이 말했다.

"그랬었군요. 그리고요?"

"나는 아무것도 모르는 채 얌전히 기다리고 있었지요. 그런데 안개는 차츰 더 짙어져 오고, 나중엔 비까지 내리기 시작했습니다. 나는 안절부절못하며 언제까지 기다리게 하는 거야 하고 괜히 화가 치밀어올랐지요. 그때 전화벨이 울렸습니다.

받아 보니 파커한테서 온 전화였습니다. 내용은 방금 말씀드린 것으로, 필립이 기다리고 있으니 빨리 돌아오라는 것이었습니다. 조금 전에도 전화를 걸었다는데 내가 아직도 수리소에 있을 때였겠지요. 아무도 전화를 받지 않더라는 겁니다. 탑에서는 필립이 화가 머리끝까지 치민 모양이었어요. 그렇다고 해서 파커가 보건대 술에 취한 것 같지도 않았답니다. 그렇게 보였다면 어느 쪽이 잘못 알아서, 그러나 그런 이야기를 주고받아 봐야 소용이 없기 때문에 나는 곧 수리소로 가서 차를 찾아 타고 떠나려는 순간 메이슨 장군님이 나타나셨습니다."

해드리는 돌아다보고 메이슨에게 물었다.

"장군님께서도 시내에 나가셨습니까?"

메이슨은 잠자코 발끝을 내려다보고 있었다. 이윽고 그는 고개를 들더니 비꼬는 듯한 표정을 띠고 말했다.

"그렇소. 점심 식사 약속이 있었거든요. 그리고 보고 싶은 책이 있었기 때문에 대영박물관까지 갔었소. 덜래이도 말했지만, 나도 거기서 비를 만났지요. 택시를 잡으려고 했지만 한 대도 보이지 않더군요. 본디 나는 지하철이나 버스 같은 것은 타지 않기로 하고 있소. 사람들에게 떠밀리는 게 싫어서지요. 그때 우연히 생각난 것이 스테이플먼의 수리소였소. 아직 내 차가 있을지도 모르고, 고쳐서 가지고 갔다 하더라도 스테이플먼이 차 한 대쯤은 빌려 줄 테니까. 박물관에서 그리 먼 거리도 아니고 해서 나는 수리소까지 걸어가는 도중에 덜래이를 만난 거요. 그는 차 안에서 손을 흔들고 있었소. 그 뒷이야기는 이미 한 번 했지요? 이곳에 도착한 시간은 두 시 반. 그리고 나는 시체를 발견했소."

다시 긴 침묵이 흘렀다. 해드리는 책상 위에 팔꿈치를 세우고 손끝으로 관자놀이 부근을 비벼 대고 있었다. 그때 방구석에서 굵은 목소리가 울려 왔다.

"점심 식사 약속은 상당히 중요한 것이었습니까?"

펠 박사의 목소리였다. 바로 대놓고 내던지는 것 같은 솔직한 질문이라서 모두 놀라며 그를 돌아다보았다.

박사의 동그랗고 붉은 얼굴은 칼라 속에 반쯤 묻혀 있고, 성성한 은발이 귓가에 흩어져 있었다. 그는 실크햇을 손에 든 채 눈을 동그랗게 뜨고 이쪽을 바라보고 있었다.

"당신의 질문 요지를 잘 모르겠습니다만."

"저, 우연히도 오늘 무슨 단체의 총회나 이사회 같은 회합이 있었느냐 하는 말씀입니다."

"아아, 그래요." 당황한 표정을 갑자기 다시 싱싱하게 빛내면서 장군은 대답했다. "고고학회의 정기 회의가 있었지요. 매주 첫째 월요일에 오찬회를 열게 되어 있소. 사실 나는 본디 그들의 모임을 좋아하지 않습니다. 모두 시대에 뒤떨어진 화석 같은 사람들뿐이라서요. 새털로 조금만 건드려도 날아가 버릴 것 같은 노인들의 집단이란 말이오. 그러나 내가 그 회의 회원으로 남아 있는 까닭은 무슨 문제가 생겼을 때 이 노인들의 지식이 도움이 될 때가 있기 때문이오. 그래서 오찬회에는 빠짐없이 출석하고 있소. 그 대신 회의가 끝나자마자 곧 나와 버리지요. 오늘도 보관(寶冠) 관리장인 레오나드 홀더인 경이 차로 나를 데려다 주었소. 그 사람도 군인 출신으로 나의 옛 동료요. 그런데 당신은 왜 그런 것을 묻지요?"

"아닙니다. 특별한 목적이 있어서 물은 건 아닙니다. 당신이 그 회 회원이라는 것은 누구나 다 알고 있겠지요?"

"내 친구들은 모두 알고 있지요. 군인 클럽에서도 소문이 난 모양이오."

해드리 경감은 펠 박사를 돌아보며 천천히 고개를 끄덕였다.

"질문의 뜻을 잘 알겠습니다, 펠 박사. 그런데 장군님, 탑 안에서 드리스콜 씨와 안면이 있는 사람은 당신과 덜래이 씨뿐이겠지요?"

"그렇겠지요. 레오나드 경과도 안면이 있다고 생각하지만, 친밀히 교제하고 있지는 않았을 거요. 위병들 중에도 몇 사람쯤은 아는 사람이 있을 거요. 그러나……."

"찾아오는 대상이 되는 사람은 두 분뿐이겠지요?" 하고 펠 박사가 물었다.

"그럴 거요."

덜래이는 무슨 말을 하려다 말고 도로 의자에 몸을 던지더니 주먹으로 팔을 두드리며 말했다.

"질문의 뜻은 잘 알았습니다. 즉 범인이 나타나게 된 것은 저와 메이슨 장군님이 외출중임을 알고 있었기 때문이라고 말씀하시는 거지요?"

박사는 스틱 끝으로 돌바닥을 툭툭 치면서 무뚝뚝한 어조로 대답했다.

"물론 그렇지요. 당신이 외출하지 않았더라면 드리스콜 씨는 당신 곁에 있었을 테고, 메이슨 장군이 계셨더라면 장군과 함께 있었을 테니까. 그렇다면 살인귀가 안개 속으로 드리스콜을 불러 내어 생명을 앗아 가는 따위의 행동은 못했을 거요."

덜래이는 난처한 표정을 지었다.

"그렇지만 박사님, 제가 두 번째 받은 전화는 틀림없이 필립의 목소리였습니다. 절대로 잘못 들은 게 아닙니다. 당신의 생각이 그렇다고 하면, 그 목소리는 필립의 목소리가 아니라는 말이 되지 않습니까? 그러나 그런 바보스러운 일은 생각할 수도 없습니다. 첫째, 그 목소리의 주인공이 필립이 아니라면 저와 한 시에 만날 약속을 했다는 것을 어떻게 알고 있었겠습니까? 자기의 목이 위험하게 되었다는 말은 어디서 나온 목소리였겠습니까?"

그러나 펠 박사는 차분하게 말했다.

"그러므로 그 목소리가 단서를 잡는 데 중요한 역할을 하게 되는 거요. 따라서 그 목소리에 대해 자세한 이야기를 듣고 싶소. 드리스콜 씨는 어떤 말투로 말했지요?"

"어떤 말투였느냐고 물으시지만……." 덜래이는 머뭇거리면서 말했다. "잘 표현할 수가 없군요. 요컨대 갈피를 잡을 수가 없었습니다. 말보다도 생각이 앞서 버려서 말의 앞뒤가 안 맞는 듯했습니다. 게다가 그는 흥분하게 되면 목소리를 터무니없이 높이는 버릇이 있어서……."

펠 박사는 고개를 숙이고 눈을 가볍게 감으면서 고개를 끄덕였다. 그때 문 두드리는 소리가 들리더니 위병대장이 들어왔다. 긴장된 방 안의 공기에도 동요되지 않고 순시할 때처럼 차분한 걸음걸이로 방 한가운데로 들어섰다. 파란색과 빨간색으로 된 중세풍의 제복을 입고, 큰 입수염을 빳빳하게 기르고 있었다.

"해드리 경감님이시지요? 경찰 의사가 도착했습니다. 경찰관도 몇 사람 같이 왔습니다. 어떻게 할까요?"

해드리는 일어서려고 했으나 생각을 고친 듯 앉은 채 말했다.

"특별히 지시할 것은 없습니다. 규칙대로 검시하도록 전해 주시오. 요령은 그들이 잘 알고 있습니다. 단지 시체의 사진을 여러 각도로 찍어 두도록 말해 주시오. 어디 검시할 적당한 방이 없을까요?"

메이슨 장군이 곧 말을 받았다.

"래드번, 혈탑으로 안내해 드리게. 두 왕자의 방(에드워드 5세와 동생 요크 공이 살해된 곳으로 전해짐)이 적당할 거야……. 파커는 부르러 보냈나?"

"방 밖에서 기다리고 있습니다. 그리고 관갱객들은 어떻게 할까요? 상당히 오랫동안 기다리게 했기 때문에 좀 성가시게 되었습니다."

해드리 경감이 입을 열었다.

"좀더 기다리게 해 주시오. 우선 파커를 만났으면 하는데……."

위병대장이 고개를 끄덕이며 나가자 경감은 덜래이를 향해서 말했다.

"관광객의 이름은 적어 두었겠지요?"

"네, 적어 두었습니다. 너무 자세하리만큼 적어 두었습니다."

덜래이는 노트를 찢은 종이쪽지를 몇 장 호주머니에서 꺼냈다.

"너무 엄격했는지는 모르지만 이름과 주소, 직업, 연락처 따위를 자세히 기입해 두었습니다. 외국인일 경우에는 체재 기간, 승선 배 이름, 행선지까지 적어 두었습니다. 대부분 관광객입니다만, 그들은 무슨 까닭인지 모르고 있기 때문에 조사가 너무 엄중하여 놀란 모양입니다. 내가 훑어본 결과 그다지 뚜렷한 위험 인물은 없는 것 같습니다. 모두 점잖은 사람들뿐인 것 같습니다. 예외로는 비튼 부인과 그리고 또 한 사람의 부인이 있습니다만……."

그는 한 다발의 종이쪽지를 해드리에게 건네주었다. 주임경감은 날카로운 눈으로 그것을 바라보고 있더니 곧 물었다.

"또 한 사람의 부인이라니, 누구지요?"

"서류에는 뭐라고 썼는지 아직 보지 않았습니다만, 이름을 외어 두었습니다. 관광객들에게 진실을 말하도록 하기 위해 나는 우선 수사관처럼 꾸며서 행동해 봤습니다. 모두들 내가 시키는 대로 따라 주었습니다. 그런데 이 여자만은 달라서, 나를 향해 역습해 온 겁니다. '당신에게 이런 취조를 할 권한이 있나요? 재판관이라면 몰라도, 우리는 선서를 한 것이 아니니까 하나에서 백까지 다 털어놓을 의무는 없어요. 내 이름은 래킨, 신분이 확실한 미망인이에요. 이만하면 충분하잖아요?'

나는 이렇게 말해 줬습니다. '그러시다면, 부인, 마음대로 하시오. 그 결과 유치장에 갈지도 모릅니다만, 나를 원망하지는 마십시오.' 그러자 여자는 나를 노려보며 불만스러운 태도로 뭔가 기입하고 있더군요."

해드리는 서류를 뒤져 보면서 말했다.

"래킨이라고요? 기왕이면 조사해 봅시다. 큰 거물을 치게 되면 생각지도 않던 자질구레한 것까지 잡히게 되니까. 래킨, 래킨, 래킨이라. 아아, 여기 있군. 아만다 조제트 래킨 부인. 부인이라는 글씨 옆에 줄이 쳐 있군요. 아마도 확인시키기 위해서 겠지요. 남자 같은 글씨에 주소는, 아니, 이건!"

그는 서류를 놓고 눈살을 찌푸렸다.

"주소는 더비스톡 스퀘어 더비스톡 아파트 34번지! 드리스콜과 같은 건물이 아니오! 정석대로 되어 갈 것 같군. 이것은 반드시 조사해 봐야겠소. 우선."

윌리엄 경은 불안스럽게 턱을 쓰다듬고 있다가 입을 열었다.

"해드리 경감, 내 생각인데 비튼 부인을 저렇게 잡아 둬도 괜찮을까? 다른 방에다 대기시킬 수는 없나? 그녀는 나의 제수씨란 말일세……."

해드리는 시치미를 떼었다.

"정말 안됐습니다만 파커는 왔습니까?"

파커는 온순한 사나이였다. 모자도 쓰지 않고 외투도 입지 않았는데, 들어와도 좋다는 허가가 있을 때까지 안개를 맞으며 밖에서 기다리고 있었다. 해드리의 말을 들었는지 문을 두드리고 나서 차려 자세로 문 앞에 섰다.

떡 벌어진 몸집에 군대식으로 머리를 깎았다. 그가 근무할 무렵에 하사관들이 흔히 그랬듯이 코 밑에 큰 수염을 기르고 있었다. 어느 모로 보나 하인 같은 느낌은 들지 않았다. 높은 깃으로 목을 죄어 올리고, 은판 사진을 찍을 때처럼 칼라를 똑바로 세우고 있었다. 질문자의 머리 위에서 대답하고 있는 것 같았다.

"당신은 메이슨 장군의……."

해드리 경감은 '하인'이라고 말하려다가 상대방이 퇴역 군인이라는 것을 생각하고 '저, 메이슨 장군의 당번병이었지요?' 하고 물었다.

파커는 싱긋이 웃고 나서 대답했다.

"네, 그렇습니다."

"덜래이 씨의 말에 따르면 드리스콜 씨에게서 두 번 전화가 왔다던데, 두 번 다 당신이 받았소?"

파커는 그 자리에서 대답했다. 목소리는 쉬었지만, 차분했다. 긴장한 모습을 보이는 것은 뜻밖에도 중대 사건의 주역으로 등장하게 됐다는 생각 때문일 것이다.

"네, 두 번 다 제가 받았습니다."

"드리스콜 씨와 말을 했었소?"

"네, 긴 이야기는 하지 않았지만 용건만은 들었습니다."

"그래 그럼, 두 번 다 드리스콜 씨의 목소리임에 틀림이 없었소?"

파커는 눈살을 찌푸리고 대답했다.

"틀림이 없었느냐고 다그쳐 물으시니까 좀 뭣합니다만 처음 듣는 목소리가 아니거든요. 확실히 그건 드리스콜 씨의 목소리였습니다."

"그래요. 그럼 덜래이 씨는 한 시 조금 전에 자동차를 타고 나가셨고, 드리스콜 씨가 찾아온 것은 몇 시라고 기억하고 있소?"

"한 시 15분입니다."

"어떻게 그렇게 자세히 말할 수 있지요?"

"병사의 나팔 소리로 시간을 정확히 말씀드릴 수 있습니다. 한 시 15분쯤이 틀림없습니다."

해드리 경감은 고쳐 앉았다. 그는 손 끝으로 조용히 책상을 두드리며 질문을 계속했다.

"그럼, 당신의 그 정확한 지식으로 드리스콜 씨가 도착하고 난 뒤에 일어난 일을 이야기해 주시오. 당신과 무슨 이야기를 주고받았는지, 우선 그전에 그의 모습이 어떠했는지, 그것부터 듣기로 하지요. 여느 때와 좀 다르지 않았소?"

"굉장히 초조하신 것 같았습니다."

"옷차림은?"

"테 없는 모자에 엷은 갈색 골프 옷을 입고, 우스테드 양말에다 클럽 타이를 매고 있었습니다. 외투는 입지 않으시고."

그는 잠깐 입을 다물고 상대방의 말을 기다리고 있었으나 해드리가 아무 말도 하지 않자 다시 설명을 계속했다.

"'덜래이는 어디 갔나?' 하고 드리스콜 씨가 묻기에 나는 당신의 전화를 받고 그쪽으로 만나러 갔다고 말씀드렸습니다. 그랬더니 '바보 같은 소리 그만둬! 내가 언제 그런 전화를 했나?' 하고 나를 막 나무랐습니다. 그래서 나는 말씀드렸지요. '왜 그런 말씀을 하십니까? 아까 전화가 왔을 때 내가 받으니까 당신은 나를 덜래이 씨로 잘못 알고 '덜래이, 나좀 살려 줘' 하고 말씀하시지 않았습니까? 그때 틀림없이 이런 말도 하셨지요. '내쪽에선 갈 수 없게 되었으니 제발 살려 주는 셈치고 아파트까지 와 주지 않겠나?' 하고요.'"

파커는 여기서 기침을 했다.

"그러니까 드리스콜 씨는 뭐라고 했지요?"

"언제쯤 나갔느냐고 물었습니다. 15분쯤 전이라고 말씀드렸더니 자동차를 타고 갔느냐고 물었습니다. 그렇다고 대답하자 그때부터 마구 지껄여 대는 것이었어요. '이거 야단났는걸. 안개가 심하니까 아직 내 아파트까지 가지는 못했을 거야. 아무튼 전화나 해 봐야지.' 그는 재빨리 수화기를 들고 계속 다이얼을 돌렸습니다. 그러나 물론 통하지 않았지요. '파커, 술이나 한 잔 가져와' 하기에 나는 곧 위스키를 가지러 갔습니다. 돌아와 보니 드리스콜 씨는 창 밖을 내다보고 계셨습니다."

해드리는 가늘게 감고 있던 눈을 크게 떴다.

"창 밖을? 어느 창 말이오?"

"덜래이 씨가 늘 사무를 보고 계시는 방의 창입니다. 킹스 하우스의 동쪽에 있습니다."

"거기서 내다보면 어디가 보이지요?"

이야기에 열중하게 되자 파커는 지금까지 해 왔던 점잔 빼는 태도를 잊어버리고 말았다. 그는 눈을 깜박거리며 힘껏 생각을 정리하려고 애썼다.

"어디가 보이냐고요?"

"어디를 내다볼 수 있느냔 말이오? 그 문에서 역적문이 보이오?"

"아아, 그런 뜻이었군요. 나는 또 내가 무엇을 내다보았느냐고 물으시는 줄 알고……. 중대한 일을 깜박 잊고 말씀드리지 않았는 줄 알았지요."

"그럼, 당신은 뭔가를 봤단 말이오?"

"네, 드리스콜 씨가 방 밖으로 나가시고 난 뒤의 일인데."

해드리 경감은 무심코 몸을 앞으로 내밀었으나, 곧 다시 바로 앉아서 짐짓 차분해지려고 애쓰는 것 같았다.

"그럼, 차근차근 들어 보기로 하지. 드리스콜 씨가 창 밖을 내다보고 있었다는 데까지 들었소."

"네, 말씀드리지요. 드리스콜 씨는 술을 다 마시고 나서 물을 타지 말고 한 잔 더 가져오라고 하셨습니다. 그러나 나는 덜래이 씨를 만나려면 곧 아파트로 돌아가시는 게 좋지 않겠느냐고 말씀드렸지요. 마크 레인에서 지하철을 타면 시간이 얼마 안 걸리거든요. 그랬더니 드리스콜 씨는 '헛소리하지 말게. 또 서로 어긋나게 되면 어떻게 하나? 그를 잡을 때까지 1분마다 전화를 걸 테니까 괜찮아' 하고 말씀하셨습니다. 하긴 그도 그렇다고 나는 생각했지요."

파커는 그때 했던 대화를 쉰 목소리로 단조롭게 되풀이했다. 듣고 있는 랜폴은 어떤 것이 드리스콜의 말이고 어떤 것이 파커 자신의 말인지 분간할 수가 없을 정도였다. 억양도 전혀 없었다. 그러나 그 한 마디 한 마디가 해드리에게는 중대한 메아리를 던져 주었음에 틀림없었다.

"그렇게 말씀은 하셨지만, 조용히 앉아 있을 수가 없는지 온 방 안을 빙빙 돌아다녔습니다. 그러더니 드디어 '가만히 앉아 있을 수가 없군. 이 안을 산책하고 올 테니까 나 대신 아파트에 전화를 걸어 주게' 하시고 나가셨습니다."

"그 방 안에서 당신은 그와 얼마쯤 같이 있었지요?"

"10분쯤 함께 있었습니다. 조금 못 됐을지도 모릅니다만……. 내가 알고 있는 것은 이것뿐입니다. 그 뒤로는 이렇다 할 일이 아무것도 없었습니다. 다만."

말하다 말고 갑자기 파커는 입을 다물었다. 그의 눈은 그때 해드리 경감이 아무렇지도 않은 듯한 표정을 짓고 있지만 깊은 속에 날카로운 빛이 감추어진 것을, 윌리엄 경이 저절로 온몸을 앞으로 내밀고 있는 것을, 그리고 또 덜래이가 담배에 불을 붙이려다 말고 그대로 허공에 손을 멈추고 있는 것을 알아차렸기 때문이다. 느닷없이 자기 자신이 화려한 조명을 받게 된 것을 알고 침묵으로 극과 같은 효과를 높이기 위해 잠시 말을 멈춘 뒤 천천히 입을 뗐다.

"정말 이상한 일입니다. 안개가 엷어서 먼 데까지 잘 보였을 때는 그다지 큰 일도 일어나지 않았으니까 말씀입니다……. 나는 창가에 서서 안개가 꽤 짙어졌구나 생각하면서 밖을 내다보고 있었습니다. 그런데 창문 밑에서 드리스콜 씨의 모습이 보였던 것입니다."

책상을 두드리고 있던 해드리의 손가락이 딱 멈추었다. 그는 파커의 얼굴을 똑바로 쳐다보고 있다가 또 세게 책상을 두드리기 시작했다.

“어떻게 그가 드리스콜이라는 것을 알았지요? 안개가 짙다고 하지 않았소?”

“그건 그렇습니다만.” 파커는 힘있게 고개를 끄덕였다. 칼라 끝으로 목을 길게 내밀고 있었다. “물론 얼굴은 똑똑히 보이지 않았습니다. 안개가 짙었으니까요. 그래도 얼굴의 윤곽만은 알 수 있었습니다. 틀림없이 드리스콜 씨였지요. 증거는 또 있습니다. 키도 드리스콜 씨와 똑같았습니다. 골프 바지를 여느 때와 같이 축 내려서 입고, 테 없는 모자를 비스듬히 쓰고 있었습니다. 그런 모습으로 역적문 앞에서 해자 가장자리의 길을 오락가락하고 계셨습니다. 걸음걸이도 나는 잘 알고 있습니다.”

“하지만 그것이 드리스콜 씨라고 단언할 수는 없지 않소?”

“아니오, 단언할 수 있습니다. 왜냐하면 역적문 앞에서 드리스콜 씨는 난간에 기대어 담배에 불을 붙이고 계셨지요. 나는 이래 봬도 시력만은 누구에게도 뒤지지 않습니다. 성냥이 뽀얗게 타오르면서 겨우 1초 정도밖에 안 되었습니다만 그분의 옆얼굴이 떠올랐습니다. 큰 성냥이었기 때문에 절대로 잘못 보지는 않았을 겁니다. 그럼요, 틀림없습니다. 틀림없이 드리스콜 씨입니다. 그러고 나서 곧 일어난 일입니다만…… 또 다른 한 사람이 나타나서 그분의 팔꿈치를 툭 쳤습니다.”

“뭐라고?”

해드리가 갑자기 소리를 질렀다. 너무도 뜻밖의 일이었기 때문에 파커는 자기의 말을 의심하고 있는 거라고 생각한 것 같았다.

“아니오, 경감님. 정말입니다. 역적문 옆에 또 한 사람이 서 있었어요. 그 사람이 갑자기 뛰어나오더니 드리스콜 씨의 팔꿈치를 툭 쳤습니다. 하긴 그 점을 확실히 말씀드릴 수는 없습니다. 성냥불이 다 타고 난 뒤의 일이니까요……. 하지만 그것은."

해드리는 조용히 고개를 끄덕이고 나서 말했다.

"잘 알겠소. 당신은 그 사람을 보았단 말이지요?"

"아니오, 그때는 이미 바깥이 완전히 어두워서 드리스콜 씨만은 아까부터 보고 있었기 때문에 알 수 있었습니다만……. 그렇지 않았더라면 아무도 분간할 수 없을 정도였습니다. 뭐라고 말씀드리면 좋을까요, 뿌연 사람의 그림자를 보았다고나 할까요?"

"그 사람의 그림자는 남자였소? 여자였소?"

"글쎄, 그것이…… 저…… 확실치가 않습니다. 우연히 보았기 때문에 곧 창가에서 눈을 돌리고 말았습니다. 그리고 거기서부터는 아무것도 모릅니다."

"그래, 그때가 몇 시쯤인지 기억하고 있소?"

파커는 숨김없이 얼굴을 찌푸렸다. 정확한 시간을 알 수가 없어서 속상한 모양이었다.

"그것은 정말 안타까운 일입니다. 아시다시피 탑의 시계는 15분마다 울립니다만, 그때는 재수 없게도 꼭 그 중간이었습니다. 한 시 30분은 넘었다고 생각합니다만, 그 이상의 것은 말씀드릴 수가 없습니다. 두 시 15분 이전이 아니었다는 것은 확실합니다. 왜냐하면 두 시 15분 전에 시계가 울렸을 때는 드리스콜 씨의 아파트에 전화를 걸고 있었으니까요. 마침 덜래이 씨가 도착했습니다. 나는 드리스콜 씨가 기다리고 있다고 말씀드렸지요."

해드리는 머리를 감싸쥐고 생각에 잠겼다. 이윽고 그는 얼굴을 들더니 메이슨 장군을 향해 말했다.

"장군님, 아까 하신 말씀에서 군의의 의견에 따르면 사망 시간은 당신이 시체를 발견하셨을 때보다 30분 내지 40분 전이라고 추정할 수 있다고 말씀하셨지요? 그것은 대체로 지금의 설명과 일치됩니다. 난간 옆에서 사람의 그림자가 그에게 접근하고 나서 10분이나 15분 안에 살해되었다는 것이 되지요. 정확한 것은 검시 결과로 판명되겠지만. 경찰 의사는 그 점에서는 대단한 전문가니까요."

그리고 해드리는 잠자코 파커를 쳐다보고 있었다.

"그 밖에 뭔가 생각나는 점은 없소? 그래, 그때 당신은 덜래이 씨가 집에 도착했다는 것을 드리스콜 씨에게 알리지 않았었소?"

"네, 알리지 않았습니다. 애타게 기다리고 있었으니까 곧 돌아오실 것으로 생각했지요. 덜래이 씨도 곧 돌아오실 테고……. 그렇지만 드리스콜 씨가 돌아오시는 시간이 너무 늦었기 때문에 이상하다고 생각하고 있었습니다. 겨우 지금에야 그 이유를 알게 되었습니다만……."

"잘 알았소, 파커. 수고가 많았소. 많이 참고가 되었소."

파커는 구두 소리도 내지 않고 방에서 나갔다.

경감은 크게 숨을 쉬고 말했다.

"그런데 여러분, 바로 들으신 대로입니다. 이것으로서 대강의 윤곽이 드러났습니다. 범인은 시체가 발견되기 전까지 30분 이상이나 도망칠 시간이 있었습니다. 더구나 장군의 말씀대로 비와 안개 때문에 성문의 감시병은 달아나는 사람을 분간할 수가 없었습니다. 이상의 조사를 전제로 하여 드디어 수사의 핵심으로 들어가겠습니다. 맨 처음에" 하고 그는 관광객들의 명단을 들고 말을 이었다. "관광객들부터 조사하겠습니다. 미안합니다만, 위병을 혈탑 쪽으로 보내어 지금 도착한 경찰을 불러 주시오. 아마 험프 경사가 와 있을 겁니다. 그에게 조사를 시키겠습니다만, 그 가운데 세 사람만은 제가 직접 만나볼 작정입니다. 비튼 부인과 아버 씨, 그리고 래킨 부인. 이 세 사람을 우선 별실로 불러 주시기 바랍니다."

덜래이가 곧 말했다.

"비튼 부인에겐 그렇게 하실 필요가 없을 겁니다. 그런 말씀을 해 보세요, 비웃을 테니까요."

"아니, 괜찮을 겁니다. 아아, 아버 씨의 이름이 나와 있군요. 깨끗한 글씨로군. 명함용 글씨 못지않을 정도입니다. 빈틈없는 인격을 엿볼 수 있군요. 줄리어스 아버. 뉴욕 시 파크 아베뉴 440번지, 무직으로 적혀 있군요."

"물론 일을 할 필요는 없지. 큰 부자니까 말이야." 윌리엄 경이 말했다.

"사우샘프턴에 3월 4일에 도착했군요. 영국 체재 기간에는 제한이 없습니다. 다음 행선지는 프랑스 니스의 수르 별장. 다음 번 연락처는 런던 링컨 인 필드의 힐튼 딘 법률사무소로 되어 있습니다."

경감은 잠깐 웃고 나서 서류를 챙기며 사람들의 얼굴을 빙 둘러보았다.

"지금부터 관광객들의 이름을 부를 테니까 아는 사람이 있으면 말씀해 주시오. 심문은 경사에게 시킬 테니까. 존 C 베버 부부, 주소는 미국 펜실베니아 주 피츠버그 엘즈버로 아베뉴 291번지. 다음은 핸츠 주 그리튼 하이 스트리트의 심스 씨, 자칭 유명한 수도공사 청부업자라고 써 넣었군요. 존 스미스 부부, 주소는 서레이 주의 서비튼. 간단하지만 이것으로도 알 수 있지 않습니까? 다음은 루시언 르페브르, 파리 포슈 아베뉴 60번지. 클레망탕 르페브르 양, 주소 같음. 도로시아 데르봔 마스네이 양, 미국 오하이오 주 미드빌 엘므 아베뉴 23번지. 마스네이 양은 옆에다 석사(碩士)라고 쓰고 굵은 줄을 쳐 놓았군요. 여간한 부인이 아닌 모양입니다. 이 사람들은 우선 문제가 되지 않을 것 같습니다."

문 앞에서 소리가 들려 왔다.

"베츠 경사입니다."

진지한 표정의 한 젊은이가 부동 자세로 경례를 했다. 해드리가 말했다.

"베츠? 아아, 베츠 경사로군. 시체의 사진을 찍어 두었겠지?"

"네, 탑 안에 기계를 갖다 놓고 현상까지 모두 끝냈습니다. 지금 말리고 있습니다. 2분만 더 기다려 주십시오."

"수고했네. 사진이 작성되면 이 리스트에 적혀 있는 관광객들에게 보여 주게. 그 사람들을 대기시켜 둔 방은 위병한테 물어 보면 알 걸세. 알겠지? 사진을 보여 주고 오늘 이 사람을 본 이가 있는가 조사해 보게. 본 사람이 있으면 그 장소와 시간을 확인해야 하네. 그리고 역적문 부근에서 수상한 행동을 하고 있는 사람을 본 이가 있거든 그것도 자세히 들어 둬야 해. 알겠나……? 덜래이 씨, 당신도 수고를 좀 하셔야겠는데, 같이 가서 중요한 것은 속기를 해 주면 좋겠소."

덜래이는 노트와 연필을 들고 일어섰다. 해드리 경감은 두 사람 등 뒤에 대고 말했다.

"베츠 경사, 관광객의 행동 중에서도 특별히 한 시 30분부터 45분까지가 중요하니까, 그 사이를 중점으로 조사하게. 그리고 덜래이 씨, 래스터 비튼 부인에게 이 방으로 오시도록 전해 주시겠습니까?"

카르카손의 무쇠 화살

해드리 경감은 또다시 연필과 노트와 회중전등을 책상 위에 나란히 올려놓았다.

"경찰 의사에게 가서 드리스콜 씨의 주머니 속에 들어 있던 물건들을 가져오도록 전해 주십시오. 흉기도 한 번 더 세밀히 조사해 보고 싶군요. 그리고 위병들 가운데 뭔가 좀 이상한 점을 발견한 사람이 있을지도 모릅니다. 이것은 위병대장에게 부탁해서 조사하게 하겠습니다. 장군님, 이 런던 탑 안에는 위병이 모두 몇 명이나 있습니까?"

"40명."

"드리스콜 씨는 전화를 기다리고 있었으니까 킹스 하우스에서 그리 멀리까지 가지는 않았을 것입니다. 따라서 이 부근을 맡고 있는 위병에게만 물어 보면 되겠지요."

메이슨 장군이 여송연 끝을 깨물며 대답했다.

"하기는 탑 안의 모든 위병에게 물어 보게 된다면 보통 일이 아니지요. 근위병이 1개 대대 주둔하고 있고 그 밖에도 직공, 잡역부,

심부름꾼이 굉장히 많으니까요."

그러나 해드리 경감은 조용히 말했다.

"필요하면 그들도 모두 조사할 생각입니다. 그건 그렇고, 비튼 부인을 심문하기 전에 지금까지 사항을 일단 검토해 보았으면 합니다. 자, 제 주위에 좀 모여 앉아 주십시오. 그리고 의견이 있거든 망설이지 마시고 말씀해 주십시오. 윌리엄 경부터 시작해 볼까요?"

경감은 윌리엄 경을 보고 말했지만, 그 동안 눈은 줄곧 펠 박사의 협력을 구하고 있었다. 그러나 박사는 다른 일에 정신을 빼앗기고 있는 것 같았으며, 뭔가 가슴을 죄고 있는 모양이었다.

몸집이 큰 에어딜 테리어가 흠뻑 젖어서 들어왔다. 방 안을 반 바퀴 돌고 나서 박사 앞에 쪼그리고 앉았다. 눈이 예뻤다. 순진한 것이 박사의 개와 똑같았다. 박사의 무릎 아래에 귀를 쫑긋 세우고 앉아 머리를 쓰다듬어 주는 것을 즐기고 있다…….

랜폴은 머리가 혼란해지는 것을 정리하려고 아까부터 계속 노력했다.

정말 우연이 그를 이 사건에 말려들게 했지만, 그로서도 뭔가 수사에 도움이 되고 싶었다. 조금 전 덜래이에게서 드리스콜의 생명을 앗아 간 굵은 화살에 대한 설명을 들을 때 문득 마음 속에 떠오른 것이 있는데, 그 뒤로 이상하게도 그것이 머릿속에 박혀 잊혀지지 않았다. 죽은 사람의 가슴에 박힌 무쇠 화살을 언젠가 한 번 본 적이 있는 듯했던 것이다. 지금 다시 해드리 경감이 하는 말을 듣게 되자 그 생각이 더욱 강해졌다. 그렇다고 해서 똑똑히 설명할 정도는 아니었으므로 안타깝기만 했다.

윌리엄 경이 겨우 입을 열었다. 영민한 노정치가의 풍모는 아직도 회복되지 않았으나, 사건이 일어났을 때 느낀 놀라움에서는 어느 정도 벗어난 듯한 모습이었다.

"명백한 사실이야." 윌리엄 경은 하얀 스카프를 만지작거리면서 말했다. "이 사건에서 누구든지 곧 눈치챌 수 있는 것은 동기가 없다는 걸세. 이 세상에서 필립을 죽이려고 마음먹을 만한 사람이 하나도 없다는 거야. 그 애는 특별히 이렇다 할 점도 없었지만, 누구나 다 그를 좋아하고 있었던 것도 사실이거든."

"그렇지만 윌리엄 경" 하고 해드리가 지적했다. "꼭 한 가지 잊으신 게 있습니다. 이 사건에서 우리들이 상대하고 있는 것은 어떤 의미에서는 미친 사람입니다. 이것은 무시할 수 없는 사실입니다. 모자 도둑이 깊은 관계가 있는 것은 부정할 수 없습니다. 그가 필립 드리스콜을 살해했는지 어떤지 그것은 제쳐 두고라도, 그의 머리 위에 모자를 얹어 놓은 것은 그의 짓이라고 보아도 과언이 아닙니다. 덜래이 씨도 말했듯이, 드리스콜 씨는 모자 미치광이 문제에 너무 깊이 들어간 것 같습니다."

"호오! 그렇다면 자네는 필립이 모자 도둑의 정체를 알아챘기 때문에 오히려 그놈한테 살해당했다는 의견인가? 그 의견에는 좀 경솔히 동의할 수가 없는걸."

"이상하게 들릴지는 모릅니다만, 캐어 들어가 볼 만한 가치가 있다고 믿습니다. 그러니 구체적으로 말하여 우리는 어떻게 행동해야 될까요?"

윌리엄 경은 눈썹을 찌푸리며 생각에 잠겨 있다가 말했다.

"모자 사건이 일어났기 때문에 필립은 굉장히 기사를 많이 쓰고 있었네. 오늘 아침 신문에도 그의 기사가 나와 있었지. 원고는 물론 어제 쓴 것이겠지만, 아침에 신문사에 나갔다고 가정한다면 주필과 무언가 이야기를 나누었을 게 틀림없네."

"옳은 말씀입니다. 말씀대로 우선 그것부터 조사해 보겠습니다. 오늘 드리스콜 씨는 이상하게도 겁을 집어먹고 있었다고 했는데, 무슨 협박을 받고 있었던 게 아닐까요? 그렇지 않다 해도 신문사에 나갔을 때 누군가에게 이야기를 했을지도 모릅니다. 말씀대로 충분히 조사해 볼 필요가 있다고 생각됩니다."

그때 갑자기 누가 큰 소리로 웃기 시작했다. 해드리가 불쾌한 듯이 시선을 돌려 보니, 펠 박사가 개의 대가리를 쓰다듬으면서 한쪽 눈을 감고 웃고 있는 것이었다…….

"쓸데없는 짓이야."

"뭐가 쓸데없습니까?" 경감은 화가 나는 것을 꾹 참고 말했다.

"쓸데없다면 그 이유를 말씀해 주실까요?"

박사는 두 팔을 크게 벌리고 으쓱해 보였다.

"해드리, 과연 자네는 경찰관으로서는 우수한 인물일세. 그렇지만 신문에 관해서는 완전히 문외한이군. 그 점에서는 내 쪽이 훨씬 나은걸. 이런 이야기를 못 들어 봤나? 옛날에 웨스트 엔드에서 평화주의자들의 대회가 있었는데, 어떤 올챙이 기자가 취직하고 나서 처음으로 그 기사를 취재하러 갔다고 생각해 보게. 밤이 되어서 그 올챙이 기자가 우울한 표정으로 돌아왔다네. 기사는 잘 썼느냐고 사회부장이 갑자기 물었지 뭔가! 올챙이 기자는 안타깝다는 듯이 '다 틀렸습니다. 대회는 끝까지 개회되지 않았으니까요' 하고 대답했네. '뭐? 개최되지 않았다고? 어째서 중지됐지?' 하고 사회부장이 놀라서 물어 보자, 올챙이 기자의 대답이 걸작일세. '첫번째 연사 딘위디 경이 연단에 올라서자 별안간 누군가가 벽돌을 집어던졌지요. 순식간에 연단을 중심으로 큰 난투극이 벌어지고 말았습니다. 양쪽 편이 서로 섞여서 의자를 집어던지고 대소동이 벌어졌어요. 조금 있다가 경찰 호송차가 도착했기 때문에, 이젠 대회고 뭐고 다 틀렸다고 생각되어 돌아와 버렸습니다.'"

펠 박사는 슬픈 듯이 고개를 저었다. 그러고 나서 말했다.

"해드리, 자네의 말은 이것과 똑같은 것이야. 만일 드리스콜이 협박장이나 뭔가를 받았다고 한다면 이 이상 더 좋은 뉴스는 없었을 걸세. 큼직한 제목으로 써낼 수 있는 기사니까. '모자 미치광이 드디어 데일리 신문의 기자를 협박함'이라고 말이야. 그는 기뻐서 온 신문사 안에 선전하고 다녔을 걸세. 좋은 기회를 놓치지 않으려고. 사실 그는 정규 기자가 되고 싶어서 안달을 하고 있었거든. 신문사에 있는 이상, 어떤 올챙이 기자라도 이런 좋은 자료를 놓치지는 않겠지. 그러므로 당연히 오늘 아침 제1면에 큼직하게 써냈을 게 틀림없네."

해드리 경감은 좀 화가 났지만, 부드러운 말투로 대답했다.

"그러나 드리스콜 씨는 겁이 많은 사람이니까, 일부러 가만히 있었는지도 모르지요."

윌리엄 경이 곧 입을 열었다.

"잠깐만. 그건 그렇지 않네. 그 애의 명예를 위해서 말해 두지만, 그 애는 결코 겁쟁이가 아니었어. 오늘은 좀 마음이 혼란된 모양이지만, 그것도 결코 폭력을 두려워해서 그런 것은 아닐 걸세. 내가 보증하지. 그 애에게는 틀림없이 다른 일, 돈 문제나 뭔가 다른 일이 있었을 걸세."

"그러나 드리스콜 씨의 말에 따르면……."

"그런 건 상관 없네." 펠 박사가 다시 이야기하기 시작했다. "협박을 받았다고 하더라도 신문 기사로 써내는 것이 위험하다고 할 수는 없지 않나. 예를 들어서 드디어 범인의 단서를 잡았다고 발표했다 하더라도, 또는 기자가 협박당했다고 쓰더라도 어차피 그다지 큰 문제가 되지는 않았을 걸세. 단서를 잡았다고 발표하는 경우에는 기껏해야 범인에게 경고해 주는 게 고작이지. 그리고 기자가 협박당했다고 쓰는 것은 오히려 범인을 기쁘게 만들지도 모르네. 왜냐하면 여태까지의 그 녀석이 한 소행을 생각해 보게. 세상이 시끌시끌해지기를 바라고 있는 기색이 있거든. 따라서 드리스콜에게 위험 같은 것은 전혀 없단 말일세. 오히려 그 사람은 뜻밖에도 기사의 자료가 생겼다고 기뻐했겠지."

"드리스콜은 범인을 눈치챘을까요?"

"어쩌면 그랬는지도 모르지. 신문사란 언제나 경찰과 긴밀하게 연락하는 곳이고, 드리스콜은 특별히 그 담당 기자니까. 그러나 모자 소동이 단순한 장난이라고 한다면 그다지 겁낼 필요는 없네. 뭔가 좀더 심각한 이유가 있었다고밖에는 생각할 수 없어. 윌리엄 경이 말씀하신 대로 드리스콜이 겁쟁이가 아니라는 것도 나는 믿고 있네. 그러면 드리스콜은 무엇을 그렇게 겁내고 있었을까? 되풀이 말하지만 여기에는 뭔가 이유가 있네. 시체에게 모자를 씌워 둔 것을 보더라도 상상할 수 있는 일이지. 나는 물론 의견이 있긴 하지만, 자네도 한 번 잘 생각해 보는 게 좋을 걸세."

펠 박사는 다시 개 대가리로 관심을 옮기고 말았다.

"저로서도 박사님께 말씀드리고 싶은 의견이 있습니다." 주임경감이 말했다. "그러나 그것은 나중에 말씀드리기로 하고, 우선 타협을 끝내도록 합시다. 메이슨 장군, 의견을 말씀해 주시겠습니까?"

메이슨 장군은 아까부터 묵묵히 여송연을 피우고 있었는데, 천천히 입에서 담배를 떼어 내며 고개를 가로저었다.

"나는 의견 같은 것은 별로 없소. 단지 그…… 그 화살은 아무리 보아도 쏜 게 아니오. 틀림없이 찌른 거요. 나는 처음부터 그렇게 생각하고 있었지요."

해드리 경감은 이번에는 젊은 미국인이 안절부절못하고 있는 것을 보고 재촉하듯이 고개를 돌렸다.

"랜폴 씨, 아무 말씀도 안 하신 것 같은데 어디 의견을 들려 주실 까요?"

세 사람의 시선이 일제히 그에게 집중했다. 태연한 체하려고 했지만 긴장하지 않을 수 없었다. 오늘의 사건에 대해서, 말하자면 그는 시험대에 오른 셈이었다. 어떻게 해서든지 훌륭한 대답을 하고 싶다고 생각하며 그는 시험관 앞에 선 학생처럼 흥분해 있었다. 목소리가 저절로 떨려 오는 것을 느끼면서 대답했다.

"나에게도 나 나름대로 의견이 있습니다. 혹시 조금도 중요한 것이 못 된다고 생각하실는지도 모릅니다만, 아무튼 한 말씀 드리겠습니다. 흉기로 사용된 무쇠 화살은 이 런던 탑의 수집품이 아니라는 것, 그 모양이 14세기의 것이라는 감정 결과가 나왔습니다. 그러나 과연 드리스콜은 1천 3백 몇십 연대에 만들어진 무쇠 화살로 살해되었을까요? 나는 조금쯤 무기며 갑옷에 대해서 연구한 적이 있습니다. 이 방면에서 세계 최대의 수집품을 가지고 있는 곳은 뉴욕의 메트로폴리탄 박물관입니다. 나는 거기서 연구했습니다만, 그 연대의 강철은 이미 완전히 부식된 상태에 있습니다. 드리스콜을 살해한 무기처럼 굉장히 반짝거리고, 게다가 아주 단단한 것은 하나도 볼 수 없었지요. 이 점으로 미루어 보아 그 화살은 새로 만든 것이라고밖에 생각할 수 없습니다. 내 기억에 잘못이 없다면, 이 탑 안에 있는 수집품 가운데 15세기 초의 것이 가장 오래 된 것이지만, 그 15세기의 투구에도 빨간 녹이 슬어 있다고 생각됩니다."

온 방 안이 긴장되었다. 말을 꺼내는 사람은 아무도 없었다. 이윽고 경감이 우선 고개를 끄덕이고 나서 입을 열었다.

"결국 그 화살은 최근에 만든 것이라는 말이로군요. 만일 그렇다고 한다면."

"만일 그렇다고 한다면 누가 만들었는가. 말할 것도 없이 현대에

14세기 형식의 무쇠 화살을 만들 수 있는 대장간은 그리 많지 않을 겁니다. 골동품이나 또는 장식용으로 만드는 정도겠지요. 물론 그것이 이 런던 탑 안에서 제작되었다고는 생각할 수 없습니다."

메이슨 장군은 싱긋이 웃으면서 말했다.

"과연 이 젊은 분의 이야기에는 일리가 있소. 그것은 물론 이 안에서 만든 게 아니오. 이 작업장에서 만든 것이라면 벌써 알려졌을 테니까."

해드리는 검은 수첩에 무언가 써 넣으면서 고개를 끄덕이고 말했다.

"정말 그런 것 같습니다. 많이 참고가 됐습니다. 그럼, 이번에는 웅변가의 고견을 들을 차례로군요. 펠 박사님, 개는 이제 떼어 버리시고, 지금까지 한 심문 결과에 대해서 느끼신 바를 말씀해 주시지 않겠습니까?"

펠 박사는 고개를 갸웃하고 생각에 잠겨 있었다.

"지금까지 한 심문이라니? 나는 그리 주의해서 듣지 않았네. 그러므로 아무 의견도 말할 수 없지만, 그 대신 내 쪽에서 질문해도 좋겠나?"

"좋고말구요. 무엇인데요?"

"이 모자 말일세." 그는 실크햇을 들어올려 빙빙 돌리면서 말했다. "여러분들도 알아 차렸겠지만, 시체의 머리 위에 이것이 얹혀져 있었을 때 피에로가 산고모를 쓴 것처럼 귀아래까지 푹 눌러 썼소. 물론 그 사람은 몸집이 작지만, 윌리엄 경은 훌륭한 체격이오. 그러나 윌리엄 경의 머리 모양은 폭이 좁고 앞뒤로 긴 편이지요. 그러므로 이 모자는 주인 자신에게도 너무 크지 않을까요?"

"나에게요?" 윌리엄 경은 당황한 듯한 표정을 지었다. "그런 바보 같은 말이 어디 있소? 내 모자가 나에게 너무 크다는 것은 이상한 일이 아니오? 아니, 잠깐만. 그렇지, 생각이 나는군. 모자 가게에서 써 보았을 때는 좀 큰 것 같았지만, 집에 배달되어 왔을 때는 꼭 맞았단 말이오."

"그럼, 한 번 써 보십시오."

메이슨 장군은 펠 박사에게서 모자를 받아 윌리엄 경에게 넘겨 주었다. 윌리엄 경은 갑자기 몸을 뒤로 빼더니 말했다.

"아니, 그만두겠소. 안 써 보는 게 좋겠소. 제발, 그것만은 사양하겠소."

"하긴 무리도 아니겠지요. 꼭 써 봐야 한다는 법도 없으니까……."

펠 박사는 간단히 제안을 거둬들이고 모자를 집어 들자, 곧 납작하게 접어서 동그란 자기의 얼굴에 부채질을 하고 있었다.

"말이 나온 김에 물어 보겠습니다만, 이 모자를 사신 가게는 어디지요?"

"스틸이오. 리젠트 거리에 있는 스틸 모자 가게. 그건 왜 묻지요?"

그때 문 밖에서 말소리가 들렸다.

"레스터 비튼 부인이 오셨습니다."

위병이 문을 열자 레스터 비튼 부인이 들어왔다. 발걸음이 활발하고 원기 왕성한 부인이었다. 나이는 서른에 가까운 것 같고, 날씬한 몸매는 수영선수처럼 균형이 잘 잡혀서 훌륭했다. 조목조목 따져 보면 미인이라고 할 수는 없지만, 탱탱한 젊음과 활력으로 아름다운 느낌을 주었다. 겨울에도 아마 그녀의 살갗은 그을러 있었을 것이다. 빛나는 듯한 갈색 눈동자와 곧게 선 귀여운 콧날, 꼭 다문 입술, 파란 모자 아래로 매털 빛깔의 머리칼이 엿보이고, 두꺼운 모피 깃 아래로 몸에 꼭 맞는 양장이 풍만한 젖가슴과 약간 통통한 허리의 선을 잘 나타내었다.

그녀는 윌리엄 경의 얼굴을 보자 곧 차분함을 잃었다. 부드러운 시선이 긴장된 것같이 보였다.

"어머나, 벌써 와 계셨군요? 굉장히 빨리 도착하셨네요." 그녀는 윌리엄 경의 얼굴을 들여다보면서 걱정스럽게 덧붙였다. "그렇지만 너무 염려하시지 않는 게 좋을 거예요. 건강을 해치게 되면 큰 일이니까요."

윌리엄 경이 그녀를 소개했다.

"어떻소, 여러분. 현대 여성의 표본인 것 같은 생각이 들지 않습니까?" 라고 말하는 것 같았다.

랜폴은 그녀의 자리를 해드리의 책상 옆에다 마련하고 의자를 권했다.

그녀는 유유히 그 의자에 앉아 모든 사람의 시선을 태연히 받아 내며 주머니 속에서 담배를 꺼내 불을 붙였다.

"당신이 해드리 씨세요? 윌리엄에게서 자주 말씀 듣고 있었어요."

그러고 나서 그녀는 한 번 방 안의 사람들을 둘러보았다. 펠 박사의 얼굴을 특별히 더 자세히 들여다보았다.

"당신들은 모두 경감이거나 또는 그 비슷한 사람들이겠지요? 이런 취급은 좀 무례하다고 생각되는데요. 조금만 더 그 방에 넣어 두었더라면 들고 일어나려고 했지요. 공기도 나쁘고, 옆에 있던 여자가 연신 내 귓가에서 지껄이고 있지 않겠어요. 하지만 나는 그 방에 있을 때는 아무 영문도 모르고 있었지요. 사정을 알았을 때도 도무지 믿어지지 않았어요. 설마 필립이……. 나는 도저히 믿을 수가 없어요."

겉으로는 아무렇지도 않은 체하고 있었지만 사실 그녀는 굉장히 동요하고 있음이 역력히 드러났다. 담뱃재를 마룻바닥에 털고 나서도 줄곧 담배를 털고 있었다.

해드리가 표정 없는 얼굴로 말했다.

"그럼, 부인께서는 이미 모든 것을 다 알고 계시는군요?"

"물어 봤어요. 가엾은 필립! 나……."

그녀는 말문이 막혔다. 가해자에게 어떠한 형벌을 내리면 직성이 풀릴까 그것만을 생각하고 있는 듯, 아직 담배가 타지도 않았는데 줄곧 담뱃재를 털어 댔다.

"그렇지만 나를 불러서 심문한다는 것은 좀 이상하군요. 무엇 때문에 내가 심문을 받아야 하지요?"

"이것은 그저 형식인 겁니다. 범행 당시 현장 가까이에 있었던 사람이면 누구든지 심문하기로 했습니다. 부인을 맨 먼저 오시게 한 것은 빨리 댁으로 보내 드리기 위해서입니다."

"그건 잘 알고 있어요. 나도 탐정소설은 많이 읽었거든요. 필립은 언제 살해되었지요?"

"곧 아시게 될 겁니다." 해드리 경감은 끝까지 은근한 태도를 지키며 물었다. "지장이 없으시다면, 물어 보겠습니다. 우선 맨 처음 질문을 드리지요. 부인께서 이 탑에 오신 것은 이번이 처음이 아니리라고 생각합니다만, 본디부터 이러한 역사의 유물에 흥미가 있었습니까?"

약간 비꼬는 듯한 웃음이 그녀의 얼굴에 떠올랐다.

"정말 신사다운 심문 태도이시군요." 그녀는 흘끗 윌리엄 경 쪽을 쳐다보고 말했다. "아마 윌리엄 경에게서 들으셨을 줄 알아요. 윌리엄 경은 제가 이런 폐허나 이끼 냄새가 진동하는 물건들에 대해서 전혀 흥미가 없다고 생각하고 있을 거예요. 하지만."

메이슨 장군은 화가 치밀어오른 모양이다. 폐허라는 말이 그를 자극시킨 것 같았다. 그는 입에서 여송연을 떼어 내며 "부인, 실례입니다만……" 하고 그래도 얼마쯤 부드러운 목소리로 말을 가로막았다.

그녀도 따라서 부드러운 웃음을 보내며 웃는 얼굴을 그대로 해드리 쪽으로 돌리더니 말을 이었다.

"그러나 그것은 윌리엄 경이 아무것도 모르기 때문이에요. 나는 정말 이러한 것들이 굉장히 좋아요. 어릴 때부터 투구를 쓴 무사며 마상 시합이며 1대 1의 대결 같은 것을 좋아했어요. 그러나 옛날 전쟁이 일어난 날짜라든지, 어떤 왕이 어떻게 했다는 것은 예외예요. 그런 것은 욀 수도 없고 또 외고 싶지도 않아요. 아무튼 그런 것에는 관심이 없어요. 그야말로 레스터의 변명은 아니지만, 시대에 뒤떨어져 버린 거니까요. 이야기가 빗나갔군요. 나는 그런 것들을 좋아하기는 하지만, 오늘 제가 여기 온 것은 탑을 구경하는 것이 목적이 아니었어요. 산책하러 온 거예요."

"산책이라고요?"

"우리들 현대인에게는 걷는 운동이 부족하다고 생각해요. 그것이 나의 지론이지요. 건강에는 걷는 것이 가장 좋아요. 레스터는 점점 배가 나오기 시작했어요. 그것도 운동 부족이 원인이지요. 그래서 나는 사정이 허락하는 대로 남편에게 도보 여행을 하도록 권하고 있답니다. 우리는 어제 막 서부에서 돌아왔어요. 오늘은 저 버클레이 스퀘어에서 런던 탑까지 걸을 계획을 세웠지요."

비튼 부인의 말은 해드리의 가슴에 적잖이 영향을 미친 것 같았다. 그러나 그녀는 그것을 전혀 눈치채지 못한 듯했다.

해드리 경감도 시치미를 떼고 고개를 끄덕였다.

"남편한테도 권해 봤습니다만 듣지 않았어요. 레스터는 보수당원으로서 농촌 문제를 연구하고 있어요. 아침마다 신문을 보면서 '정말 큰일났군!' 하고 외치고는 하루 종일 그 대책에 골몰해 있는 거예요. 위가 아프기 시작하기까지는 생각을 중단하지 않아요. 지난 해 여름 남프랑스로 도보 여행을 갔었는데, 늘 그 일만을 이야기하여 골치를 앓은 경험이 있어요. 그래서 오늘은 나 혼자 이곳에 온 거예요. 그리고 애써 여기까지 온 김에 구경도 하고 가려고……."

그녀는 말을 조심해 가면서 설명을 마쳤다.

"그러셨군요. 여기에 몇 시쯤 도착하셨습니까?" 하고 해드리 경감은 말했다.

"확실히 기억하지는 못하겠어요. 그러나 그것이 그리 대단한 문제인가요?"

"꼭 말씀해 주시면 좋겠습니다."

그녀는 긴장했다.

"한 시쯤이라고 생각하는데, 혹시 좀 지나서였는지도 모르겠군요. 성문 옆 찻집에서 샌드위치를 먹었어요. 거기서 입장권을 샀지요. 석 장을 샀는데, 흰 것과 빨간 것 그리고 녹색이었어요."

해드리는 메이슨 장군을 쳐다보았다. 장군은 곧 설명을 덧붙였다.

"백탑, 혈탑, 보관실의 입장권이오. 한 번 요금을 내게 되면 석 장을 모두 살 수 있지요."

"그래요. 그럼, 비튼 부인, 그 입장권을 사용하셨습니까?"

해드리 경감은 여전히 표정 없는 얼굴로 질문을 계속했다.

부인은 담배를 물지도 않고 입술 앞에서 그냥 들고만 있었다. 풍만한 가슴의 고동이 심해져서 입술 끝이 경련을 일으켰다.

"보관실만 구경했어요. 그리 대단한 것 같지도 않더군요. 유리 세공품 같았어요……. 진짜가 아닐 수도 있겠지요?"

뻔뻔스러운 얼굴로 아무도 눈에 보이지 않는 듯이 마구 지껄여 대는 여인이었다. 이야기를 듣고 있던 메이슨 장군은 얼굴이 새빨개지더니 볕에 그을린 이마가 벽돌색이 되어 버렸다. 그는 목구멍 속으로부터 목을 죄는 듯한 소리가 튀어나오는 것을 가까스로 억누르며 여송연을 뻐끔뻐끔 빨아 대고 있었다.

"다른 표는 왜 안 쓰셨지요?"

"보관실을 보고 나니, 나머지는 보기가 싫어졌어요."

정말로 형편 없이 시시한 질문을 한다는 듯이 비튼 부인은 의자 안에서 몸을 움직였다. 그러나 자세히 보니 눈만은 반짝반짝 빛나고 있었다…….

"그러고 나서 나는 안뜰 부근을 좀 산책했어요. 까마귀가 내려앉고 있더군요. 저, 나는 군인들의 모습을 보고 싶었던 거예요. 그리고는 아름다운 제복의 비프 이터(런던 탑 위병의 속칭)와 이야기해 봤어요."

이번만은 메이슨 장군도 잠자코 있을 수 없었다.

"비튼 부인" 하고 그는 말투만은 부드럽게 하여 항의했다. "그런 명칭으로 부르지 말아 주셨으면 합니다. 런던 탑 관저를 맡고 있는 사람에겐 요맨 위병(옛날 독립 자영 농민의 자제들로 조직된 근위병)이라는 정해진 이름이 있습니다. 비프 이터라고는 하지 않습니다. 그 이름은."

비튼 부인은 당황하면서 바로잡았다.

"실례했어요. 전 정말 잘 몰랐던 거예요. 모두들 그렇게 부르고 있어서, 그것이 정말 이름인 줄만 알았지요. 그래서 저……. 한 위병에게 두꺼운 돌판을 가리키며 저기가 옛날의 처형장이냐고 물어 봤지요. 이렇게 말예요. '저, 여기가 엘리자베스 여왕의 목이 잘린 곳인가요?' 그러자 그 비프, 아니, 그 위병이 기절할 정도로 놀라 두세 번 헛기침을 하더니 대답하더군요. '네, 부인, 엘리자베스 여왕은 저런, 그러니까 침대 위에서 돌아가셨다고 합니다.' 그러고 나서 그 위병은 이곳에서 목이 잘린 사람들의 이름을 죽 대었어요. 그래서 저는 또 물어 봤지요. '그 사람은 무엇으로 죽었지요?' '부인, 그 사람이라니 누구 말입니까?' '엘리자베스 여왕 말이에요.'

내가 이렇게 말하자 위병은 또 기묘한 소리를 냈습니다."

해드리 경감은 그녀의 말을 가로막았다.

"비튼 부인, 질문에 대한 답변만을 해 주시기 바랍니다. 거기서 몇 시쯤에 나오셨지요?"

"마침 저는 시계를 차고 오지 않아서……. 그렇지만 열병장에서 혈탑이라는 큰 건물의 아치까지 왔을 때, 층계의 난간 부근에 몇 사람이 모여 있었어요. 그 속에도 비프 이터가 한 사람 있어서 그곳에 접근하지 말라고 말했어요. 아마 그때 필립이 발견되었던 모양이에요. 그래서 성문 앞까지 가자 밖으로 내보내 주지 않았어요. 내가 알고 있는 것은 이것뿐이에요."

"드리스콜 씨와 만나지 않으셨습니까, 부인?"

"네, 물론 만나지 않았어요. 그 사람이 와 있었다는 사실조차도 몰랐는걸요."

해드리 경감은 뭔가 생각하면서 책상 위를 손가락으로 두드리고 있었다. 그러다가 갑자기 또 물었다.

"부인, 지금 말씀으로는 여기 도착하신 게 한 시 가까이 되어서였다고 하셨지요?"

"지금 말씀드린 대로예요. 그러나 확실한 것은 말할 수가 없어요. 시계가 없었으니까요."

"한 시가 지났던 게 아닙니까?"

"그럴지도 몰라요. 그래요, 지났을지도 모르지요."

"시체가 발견된 것은 두 시 30분이었습니다. 부인께서 이 탑을 나가시려고 하신 때는 그 시간보다 늦은 시각이었을 겁니다. 그렇지 않다면 출구에서 못 나가게 가로막지도 않았겠지요. 그렇다면 부인은 한 시간 10분 동안을 보관실 구경과 안개 속의 이른바 '산책'으로 보내신 셈이 되겠군요?"

그녀는 태연히 웃고 있었다. 그러나 담뱃불이 손가락 끝에 닿았는지 깜짝 놀라 마룻바닥에 떨어뜨렸다. 눈이 도전하는 듯 해드리를 똑바로 쳐다보고 있었지만, 상당히 평정을 잃은 것 같았다.

"제가 이 정도의 비나 안개를 무섭게 여길 거라고 생각하시나요? 그렇지 않으면 저에게 필립을 죽이지 않으면 안 될 필요가 있다고 생각하고 계신 건가요?"

"직무상 질문하는 것이니까 용서하십시오. 시계가 없었으니까 한 시 반에서 두 시 반 사이에 역적문 가까운 곳에 계셨는지 어떤지 그것도 잘 모르시겠군요?"

그녀는 비단 스타킹을 신은 다리를 다시 꼬면서 눈살을 찌푸렸다.

"역적문이라니, 어디를 말하는 거지요?"

해드리는 부인의 핸드백을 턱으로 가리키며 되물었다.

"그 핸드백에 있는 녹색 종이는 안내서가 아닌가요?"

"이, 이것은, 어머나, 깜박 잊고 있었군요! 네, 런던 탑의 설명서예요. 매표소에서 2펜스를 주고 샀지요."

"한 시 반부터 두 시 15분 전까지 역적문에 가시지 않았습니까?"

부인은 다시 담배를 꺼내어 책상 위에다 성냥을 그어서 불을 붙였다. 경감을 노려보고 있는 눈동자에 차디찬 적의가 역력히 나타났다.

"같은 질문을 두 번이나 되풀이하시다니 정말 친절하시군요. 시체가 발견된 곳이 역적문 근처라면, 천만의 말씀이라고 말해야겠군요. 나는 그런 곳에서 우물우물하고 있지 않았어요. 들어오고 나갈 때 혹시 지나쳤는지는 모르지만 말예요."

해드리는 싱긋이 웃었다. 조용하고 온화한 웃음이었다. 그의 표정은 그 웃음 때문에 부드러워진 것 같기조차 했다. 여자의 얼굴은 점점 굳어져서 눈동자까지 긴장되었지만, 그의 웃음을 눈치채자 그녀는 반항하며 웃기 시작했다.

"말하자면 해드리 씨, 당신이 승리한 것 같은가요? 그러나 나는 당신에게 발목을 붙잡힐 그런 바보가 아니에요. 당신이 무엇을 겨눈다 할지라도."

"아아, 로라" 하고 윌리엄 경이 턱 끝을 쓰다듬으면서 입을 열었다. "좀 흥분하고 있는 게 아니오…… 경감, 질문을 계속해도 좋소."

"비튼 부인, 기분 나쁜 질문을 또 한 가지 해야겠습니다. 드리스콜 씨의 생명을 앗아 가려고 벼르고 있던 자가 누구인지 마음에 짚이는 사람이 없습니까?"

낮지만 날카로운 목소리로 그녀는 대답했다.

"그 사람을 죽이려고 할 사람이 있을 리가 없어요! 생각조차 못할 일이에요. 필립은 좋은 사람이니까요. 그렇게 훌륭한 젊은이는 그리 흔치 않을 거예요."

메이슨 장군은 소름이 끼치는 것을 느낄 수 있었다. 해드리 경감도 섬칫한 느낌이 들었다.

"말씀대로인지도 모르지요. 그런데 부인께선 언제 드리스콜 씨를 만나셨지요?"

"꽤 오래 됐어요. 레스터와 내가 콘월로 떠나기 전이었지요. 그 사람이 찾아오는 것은 늘 일요일이었어요. 그런데 어제만은 보이지 않았어요. 왜 오지 않았는지 모르겠어요…… 참, 그래요, 어제는 원고가 없어져 버렸기 때문에 윌리엄 경의 기분이 굉장히 언짢았고, 그것을 찾느라고 온 집안을 뒤집어 놓았었지요. 경감님, 그 일을 알고 계시겠지요?"

"알고 있습니다." 해드리는 간단히 대답했다.

"아 참, 그래요, 맞았어요. 그만 깜박 잊고 있었군요. 필립은 밤늦게 잠시 동안이지만 집에 들렀었어요. 신문사에 원고를 가지고 가는 길이라고 하더군요. 마차 말의 대가리 위에 가발이 얹혀져 있었다고 했어요……. 윌리엄, 당신도 기억하고 계시겠지요?"

윌리엄은 이마를 문지르면서 말했다.

"몰랐는데. 하긴 그때 나는 드리스콜이고 뭐고 생각할 겨를이 없었으니까."

"나는 실러에게서 모자 소동에 대한 이야기를 들었기 때문에, 그 전날 밤에 윌리엄의 모자를 도둑맞았다는 말을 해 줬지요."

"드리스콜 씨는 뭐라고 하셨습니까?"

"여러 가지 질문을 했어요. 도둑맞은 장소며 시간에 대해서 여러 모로 꼬치꼬치 물어 보다가 갑자기 일어서서 응접실을 걷기 시작하는 거였어요. 그리고 큰소리로 이렇게 말했어요.

'이로써 선두를 달릴 수 있게 됐군' 하고……. 무슨 말인지 물어 보려고 하는데 그대로 뛰어나가고 말았어요."

해드리의 질문은 드디어 거의 끝나 가는 것 같았다. 펠 박사는 개를 무릎 위에 올려놓고서 시치미를 떼며 대가리를 쓰다듬고 있었다.

문을 두드리는 소리가 들리더니 늙수그레하고 피곤한 듯이 보이는 사나이가 들어왔다. 그는 손수건에 싼 물건을 겨드랑이에 끼고 있었다. 공손히 인사를 하고 나서 말했다.

"험프 경사입니다. 피해자의 소지품을 가지고 왔습니다. 경찰 의사도 말씀드릴 게 있어, 곧 오시겠다고 합니다."

이어서 사람 좋아 보이는 작은 사나이가 건들거리는 걸음걸이로 나타났다. 턱 끝에 몇가닥의 염소 수염을 기르고 있었다. 해드리의 얼굴을 보고 경찰의사는 갑자기 말했다.

"여어, 해드리! 수사는 잘 되어 가고 있나?"

그는 검은 가죽 가방을 든 손으로 중산모를 약간 치켜올리더니 다른 손으로 길다란 강철 막대기를 내밀었다.

"이것이 흉기일세, 해드리. 지문 같은 건 하나도 없어. 핏자국은 내가 씻어 버렸지. 너무 지저분해서 말이야."

그는 건들거리면서 책상 있는 데로 다가와 적당한 장소에 무쇠 화살을 크게 소리 내며 놓았다. 가느다란 강철 막대기였다. 역시 강철로 된 날개가 달린, 길이 18인치쯤 되는 물건이었다.

"흉기도 요즈음에는 많이 달라졌어."

의사는 코 끝을 긁어 대면서 웃었다.

"14세기 후반에 만든 대형 활의 화살이라던데?"

"농담은 그만두게, 바보같이."

"뭐라고?"

"농담이라고 하지 않나. 여기 뭐라고 새겨져 있는지 한 번 보게. 카르카손(남프랑스 오드 강가의 성채. 반지름 1마일 안에 성벽, 옛 성곽, 수도원, 54개의 망루탑을 갖고 있으며, 지금까지도 14세기의 모습이 남아 있음) 풍의 토산품이라고 써 있지 않나. 약삭빠른 프랑스인들이 가짜를 그럴싸하게 만들어 선물가게에서 팔고 있는 걸세. 이것도 그런 물건이야."

이때 윌리엄 경이 일어나며 입을 열었다.

"그렇지만 의사 선생!"

상대방은 경에게 힐끗 곁눈짓을 하며 말했다.

"이래 봬도 이름이 있습니다. 웟슨이라고 합니다. 웟슨 박사라고 부르지요." 작은 목소리로 경찰 의사는 지껄였다. "저의 감정(鑑定)이 틀렸다는 건가요? 저는 좀 괴상한 성미라서, 내 의견에 반대가 나오게 되면 마구 지껄이고 싶어진답니다. 왜냐하면 이 장사를 30년 이상이나 해 왔거든요. 잠시 동안이라도 쉬려고 하면 호출을 받게 되니, 정말 못 해 먹겠습니다. 뭐 시내 마차가 어떤가, 이 담배는 어떤 것인가 하는 의견을 물어 오곤 하여 나중에는 물으러 오는 사람들을 모두 내쫓아 버리고 싶어지지요. 게다가 또 형사라는 바보들이 나의 감정을 점잖게 기다리고 있소. 수사는 일체 그 감정을 바탕으로 하여 진행하겠다면서 말이지요."

이 장광설을 늘어놓는 의사를 로라 비튼은 한 번도 쳐다보지 않았다. 그녀는 얼굴빛이 창백해져서 꿈쩍도 않고 뚫어지게 화살을 쳐다보고 있었다. 그녀의 강렬한 눈동자가 윗슨 박사의 말을 그치게 했다.

가능한 한 평정을 잃지 않으려고 애쓰면서 로라 비튼이 말했다.

"해드리 씨, 나는 이게 어디에 있었던 것인지 알고 있어요."

"전에 보신 적이 있습니까?"

"저의 집에 있었던 거예요. 남프랑스로 여행했을 때 제가 사 온 거예요."

래킨 부인의 소맷부리

"여러분, 모두 좀 조용히 해 주십시오." 해드리 경감은 나무라듯이 말했다. "누가 보면 정신 병원으로 착각하겠습니다. 그런데 비튼 부인, 지금 하신 말씀은 틀림이 없겠지요?"

비튼 부인은 반짝이는 강철 막대기를 최면술에라도 걸린 것처럼 들여다보고 있었다. 이윽고 그녀는 겨우 최면술에서 풀려 나와 고개를 들었다. 담배를 꺼냈으나 자신이 없는 동작이었다.

"네……. 그렇지만 틀림없이 그렇다고 단언할 수는 없지요. 카르카손에 가면 이것을 팔고 있는 가게가 있는데, 수백 명의 사람들이 사 가지고 가니까요……."

"그야 그렇겠지요. 그러나 부인께서 이것과 똑같은 것을 사셨다는 것은 확실하지요? 어디에 두고 계셨습니까?"

"솔직히 말씀드리자면, 그건 잘 모르겠어요. 요 몇 달 동안 본 적이 없으니까요. 나는 여행에서 돌아와 짐을 풀 때부터, 왜 이런 쓸데없는 물건을 사 왔을까 생각했거든요. 아마 틀림없이 어느 구석에다 처박아 두었을 거예요."

해드리는 무쇠 화살을 손바닥 위에 올려놓고 무게를 달아 보았다. 그리고는 화살의 끝부분과 날개를 살펴보고 나서 말했다.

"부인, 화살 끝과 날개까지 칼날처럼 잘 갈아 놓았는데, 처음 샀을 때도 역시 이렇게 반짝거렸나요?"

"아니오, 그렇지 않았어요. 칼날 같은 건 전혀 붙어 있지도 않았고, 사람을 찌를 수 있다고는 생각도 못 해 봤어요."

경감은 화살을 들어올려 보이면서 말했다.

"사실 이것은 줄을 가지고 간 것입니다. 다른 데 또, 누구든 확대경을 가지고 계신 분은 없습니까? 아아, 험프. 자네 가지고 있지?"

그는 경사한테서 작은 확대경을 받아들더니 화살을 비스듬히 들고 옆면에 새긴 글씨를 읽어 보았다.

"'카르카손 기념품'이라고 써 놓은 것을 줄로 지우려고 한 흔적이 있군요. 하다가 그만뒀지만. 그러나 잘 지워지지 않아서 그만둔 건 아닌 것 같습니다. '기념'이라는 글자의 반은 완전히 지워졌으니까요. 지우고 있는데 방해자가 들어왔기 때문에 중지한 것 같소."

윗슨 박사는 그의 발견으로 하여 모두 긴장한 것을 보자 아주 만족스러운 듯이 호주머니에서 껌을 꺼내어 입 안에 넣었다.

"그럼, 저는 가 보겠습니다. 뭔가 묻고 싶은 게 있거든 지금 물어보시오. 그러나 어떻게 죽였는지, 그것에 대해서는 묻지 마시오. 너무 전문 학자다운 말을 하기는 싫으니까. 시체를 본 사람이라면 물론 다 알고 계실 테지요. 푹 찔렀다는 것을. 그러나 그렇게 하기에는 상당히 힘이 들었을 겁니다. 덕분에 그는 완전히 즉사했지요. 그렇지, 타박상도 있긴 했습니다만 그것은 층계를 굴러 떨어질 때 생긴 것이오. 어쩌면 범인을 내던졌을 때 생긴 것인지도 모르지요. 이것을 조사하는 것은 당신들의 일이 아니겠소?"

"사망 시간은, 윗슨 선생? 이 탑 안의 의사는 한 시 반에서 45분 사이라고 말하고 있습니다만……."

"호오, 그렇게 말하던가요?"

경찰 의사는 큼직한 금시계를 꺼내어 귓가에서 흔들고 있었다. 그는 다시 호주머니 속에 집어 넣고 나서 말했다.

"좀더 지나서일 거요. 그러나 그 정도 알아맞힌 것만 해도 기특한데. 정확하게는 두 시 10분 전, 그 전후라고 해도 몇 분 안 틀릴 거요. 병원으로 운반해서 해부해 보겠소. 나중에 또 알려 드리지요. 여러분, 그럼, 먼저 실례!"

검은 가방을 들고 그는 건들거리는 걸음으로 나갔다.

"여보게, 해드리!" 의사가 나가자마자 윌리엄 경이 갑자기 항의를 시작했다. "어떻게 사망 시간을 그렇게 정확히 맞출 수가 있나? 이런 일은 상당한 여유를 두고 보는 게 양심 있는 게 아닐까?"

"그의 경우는 다릅니다." 해드리가 설명했다. "그게 바로 그의 가치입니다. 20년 동안 그의 추정이 10분 이상 틀려본 적이 없습니다. 지금부터 해부를 해 봐야겠다고 말하고 있듯이 좀 자신이 없는 때도 있긴 하지만, 한 시 45분쯤이라고 말한다면 거의 맞을 겁니다." 그러고 나서 그는 다시 비튼 부인을 돌아다보며 말을 이었다. "좀더 묻겠습니다, 부인. 이 화살이 댁에 있다는 것을 다른 사람들도 알고 있었지요?"

"모두 알고 있었다고 생각해요. 여행에서 돌아왔을 때 기념품으로 사 온 것은 모든 분에게 다 보여 주거든요."

"윌리엄 경, 당신도 보셨습니까?"

"기억이 나지 않는데. 보았는지는 몰라도 생각이 안 나네. 지금 처음 본 것 같아……. 가만히 있자. 그렇지, 그래. 기억 못 하고 있는 게 당연하지. 로라와 레스터가 여행에서 돌아왔을 때 나는 미국을 여행하고 있었으니까. 내가 두 사람보다 나중에 돌아왔거든. 그러니 보지 못한 게 당연하지."

해드리는 크게 한숨을 쉬었다.

"나중에 제가 댁으로 찾아가서 직접 조사해 봐야겠습니다, 부인. 질문은 이것으로 그치겠습니다. 더 이상 여기 계실 필요는 없습니다. 차 있는 데까지 위병이 모셔다 드릴 겁니다. 그렇지 않으면 윌리엄 경, 당신이 데려다 주시겠습니까?" 그는 경의 팔에 손을 얹으며 얼른 덧붙였다. "그렇다고 해서 이 자리에서 당신을 쫓아 버릴 생각은 없으니까, 그 점은 부디 오해 없으시기 바랍니다. 남아 계셔도 좋습니다만, 오늘은 상당히 피곤해 보이시니 비튼 부인과 함께 돌아가시는 게 좋을 것 같습니다."

"나는 여기 남겠네. 자네가 아버 씨에게 어떤 질문을 하는지, 그것을 들어 보고 싶네."

"아니, 저는 바로 그것 때문에 돌아가시도록 권한 겁니다. 당신이 이 자리에 계시면 오히려 사고를 일으킬 위험이 있습니다. 그렇다고 해서 저로서는 돌아가시라고 명령할 수도 없으니……."

장군이 옆에서 무뚝뚝하게 입을 열었다.

"비튼, 내 방에 가 있으면 어떤가? 파커한테 말해서 여송연과 브랜디를 준비시켜 놓겠네. 무슨 변화가 있으면 곧 알려 줄 테니까. 웨섹스 백작 더빌로의 기록이 서랍 속에 있으니 그것을 읽으면서 시간을 보내는 게 좋겠네."

윌리엄 경은 큰 몸집을 의자에서 일으키더니 여자 쪽으로 고개를 돌렸다. 그때, 정말 순간이기는 했으나 로라의 얼굴에 심한 공포의 빛이 스쳐 지나가는 것을 랜폴은 놓치지 않았다. 무의식 상태에서 감추어 둔 공포에 갑자기 가슴을 찔린 듯한 표정이었다. 숨을 죽이며 눈을 크게 뜨고 있었다. 그러나 그것도 곧 사라져 버렸다. 해드리 경감이 그것을 눈치챘는지, 랜폴로서는 의문이었다.

"저도 남아 있을까요? 도움이 될 수 있을지도 모르니까요."

로라가 물었다. 냉정하고 차분한 목소리였다. 그러나 코 양쪽에 깊은 주름이 파인 것으로 미루어 숨이 막힐 만큼 긴장하고 있는 것을 엿볼 수 있었다. 그러나 해드리 경감은 미소를 지으면서 고개를 저었다. 로라는 아직도 마음 속으로 무언가 고민을 하고 있는 것 같았다. 그녀는 말했다.

"옳아요. 쓸데없는 호기심은 버리는 것이 좋을지도 모르지요. 저는 역시 돌아가야겠어요. 자동차를 타고 가겠어요. 오늘만은 산책할 기분이 나지 않으니까요. 그럼, 여러분 실례하겠어요."

활발하게 인사를 하고 나서 로라는 윌리엄 경의 뒤를 따라 방에서 나갔다.

"정말 힘들군." 길게 시간을 끌면서 메이슨 장군이 말했다.

난로불이 꺼져 가고 있었다. 장군은 발로 그것을 다시 살리려고 했으나, 우연히 옆을 쳐다보더니 그만둬 버렸다. 옆에 험프 경사가 아까부터 잊혀진 사람처럼 얌전히 서 있는 것을 보았기 때문이었다.

"참, 내 정신 좀 보게." 주임경감도 겨우 그것을 알아차렸는지 헛기침을 한 번 하고 나서 말했다. "기다리게 해서 미안하네, 험프. 피해자의 소지품을 가지고 왔었지. 거기에다 풀어 놓게. 그 전에 물어보겠는데, 위병대장이 무슨 전하는 말이 없었나?"

"아니, 있었습니다."

"그런가? 그러나 그것을 듣기 전에 우선 아만다 래킨 부인을 조사해 보세. 2분 뒤에 그녀를 데리고 오게."

경사는 경례를 하고 나갔다. 해드리 경감은 책상 위에 손수건으로 싼 꾸러미를 올려놓았으나, 곧 풀어 보려고 하지는 않았다. 우선 펠 박사를 돌아보았다. 박사는 파이프를 물고 에어딜 테리어의 털 때문에 웃옷 앞부분을 더럽힌 채 미소지으며 이쪽을 바라보고 있었다. 그러나 경감의 표정은 굳어 있었다.

장군은 두 다리로 방바닥을 긁듯이 하며 말했다.

"해드리 경감, 당신은 저 부인을 어떻게 보고 있소?"

"비튼 부인 말씀입니까? 상당히 단수가 높은데요. 함정이 되는 부분을 잘 알고 있습니다. 일부러 상대방을 화나게 만들어서 수사를 외곽으로 유도하는 기술도 알고 있고, 쓸데없는 말을 지껄여서 속이는 수단도 알고 있습니다. 보통이 아니군요. 당신은 어떻게 생각하셨습니까?"

"나를 처음 만났기 때문에 경찰관으로 잘못 안 모양이오. 하긴 레스터는 비튼을 통해 좀 안면이 있지만."

"레스터 비튼 씨 말인가요? 어떤 분입니까?"

메이슨 장군은 얼굴의 수염을 천천히 흔들면서 말했다.

"설명할 수 있을 만큼 잘 알지는 못하지만, 부인보다 나이가 상당히 많은 모양이오. 따라서 저 부인의 스포츠 상대가 되어 주는 것은 상당히 고역일 거요. 무슨 사업으로 재산을 많이 모았나 본데, 술도 담배도 안 하는 굉장한 구두쇠라는 말이 있더군요."

주임경감은 꾸러미 쪽으로 시선을 옮기더니 그것을 풀었다.

"이것이 피해자의 소지품입니다. 팔목시계의 유리가 부서졌는데도 시계는 가고 있군요. 열쇠 묶음, 만년필과 철필, 지폐와 은전, 동전이 꽤 많군요. 편지가 한 통, 엷은 자주색 봉투에 향수 냄새가 나는군요. 여성의 필적입니다."

경감은 편지를 꺼냈다. 단 한 장이었다. 랜폴과 장군도 들여다보았다. 날짜와 받은 사람의 이름도 없이 편지지 한가운데에 난잡한 글씨로 휘갈겨 써 있었다.

——경계하라. 런던 탑, 한 시 30분. 감시를 받게 된다. 발견될 위험이 있음——메리

해드리는 눈살을 찌푸리고 편지를 읽었다.

"메리? 메리라는 여자를 찾아야겠군. 소인은 런던 서구(西區). 어젯밤 10시 반에 부쳤군요. 어딘지 모르게 신경을 건드리는 편지인데."

경감은 그것을 책상 위에 던져 놓고 다시 꾸러미 속을 조사하기 시작했다.

"드리스콜 씨의 소지품을 경사가 모두 모아 두었군요. 반지며 넥타이 핀까지 다 들어 있습니다. 오오, 조립식 수첩이 있습니다. 검은 가죽 표지의 수첩인데, 이 속에서 단서를 잡게 되면 다행일 텐데."

해드리는 수첩을 펴고서 첫째 장을 죽 훑어 보더니 실망한 듯이 책상 위에다 팽개쳤다.

"뭐야, 이건? 무슨 메모 같은데. 쓸데없이 점선만 사용하고. 하긴 필적은 드리스콜의 것임에 틀림없는 것 같군요. 무슨 뜻이 있긴 하겠지만." 해드리 경감은 이어서 말했다. "계속되는 말을 빼 버렸군요. 나도 이따금 이런 짓을 하지요. 이것을 원문으로 고치려면 빠진 말을 메우기만 하면 됩니다. 이렇게 하는 데도 재간이 있어야 하지요. 아무튼 이것을 풀어 내면 모자 미치광이의 단서를 잡을 수 있을지도 모르겠군요. 어떤 것이 튀어나올지 의문입니다만……."

"한 번 더 읽어 주겠나?"

방구석에서 펠 박사가 큰 소리로 말했다. 그는 몸을 앞으로 내밀 듯이 하고 파이프를 흔들면서 고함을 지르고 있었다. 주임경감이 다시 읽어 주자 그것을 듣고 있는 박사의 동그란 얼굴에 생기가 빛을 내기 시작했다.

문가에서 험프 경사의 목소리가 들려 왔다.

“래킨 부인을 모시고 왔습니다.”

펠 박사는 지금 그 수첩의 내용을 듣고 꽤 만족스러운 듯한 표정으로 소리를 죽여 웃고 있었다. 불룩하게 내민 아랫배에 큰 파도가 일고 있었다. 가느다란 눈을 깜박거리면서 파이프 재를 여기저기 마구 털어 대고 있는 모습은 불을 토하는 산의 정(精)을 연상케 했다. 그러나 다음 차례의 심문을 받기 위해서 경사를 따라 래킨 부인이 모습을 나타내자마자 박사는 곧 입을 다물고 말았다. 해드리 경감은 급히 수첩을 덮었고, 메이슨 장군은 난로 옆에 다가붙어 앉았다.

아만다 조제트 래킨 부인은 방 안으로 들어서려다가 멈칫 걸음을 멈추고 조심스럽게 사방을 둘러보았다. 문 위에 물이 가득 찬 양동이를 얹어 놓고 있어 선불리 들어갔다가 갑자기 물벼락이라도 맞지 않을까 겁내고 있는 것 같은 신중함이었다. 그러나 이윽고 안으로 들어와서는 비어 있는 경감의 책상 옆자리에 걸터앉았다. 키가 크고 좀 살이 찐 부인으로, 아래위 모두 검정색으로 차려입은 옷차림은 정숙하다고 해도 과언이 아닐 것 같았다. 그러나 다른 말로 표현하면, 그러니만큼 매력이 없다는 이야기가 된다.

해드리 경감은 의자째 몸을 앞으로 내밀며 심문에 들어갔다.

“래킨 부인이십니까? 저는 경시청의 해드리 경감입니다. 귀찮으시겠지만, 부인에게 물어 보면 중대한 단서를 얻을 수 있지 않을까 생각되어 오시게 했습니다.”

래킨 부인은 어깨를 으쓱하고 나서 대답했다.

“질문을 받더라도 저는 아무것도 도움이 될 만한 대답을 못할 거예요. 그래도 좋으니 심문을 하고 싶다면 정식으로 소환장을 주시든지, 제가 말씀드리는 것을 일체 비밀에 붙이겠다고 약속해 주시지 않으면…….”

해드리는 그녀의 말을 듣고 갑자기 굳은 표정을 지어 보였다.

"부인은 상당히 법규에 밝으신 분 같군요."

"대강은 알아요. 그러나 제가 말씀드린 것이 잘못이라고는 생각지 않는데요."

"그만큼 잘 알고 계시다면 설명할 필요가 없다고 생각합니다만, 저는 지금 그 약속을 할 수가 없습니다. 부인의 말씀이 사건에 중요한 증언이 된다면 비밀에 붙여 둘 수 없기 때문입니다. 그리고 래킨 부인, 어디서 한 번 뵈온 것 같은데요……."

부인은 어깨를 으쓱하고 나서 말했다.

"그럴지도 모르지요. 하지만 그것이 어쨌다는 거예요? 설마 저를 수상한 여자로 보시는 건 아니겠지요. 아시겠어요? 나는 당당한 미망인이에요. 나는 국가에서 유족 연금을 받고 있단 말이에요. 증인을 세우라고 하시면 지금 곧 몇십 명이라도 부를 수 있어요. 무슨 질문을 하실는지는 모르지만, 나는 참고가 될 만한 것을 아무것도 말씀드릴 수가 없어요. 이야기는 이것뿐이에요."

래킨 부인은 지껄이고 있는 동안 줄곧 소맷부리에 신경을 쓰고 있었다. 검은 외투 아래의 양장은 특별히 맞춘 옷 같았으며, 흰 소맷부리가 눈길을 끌었다. 왼쪽 소매가 흘러내려서 그러는지, 또는 오른손이 그것을 만지작거리는 버릇이 있어서 그런지, 그녀는 말을 하면서도 연신 그것을 집어 넣으려고 눈에 보이지 않는 고생을 하고 있었다.

해드리가 그것을 눈치채고 있는지 어떤지, 그의 눈은 도무지 움직이려고 하지 않았다.

"래킨 부인, 사건이 일어난 것은 알고 계시는지요?"

"네, 알고 있고말고요. 저기 사람들이 모두 그 이야기를 하고 있는 걸요."

"그러시다면 쓸데없는 설명은 하지 않아도 되겠군요. 돌아가신 분은 더비스톡 아파트의 필립 드리스콜 씨입니다. 서류에서 보니 부인께서도 같은 아파트에 살고 계시는 모양이지요?"
"네, 그래요. 그렇지만 그게 어쨌다는 거예요?"
"부인 방의 번호는?"
부인은 약간 머뭇거리다가 대답했다.
"1호실이에요."
"1호실. 그럼, 아래층이겠군요. 오랫동안 살고 계셨나요?"
래킨 부인은 갑자기 눈을 치켜뜨고 대들 듯이 말했다.
"그것이 사건과 무슨 관계가 있지요? 제가 그 아파트에서 언제부터 살고 있었든 당신들이 알 필요가 없잖아요. 집세도 제때에 꼬박꼬박 잘 내고 있고……. 무슨 사정이 있으시다면 관리인에게 물어 보세요."
해드리 경감은 팔짱을 끼고 생각에 잠겼다.
"그렇겠군요. 관리인에게 물어 보면 당신이 언제부터 그곳에 살고 있는지 곧 알 수 있겠군요. 그러나 당신이 지금 말씀해 주신다면 쓸데없는 수고를 하지 않아도 되지 않겠습니까? 부인께서 대답한다고 해서 특별한 수고가 필요한 것은 아니잖습니까? 지금 여기서 협력해 주신다면 언젠가는 우리도 그 보답을 해 드릴 날이 있을 겁니다."
부인은 다시 약간 망설이고 있다가 대답했다.
"이야기를 안 해 드리겠다는 말이 아니에요. 나는 그 아파트에 이사한 지 겨우 3주일밖에 되지 않아요. 이런 것이 무슨 도움이 되겠어요?"
"아아, 그러십니까? 그럼, 그 아파트에는 한 층에 몇 세대씩 살고 있습니까?"

"두 세대씩 살고 있어요. 건물 각 층에 플랫이 두 개씩 있는 큰 아파트예요."

"그렇습니까? 그러시다면 당신은 드리스콜 씨와 통로 하나를 사이에 두고 살고 계시는군요? 친하게 교제해 오셨습니까?"

"아니요, 이따금 얼굴이 마주치는 정도였어요."

"그것은 당연하겠지요. 출입하실 때 그 사람의 방에 어떤 손님이 와 있는지, 자연히 눈에 띄겠군요?"

"숨겨도 소용이 없겠지요. 물론 알 수 있어요. 보지 않으려고 해도 보이니까요. 굉장히 많은 손님들이 찾아오곤 했었지요."

"특별히 여자 방문객들에 대해서 말씀해 주시면 고맙겠습니다만."

갑자기 그녀는 눈동자에 역력히 적의를 나타내며 잠시 동안 경감을 노려보았다.

"네, 여자 손님이 많이 찾아오더군요. 그러나 나는 아무런 생각도 하지 않았어요. 나는 도학자(道學者)가 아니니까요. 생활은 각자 자유예요. 나는 남의 생활에 간섭하지 않아요, 손톱만큼도. 다른 사람의 간섭을 받고 싶지 않은 대신, 저도 남의 생활에 간섭할 생각은 없어요. 그러니만큼 어떤 여자가 그 사람을 찾아왔는가 하는 것을 나에게서 들으려는 것은 불가능하니까 단념하세요. 저는 정말 아무것도 모르니까요."

"예를 든다면 이런 것은 어떻습니까……." 해드리 경감은 전등 아래로 엷은 자주색 편지지를 슬쩍 비춰 보여 주며 말을 계속했다. "메리라는 여자를 모르시겠습니까?"

여자는 틀림없이 충격을 받은 것 같았다. 편지지 위에 눈길이 못박혀서 소맷부리를 만지작거리고 있던 손까지 멈추고 말았다.

갑자기 그녀는 말이 많아져서 마구 지껄여 대기 시작했다.

"모르겠는데요. 아까부터 아무것도 모른다고 말씀드리고 있잖아요.

정말로 그렇다니까요. 그 사람 관계로 내가 알고 있는 분은 꼭 한 사람뿐이에요. 몸집이 작고 금발에 예쁘장한 젊은 여자지요. 몸이 좀 마르고 안경을 낀 남자와 같이 와 있던데요. 언젠가 내가 밖에서 돌아오니까 그녀가 나를 보고 드리스콜 씨의 방으로 가고 싶은데, 짐을 날라다 주는 사람이 없느냐고 묻더군요. 그 아파트엔 짐꾼이 없거든요. 그래서 엘리베이터도 자동식이에요. 그것이 첫 대면이었어요. 이름은 실러. 드리스콜 씨의 사촌이라고 했어요. 이것이 내가 알고 있는 전부예요."

해드리는 책상 위의 서류에 눈길을 던진 채 꽤 오랫동안 잠자코 있다가 말했다.

"그럼, 오늘 부인께서 어떻게 지내셨는지 말씀해 주십시오. 왜 런던 탑까지 오시게 되었지요?"

"오고 싶었으니까 왔지요. 그 이상은 아무것도 없어요. 공공 건물을 찾아가는 데도 일일이 이유가 있어야 하나요?"

그녀는 경감의 심문에 즉시 역습해 왔다. 미리 준비해 온 듯한 말투였다.

"몇 시에 도착하셨지요?"

"두 시 넘어서였을 거예요. 절대로 정확하다고는 말할 수 없지만, 서약하고 증언하는 게 아니니까 이만하면 됐지요? 대체로 맞을 거예요."

"탑 안을 구경하셨나요?"

"두 군데만 구경했어요. 보관실과 혈탑. 나머지는 그만뒀어요. 싫증이 났거든요. 그래서 돌아가려고 하는데 금족령이 내렸지 뭐예요."

해드리 경감은 수사에 필요한 것만 차례로 심문해 갔다. 그러나 단서가 될 만한 것은 아무것도 찾아 낼 수 없었다. 그녀는 귀머거리에다 장님이었단 말인가? 다른 관광객들도 많이 있었다는 것은 알고 있지만, 저주스러운 안개라고 미국인이 불평을 늘어놓은 것 말고는 아무것도 몰랐다고 주장했다. 해드리도 결국에는 체념한 듯이 그녀를 내보내기로 했다. 그러나 나중에 다시 심문하게 될지 모른다고 잘라 말하는 것을 잊지 않았다.

래킨 부인은 콧소리를 내고 외투의 깃을 매만지며 다시 한 번 도전하는 눈으로 방 안을 휘둘러보고 나서 말없이 밖으로 나가 버렸다.

그녀가 복도 밖으로 사라지는 것을 확인하고 나서 해드리는 문 밖의 위병에게 말했다.

"지금 곧 험프 경사를 찾아 주시오. 지금 나간 여자의 뒤를 미행시키고 싶으니까. 곧 좀 부탁합니다. 그리고 이 말도 좀 전해 주시오. 만일 안개가 더 짙어져서 놓치게 되면 곧 돌아오라고 말이오."

그는 이렇게 이르고 나서 책상으로 되돌아와 두 손을 마주 잡고 생각에 잠겼다. 메이슨 장군이 울화통을 터뜨렸다.

"대체 무얼 하는 거요, 해드리 경감? 그런 미지근한 심문으로는 아무것도 나오지 않잖소! 좀 따끔한 맛을 보여 줘도 괜찮을 텐데. 저 여자는 확실히 뭔가를 알고 있어. 아니, 진범인지도 모르지. 냄새가 나는걸."

"그럴지도 모르지요. 그러나 지금으로서는 저 여자를 문책할 아무런 자료가 없습니다. 그리고 자유롭게 해 두는 편이 정보를 캐 내는 데 도움이 될 겁니다. 당분간 마음대로 하게 내버려 둘 작정입니다. 틀림없이 뭔가 재미있는 것이 발견될 겁니다. 경시청에서 아까부터 조사를 하고 있는데, 그 여자의 범죄 기록은 별로 없는 것 같더군요. 경우에 따라선 사립 탐정일지도 모릅니다."

"그래요!" 장군은 입수염을 꼬면서 중얼거렸다.

"사립 탐정이라……. 당신은 그런 느낌이 드오? 왜 그런지 설명을 좀 해 주시오."

해드리 경감은 다시 자리에 앉아 책상 위에 물건들을 보면서 대답했다.

"설명해 드리고말고요. 저는 펠 박사처럼 비밀주의자가 아니니까요. 제가 사립 탐정이라고 단정한 이유는 여러 가지가 있습니다. 첫째, 그녀는 조금도 경찰에 대해 겁을 내지 않았습니다. 사사건건 우리들에게 도전해 오거든요. 주소는 더비스톡 스퀘어입니다만 그곳은 부자들이 살기에는 좀 빈약하고, 가난한 사람들이 살기에는 경비가 너무 많이 드는 곳이지요. 그리고 드리스콜의 옆방에서 살게 된 지 아직 3주일밖에 안 되었다면서 누가 찾아오는지를 너무 자세히 잘 알고 있거든요. 심문을 받고 실러밖에 모른다고 했지만, 그것은 다시 말해서 실러만이 아무 관계도 없다는 것을 알고 있다는 증거입니다. 틀림없이 그녀는 좀더 자세한 것을 알고 있을 겁니다.

그리고 줄곧 소맷부리를 매만지고 있는 것을 못 보셨습니까? 그것도 증거 가운데 하나입니다. 하긴 그것을 보니 그다지 경험이 많은 탐정 같지는 않더군요. 소맷부리 때문에 탐정이라는 것이 드러날까 봐 겁을 내고 있는 겁니다. 위병 대기소에 수용되어 있을 때 내버렸더라면 되었을 텐데, 그것도 의심받을 염려가 있었으므로 하지 못했겠지요."

"소맷부리가 대체 어떻게 됐는데요?"

"저런 여자 탐정들이란 대부분 이혼 소송의 자료를 수집하는 일에 고용되는데, 시간이라든지 장소 같은 것을 급히 기록해 둬야 할 일이 많이 생깁니다. 오늘도 아마 그 소맷부리에 기입했을 겁니다. 그것을 우리들이 발견할까봐 겁을 먹고 있었던 거지요. 아마도 누군가를 미행하여 여기까지 온 거라고 생각됩니다."

장군은 감탄하며 듣고 있었다. 잠시 동안 그 부근을 돌고 있다가 그는 말했다.

"그것이 드리스콜과 무슨 관계가 있다는 거요?"

"그렇지요. 그 여자가 책상 위의 편지를 보자마자 어떤 표정을 지었는지 보셨습니까? 글자를 읽어 낼 만큼 가까운 거리가 아니었는데도 편지지 색깔만 보고 알아 냈던 모양입니다. 그것보다도 누구 뒤를 미행해 왔는지 그게 문제입니다. 내 생각으로는, 그렇지, 우선 박사님의 고견을 듣기로 하지요. 박사님은 누구라고 생각하십니까?"

펠 박사는 파이프에 불을 붙였다.

"물론 비튼 부인이지. 자네들이 그 부인의 말을 주의 깊게 듣고 있었다면 그런 것은 쉽게 알아 냈을 걸세."

"정말이오?" 메이슨 장군이 놀라며 소리쳤다. "흐음, 그래. 그렇다면 다행히 비튼이 여기 와 있으니 주의를 시켜야겠군. 그러나 당신 말을 들어 보니 드리스콜과도 관계가 있는 것 같은데. 흐음, 그렇지. 그러면 이야기가 맞아들어가는 것 같군. 그렇지만 당신의 의견엔 증거가 있소?"

"증거 같은 건 특별히 없지만, 막연히 그런 의혹을 가지고 있습니다. 만일 그 가설이 옳다고 하고, 래킨 부인이 비튼 부인을 미행해 왔다고 한다면 어떠한 결론이 나오게 되지요?...... 메이슨 장군, 여기서는 백탑이 가장 크고 중심이 되는 건물이지요? 그리고 혈탑에서 떨어진 위치에 있지요?"

"그렇소. 동그마니 외딴 곳에 떨어져 있지요. 내성의 중심이며 바로 열병장에 면하고 있소."

"그리고 아마 설명하시는 것을 들어 보니 보관류를 진열해 놓은 탑은 혈탑과 잇닿아 있는 모양이지요?"

"웨이크필드 탑이라고 하는데……. 으음, 그래……." 메이슨 장군은 차츰 흥분했다. "알겠소. 비튼 부인은 보관물들을 구경하러 갔다고 말했었지. 래킨 부인이 그 뒤를 따른 거요. 그리고 또 비튼 부인의 말을 들으면 혈탑의 아치를 지나서 내성의 성벽 안쪽을 열병장 있는 데까지 걸어갔다고 했었지. 래킨 부인도 혈탑까지 미행해 갔지만, 그 이상 접근하게 되면 탄로날 염려가 있으니까 혈탑의 층계를 올라가서 로레이의 복도까지 나와 거기서부터 비튼 부인의 모습을 내려다보았을 거요."

"그것을 묻고 싶었던 겁니다." 해드리는 주먹으로 관자놀이 근처를 두드리면서 말했다. "이런 안개 속에서는 멀리까지 내려다볼 수 없었을 겁니다. 그러므로 그녀는 그곳에서 관광객인 체하고 아래를 엿보고 있었으리라 생각됩니다. 또는 비튼 부인이 혈탑 안으로 들어간 줄 알고 그 뒤를 쫓으려고 했는지도 모르고요. 모두가 가정입니다만 다만 한 가지, 두 사람 모두 약속이나 한 듯이 백탑 쪽으로는 가지 않았습니다. 그것으로 미루어 보아서도 두 사람 사이에는 확실히 무언가 관계가 있다고 보아도 잘못이 아닐 것 같습니다."

장군은 손가락으로 책상 위에 편지를 짚으면서 말했다.

"그렇다면 당신 추정으로는 이 편지가 비튼 부인이 쓴 것이라는 거요?"

"미행당하고 있었다면 더욱 더 사정이 맞아떨어집니다. 편지에 뭐라고 써 있지요? '경계하라…… 감시를 받게 된다. 발견될 위험이 있음.' 흔히 쓰는 편지지를 사용했는데도 래킨 부인은 한눈으로 그것을 알아보았습니다. 어젯밤 10시 반에 비튼 부인의 우편구에 투함된 것입니다. 드리스콜이 다녀가고 난 뒤지요. 그 날 부인은 콘월의 도보 여행에서 막 돌아온 참이었습니다. 3월이라는 나쁜 시기에 콘월로 하이킹을 하다니, 상식 밖의 일입니다. 아마도 그녀를 런던에 두어서는 안 될 무슨 이유가 있었겠지요. 그대로 내버려 두었다가는 궁극의 단계에까지 몰릴 염려가 있다고 걱정한 자가 있었을 겁니다."

해드리는 일어서서 방 안을 걷기 시작했다. 메이슨 장군 앞까지 오자 장군은 말없이 여송연 상자를 내밀었다. 해드리는 한 개 뽑아서 곧 입에 물었다. 그러나 불을 붙이려고는 하지 않았다.

"이 추정에 잘못이 없다면, 비튼 집안의 사정은 파국 직전의 단계까지 와 있다고 볼 수 있습니다. 그리고 사실 드리스콜의 옆방에는 3주일 동안이나 사립 탐정이 지키고 있었습니다. 더구나 레스터 부부가 여행중일 때도 그랬습니다. 여기엔 물론 무언가 사연이 있을 것입니다. 모든 것이 누군가의 계획에 따라 움직인 것입니다. 솔직히 말씀드려 이 일들이 로라 비튼의 남편 솜씨였다고 보아도 잘못이 아닐 겁니다."

"그러나 그렇다고 해도 왜 메리라는 이름을……?" 메이슨 장군이 물었다.

"이름은 두드러지게 표가 안 나는 것을 써야지요. 필적까지도 바꾸려고 애쓴 흔적이 있습니다. 실수로 제3자의 손에 들어가더라도 증거가 안 잡히도록 만반의 주의를 다하고 있습니다. 정말 손톱만큼도 빈틈이 없는 부인이라는 생각이 듭니다만, 그렇다 하더라도."

해드리는 그제야 여송연에 불을 붙일 생각이 든 모양이었지만, 갑자기 또 생각난 것이 있는 듯 젊은 미국인에게 얼굴을 돌리고 말했다.

"랜폴 씨, 지금 우리들이 얼마나 어려운 문제에 맞닥뜨리고 있는지 알겠지요?"

랜폴은 조금 망설이다가 대답했다.

"의문은 여러 가지가 있습니다. 이 편지는 오늘 아침 일찍 배달된 것 같습니다. 우리들은 지금까지 드리스콜 씨가 덜래이 씨에게 전화를 건 까닭은 모자 도둑에 대한 일 때문이라고만 상상하고 있었습니다. 그러나 드리스콜 씨에게서 확실히 그렇다는 말을 들은 것은 아닙니다. 틀림없이 그때 덜래이 씨는 농담조로 자네의 모자까지 도둑맞게 되었느냐고 물었을 것입니다. 거기에 대해서 드리스콜 씨는 이렇게 대답했습니다. '걱정하고 있는 것은 모자가 아니라 나의 목이란 말이야……' 덜래이 씨는 그때 모자 사건이라고만 믿어 버렸습니다만, 과연 그러했을까요?"

"알겠소." 해드리가 말했다. "그러나 아무튼 드리스콜 씨는 한 시에 덜래이 씨를 만나기로 약속했는데 한 시 30분에 만나자는 편지를 받고 덜래이 씨에게 도움을 청한 것이었지요. 그 뒤 누군가가 일부러 덜래이 씨를 그의 아파트까지 유인해 냈소. 그런 뒤에 드리스콜 씨는 걱정이 태산 같은 얼굴로 이곳에 도착했지요. 그가 창가에서 밖을 내다보고 있는 것을 파커가 보았소. 그리고 역적문 근처에서 수상한 사람이 나와 그의 팔꿈치를 치는 것까지 보았다고 하오."

해드리는 몇 개비의 성냥을 그냥 태워 버리고 나서 겨우 여송연에 불을 붙였다. 그는 조용한 표정으로 돌아와 모든 사람의 얼굴을 돌아보면서 말했다.

"드리스콜 씨, 비튼 부인, 래킨 부인, 게다가 네 번째 인물까지 합쳐서 회전 목마놀이가 시작되었다고 봐도 좋지만, 어떤 결과가 되었습니까? 이렇게 본다면 마치 치정 관계로 인한 살인같이 보입니다만, 과연 그렇게 해석해도 괜찮을까요? 그렇다면 드리스콜 씨의 시체 위에 도난당한 윌리엄 경의 실크햇을 씌운 것은 무슨 까닭일까요? 오늘의 이 사건이 지닌 광적인 면을 모자 사건과 관련시켜서 생각해 본다면 해석할 수 있는 여지가 있습니다. 그러나 그렇지 않다면 대체 어떻게 되는 거지요? 박사님의 생각을 듣고 싶군요."

침묵이 흘렀다. 펠 박사는 입에서 파이프를 떼어 내며 변명하듯이 말했다.

"자, 해드리. 마음을 가라앉히게. 아무리 봐도 자네는 이 사건을 너무 서두르는 것 같군. 마르쿠스 아우렐리우스의 말은 아니지만, 사물에 접할 때는 좀더 철학적인 견해를 가지고 있어야 하네. 그렇게 서두르지 않더라도 충분히 해결된다네. 여느 때 자네가 했던 것처럼 냉정한 수사 방침을 지키면서 진행하는 걸세."

주임경감은 시무룩한 표정으로 듣고 있다가 입을 열었다.

"대기소에 있는 사람들은 취조할 만한 가치도 없는 것 같습니다. 쓸 만한 증인은 겨우 한 사람 남아 있군요. 드디어 마지막 심문을 해야겠는데, 우선 브랜디를 한잔하면 좋겠군요. 여러분들은 어떻습니까?…… 그리고 박사님, 이번에는 역할을 바꿔 봤으면 합니다. 제가 그 철학적인 견해라는 것을 맡을 테니 박사님께서는 주임경감의 역할을 맡아 주셨으면 합니다."

"좋아, 자네만 승낙해 준다면."

해드리는 위병을 불러서 지시를 했다. 펠 박사는 천천히 일어나며 말했다.

"나는 처음부터 이 사람에게 물어 보고 싶은 게 있었네. 내 생각으로는, 사건은 이 방면에서 해결될 거라고 보는데……. 어떤 방면이냐고 묻는 건가? 그럼, 우선 그것부터 설명해 주기로 하지."

"말씀해 주십시오. 무엇이지요?"

"도둑맞은 원고일세" 하고 펠 박사는 말했다.

아버 씨의 분위기

펠 박사는 망토를 벗어던지더니, 해드리 경감의 의자에 위대한 허리를 무리하게 쑤셔 넣었다. 그는 두 손으로 뚱뚱한 아랫배를 누르면서 기분 좋은 듯 벙글벙글 웃고 있었다.

해드리는 그를 바라보며 말했다.

"박사님께 부탁드린 것이 실수였는지도 모르겠군요. 왜냐하면 그렇게 벙글벙글 웃으시면 곤란하거든요. 적어도 이것은 살인 사건이니 말씀입니다. 박사님의 유머도 이런 경우엔 삼가하셨으면 합니다. 이런 식으로라면 우리 두 사람이 미친 사람이라는 오해를 받을 염려가 있으니까요…… 메이슨 장군, 펠 박사님은 굉장히 뛰어난 재주를 가지고 계십니다. 그러나 경찰의 기능을 영화에서 보고 상상할 수 있는 정도쯤으로 아시고, 어떤 경우라도 간단히 해치울 수 있다고 생각하고 계시지요. 아마 지금 심문을 시작하시면서도 우선 머릿속에서 생각하고 계신 것은 저의 흉내를 그대로 내보려는 게 아닐까요? 그런 기분으로 하신다면 그 결과가 어떻게 되겠습니까? 그러나 제 생각으로는 지금부터 하는 심문은 그렇게 될 염려가 있을 것 같습니다. 탐정소설광인 초등학교 교사가 4학년쯤밖에 안 된 어린 학생을 붙잡아다 놓고 '얘! 저 계단에 기계 기름 칠을 한 것은 너지? 교장 선생님이 식사하러 내려오시는 것을 기다리고 있다가 발을 헛딛게 해서 죽이려고 한 거지?' 하는 것처럼……."

펠 박사는 살웃음을 지으면서 말했다.

"정말 훌륭한 비유이기는 하지만, 그건 아무리 생각해 봐도 나보다는 자네에게 꼭 들어맞는 이야기가 아닐까? 역마차의 말 대가리 위에 변호사의 가발을 씌웠다고 해서 안색을 바꿔 가며 소동을 피우는 것은, 정말 지금 그 비유와 똑같은 게 아닐까? 나는 훌륭한 탐정일세. 첫째, 초등학생이란 좀더 순진한 장난을 하는 법이지. 나도 그런 경험이 있어. 교장의 동상이 완성되어서 내일이면 제막식을 올릴 텐데, 그 전날 밤에 그것을 보기 좋게 긁어 버렸지 뭔가."

옆에서 메이슨 장군이 끼어들었다. 여송연의 연기가 눈에 들어갔는지 그는 얼굴을 찌푸리면서 지껄이기 시작했다.

"나는 더 악질로 놀았었지요. 초등학교 시절 여름 방학 때면 늘 프랑스에서 보냈는데, 내 배짱은 그 시절에 단련된 것 같소. 그 가운데에서도 특별히 기억나는 건 뱃사람들이 많이 다니는 거리에서 일어난 일인데, 동회장 집 현관에다 유곽집 간판을 달아 놓았었지요."

해드리는 어색한 표정이 되어서 말했다.

"그러니까 장군님, 이번 모자 소동이 살인 사건으로까지 발전되지 않았다면 각하 자신도 모자를 훔쳐서 장식할 장소를 찾아 런던 시내를 쏘다니는 무리 속에 끼어들었을지도 모른다는 말씀이지요?"

펠 박사는 두 손에 각각 지팡이를 들고 있었는데, 그 가운데 하나로 탁자를 탁 쳤다.

"주의해 두겠습니다만, 이것은 결코 장난이 아닙니다. 이 선을, 이 모자의 선을 따라가게 되면, 얼른 보아 무슨 말인지 알 수 없는 잠꼬대 같은 이야기 속에 어엿한 뜻이 포함된 사실을 알게 되지요. 거기서부터 실마리가 풀리게 되어, 사건 전체가 해결될 거라고 나는 믿고 있소."

"박사님은 벌써 그것을 알고 계십니까?"

"알고 있다는 느낌이 드는데……." 펠 박사는 뜻밖에도 사양하듯이 말했다.

메이슨 장군은 의아스러운 표정으로 박사 쪽을 보며 물었다.

"경찰관도 아니면서 이런 데 나서는 것은 죄송하지만, 그러나 나도 작전회의의 한 사람이 된 기분으로 있소. 그러니 참고 들어 주시오. 당신은 대체 어떤 분이지요? 겉으로 보아서는 경찰에 있는 사람 같지 않은데……. 그러면서도 수사에 나서고 있으니 말이오. 아까부터 나는 이상하게 생각하고 있었소. 게다가 나는 당신을 어디에선가 만난 것 같은데……."

펠 박사는 잠자코 파이프를 바라보고 있다가 대답했다.

"나더러 어떤 사람이냐고 물으신다면 대답하기가 좀 곤란한데요. 이 가운데에는 '저 녀석은 화석이다'고 말할 사람도 있을 테니까요. 장군과는 몇 년 전에 만났었지요. 생물학자인 앨러튼 사건 때 말이오. 기억나지 않습니까?"

장군의 손은 여송연을 입으로 가져가고 있었는데, 이내 멈추고 말았다. 펠 박사는 옛날의 기억을 더듬으면서 말했다.

"훌륭한 생물학자였는데……. 영국의 나비를 연구해서, 날개의 무늬가 진귀한 것이 있으면 그것을 정밀하게 베껴 스위스의 친구에게 보내 주고 있었지요. 그런데 뜻밖에도 그 무늬라고 생각했던 것이 소렌트 수도(水道——영국 남부와 와이트 섬 사이에 있는 해협)

에 부설되어 있는 기뢰(機雷)의 도면이었던 거요. 부호를 약간 집어넣었기 때문에 발각되고 말았지요. 그의 본디 이름은 슈트럼, 틀림없이 이 런던 탑에서 총살된 것으로 기억하고 있습니다만……. 그 사건을 해결한 사람이 바로 나요."

장군의 입에서 굵은 한숨이 새어 나왔다. 박사는 아직도 지껄이고 있었다.

"시카고의 로저 교수 사건도 담당했었지요. 그도 본성은 좋은 사람이었는데 국가 의식이 조금 빈약했기 때문에 그런 결과를 맞이하게 되었지요. 로저든가 아무튼 이름은 잊어 버렸습니다만, 체스의 명수에다 술을 좋아했지요. 죽일 때는 정말 안됐다는 생각이 들더군요. 안경알에다 눈에 보이지 않을 만큼 작은 글씨로 정보를 기입하는 것이 그의 수단이었소.

그리고 장군께서는 루스 윌리스딜을 기억하고 계십니까? 나는 그 여인에게 죄를 고백하도록 권했습니다. 포츠머스 군항에서 자기 사진을 찍었는데, 그녀의 뒤에 신식 대포가 찍혀 있었지요. 그녀가 그 사진을 팔아 넘기려고까지 계획했다고는 믿고 싶지 않습니다. 아무튼 그녀가 사건에 말려들어 사나이를 사살하지만 않았더라도 석방되도록 노력해 주었을 텐데……."

펠 박사는 책상 위에 굵은 무쇠 화살을 바라보았다. 그는 이야기를 계속했다.

"그것도 모두 전쟁중의 이야기들입니다. 지금은 늙어서, 시골에서 은퇴 생활을 하고 있지요. 그런데 해드리가 사건이 일어나면 불러내는 바람에 아주 죽겠습니다. 시계 속에 거울을 집어 넣은 로건레이 사건 때도 그랬지요. 스태버스 사건 때에는 협박에 못 이겨 나온 거나 마찬가지랍니다. 이런 일은 이제 지긋지긋해서……."

그때 문을 두드리는 소리가 들려 왔다. 램폴은 놀란 듯이 제 정신으로 돌아왔다.

"아무리 문을 두들겨도……." 차분한 목소리가 조금 가시 돋친 듯이 들려 왔다. "도무지 반응이 없군요. 혹시 부르지 않으셨습니까? 들어가도 괜찮을는지요?"

수수께끼의 인물 줄리어스 아버에게서 과연 어떤 단서를 기대할 수 있을는지 랜폴은 의문스러웠다. 랜폴은 조금 전 스코트 음식점에서 윌리엄 경이 평한 아버의 성격을 생각하고 있었다. 지껄이고 나서기를 싫어하면서도 콕 쏘는 겨자 같은 한 마디를 내뱉는다는, 이 한마디 말로 말미암아 랜폴이 막연히 상상하고 있었던 것은 몸이 마르고 키가 크며 검은 얼굴에 매부리코인, 보기만 해도 우울한 책벌레 같은 느낌을 주는 사람이었다. 그러나 지금 방으로 들어와 장갑을 벗으며 신기한 듯이 사방을 둘러보고 있는 사나이는 피부가 좀 검고 태도에도 근엄한 데가 있었지만, 그 나머지 상상은 하나도 들어맞지 않았던 것이다.

중키에다가 약간 뚱뚱한 느낌을 주었다. 맞춤 양복을 빈틈없이 차려입고, 조끼는 흰 천으로 가장자리를 장식했으며, 넥타이 핀에서 작은 진주가 빛나고 있었다. 넓은 얼굴에는 굵은 눈썹이 꺼멓게 자라 있고, 두 눈을 테 없는 화사한 안경이 장식하고 있었다. 은근한 태도로 부드러운 웃음까지 띠고 있었으나, 상대방이 펠 박사라는 것을 알자 얼굴의 근육까지는 움직이지 않았지만 아연해 버린 표정을 감추지 못했다. 그를 둘러싸고 있는 분위기가 무언중에 그의 놀라움을 전해 주고 있었다.

"당신이 저…… 해드리 경감님이십니까?"

펠 박사도 지지 않고 애교 있게 손을 흔들면서 말했다.

"네, 그렇습니다. 그렇다고 생각하시면 되오. 염려 마시오. 수사의 전권을 나한테 일임했다고 생각하시면 될 겁니다. 자, 거기 앉으시지요. 당신이 아버 씨인가요?"

펠 박사에게 경찰관의 위엄을 보이라고 요구하는 것은 무리였다. 쑥 튀어나온 조끼의 배 부분에는 에어딜 테리어의 털과 담뱃재가 묻어 있었다. 개는 아직도 돌아다니고 있었으나, 곧 다시 그의 발 밑에 드러누워 버렸다. 아버 씨는 눈살을 조금 찌푸렸지만, 오른팔에 걸치고 있던 우산을 왼손에 바꿔 들고 의자 앞에 서더니 손가락으로 먼지를 털고 나서 걸터앉았다. 그리고는 은회색 중절모를 무릎 위에 놓고 질문을 기다렸다.

"괜찮으시다면 시작해 보십시다."

박사는 주머니 속에서 다 찌그러진 담뱃갑을 꺼내어 권했다.

"피우시겠소?"

"좋습니다. 가지고 있습니다……."

아버 씨는 사양하는 데도 정중했다. 보기에도 민망한 담뱃갑을 펠 박사가 집어 넣기를 기다리고 있다가 정교한 조각이 있는 은제 담배케이스를 꺼냈다. 뚜껑을 열자 가느다란 필터 담배가 나란히 들어 있었다. 그는 역시 은제 라이터로 멋있게 불을 붙이고 예의바르게 다시 집어 넣고 나서 질문을 기다렸다.

펠 박사는 같이 담배에 불을 붙이면서 가느다란 눈을 더욱 가늘게 뜨고 두 손을 배 있는 데 갖다 놓은 채 뚫어지게 상대방을 관찰하고 있었다. 언제까지라도 같은 자세로 있을 것 같았다. 아버 씨는 차츰 조마조마해졌다. 그것을 눈치채고 박사는 헛기침을 한 번 했다. 아버 씨는 말했다.

"재촉하는 것은 아닙니다만 오늘 나는 여러 가지 일을 당해서 좀 피곤하니까 물어 보시려거든 좀 빨리 하면 고맙겠습니다. 도움이 되는 일이라면 무엇이든지 다 말씀드리겠습니다."

펠 박사는 고개를 끄덕이고 나서 말했다.

"당신은 포의 원고를 가지고 계시다면서요?"

밀수를 수사하는 세관 관리 같은 말투였다. 너무나 당돌한 질문이었기 때문에 아버 씨는 흠칫 놀란 것 같았다. 해드리 경감도 낮게 신음 소리를 냈다.

조금 머뭇거리다가 아버 씨는 되물었다.

"뭐라고 하셨습니까?"

"포의 원고를 가지고 있지 않습니까?"

희미하게 굳은 표정이 상대방의 얼굴 위를 스쳐 갔다.

"질문의 의미를 잘 모르겠습니다만, 뉴욕에 있는 나의 집에는 에드거 앨런 포의 초판본을 모아 두었습니다. 그리고 그의 초고도 몇 개쯤 있습니다. 그러나 그런 일이 당신들의 관심사인 것은 뜻밖의 일입니다. 나는 살인 사건의 수사인 줄 알고 있었는데요……."

"아아, 그 사건 말입니까?" 펠 박사는 무의식적으로 큰 소리를 지르며 연신 손을 흔들어 보였다. "그런 것은 염려할 필요가 없습니다. 살인에 대해서 당신을 심문할 생각은 없으니까요."

"정말입니까? 나는 또 그것 때문에 조사하시는 줄 알았지요. 경찰에 있는 분들은 당연히 그 문제에 흥미를 가지고 있을 거라고 생각했는데, 역시 프리니우스(1세기 로마의 저술가)가 말했듯이 Quot homines, tot sententiae(사람의 얼굴이 다 다른 것처럼 저마다 의견도 다 다르다는 뜻)이군요."

펠 박사가 날카롭게 가로막았다.

"아니오, 틀렸습니다."

"네?"

"그것은 프리니우스가 아니라 키케로의 명언이오. 완전히 잘못 아신 겁니다. 새삼스럽게 이런 케케묵은 문구를 꺼낼 필요는 없지만, 꼭 인용하고 싶다면 적어도 라틴 어의 발음쯤은 확실히 해야겠지요. homines(호미네스)의 o는 단모음이고, Sententiae(센텐체)에 두 번 나오는 en은 모두 다 짧게, 콧소리가 섞이지 않도록 발음해야 합니다. 그렇지만 이런 건 아무래도 상관 없습니다. 내가 묻고 싶은 건 포의 이야기였으니까요."

해드리 경감이 방구석에서 어처구니없다는 듯한 소리를 냈다. 줄리어스 아버 씨의 침착한 표정도 마침내 굳어져 갔다. 아무 말도 하지 않았지만 그를 둘러싸고 있는 분위기가 노여움의 빛깔로 물들어, 사방을 돌아보며 연신 손 끝으로 안경의 가장자리를 매만지고 있었다.

랜폴은 아버의 날카로운 시선을 받았지만 그것을 잘 받아넘기며, 자기도 역시 수사관의 한 사람이라는 것을 보여 주기 위해서인지 애써 근엄한 표정을 계속 떠올리고 있었다. 게다가 그는 이 사람에 대해서 고자세로 나가는 것을 마음 속으로 즐기고 있는 것 같았다. 왜냐하면 아버 같은 인물과 마주 보고 있으면 묘하게도 비위가 뒤틀려 오기 때문이었다. 아니꼬운 듯한 느낌을 받는다고 해도 좋았다. 말하자면 그 문화인 의식이 견딜 수 없을 만큼 반감을 사게 만드는 것이었다. 무슨 일이든지 모르는 게 하나도 없다. 새로운 것이라면 무엇이든지 남에게 빠지지 않는다. 특별히 문화면에 관한 한 모든 점에서 일가견을 가지고 있으며, 그의 정연한 지식이야말로 그들의 옷차림이나 주택과 마찬가지로 한 치의 틈도 보이려고 하지 않는다. 그러나 그 모든 것들을 두뇌로써 얻은 것에 지나지 않는다는 사실은 어쩔 수 없는 일일 것이다…… 대서양 항로에 새로운 호화선이 처녀 항해를 하는 경우, 그 호화찬란한 식당을 들여다보라. 반드시 적당한 좌석에서 그들의 모습을 발견하게 될 것이다.

남에게 비웃음을 받을 만한 실패는 절대로 그들에게 있을 수 없다. 술을 마시더라도 취할 때까지 마시지 않는다. 요컨대 펠 박사나 메이슨 장군, 그리고 랜폴 자신과 전혀 인연이 없는 인종인 것이다.

"농담을 하고 계시다고는 생각지 않습니다만, 무엇을 묻고 계시는 건지 전혀 짐작이 가지 않는군요. 구체적으로 말씀해 주시지 않겠습니까? 경찰관치고는 보기 드물게 지식이 풍부한 분이라는 것을 알았습니다만."

"말한 그대로의 것을 질문하고 있는 겁니다. 포에 흥미가 많으시다고 들었는데, 포의 진짜 원고가 있다면 당신은 그것을 사시겠습니까?"

갑자기 질문이 바뀌어서 아버를 현실 세계로 끌고 갔다. 그의 볼에 희미한 웃음이 떠올랐다. 그러나 그 이면에는 격렬한 분노가 감추어진 것을 짐작 못할 바도 아니었다. 그는 아까부터 건방진 경찰관을 단 한 마디로 납작하게 만들어 버리고 싶어 기회가 오기만을 노리고 있었는데, 그것이 반대로 자기 쪽에서 나자빠지도록 역습을 당하게 되어 어떻게 해서든지 다시 일어설 계기를 찾아 내지 않으면 안 될 처지에 이르고 말았던 것이다.

"이제야 질문하시는 뜻을 겨우 알게 됐습니다. 이 심문은 윌리엄 비튼 경의 도둑맞은 원고에 관한 것이군요. 처음에는 뭐가 뭔지 알 수 없어서 당황했습니다만."

아버는 다시 미소를 지어 보이려고 했으나, 희미한 주름이 통통하게 살찐 얼굴을 가로질러 갔을 뿐이었다.

"물론 나는 기꺼이 사겠습니다."

"그럼…… 당신도 비튼 씨 집에서 도난 사건이 있었다는 것을 알고 계셨군요?"

"네, 알고 있습니다. …… 이런 질문을 하시는 것을 보니 당신들도 제가 비튼 씨 집에서 묵고 있는 것을 알고 계시나 보군요. 결국 도난 당시 내가 그 집에 묵고 있었다고 생각할 테지요……. 내일 나는 사보이 호텔로 옮기기로 했습니다."

"그건 또 왜 그렇지요?"

아버 씨는 사방을 돌아보았으나, 마침 재떨이가 없었다. 그는 손에 쥐고 있던 담배의 위치를 바꾸어서, 재가 떨어지더라도 바지를 버리지 않도록 조심했다.

"경감님, 서로 솔직하게 말씀하십시다. 윌리엄 경이 이 혐의를 누구한테 돌리고 있는지 나는 잘 알고 있습니다. 물론 똑바로 쳐다보고 확실한 말을 하신 것은 아닙니다만. 짐작하고서 하는 말은 그냥 못 들은 체해 버릴 작정입니다. 영국 경찰관의 정확한 지식으로 다시 발음을 바로잡아 주실지 모르겠습니다만, Amara temperet lento risu(모든 슬픔을 미소로 녹인다. 호라티우스의 시편 2부 16장)이지요. 나로서는 쓸데없는 다툼을 일으키고 싶지 않습니다. 이 기분만은 이해해 주실 테지요?"

"도난당한 원고가 어떤 것인지 알고 계시는 모양이지요?"

"물론 알고 있습니다. 사실 나는 그것을 사들일 작정으로 있었으니까요."

"비튼 경에게 들었습니까?"

천만에, 그런 말을 할 사람 같습니까? 아버 씨의 둥근 얼굴이 무언중에 그렇게 전해 주는 것 같았다.

새까만 머리칼에 기름을 발라서 꼭 붙여 빗어넘긴 머리에 살짝 손을 대 보고 나서 아버 씨는 지껄이기 시작했다.

"비튼 경이라는 사람은 말하자면 어린아이 같아서 절대 비밀로 해두어야겠다고 생각하면서도 저녁 식사의 식탁 같은 데에 가족들이 모이게 되면, 결국 자랑을 하고 싶어지는 겁니다. 나로서는 확실한 이야기를 들은 적이 없습니다만, 그 비슷한 이야기를 몇 번 들었었지요. 그러나 나는 비튼 경의 말을 듣고 처음으로 알게 된 것은 아닙니다. 미국을 출발하기 전부터 이미 그 원고에 대해 잘 알고 있었지요."

아버 씨는 의기양양하게 싱글벙글 웃었다. 처음으로 그의 입에서 새어 나온 인간다운 말이었다.

"이런 말씀을 드리면 그 사람들이 마치 어린애같이 단순하다고 선전하는 것 같아 나로서도 좀 마음이 내키지 않습니다만, 아무튼 로버트슨 박사라는 사람은 입이 가볍고 경솔한 위인이었습니다."

펠 박사는 스틱으로 책상 위에 올려놓은 흉기인 무쇠 화살을 찌르면서 생각에 잠겨 있었다. 그러다 갑자기 웃음 띤 얼굴을 들고 말했다.

"아버 씨, 당신은 물론 기회만 있으면 그 원고를 슬쩍 손에 넣어야겠다고 생각하셨겠지요?"

방구석에서 아까부터 해드리 경감이 조마조마한 마음으로 박사가 심문하는 모습을 지켜보고 있었는데, 이때 드디어 절망하는 표정을 나타냈다. 그러나 아버 씨는 조금도 동요하지 않고 질문의 뜻을 여러 방면에서 검토하고 있는 모양이었다. 이윽고 그는 신중한 말투로 대답했다.

"누가 그런 바보스러운 짓을 하겠습니까? 어떤 소동이 일어나게 될는지도 모르는데요. 그런 방법으로 우정에 금이 가게 하는 것은 딱 질색입니다. 그렇다고 해서 그다지 도덕적으로 나쁜 행위라고 말할 수는 없지만 말입니다." 아버 씨는 이번 도난 사건에서 피해자를 동정할 수 없는 이유를 설명이라도 하려는 듯이 천천히 말했다. "결국 비튼 경에게 그 원고를 소유할 권리가 있느냐 없느냐 하는 그 자체가 의문스럽습니다. 나는 비튼 경에게는 법률상의 소유권이 없다고 생각합니다. 그러나 내가 극단의 행동으로 나오지 않았던 것은 불쾌한 소동을 일으키고 싶지 않았기 때문입니다."

"그럼, 누군가가 팔겠다고 한다면 사들일 생각은 있었군요?"

아버 씨는 안경을 벗어서 새하얀 비단 손수건으로 안경알을 닦기 시작했다. 그때문에 손에 쥐고 있던 담배가 방해가 되었으므로 할 수 없이 실례하겠다는 표정으로 마룻바닥에 버렸다. 이제 완전히 차분한 마음을 되찾은 듯 웃음까지 짓고 있었다. 검은 눈썹 가장자리에 가벼운 주름을 짓고 있었으나, 이것은 오히려 사건의 진행을 흥미 있게 보기 때문인 것 같았다.

"그럼, 경감님, 제가 설명해 드리지요. 이 다음에 다행히도 그 원고가 무사히 내 손에 들어올 경우를 생각해서라도 경찰에 계시는 분에게 가능한 한 자세한 사정을 알려 드리는 게 좋으리라고 생각합니다.

나는 이곳으로 오기 전에 필라델피아를 방문했습니다. 마운트 에어리 아베뉴에 살고 계시는 조제프 매커트니 씨를 만나기 위해서였습니다.

문제의 포 원고가 발견되었던 집의 소유자지요. 그전에 나는 세 사람의 일꾼과 만나서 그 당시 사정을 들어 두었습니다. 그래서 매커트니 씨한테 솔직히 그 이야기를 했습니다. 법으로 본다면 원고의 소유권은 결국 매커트니 씨에게 있으니까요. 그래서 나는 그 원고를 내게 팔라고 요청했습니다. 지금 문제의 원고가 어디에 있든지 3개월 기한으로 매매 계약서에 서명을 해 준다면 즉석에서 1천 달러를 지불하겠다, 원고가 우리 손에 돌아오게 되어 내가 희망하고 있던 것과 같은 내용의 것이라면(내용을 읽어 본 다음 매매 계약을 체결하느냐 않느냐의 결정권은 내가 가지는 조건이었지요), 완전한 소유권을 나에게 양도해 주는 대신 현금으로 4천 달러를 내놓겠다고 했습니다. 이런 종류의 거래에서는 선불리 처음부터 깎으려고 덤벼들다가는 오히려 손해를 보는 수가 있거든요."

펠 박사는 몇 번이나 고개를 끄덕이면서 듣고 있었으나, 이야기가 끝나자 주먹 위에 얹어 놓았던 턱을 앞으로 내밀 듯이 하고 말했다.

"아버 씨, 그 원고가 그렇게 큰 값어치 있는 물건입니까?"

"아마 1만 파운드를 부른다 해도 비싸다는 생각은 들지 않았을 겁니다."

메이슨 장군은 아까부터 굳은 표정으로 아버의 이야기를 듣고 있더니 연신 턱수염을 꼬면서 물었다.

"하지만 그건 좀 이상하군. 포의 원고 따위가 그렇게 값어치 있단 말이오?"

"이 원고만은 특별한 것입니다. 비튼 경한테서 이야기를 듣지 못하셨습니까? 나도 실은 듣고 놀랐습니다만, 이것은 소설사를 뜯어고쳐야 할 만큼 중요한 발견입니다."

그는 조용한 시선으로 천천히 방안을 둘러보고 나서 설명을 계속했다. "실례입니다만, 경찰관으로서는 상당히 학식이 풍부한 분 앞이니까 설명해 드리겠습니다. 이것은 이론적인 탐정소설로서는 세계 최초의 작품이라고 할 수 있습니다. 역시 포 작품인 《모르그 거리의 살인》보다도 더 이전에 쓴 겁니다. 로버트슨 박사의 의견에 따르면, 예술적인 견지에서 보아도 뒤빵을 주인공으로 한 나머지 세 작품보다도 훨씬 뛰어난 거라고 합니다. 나는 방금 1만 파운드를 부른다 해도 비싸지 않다고 말씀드렸습니다만, 솔직히 말씀드려 1만 2천 파운드에서 1만 5천 파운드 사이라면 즉석에서 사들일 거라고 생각되는 수집가가 세 사람이나 있습니다. 우선 경매에 붙일 작정인데, 어디까지 값이 올라가게 될는지 그것을 낙으로 여기고 있답니다."

참을 수가 없었던지 해드리 경감이 책상 옆까지 뛰어왔다. 펠 박사의 팔을 치면서 자기가 그 의자에 대신 앉아 심문하고 싶다는 듯한 표정이었다. 그렇지만 끝까지 참겠다는 듯이 아버 씨를 뚫어지게 쳐다보면서 우뚝 서 있었다.

펠 박사는 헛기침을 한 번 하고 나서 목쉰 소리로 이야기를 계속했다.

"농담 같기도 하고 정말 같기도 한데, 당신 자신이 그렇게 굳게 믿고 있는 까닭은 무엇입니까? 직접 원고를 보신 것 같지도 않은데 말이오……."

"로버트슨 박사의 말을 믿고 있기 때문입니다. 그분은 현대에 포 연구의 권위자입니다. 다행히도 그 사람은 돈을 버는 데는 아무 관심이 없는 선량한 학자이므로 모든 것을 다 털어놓고 말해 주었습니다. 만일 그렇지 않은 사람이었다면 나와 같은 계산으로 그 자신이 승부에 나섰을 겁니다. 하기는 그의 입을 열게 하는 데에는 나의 비장의 술의 위력도 도움이 되었지요. 그러나 생각해 보십시오. 토케 주 한 병쯤은 그 귀중한 원고에 비하면 아무것도 아니지요. 물론 그는 다음 날 아침 술이 깨어서 자기의 경솔함을 후회했습니다. 다른 사람한테 말하지 않겠다고 비튼 경에게 약속해 놓았으므로 나에게 단념하라는 거였습니다. 그러나 이미 사실을 들은 이상 새삼스럽게 그런 부탁을 들었다고 해도 하는 수 없지요."

아버 씨는 다시 비단 손수건을 꺼내어 이마의 땀을 가볍게 닦았다.

펠 박사가 말했다. "그러니까 당신이 노리고 있었던 것은 그 원고를 손에 넣는 일뿐만 아니라, 그것을 팔아서 한밑천 잡자는 거였군요?"

"말하자면 그렇지요. 그 원고는——지금 어디에 있든지——나에게 소유권이 있으므로 어떻게 처분하든 그것은 내 자유입니다. 그 점을 잘 기억해 주셔야겠습니다. 계속 말씀드려 볼까요?"

"부탁합니다."

아버 씨는 신이 나는 듯이 계속 말했다.

"매커트니 씨와 거래는 아주 간단하게 끝났습니다. 상대방이 오히려 당황하는 듯했습니다. 공갈 자료가 되는 물건이라면 또 몰라도, 단순한 문서 같은 것이 5천 달러나 되다니 도저히 상상도 못하겠다는 표정이었지요. 다름 아닌 그 자신이 탐정소설의 주인공이 된 듯한 기분이었을 겁니다. 그러고 나서 나의 행동은……."

"윌리엄 경 댁에 초대를 받을 수 있도록 공작을 꾸미기 시작했겠지요?"

"아니오, 공작 같은 것은 꾸미지 않아도 윌리엄 경의 가정에서는 늘 저를 환영해 주었습니다. 비튼 경과 나는 전부터 친한 사이였거든요. 그러나 나는 런던에 올 때에는 친구 집에 묵지 않는 주의입니다. 교외에 별장이 있기 때문에 여름에는 그곳에서 머무르고 겨울에는 호텔에서 유숙하기로 정해 놓고 있지요. 그러나 이번만은 달랐습니다. 아무튼 그와 나는 친구 사이니까 묵을 생각만 있다면 언제든지 가능했던 겁니다."

아버 씨는 다시 은제 담배 케이스를 꺼냈다. 그러나 재떨이가 없다는 것을 생각해 내고는 도로 집어 넣어 버렸다.

"그러나 사정이 사정이니만큼 비튼 경을 붙잡고, 당신이 가지고 있는 원고는 나에게 소유권이 있으므로 돌려 주지 않으면 곤란하다고 숨김없이 다 드러내 놓고 말할 수가 없었지요. 이런 태도는 우정을 해치는 법이니까요. 나로서는 그가 그것에 대해서 말을 꺼내기를 기다릴 수밖에 없었습니다. 기회만 온다면 차츰 자세한 이야기를 해 주어서 그가 자진하여 내놓도록 만들고 싶었던 겁니다. 물론 그렇게 되는 경우에는 비록 소유권이 나에게 있더라도 알맞은 가격을 지불해 줄 작정이었습니다. 나는 싸움이 되는 것을 싫어하는 성미니까요. 그런데 경감님, 그것이 굉장히 어렵더군요.

당신들은 비튼 경이라는 사람을 잘 알고 있습니까? 완고하고 고루하고 게다가 굉장한 비밀주의자로서, 자신이 발견한 물건은 아무에게도 보여 주지 않고 숨겨 두고서는 혼자서 살짝 즐기는 편집광 같은 기질이 있는 사람입니다. 그러한 성격의 소유자라는 것은 진작부터 알고 있었습니다만, 그렇게까지 지독할 줄은 생각지도 못했습니다. 이제는 이야기가 나올 때쯤 됐겠지 하고 기다리고 있노라면, 도저히 입을 열 생각을 하지 않는 겁니다. 한 번은 내가 자연스럽게 힌트를 주었습니다만, 둔감해서 그런지 일부러 못 알아들은 척하는 건지는 몰라도 전혀 반응이 없었습니다. 오히려 가족들이 이상하게 여길 정도였지요.

그러나 나는 알고 있었습니다. 비튼 경은 사정을 잘 알고 있었고, 내가 그의 집에 머무르는 목적도 짐작하고 있었던 게 확실합니다. 그래서인지 점점 더 입을 굳게 닫아 버리고, 한 마디도 거기에 대해서는 언급하지 않으려는 것이었습니다. 그래서 하는 수 없이 정식으로 권리를 주장해야겠다고 생각하던 참이었지요."

지금까지 유창하게 지껄이던 그는 갑자기 큰 소리를 내어 외쳤다.

"그 대신 그런 경우에는 한 푼도 지불하지 않겠다고 마음먹었습니다. 법률상 자기 소유물에 대해서 돈을 지불할 의무는 없으니까요."

"당신과 매커트니 씨의 거래는 아직도 끝난 것 같지 않은데요……" 하고 펠 박사가 말했다.

아버 씨는 어깨를 으쓱하며 대답했다.

"실은 계약금만 주었지요. 아무래도 나로서는, 로버트슨 박사의 말만 믿고서 보지도 못한 원고에 5천 달러라는 큰돈을 지불할 생각이 나지 않았거든요. 게다가 그 원고는 섣불리 나의 권리를 주장했다가는 어디로 숨어 버릴 염려까지 있었으니까요. 최악의 경우엔 파손될 염려도 없지 않았거든요. 어느 모로 보나 나에게 소유권이 있다는 것만은 틀림없습니다만……."

"소유권이 당신한테 있다는 것을 윌리엄 경에게 말했습니까?"

아버 씨는 화가 나서 코를 벌름거렸다.

"물론 그런 말은 하지 않았습니다. 만일 말했다면 아무리 그가 무지막지한 사람이라고 하더라도 경찰에 도난계를 내지는 않았겠지요. 나는 입장이 꽤 곤란하게 됐다는 것을 차츰 알게 되었습니다. 소유권을 주장해서 단도직입으로 청구하게 되면 일이 크게 벌어질 것은 뻔한 사실입니다. 비튼 경은 한 마디로 거절하고 내 권리를 부정할 것입니다. 물론 나는 권리의 정당함을 주장할 수는 있습니다. 그러나 그때문에 일어날 말썽이 얼마나 불쾌한 것인가 하는 것은 상상하기 힘든 일이 아닙니다. 그런데 이번에는 원고 그 자체를 도난당했으니 사태는 점점 더 복잡하게 되었지요. 아마 비튼 경은 경찰을 불러서 나를 자기 집에서 내쫓을 겁니다."

그토록 침착하던 아버 씨도 이야기하고 있는 동안에 흥분되는지 분노의 빛이 동작에 나타나기 시작했다. 메이슨 장군은 쓸데없이 헛기침만 하고 있고, 펠 박사는 더욱 더 수염을 심하게 꼬기 시작하여 입이 저절로 벌어지는 것을 감추고 있었다.

아버 씨는 우산대 끝으로 바닥을 치면서 이야기를 계속했다.

"사건이 한꺼번에 터지고 말았습니다. 원고는 도둑맞고……. 이해하시겠지요? 피해자는 비튼 경이 아니라 바로 나입니다!"

그는 또 한 번 새삼스럽게 방 안 사람들을 둘러보았다. 그리고 말을 이었다.

"그러므로 여러분, 왜 내가 이렇게까지 자세하게 말씀드리고 있는지 짐작이 가실 겁니다. 문제의 원고가 누구한테로 정당히 돌아와야 하는지, 그 소유권을 명백히 해 두고 싶은 겁니다. 비튼 경은 나를 범인이라고 생각하고 있습니다. 하지만 그가 어떻게 생각하고 있든지 그건 내가 상관할 바 아니고, 오해를 풀어 줄 생각도 없습니다. 그러나 경찰에 계시는 분들에게만은 정확히 사정을 파악하게 해 드리고 싶습니다.

원고 도난 사건이 있었던 주말에 나는 런던에 없었습니다. 돌아온 것은 겨우 오늘 아침입니다. 스펜글러 부부를 방문하고 왔습니다. 골더스 그린에 있는 나의 별장 근처에서 살고 계시는 분들이지요. '과연 그것이 당신의 알리바이로군요.' 비튼 경은 내 얼굴을 보자마자 이렇게 말했습니다. 더 놀라운 것은 스펜글러 씨 집에 전화를 걸어서 확인해 본 점입니다. 그리고 나한테 한 말이 괘씸하단 말이오. '자신이 직접 하지 않더라도 제3자를 시키면 못할 것도 없겠지…….' 이렇게 말하지 않겠습니까? 아무리 그렇다고 해도 진심으로 그렇게 생각하고 있지는 않겠지만, 아무튼 자기의 소유물을 훔쳐 내는 미친 녀석은 없을 테지요. 그러나 그는 그렇게 말하고 있으므로, 거기에 대한 사정을 당신들이 잘 인식해 주셨으면 고맙겠습니다."

아버 씨는 연설을 끝낸 연사와 같은 모습으로 조용히 자기 의자로 돌아갔다. 잠시 동안 침묵이 흘렀다. 책상 끝에 앉아 있던 해드리가 고개를 끄덕이고 나서 말했다.

"그럼, 아버 씨. 당신은 그 권리를 증명할 수 있는 서류를 가지고 있습니까?"

"그야 물론 가지고 있지요. 매커트니 씨와의 계약서는 뉴욕의 내 변호사가 작성했습니다. 공인 수속도 완전히 끝냈고요. 부본은 런던의 변호사 사무실에 맡겨 놓았습니다. 확인을 하고 싶으시다면 주소를 적어 드리지요."

해드리는 어깨를 내밀 듯이 하며 다시 입을 열었다.

"아버 씨, 그 설명을 듣고 모든 사정을 다 알았습니다. 윌리엄 경은 운만 좋았다면 그 귀중한 발견을 사람들에게 알리지 않고 지낼 수 있는 기회를 쥐고 있었습니다. 만일 당신이 그것을 손에 넣었다고 하면 경의 손을 거치지 않은 것만 빼고는 법률에 저촉되지 않습니다. 물론 도의 면에서 볼 때 훌륭한 행위라고는 할 수는 없지요. 솔직히 말씀드려서 비열한 행위라고 비난받아도 할 말이 없을 겁니다. 그러나 합법이라는 것은 의심할 여지가 없습니다."

그의 말을 듣고 있는 동안 아버 씨의 가슴 속에 또다시 노여움이 솟아오르는 것 같았다. 소리를 죽여서 무전기의 키를 두드리는 것처럼 무언중에 화가 치밀어오른 듯한 표정이 나타나기 시작했다. 아버 씨는 고개를 들어서 경감을 뚫어지게 노려보고 있었으나, 상대방의 얼굴이 너무도 냉정했기 때문에 오히려 지쳐 버린 것같이 보였다. 아버 씨는 억지로 차분해지려고 애쓰면서 말했다.

"지금 하신 말씀은 마치 내가 훔쳐낸 것처럼 들리는데, 사회에서 지위를 가진 사람에게 그런 말을 하는 것은 좀 기이하다는 느낌이 드는군요. 뉴욕의 친구들이 알게 된다면 아마 크게 웃을 겁니다. 하하하, 그러나 당신도 역시 합법으로 여기는 것만은 확인을 받은 셈이 됐군요."

"살인과 관계 없이 한 말이오."

박사는 시치미를 떼고 이렇게 말하고 나서 발 밑에 누워 있는 개의 대가리를 쓰다듬었다. 갑자기 방 안에 침묵이 가득 찼다. 끝을 알 수 없을 정도로 깊은 침묵이었다. 쥐 죽은 듯이 고요해진 방 안에 들려오는 것은 난로 속에서 석탄이 타는 소리뿐이었다. 이윽고 멀리 열병장 쪽에서 희미하게 나팔 소리가 들려 왔다. 메이슨 장군은 반사적으로 시계를 꺼내려고 했으나 곧 그만둬 버렸다.

아버 씨는 외투 깃에 손을 대고 허리를 치켜들면서 물었다.

"뭐요? 뭐라고 하셨지요?"

"'살인과 관계 없이 한 말'이라고 했소." 펠 박사는 큰 소리로 되풀이 말했다. "아니, 그대로 앉아 계시오. 아버 씨, 일어서지 마시고. 지금부터 그 살인 사건으로 옮아가겠습니다. 괜찮으시겠지요. 당신도 처음에는 그것에 대해 심문받을 것으로 생각했을 테니까." 박사는 조금 감고 있던 눈을 크게 뜨고 물었다. "아버 씨, 누가 죽었는지 알고 계십니까?"

"저쪽에서 사람들이 이야기하는 것을 들었습니다." 그도 질문자의 눈을 노려보면서 대답했다. "드레이콜이라고 하던가 드리스콜이라고 하는 것 같더군요. 같이 모여서 이야기한 것이 아니기 때문에 확실히는 모르겠습니다. 그건 그렇고, 런던 탑 안에서 살해된 사람이 나와 무슨 상관이 있는 거지요?"

"이름은 드리스콜입니다. 필립 드리스콜, 윌리엄 비튼 경의 조카뻘되는 사람이지요."

이 한 마디로 박사가 어떤 반응을 노리고 있었는지는 모르지만 지나칠 만큼 충분한 효과가 있었다. 아버의 약간 검은 얼굴이 갑자기 새파래지더니 비틀비틀하면서 쓰러지려고 했다. 글자 그대로 얼굴이 창백해져 버렸다. 그래서 버짐의 빛깔이 더욱 뚜렷하게 보였다. 지금 그 한 마디로 신경에 충격을 주었을 뿐만 아니라 육체에도 상당한 반응을 일으킨 것 같았다. 해드리는 걱정스러웠던지 방구석에서 뛰어나왔다. 그러나 아버는 꾹 참고 입을 열었다.

"정말 실례했군요. 너무 놀랐기 때문에 갑자기 현기증이 나서……. 드리스콜 씨는 몸집이 작고 머리칼이 빨간 사람이지요?"

"맞습니다. 그럼, 안면이 있으시군요?"

"물론이지요. 바로 지난 주일에 알게 되었습니다. 윌리엄 경 집에서 만찬을 하던 때였어요. 마침 그 날 나는 런던에 도착했거든요. 드리스콜 씨라고 하셨지요? 필, 필이라고 부르는 것 같았는데, 비튼 경의 조카라는 것도 그때 들었습니다. 그러나……."

메이슨 장군은 바지 뒤쪽 호주머니에서 납작한 술병을 꺼내어 내밀었다.

"자, 이것을 좀 드시오. 브랜디요. 기운을 내야지."

"아니, 좋습니다. 염려해 주시지 않아도 괜찮습니다. 그런데 드리스콜 씨가 어떻게 죽었습니까?"

"커다란 무쇠 화살에 찔려 죽었습니다." 펠 박사는 실물인 흉기를 들어올려 보였다. "더구나 이것은 윌리엄 경의 집에 있었던 물건입니다."

아버 씨는 애써 태연한 듯한 목소리를 냈다.

"이야기를 듣고 나도 모르는 사이에 정신을 잃고 말았습니다. 그렇다고 해서 그 젊은이의 살인 사건에 대해서 내가 뭔가 알고 있으리라고 생각하신다면 오해입니다. 내가 만일 범인이라면 섣불리 얼굴에 표정을 나타내지는 않을 겁니다. 사람을 죽였을 경우 반드시 얼굴에 나타나게 된다면, 당신들의 일이 너무 쉬워서 곤란할 정도이겠지요. 이런 무서운 무기를 쓰는 자는 나중에 그것을 들이대었다고 해서 기절할 만큼 마음이 약하지는 않을 겁니다. 나는 본디 심장에 조심하라고 의사의 충고를 들을 만큼 보기보다는 건강하지 못합니다. 아무튼 불쌍한 건 윌리엄 경이군요. 그에게는 이미 연락이 되었겠지요?"

"물론 알려 드렸습니다……. 그런데 아버 씨, 범인에 대해서 짚이는 바가 없습니까?"

"아니오, 아니오. 전혀 없습니다. 그 젊은이를 만난 것도 그 날 만찬 때 꼭 한 번뿐이었지요. 그 뒤로는 한 번도 본 적이 없었습니다."

펠 박사는 고개를 끄덕이면서 말했다. "역적문에서 살해됐소. 시체는 돌층계에서 굴러 떨어져 내렸지요……. 당신은 이 탑 안에서 뭔가 수상한 것을 눈치채지 못하셨소? 현장 가까이에 있던 인물이라든지……."

"실은 맨 처음에 말씀드리려고 했습니다만, 내가 이 사건에 말려들게 된 것은 정말 우연한 일입니다. 오늘 나는 월터 로레이 경의 세계사 초판본이 그가 유폐되었던 혈탑의 한 방에 진열되어 있다는 이야기를 듣고, 그것을 보기 위해서 온 겁니다. 도착한 시간은 꼭 1시가 지나서인데, 곧장 혈탑으로 갔지요. 우선 어이가 없었던 것은 이러한 귀중본을 습기 찬 안개 속에 예사로 내놓은 것입니다.

위병에게 명함을 보여 주고, 좀 자세히 들고 보도록 해 달라고 부탁했지요. 그러나 위병은 고지식해서 규칙에 위배된다고 딱 잘라서 거절하더군요. 탑 안의 진열품은 장관 각하의 특별 허가 없이는 마음대로 할 수 없다는 것이었습니다."

아버 씨는 잠시 말을 멈추고 모든 사람의 얼굴을 휘둘러보았다. 그는 진지한 얼굴에 둘러싸여서 만족스러운 표정으로 이야기를 계속했다.

"그리고 위병은 이렇게 말했지요. 장관 각하와 만나 봐도 허가해 주실는지 의문이라고 말입니다. 그러나 나는 굳이 장관실로 가는 길을 물어서, 면회를 청하기 위해 그리로 갔습니다."

"내성의 성벽 안으로 말이오?" 해드리 경감이 입을 열었다.

"네? 그, 그렇지요. 광장과 열병장에 면하여 수많은 건물들이 늘어서 있는 곳입니다. 안개는 짙고 출입문은 많고, 어디가 어딘지 분간할 수 없어서 우물우물하고 있었지요. 그런데 출입문 하나가 열리며 웬 사람이 하나 튀어나왔습니다……."

그는 말을 조금 더듬거렸다. 모든 사람의 시선이 갑자기 빛나기 시작한 것을 의식하고 그 자신도 긴장한 모양이었다.

"골프 바지에 테 없는 모자를 쓴 사나이입니까?"

펠 박사가 물었다.

"똑똑히 기억하지는 못합니다만, 그 말을 듣고 보니 니커보커스였는지도 모르겠군요. 이렇게 날씨가 나쁜데 괴상한 모습을 한 사나이라고 생각했던 것이 기억납니다. 그러나 안개가 워낙 짙어서 확실한 것은 잘 모르겠습니다. 나는 그 사람에게 어느 문으로 들어가면 좋으냐고 물었지만, 그는 거들떠보지도 않고 총총히 사라져 버렸습니다.

그 뒤 곧 다른 위병이 와서 이곳은 일반 참관인은 출입이 금지된 구역이라고 주의를 주었습니다. 나는 이유를 설명해 주었습니다만, 지금은 담당 직원이 없다는 이유로 내쫓기고 말았습니다."

"바로 그렇소" 하고 메이슨 장군이 말했다.

아버 씨는 입술을 축이면서 말을 계속했다.

"나머지 이야기는 간단히 하겠습니다. 나는 혈탑으로 돌아와서 위병에게 돈을 쥐어 주고 좀 구경하게 해 달라고 했더니, 그것도 역시 보기 좋게 거절당하고 말았습니다. 하는 수 없어 나도 체념하고 돌아가려고 했습니다. 그런데 해자의 길로 나오다가 젊은 부인과 부딪쳤습니다. 해자의 길에서 아치를 지나 열병장 쪽으로 빠져 나가려고 했든지, 빠른 걸음으로 올라오고 있었지요."

"어떤 여자인지 알고 계십니까?"

아버 씨는 완전히 차분해져 있었다. 조금 전에 까무러친 것을 수치스럽게 여기고 있는지 명쾌하게 설명을 해 줌으로써 메워야겠다는 기분이 그의 표정에 역력히 나타나 있었다. 그렇다고 해도 자기의 이야기에 어느 만큼의 중요성이 있는지, 거기까지는 짐작할 수 없는 듯한 모습으로 펠 박사의 질문에 신중히 생각하면서 대답하는 것이었다.

"솔직히 말해서 똑똑히 보지는 못했습니다. 힐끗 쳐다본 것만으로 기억에 남은 것은 모피 깃이 달린 외투를 입고 있었다는 정도입니다. 뭔가에 정신을 빼앗기고 있는 듯, 멍하니 걷고 있었지요. 그래서 나와 부딪친 것입니다만, 나는 나대로 아까부터 팔목시계의 줄이 풀어져 있어서 떨어지지 않을까 깜짝 놀라는 순간 여자는 이미 지나쳐 가 버리고 말았습니다. 그래서 나는 혈탑의 아치를 지나 해자의 길로 나와서."

"잠깐만, 아버 씨. 거기가 가장 중요한 대목입니다. 잘 생각해 보십시오. 그때 역적문의 난간 곁에 누군가 사람의 그림자가 보이지 않았습니까?"

아버 씨는 다시 허리를 내리고 대답했다.

"과연 그것을 알고 싶었던 것이겠지요. 마침 나는 난간 근처에는 가지 않았습니다. 그러나 아무도 서 있지 않은 것만은 틀림없습니다. 절대로 아무도 없었습니다."

"그 시간을 기억하고 계십니까?"

"네, 알고 있습니다. 꼭 한 시 35분이었습니다."

세 가지 힌트

"그러나 그것은. 하고 흐트러진 소리를 지른 것은 여느 때 냉정하다고 정평이 나 있는 해드리 경감이었다. "경찰 의사의 말로는 살해 시간이 한 시."

"조용히 하게!" 펠 박사가 날카롭게 소리쳤다.

그는 지팡이로 책상 위를 심하게 두들겨 댔다. 그 때문에 엷은 자주빛 편지지가 날아 올랐다.

"그것을 알고 싶었단 말이오. 나는 그 증언을 기다리고 있었소. 정말 고맙소. 좋은 말씀을 해 주었습니다, 아버 씨. 그 시간이 틀림없겠지요?"

아버는 갑자기 중요 인물이 되어 버려서 쑥스러운 듯한 눈치였다.

"물론 틀림없습니다. 지금 말씀드린 바와 같이 그 부인과 부딪쳤던 순간 시계를 떨어뜨릴 뻔했기 때문에 웨이크필드 탑 문 앞에서 시계줄을 고쳤습니다. 그러므로 해자의 길로 나온 시간은 틀림없이 정확합니다."

펠 박사가 또다시 큰 소리로 말했다.

"여러분, 시계를 꺼내 보십시오. 시간을 맞추고 싶으니. 내 시계는 여섯 시 15분인데, 여러분들의 시계는 어떻습니까?"

"여섯 시 15분이라고요? 내 것은 다른데……." 메이슨 장군이 말했다.

"15분 30초입니다." 랜폴이 대답했다.

마지막으로 아버 씨가 말했다. "내 것은 15분 30초입니다. 이 시계는 절대로 정확합니다. 왜냐하면 메이커가."

"좋습니다. 30초쯤의 차이는 문제가 안 됩니다. 어차피 간단히 확인될 테니까요. 물어볼 것은, 당신은 그때 탑을 나가고 있었다고 하셨지요? 이렇게 붙잡힌 것을 보니 그 뒤 살인을 알았을 때까지 탑 안에 남아 있지 않았다면 이야기가 맞지 않는데요. 시체가 발견된 시간은 두 시 30분이 지나서입니다. 그 사이에 뭘 하셨지요?"

"그것을 설명하지 않으면 안 된다고 생각하고 있었습니다. 물론 그때 탑을 나왔습니다. 그런데 혈탑에서 로레이의 초판본을 볼 때 장갑을 두고 온 것이 생각났습니다. 5번 거리의 카터에서 특별히 맞춘 것이고, 또 바꿔 낄 것을 가져오지 않아서."

검소한 메이슨 장군은 씁쓰레한 표정을 지었다. 아버 씨는 그것을 눈치채지 못했는지 무릎 위에 놓인 잿빛 실크햇을 들어올리고 모든 사람에게 장갑을 보이며 설명을 계속했다.

"차를 스틀랜드 거리까지 몰고 갔을 때 생각이 났던 겁니다. 곧 되돌아갔습니다만, 탑으로 돌아온 시간이 두 시 40분이어서 그대로 나갈 수 없게 되어 버린 겁니다."

메이슨 장군이 입을 열었다.

"설마 차를 밖에다 세워 두신 것은 아니겠지요? 운전 기사에게까지 폐를 끼치게 되면 미안하니까 말이오. 그러나 무엇보다도 안된 것은, 잠깐만 기다리시오, 생각난 게 있소. 당신에게 물어 보고 싶은 일이 있는데."

"무엇이든지 대답해 드리겠습니다만, 당신은 대체."

"내가 바로 아까 당신이 만나고 싶어하던 사람이오. 부장관으로서, 이 런던 탑을 맡고 있지요." 장군은 무뚝뚝하게 말했다. "나는 당신이 부탁하더라도 로레이의 초판본을 특별히 보여 주지 않았을 거요. 장관인 이언 해밀턴 경의 방침이 그러하니까 말이오. 아니, 내가 무슨 말을 하고 있었지? 그래, 로레이의 책 이야기였지. 당신은 이전에 그 책을 본 적이 없다고 말했는데, 런던 탑에 처음 와 보았소?"

"네."

"그런데 탑 안의 명칭에 아주 밝군요. 해자의 길이라든가, 광장이라든가, 아주 잘 알고 있는데, 어떻게 그런 이름들을 알았지요? 혈탑에서 더는 가 보지 않았다고 했는데……."

아버 씨는 와트슨 박사를 설득하는 셜록 홈즈와 같은 말투로 설명했다.

"그것은 간단합니다. 하나하나 안내원의 안내를 받는 것이 싫었는데, 이것이 그 대역을 해 주었지요."

아버 씨는 주머니에서 녹색 표지가 붙은 안내서를 꺼냈다.

"지도도 붙어 있고 설명도 자세히 나와 있습니다. 나는 여기에 오기 전에 이것을 찬찬히 읽어서 완전한 지식을 가지고 있었습니다."

이번에 펠 박사가 콧수염을 잡아당기면서 말했다.

"한 가지만 더 묻고 돌려보내 드리지요. 당신은 물론 지금 머무르고 계시는 윌리엄 경 댁의 레스터 비튼 부인과 교제가 있겠지요?"

"유감입니다만, 아직까지 이렇다 할 교제가 없습니다. 아까 말씀드린 대로 내가 윌리엄 경의 집에 머무르게 된 건 이번이 처음이고, 내가 도착했을 때 마침 레스터 비튼 부부는 여행중이었거든요. 어젯밤에 돌아오신 모양인데, 나도 주말을 다른 데서 보내고 오늘 아침에야 막 돌아왔기 때문에 아직까지 얼굴을 마주할 기회가 없었습니다. 레스터 비튼 씨라면 전에 한 번 만난 적이 있습니다. 그러나 이것도 기억이 희미합니다. 부인쪽은 전혀 모릅니다. 윌리엄 경에게서 이야기를 듣고, 사진에서 본 정도입니다."

"그럼, 만나 봐도 모르겠군요?"

"아마 그럴 겁니다."

심문은 이것으로 끝난 것 같았다.

아버 씨는 한숨 돌렸다는 듯한 표정을 지으며 일어섰다. 빨리 달아났으면 하는 기분을 감추려는 듯이 일부러 천천히 외투의 단추를 채우고 있었다. 그때 옆에서 해드리 경감이 불쑥 입을 열었다.

"돌아가시기 전에 무언가 하시고 싶은 말씀은 없습니까?"

"네? 대체 무슨 말씀이지요?"

"사건에 대해서 해석의 실마리가 있다면 들어 두고 싶어서 그럽니다. 도둑맞은 귀중한 원고는 당신에게 소유권이 있습니다. 뺏어 와야겠다는 생각은 없으신지요? 1만 파운드짜리 물건을 잃어 버린 사람치고는 태도가 좀 태평한 것 같군요. 손에 넣기 위해서 그만큼 고생을 하셨으니 좀더 진지하게 찾아다녀야 할 것 아닙니까? 오늘은 또 다른 책을 보기 위해서 이런 데까지 오셨다니, 도저히 납득이 안 가는데요."

랜폴의 눈에는 아버 씨가 확실히 이 질문을 두려워하고 있는 것같이 보였다. 아픈 곳을 찔린 걸 감추기 위해서인지, 그는 입을 꾹 다문 채 재빨리 모자를 고쳐 쓰고, 장갑을 끼고, 우산을 팔에 걸었다. 이만큼 외모를 고치는 동안에 그는 다시 이전의 냉정한 태도로 되돌아가 있었다.

"정말 당신이 말씀하신 대로입니다. 그러나 당신의 해석에는 한 가지 빠진 데가 있습니다. 나로서는 이 문제 때문에 관계자들에게 불쾌한 생각을 가지게 하고 싶지 않았습니다. 이러한 기분을 이해 못해 주신다면 결국 모든 것을 이해하지 못하게 될 것입니다. 아무튼 그 기분 때문에 일부러 경찰의 손을 빌리는 것을 피해 왔던 것입니다. 그렇다고 해서 아무 일도 안 하고 우두커니 보고만 있었던 것은 아닙니다. 나로서도 그 원고를 찾기 위해서 최선의 노력을 다하고 있으니까요."

그의 검은 얼굴에 조용한 웃음이 떠올라 있었다.

"더 묻고 싶으신 게 있으면 사보이 호텔로 찾아오십시오. 시간은 내일 오후쯤이 좋겠습니다. 그럼, 오늘은 이만 실례하겠습니다."

아버 씨가 나가고 난 뒤 사람들은 오랫동안 침묵을 지키고 있었다. 난로 속에 불이 다 타버려서 방 안은 싸늘하게 되었다. 메이슨 장군의 얼굴에는 적의가 숨김없이 떠올라 있었다. 무대 위에 오른 최면술사처럼 몇 번이나 두 손을 허공에서 휘두르며 말했다.

"증인 조사는 이 정도로 해 주시지요. 나는 이제 지긋지긋해졌소. 처음에는 모자, 그 다음에는 치정 관계, 그리고 또 그 다음에는 낡아 빠진 원고라……. 그런 것들을 추궁해 봤자 아무 소용이 없소. 공연히 일만 더 복잡하게 만들 뿐이지. 대체 당신은 그 심미주의자에게서 무엇을 얻어 내겠다는 거요?"

해드리 경감이 말했다.

"증인으로서 그 사람은 성가신 데가 있고, 마음대로 다룰 수 없는 점도 있습니다. 처음에는 잘 빠져 나갔지만, 살인 사건의 내용을 들었을 때에는 완전히 낭패한 모습을 드러냈지요. 그러나 이 탑 안에서 한 행동은 모두 진실을 말했다고 확신합니다."

"좀더 자세히 이야기해 주지 않으면 잘 모르겠구려."

해드리는 다시 방 안을 걷기 시작하면서 조마조마한 듯이 이야기를 시작했다.

"물론 나에게 의견이 없는 것은 아닙니다. 지금 여기서 그 말을 해봐야 오히려 사태를 혼란시킬 뿐이므로 잠자코 있었습니다. 아시겠지요? 살해된 사람이 드리스콜이라는 것을 그가 알고 실신할 정도로 놀란 것은 결코 연극이라고 생각할 수 없습니다. 적어도 윌리엄 경의 저택에서 만난 적이 있는 젊은이가 죽은 것을 모르고 있었다는 점은 확실합니다. 그렇다 하더라도 그 놀라움은 너무 지나친 것 같더군요. 대체 왜 그렇게 놀랐을까요?

거기에 대한 내 의견은 이렇습니다. 아버 씨는 머리가 좋고 재주가 많은 사람이라고 생각합니다. 그는 되도록 충돌을 피하려고 애쓰고 있습니다. 자존심을 해치는 파국에 빠져드는 것을 겁내고 있는 거지요. 그렇지만 속으로는 아주 겁쟁이라는 것이 말끝마다 나타나고 있었습니다. 이번 사건이 세상에 알려지는 것을 아주 싫어하고 있어요. 어떻습니까, 여기까지 관찰한 것에는 잘못이 없겠지요?"

"무조건 승인해도 좋소" 하고 장군이 그 자리에서 대답했다.

"그럼, 계속하겠습니다. 아까 아버 씨는 원고 도둑의 혐의를 받았습니다만, 짐짓 농담처럼 말을 흐려 버리고 말더군요. 아버 씨의 성격과 윌리엄 경의 성격을 생각해 본다면, 이 이야기가 무사히 끝나지는 않을 겁니다. 아버 씨 자신도 자기가 원고를 요구하게 된다면 윌리엄 경과 어떤 소동이 벌어질지 모르는 것을 잘 알고 있습니다. 물론 순순히 내줄 만한 상대가 아닙니다. 귀찮은 수속을 요구할 것이고, 무사히 해결이 나더라도 언제쯤 그렇게 될지 알 수 없는 일입니다. 무엇보다도 싫은 것은 세상에서 흥미를 가지고 막 떠들어 대는 일일 겁니다. 입씨름만이 아니라, 최악의 경우에는 윌리엄 경의 기질로 보아 아버 씨에게 권총을 들이댈지도 모릅니다.

그러나 그 원고를 도둑맞았다고 한다면 윌리엄 경도 할 말이 없을 것입니다. 떠들어 댈 수도 없지요. 아버 씨는 원고를 손에 넣고 나면 총총히 그 집을 나와 전화나 뭔가로 그 이유만 말해 주면 됩니다. 거기에 대해서는 윌리엄 경이라 할지라도 어떻게 손을 쓸 수가 없지 않겠습니까? 소송을 해 봐야 사건 성립이 안 되고 잘못하다가는 경 자신이 웃음거리가 되고 맙니다. 사실 이 문제가 공표되는 건 명예로운 전(前) 각료의 한 사람으로서 도저히 견딜 수가 없을 것입니다."

장군이 손을 흔들면서 가로막듯이 말했다.

"그러나 그 아버 씨는 그런 극단의 행동으로 나오지는 못할 거요. 첫째, 그에게는 그럴 만한 용기가 없으니까요."

"나는 그가 자기 손으로 직접 훔쳐 냈다고 말하지는 않았습니다. 누군가 대신해서 행동한 자가 있을지도……."

"아니, 당신은 그렇다면……."

장군이 또 큰소리를 질렀다.

"아닙니다, 아니에요!" 주임경감은 주먹으로 손바닥을 치면서 외쳤다. "단정하는 것이 아니라, 그럴 가능성도 있다는 말씀입니다. 아무튼 검토해 볼 만한 가치가 있다고 생각하는데, 어떻습니까?

아버 씨의 말로는 가족들도 몇 번이나 포의 이름을 듣게 되면서부터는 차츰 사정을 짐작할 수 있게 되었다는 겁니다. 게다가 거기에 덧붙여서, 윌리엄 경 자신이 또 자랑을 늘어놓았다면……. 결국 원고 이야기는 누구나 다 알게 되었으리라 생각합니다. 특별히 드리스콜처럼 눈치 빠른 젊은이가 그것을 모를 리 없지요. 아버 씨도 말했듯이 만찬 때 마침 드리스콜도 같이 와 있었습니다."

"바보 같은 말은 그만두시오." 메이슨 장군이 곧 항의해 왔다. "아버 씨처럼 그것으로 한밑천 잡으려고 하는 사람이라면 몰라도, 드리스콜이 도둑질을 할 성싶소! 벼락 맞을 소리지. 절대로 그런 짓을 할 사람이 아니오!"

"그렇지만 드리스콜 씨는 최근에 금전 문제로 굉장히 고통받고 있었다고 하지 않습니까? 돈 문제로 윌리엄 경과 말다툼이 그치지 않았다고 합니다. 물론 그 사람이 기껏해야 낡은 원고가 그토록 큰 값어치가 있는 것인 줄은 눈치챘을 리가 없습니다. 솔직히 말씀드려서 나 자신도 설명을 듣기 전에는 상상도 못 했으니까요.

그러나 이러한 것은 생각할 수 있지 않습니까? 드리스콜 씨가 아버 씨에게 이런 질문을 했다고 친다면 어떻게 될까요?

'자, 이것은 의논입니다만, 아침에 자고 일어나 보니 당신의 베개 밑에 그 원고가 들어 있다면 당신은 그것에 대해서 얼마쯤 지불해 주겠습니까?'

물론 아버는 자신이 정당한 소유자이므로 큰돈은 줄 수 없다고 말했겠지요. 그러나 드리스콜은 그런 말에 신경을 쓰지 않을 겁니다. 처음부터 그런 큰돈을 바란 게 아니니까요. 아버 씨로서도 직접 노인에게서 사들인다 해도 일단 돈을 주지 않으면 안 되지요. 그건 거래입니다. 계산을 해 보면 드리스콜과 상대하는 것이 훨씬 경제적입니다. 윌리엄 경은 정확한 가격을 알고 있지만, 드리스콜은 전혀 아무것도 모릅니다. 아버 씨는 물론 빈틈없는 장사꾼입니다."

"그건 틀렸네!"

벼락 같은 소리가 울렸다. 해드리는 놀라서 펄쩍 뛰어올랐다. 그 소리는 단순한 항의가 아니었다. 비통한 비웃음 같은 메아리가 섞여 있었다. 모두 일제히 돌아보니 펠 박사가 쿠당탕 의자를 밀어 내며 일어서 탁자 위에 두 손을 꼭 붙이고 말했다.

"그렇게 생각하면 곤란하네. 무엇을 상상하건 그건 자네의 자유이지만, 그 생각만은 취소해 주게. 진심으로 그렇게 생각하고 있다면 이번 사건의 해결은 다 틀린 거야. 상상은 자네의 자유야. 훔친 자가 아버 씨라도 좋고, 메이슨 장군이라 해도 좋네. 아니면 산타클로스가 가져갔다고 해도 좋아. 그러나 한 가지 드리스콜이 훔쳤다는 생각만은 틀렸단 말일세."

"왜 틀렸습니까? 나도 틀림없이 드리스콜이 훔쳤으리라고 단언하는 것은 아닙니다. 그렇다고 해도 박사님이 그렇게까지 극단으로 부정하신다면 대체 어디가 틀렸다는 겁니까?"

박사는 다시 자리에 앉았다.

"설명해 주지. 자네는 문제의 핵심을 정확하게 파악하고 있지 못하네. 그래서 나중의 것은 모조리 뭐가 뭔지 모르게 되어 버리는 거지. 우선 이 방 안에서 한 시간 전에 주고받은 대화를 생각해 보게. 아니, 내 파이프가 어디로 가 버렸지? 여기 있군……. 그럼, 우선 드리스콜의 사람 됨됨이부터 시작하기로 하세. 아까 윌리엄 경이 뭐라고 말했지? 그 사람은 절대로 겁쟁이가 아니라고 단언하지 않았나? 나도 그때 이렇게 말했는데, 기억하고 있나? '그러면 드리스콜은 무엇을 그렇게 겁내고 있었을까?'

다시 한 번 내 말을 생각해 보게. 드리스콜은 절대로 겁쟁이가 아닐세. 해드리, 자네 역시 그를 앞뒤 돌아보지 않는 젊은이라고 평하지 않았는가? 자네 말이 맞았네. 그 저돌하는 젊은이가 꼭 한 가지 겁을 내는 것이 있었네."

"그게 뭐지요?"

"아저씨야. 그는 윌리엄 경을 무서워하고 있었네. 이 젊은이는 앞뒤 돌아보지 않고 무엇이든지 자기가 좋아하는 것에 뛰어드는 성격일세. 도락이 심해서 아저씨의 꾸지람 같은 것은 콧방귀로 넘겨 버리는 거야. 그런데 곤란하게도 윌리엄 경이 경제권을 쥐고 있었거든. 신문기자로서 겨우 취직을 하긴 했지만 월급은 뻔한 게 아닌

가. 도락의 자금은 모두 아저씨가 주는 용돈에 기대어야 될 형편이지.

그런데 윌리엄 경은 그렇게 달콤한 아저씨가 아닐세. 그래서 늘 아저씨와 조카 사이에 말다툼이 그치는 날이 없었네. 이유는 뻔하지. 윌리엄 경은 이 조카가 귀여워서 못 견딜 지경이었네. 아시다시피 경에게는 아들이 없지 않나. 그래서 그를 친아들처럼 귀여워해 주는 대신, 이런 형편 없는 드리스콜 같으면 큰 일이라고 생각하고 있었던 걸세. 경 자신이 고난을 참고 일어선 인물이니까, 이 조카에게도 좀더 그런 기개를 불어넣어 주고 싶었던 거지. 이러한 사실은 드리스콜도 물론 잘 알고 있었네. 노인이 용돈을 많이 주지는 않지만, 자기를 가장 마음 깊이 생각하고 있다는 자신을 가지고 있었지. 만일의 경우 노인의 유언장에 틀림없이 자기 이름이 써 있으리라고 안심하고 있었을 걸세. 어떻습니까, 메이슨 장군? 제 말이 틀렸습니까?"

장군은 살짝 비밀을 들려 주는 듯이 말했다.

"나는 잠깐 들은 적이 있는데, 틀림없이 유산을 받게 되는 모양이오."

"이런 입장에 있는 젊은이가 위험한 다리를 건널 성싶은가? 포의 원고는 글자 그대로 윌리엄 경이 가지고 있는 최대의 보물일세. 얼마나 그것을 소중히 여기고 있었는지는 자네도 알잖나. 만일 드리스콜이 그것을 훔쳤다는 것을 알게 되는 날이면 그는 영원히 추방될 거야. 윌리엄 경의 기질이 얼마나 격렬한지는 모두 알고 있으니까. 그 고집쟁이 노인은 사랑한다고 해서 용서해 줄 사람이 아니란 말일세. 죽은 뒤에 동전 한 푼 남겨 줄 것 같은가?

이런 이유로 아버 씨의 편의를 보아 준다고 해서 드리스콜에게 득이 될 것은 하나도 없네. 상대방은 장사꾼일세. 3파운드나 4파운드쯤 받게 되면 성공했다고 할 수 있지. 아버의 입장에서 보더라도 원고의 진짜 소유자는 자기라는 자신이 있었기 때문에, 우물쭈물 구렁이 담 넘듯이 늘어놓아 이야기를 슬쩍 넘겨 버릴 거야. '1천 길더라고요? 농담은 그만두십시오. 자, 여기 50길더가 있소. 이걸 가지고 돌아가시오. 귀찮게 굴면 아저씨에게 알리겠소.' 이런 식으로 쫓아 버릴 게 틀림없어. 그러니까 드리스콜은 절대로 그런 짓을 하지 않았을 거야. 그가 이 세상에서 가장 무서워한 사람은 아저씨 윌리엄 경이었으니까."

해드리 경감도 그렇다는 듯이 고개를 끄덕였다.

"박사님 말씀대로입니다. 많은 참고가 됐습니다. 저의 의견은 이 자리에서 취소하겠습니다. 그런데 박사님, 그 점을 왜 그렇게 강조하시지요? 어째서 그것이 문제의 핵심이 된다고 하시는 겁니까?"

박사는 깊은 한숨을 내쉬었다. 주장이 통하게 되어 안심한 듯한 눈치였다.

"그것만 이해한다면 사건은 반쯤 해결된 거나 마찬가지일세."

그때 문을 두들기는 소리가 또 들렸다. 펠 박사는 지친 듯한 시선을 그쪽으로 돌려 격한 말투로 말했다.

"오늘 심문은 다 끝났소. 6시가 지난 것 같은데. 술집이 문을 열었을 거야. 슬슬 나가 볼까!"

그때 지쳐 버린 표정으로 베츠 경사가 들어왔다. 해드리 경감의 얼굴을 보자 곧 보고했다.

"관광객들을 취조하고 있습니다만, 시간이 더 많이 걸릴 것 같아서 중간 보고를 하러 왔습니다. 이 사람 저 사람 어떻게나 말이 많은지, 중요한 것을 놓치면 안 되기 때문에 일일이 적어 두었습니다. 그러나 결정적인 것을 아는 사람은 하나도 없는 것 같습니다. 열

사람 가운데에서 아홉까지는 백탑을 구경하는 데 시간을 다 보내 버린 모양입니다. 사실 그 건물을 구경하는 데만도 꽤 시간이 걸리거든요. 그래서인지 한 시 반부터 두 시 사이에 역적문 근처에 있었던 사람은 거의 없습니다. 그래서 수상한 점이 없는 사람은 돌려보내고 있습니다. 그래도 괜찮겠지요?"

"좋네. 그 대신 주소와 이름은 모두 적어 두도록 하게."

해드리 경감도 지친 듯한 눈을 비비면서 다시 시계를 보았다.

"정말 꽤 늦었는데. 그럼 돌아가 볼까. 탁자 위에 물건들은 내가 보관하겠네. 자네와 험프는 뒤에 남아서 위병들을 조사해 주게. 요령은 알고 있겠지? 뭔가 새로운 것이 나오거든 곧 본청으로 연락하게. 나의 행방은 본청에 알려 둘 테니까."

그는 천천히 외투에 팔을 끼었다. 메이슨 장군이 말했다.

"오늘의 수사는 이로써 끝났군. 그럼 여러분, 내 방으로 가 보실까요? 브랜디 소다를 내 드리겠습니다. 여송연도 좋은 것이 있소."

해드리는 잠시 머뭇거리다가 시계를 들여다보고 나서 고개를 저었다.

"말씀은 고맙습니다만 사양하겠습니다. 경시청으로 돌아가서 정리해야 할 일들이 남아 있어서요. 여기서 너무 시간을 보내 버린 것 같습니다. 이런 일엔 손을 대지 않는 편이 영리한지도 모르지요." 그는 눈살을 찌푸려 보이며 말을 이었다. "그리고 우리들은 가지 않는 편이 좋지 않을까요? 방에서 윌리엄 경이 기다리고 계실 테니까요. 그분에게는 친구분이신 장군께서 사정을 보고해 드리는 것이 더 좋으리라고 생각합니다. 그리고 아버 씨 말입니다만, 어떻게 하시겠습니까?"

"그건 괴로운 일인데. 그러나 역시 당신 말대로 내 입으로 말해 주는 것이 타당하겠지요."

"오늘 밤, 버클레이 스퀘어의 자택으로 방문하겠다고 전해 주십시오. 가족들이 다 모이는 시간을 보아서 폐를 끼쳐 드리겠다고요. 그리고 장군님, 신문기자들이 몰려올 텐데, 아무 말씀도 하지 마시기 바랍니다. 현재는 발표할 것이 없다고 말씀하시고, 나머지는 험프 경사에게 맡겨 주십시오. 그가 적당히 처치할 겁니다. 험프는 그런 일에는 노련한 사람이니까요. 신문에 대한 발표는 제가 할 작정입니다."

경감은 이렇게 말하면서 드리스콜의 주머니 속에 들어 있던 물건을 모조리 주워 모았다. 그리고 랜폴이 서랍 속에서 꺼낸 헌 신문으로 무쇠 화살을 싸서 외투 안주머니 속에 집어 넣었다.

"그렇다면 굳이 권하지는 않겠소만……" 하고 장군이 말했다. "꼭 한 잔만 하고 가시오."

장군이 문가로 가서 복도의 누군가와 속삭이자 곧 파커가 위스키 병과 사이펀과 술잔을 네 개 쟁반에 담아 가지고 나타났다.

장군은 파커가 위스키를 섞는 것을 바라보면서 말했다.

"정말 보람 있는 반나절이었소. 피살자가 비튼의 조카가 아니었다면 정말 즐거운 추억을 얻었다고 할 수도 있을 텐데. 그러나 뭐가 뭔지 나는 도무지 모르겠소."

해드리 경감은 입을 뾰족하게 하고 말했다.

"즐거운 추억이라니 정말 놀랍습니다그려. 제 입장에 서 보십시오. 하긴 말은 그렇지만……." 주임경감은 들어올린 술잔을 뚫어지게 쳐다보았다. 짧게 깎은 콧수염 아래 입술이 벌어져 있었다. "저는 30년 동안이나 이 일에 종사하고 있습니다만, 그래도 아직 '경시청, 사건에 출동함'이라는 뉴스를 들을 때마다 저도 모르게 가슴이 두근거리지요. 스코틀랜드야드라는 이름에는 묘한 마력이 숨어 있습니다. 저는 오랫동안 그 일원으로 일해 왔고 오늘 같은 날에는 경시청을 대표

하는 입장에서 서 있는 고참 수사관이라고 자부하고 있습니다만, 그래도 아직 사건이라는 말만 들어도 탐정에 취미가 있는 펠 박사님처럼 가슴이 두근거린답니다."

"나는 당신이 아마추어 탐정을 싫어하는 줄 알았는데……. 그럼 파커, 수고했네……. 물론 펠 박사님을 아마추어라고 하는 것은 아니지만……."

해드리 경감은 고개를 저으며 대답했다.

"저는 아까 아마추어 탐정의 장점을 무시하는 바보가 아니라고 말씀드렸습니다. 런던 경시청이 낳은 위대한 인물 버질 톰슨 경의 유명한 말 가운데 '탐정이라는 직업은 모든 일에 정통하고, 그러면서도 어떤 일에도 전문가여서는 안 된다'는 말이 있습니다. 여기 계시는 박사님께 제가 유감스럽게 여기는 점은, 왜 이분은 탐정소설에 나오는 명탐정인 척하지 않으면 안 되는가 하는 것입니다. 아무리 열광하는 애독자라 하더라도 이렇게까지 그 흉내를 내야만 직성이 풀릴까요? 보십시오, 박사께서는 절대로 생각하고 있는 것을 말씀하시지 않잖소? 신비스럽다는 듯이 '아아!' 아니면 '으음, 그래, 그래' 라고만 하시지 않습니까?"

"칭찬하고 있는 건가?" 펠 박사가 비꼬는 듯이 말했다.

그는 망토를 입고 중절모를 쓴 커다란 몸집을 두 개의 스틱에 의지하고, 논쟁에 굶주린 사람처럼 얼굴을 붉히고 있었다. 문 앞에서 파커가 내미는 잔을 받아들고서 그는 말을 이었다.

"해드리! 자네는 여전히 같은 것만 공격하는군. 나는 이젠 신물이 났네. 대체 그건 돼먹지 않은 공격이란 말일세. 문학의 고귀한 한 분야에 대한 전혀 근거 없는 말일세. 언젠가 한 번 철저하게 논박해 주려고 벼르고 있었네. 자네의 설에 따르면 소설 속의 탐정은 짐짓 신비스럽게 행동하고, 한 마디 말만 던져 주고 아무 설명도 하지 않는다, 이 말이지? 그야 물론 자네 말대로일세. 그러나 그것이 현실을 묘사하고 있단 말이야. 진정한 명탐정이란 어떤 것인지 알고 있나? 사실 명탐정은 신비스럽게 보이는 걸세. 그는 '아아' 또는 '으음' 하고 말한단 말이야. 그러나 그뿐이지. 나머지는 범인을 24시간 안에 꼭 체포해 보이겠다고 말하여 세상을 안심시키는 걸세. 그러나 유감스럽게도 현실 사회에서는 소설 속 명탐정처럼 항상 성공만 한다고는 할 수 없거든. 경시청의 탐정이라 할지라도 국민에게 뽐내고 싶은 마음은 태산 같을 걸세. '이번 살인 사건은 쉽게 해결해 보이겠습니다. 사건의 열쇠는 이 만돌린입니다, 유모차입니다, 침실용 슬리퍼입니다' 하면서 말이지. 그렇지 않다면 국민들은 무엇 때문에 세금을 내어 경찰 조직을 유지하겠나? 그런데 실제로는 그렇게 하고 있지 않네. 왜냐하면 힌트를 줄 실력조차도 없기 때문일세. 가능하다면 그 말을 비추고는 으스대고 싶을 테지. 자네도 그렇지 않나. 다시 말하자면, 누구나 다 포즈를 취하고 있어. 사건의 진상은 이미 다 알고 있다는 표정을 짓고 있단 말이야. 그것이 탐정소설의 장면처럼 재미가 없는 것은, 섣불리 건방진 소리를 했다가 실패하게 되면 난처해진다는 극히 평범하지만 어쩔 수 없는 이유 때문이라네."

"알았습니다." 해드리는 체념한 듯한 표정이 되었다. "좋으실 대로 생각하십시오. 그럼 여러분, 오늘은 그만 작별해야겠습니다."

술을 다 마시고 잔을 놓더니 그는 다시 말했다.

"그러시다면 박사님, 지금 그 말씀을 전제로 하고 신비로운 예언이 튀어나오겠군요?"

펠 박사는 잔을 든 손을 허공에서 멈춘 채 대답했다.

"그렇게 할 작정은 아니었지만, 자네가 바란다면 세 가지 힌트를 주지."

"좋습니다. 첫째는요?"

"첫째 힌트는 이렇네. 드리스콜의 사망 시간에 대해서는 여러 가지 논의가 있었지만, 정확히는 한 시 30분에서 한 시 50분 사이에 살해되었네. 한 시 30분에는 역적문 난간에서 담배에 불을 붙이고 있는 것을 파커가 봤거든. 한 시 50분이 와트슨 박사가 추정한 사망 시간인데, 아버 씨의 증언에 따르면, 그가 해자의 길에 들어선 한 시 35분에는 난간 부근에 사람 그림자가 하나도 없었다고 했네."

메이슨 장군이 잠시 생각하고 있다가 말했다.

"거기에 어떤 의미가 있을까요? 아버 씨의 증언이 거짓말이라는 건가요……. 그럼, 두 번째 힌트는?"

펠 박사는 점점 더 기분이 좋아졌다. 그는 연신 술잔을 매만지면서 대답했다.

"두 번째 힌트는 대형 무쇠 화살이오. 보시다시피 숫돌에 잘 갈아서 훌륭한 흉기로 만들었습니다. 누가 생각해 봐도 숫돌에 대고 간 사람이 범인일 게 틀림없습니다. 그런데 같은 사람의 손이 '카르카손 기념품'이라고 새겨진 글자를 반쯤 지워 버렸단 말이오. 석 자는 지워졌지만, 나머지 글자는 그대로 남아 있소. 왜 나머지 글자도 마저 지우지 않았을까? 시체가 발견되면 비튼 부인이 카르카손에서 사온 물건이라는 것이 밝혀지게 되어 있소. 더군다나 죽은 사람이 드리스콜이므로, 이건 단순한 우연으로 처리할 수 없게 되지요. 되풀이 말하지만, 왜 나머지 글자를 지우지 않았을까요?"

"정말입니다" 하고 해드리가 말했다. "저도 그것을 생각하고 있었습니다. 물론 박사님은 그 대답을 준비하고 계시겠지요. 약이 오릅니다만, 저는 아직도. 그럼, 세 번째 힌트는?"

펠 박사는 배를 안고 웃어제꼈다. 안경의 검은 리본이 흔들흔들했다.

"세 번째 힌트는 굉장히 짧네. 단 한 마디, 윌리엄 경의 모자가 왜 그의 머리에 꼭 맞았을까?"

고개를 돌리면서 박사는 단숨에 한 잔을 쭉 들이켰다. 방 안을 힐끗 돌아다보고 나서 그는 어깨로 문을 떠밀고 안개 속으로 사라져 갔다.

거울 속의 얼굴

웨스트민스터 성당의 대형 시계가 여덟 시 반을 쳤다.

랜폴은 런던 탑에서 돌아오는 길에 펠 박사와 같이 호텔에 들렀지만 도로시의 모습이 보이지 않았다. 탁자 위에 쪽지가 있고, 고등학교 동창인 실버 아무개라는 여자가 같은 친구끼리 모이는 파티에 초대했기 때문에 같이 가기로 했다는 내용이 적혀 있었다.

이러한 사치스러운 모임을 랜폴이 몸서리칠 정도로 싫어한다는 것을 알기 때문에 그녀는 늘 갑자기 남편이 입원하여 혼자서 왔노라고 변명하기가 일쑤였다. 여기까지는 그래도 좋았지만, 입원한 원인이 지독한 알코올 중독이라고 떠들어 대는 데는 놀라지 않을 수 없었다. 편지에는 이렇게 적혀 있었다.

파티에 나가게 되면 틀림없이 모두 저를 위로해 줄 거예요. 어떤 증상이냐고 묻는다면 나는 이렇게 대답할 생각이에요. '내 남편은 술이 취하면 눈이 시뻘개져서 쟁반을 마구 집어던지고, 석탄 버리는 쓰레기통을 타고 기어서 들어오기도 하여 정말 야단이란다'고요.

끝머리에는 펠 박사에게 잘 부탁한다고 했으며, 맨 끝에 다음과 같은 주의 사항까지 덧붙였다.

——외출할 때에는 웃옷 깃에 호텔의 이름이 적힌 천을 핀으로 달 것. 그렇게 해 두면 밤중에 취해서 쓰러져도 택시 운전 기사가 호텔까지 데려다 줄 거예요.

결혼하고 나서 겨우 6개월밖에 지나지 않았는데, 잔소리를 정말 잘도 해 대었다. 하지만 랜폴은 그 편지를 읽고 오히려 온 몸이 긴장되는 것을 느꼈다. 이래야만 진정한 아내라 할 수 있을 것이라는 느낌이 들었기 때문이다.

랜폴과 박사는 워더 스트리트의 자그마한 프랑스 음식점에서 식사를 했다. 해드리 경감은 런던 탑을 나올 때 일단 경시청에 다녀와야 할 일이 있었기 때문에 나중에 이 음식점에서 만나 윌리엄 경의 집을 함께 방문하기로 약속했던 것이다. 펠 박사는 본디 프랑스 요리를 좋아했다. 더 적절하게 표현한다면, 프랑스 요리뿐 아니라 어떤 레스토랑에서든지 김이 모락모락 오르는 쟁반들을 계속 먹어치우고 술병을 비워 죽 늘어놓는 것을 좋아했다. 그러나 그렇게 하는 동안에는 범죄 이야기는 금물이었다.

그 날 밤 박사의 입에서 나온 가지가지 모험담은 그를 너무도 잘 알고 있는 랜폴에게는 놀라운 것이었다. 그의 이야기를 듣고 있는 동안 랜폴 눈 앞에는 갖가지 추억들이 떠올랐다. 고요한 랭커셔의 시골, 삼면의 벽이 책들로 가득 찬 작은 서재, 파이프 담배를 피우고 있는 박사……. 그리고 또 챙 넓은 모자를 쓰고 정원을 산책하고 있는 박사……. 해시계, 새장, 흰 꽃이 군데군데 피어 있는 잔디밭, 그 한가운데에서 오후의 태양을 온몸에 받으며 낮잠을 자는 박사. 이것이 펠 박사의 왕국이었다. 그 날 우연히 그가 말한 시계 속에 거울을 장치한 사람이라든가, 사진에 찍힌 대포 이야기 따위는 아무리 생각해 보아도 그 평화로운 왕국에 어울리지 않는 것들이었다. 그래도 랜폴은 잘 기억하고 있었다. 그곳에서 그가 단지 다섯 자의 전보만 치면 경시청에서 무장 경찰관이 몇 명이나 그의 별장으로 달려오기도 한다는 것을…….

오늘 밤 박사는 범죄 사건에는 상관하지 않으려고 했다. 그 대신 풍부한 화제가 꼬리를 몰고 나와서 끝이 없을 것 같이 보였다. 제2차 십자군을 계기로 하여 크리스마스 크래커가 나왔다는 것, 리처드 스틸 경(18세기의 수필가. 잡지 〈스펙테이터〉 창간인), 메리 고 라운드——이것은 사실 기회만 있으면 그가 꺼내고 싶어하는 말이다——베오울프(두운시 형식으로 쓴 영웅 서사시), 불교, 생물학자 토머스 헨리 헉슬리(진화론자 올더스 헉슬리와 줄리언 헉슬리의 할아버지)……. 이야기가 너무나 많이 나와서 식사가 채 끝나기도 전에 약속 시간인 여덟 시 30분이 되었다. 랜폴이 느긋하게 술을 즐기고 있다가, 여송연에 막 불을 붙이려는데 해드리 경감이 들어왔다.

주임경감은 차분함을 잃었다. 무슨 고민이 있는 듯 갑자기 서류 가방을 탁자 위에 내던지자마자 외투도 벗지 않고 의자를 잡아당겼다.

펠 박사는 그에게 식사를 권했다.

"샌드위치와 위스키로 하겠습니다. 너무 바빠 식사하는 것도 잊고 있었군요. 그렇다고 여기 가만히 앉아 있을 수도 없으니까요."

박사는 담배 연기 너머로 경감을 힐긋 쳐다보고 말했다.

"사건이 진전됐나?"

"더욱 중대하게 됐습니다. 예상도 하지 않았던 일이 두 가지나 일어났습니다. 그 가운데 하나는 전혀 이해할 수 없는 일입니다." 그는 가방 속에서 서류를 꺼내었다. "오늘 오후 네 시 45분쯤 드리스콜의 아파트에 침입한 자가 있었습니다."

"침입했다고?"

"그렇습니다. 이것이 그 보고서입니다. 기억하고 계실지 모릅니다만, 아까 탑 안에서 래킨이라는 여자를 심문했지요? 심문이 끝났을 때 그녀 뒤를 미행하라고 지시했었습니다. 험프가 잘 미행해 줬지요. 사복 형사로서는 풋내기인데도 미행만은 정말 잘했습니다. 그는 래킨 부인이 성문을 나서자 곧 뒤를 따랐습니다. 여자는 뒤도 돌아보지 않고 타워 힐을 올라갔습니다. 아마 미행당하고 있다는 것을 알고 있었을 텐데, 그 형사 저, 이름은……. 그렇지, 서머즈입니다. 그 서머즈를 떼어 버리려고 하지도 않았습니다.

타워 힐을 다 오르자마자 곧장 마크 레인 지하철역으로 들어가 버렸지요. 출찰구에는 꽤 많은 사람이 줄지어 서 있었기 때문에 서머즈는 접근해서 여자의 목적지를 확인할 수는 없었지만, 육감으로 러셀 스퀘어까지 가는 표를 끊었습니다. 그녀의 아파트에서 그 정거장이 가장 가깝기 때문입니다.

여자는 킹스 크로스에서 갈아탔습니다. 그는 예감이 맞았다는 것을 알았습니다. 러셀 스퀘어에서 지하철을 내리자 여자는 버너드 스트리트 쪽으로 나왔습니다. 서머즈는 우번 플레이스를 지나서 더비스톡의 스퀘어까지 미행해 갔습니다.

더비스톡의 아파트까지 오자 여자는 세 번째 입구로 들어가 버렸습니다. 그때까지 한 번도 돌아다보지 않았답니다. 서머즈는 여자가 들어간 뒤에 곧 모르는 사람인 척하고 접근해 갔습니다. 그런데 그것이 오히려 좋은 결과를 가져오게 된 것입니다.

그의 보고에 따르면, 그곳은 아주 좁은 입구로서 조명도 충분하지 못했답니다. 뒤쪽 문이 유리로 되어 있었기 때문에 거기서부터 겨우 바깥 광선이 새어들어 올 정도였다더군요. 가운데의 자동 엘리베이터 문을 끼고 두 개의 방문이 마주 보고 있었답니다. 서머즈가 뛰어들자 막 1호실의 문이 닫혀 버린 참이었지요. 그런데 그와 동시에 2호실 문이 열리고, 한 여자가 뛰어나왔습니다. 그녀는 엘리베이터 앞을 지나서 짧은 계단을 뛰어내려가더니 뒤쪽 유리문을 통해서 사라져 버렸답니다."

"또 여자가 등장하는 건가? 대체 어떤 여자인데?"

"그것이 확실치가 않아서……. 자세한 보고는 하나도 없습니다. 그것도 무리가 아니겠지요. 조명도 나쁘고, 게다가 이렇게 안개가 짙으니 흡은 밤중이나 마찬가지였을 겁니다. 그런 상황에서 갑자기 뛰어나왔으니 여자라는 것을 안 것만 해도 신기할 정도지요. 물론 그가 수상쩍게 여긴 것은 아닙니다. 단지 직업 본능으로 문가에 기대서서 확인해 봤는데, 그 결과 자세한 것을 알게 된 것입니다.

출입문 열쇠 구멍이 송곳이나 나사 같은 기구로 패어 있었던 겁니다. 서머즈는 곧 그 여자의 뒤를 쫓았습니다. 뒤편은 넓은 뜰로서, 돌로 포장되어 있었으며 그곳에서 자동차길이 한길로 통하게 되어 있답니다. 물론 여자의 모습은 보이지 않았지요. 그래서 서머즈는 돌아와 버렸습니다.

그때 서머즈는 그것이 드리스콜의 방이라는 것을 몰랐습니다. 그 아파트에는 래킨 부인이 살고 있다는 것만 알고 있었던 거지요. 그러나 성냥을 켜고 문 위에 문패를 보고 나서야 비로소 그것을 알게 된 것입니다. 그는 급히 문을 열어 보았습니다.

방 안은 엉망이었지요. 누군가가 휘저어 놓은 게 확실했습니다. 거기에 대한 자세한 말씀은 이따가 하겠습니다. 서머즈는 관리인을 찾았습니다만, 어디로 가 버렸는지 찾는 데 꽤 많은 시간을 허비해 버렸습니다. 관리인은 노인인데, 귀가 상당히 어두운 모양입니다. 다만 서머즈가 드리스콜의 방을 침입한 여자가 있다고 말하자 노인은 갑자기 기분 나빠하며 그런 일은 없다고 말했답니다. 그는 계속 몇 시간 동안이나 자기 방에 있었지만, 수상쩍은 소리는 전혀 듣지 못했다는 것이었습니다. 단지 점심때가 좀 지나서 젊은 사나이가 한 사람 찾아온 일이 있으나, 그는 벌써 몇 번이나 찾아온 사람으로 문 열쇠도 가지고 있다는 거였지요. 그러나 돌아갈 때는 자기가 나가서 차타는 데까지 바래다 주었는데, 방 안은 잘 정돈되었고 휘저어 놓은 흔적은 조금도 볼 수 없었다고 주장하더랍니다. 그래서 서머즈는 문에서 뛰어나간 사람이 여자이고, 그것도 조금 전의 일이라고 설명해 주었습니다만 상대방은 믿으려 하지 않았답니다."

펠 박사는 포크로 탁자보 위에다 낙서를 하면서 이야기를 듣고 있다가 물었다.

"대체 무엇을 도둑맞았나?"

"그것은 아직 모릅니다. 민완형사를 한 사람 보냈으니까 곧 보고가 들어올 겁니다. 서머즈가 보니까, 책상이 들어올려져 있고 서랍 속을 마구 뒤져서 서류가 모조리 마룻바닥 위에 뿌려졌다고 합니다."

"서류나 편지를 찾은 모양이지?"

"그럴 겁니다. 그리고 박사님, 그 편지 속에 나오는 '메리'라는 서명의 출처를 찾아 냈습니다."

"그거 잘됐군. 무엇이었나?"

"그 방 안에서 서머즈의 눈길을 끈 것이 있었습니다. 왜냐하면 그것 하나만이 방 안의 분위기와 너무 동떨어진 느낌을 주었기 때문입니다. 전형적인 홀아비 방이라서 사냥에 관한 잡지며 은배(銀杯)며 운동선수의 사진 같은 것들을 무질서하게 장식해 놓았는데, 맨틀피스 위에 깨끗하게 채색된 석고가 두 개 나란히 놓여 있었답니다. 남자와 여자의 인형인데, 서머즈의 말에 따르면 고대 의상을 입은 마담 탓소 관(館)의 양초 인형을 보는 것 같았다고 합니다.

거기에 레테르가 붙어 있었는데."

펠 박사는 눈썹을 치켜세우고 앓는 듯한 소리를 냈다.

"과연 그럴 거야. 필립 2세와 메리 튜듣(메리 1세는 엘리자베스 여왕, 에드워드 6세의 누이. 스페인 왕 필립 2세와 결혼하여 신교도를 박해하고 많은 사람을 불태워 죽였기 때문에 유혈의 메리라 불렸음)의 인형이지. 연인의 방에 장식해 두기에는 좀 기분 나쁜 물건인데 아마 둘이서 여행이라도 했을 때 사 온 거겠지. 그때 추억 때문에 아직까지 버리기 곤란했던 게 아닐까. 그런데 그 여자는 대체 누구였나?"

종업원이 해드리의 햄 샌드위치와 위스키 소다를 가지고 왔다. 경감은 우선 잔을 단숨에 비우고 나서 말했다.

"오늘 오후의 사건을 보면 대강 짐작이 가실 줄 믿습니다. 그것은 반드시 탑 안에서 일어난 사건을 알고 있는 인물입니다. 드리스콜이 죽었으니 우선 편지 같은 것들을 조사받게 될 것이다, 그 결과 그녀의 이름이 밝혀지게 되면."

"바로 비튼 부인이라는 건가?" 펠 박사가 말했다. "자네의 추측이 맞을 걸세. 시간은 충분했으니까. 우리들은 부인을 래킨 부인보다 먼저 심문하고 곧 돌려보내 줬으니까 말일세."

"그렇습니다. 기왕이면 돌이켜 생각해 보십시오. 그 부인이 돌아가려 할 때, 그렇지, 랜폴 씨, 당신은 눈치를 챘던 모양인데."

미국인은 고개를 끄덕이고 나서 대답했다.

"네, 그랬습니다. 그 조금 전에 분명히 그 부인은 멈칫하는 표정을 보였습니다. 뭔가를 생각해 낸 모양이었어요."

"그때 메이슨 장군이 뭐라고 하셨는지 기억하고 있습니까? 나는 부인의 표정을 보고 의아하게 생각했었는데, 그 이유를 이제야 비로소 알게 됐습니다. 메이슨 장군은 윌리엄 경에게 자기 방으로 가서 쉬도록 권했습니다. 그러면서 자기 책상 속에 더빌로의 기록이 들어 있다고 하셨지요. 그 말을 들은 순간 부인은 마음속으로 드리스콜의 서랍 속에 위험한 증거물이 들어 있다는 것을 생각해 낸 것입니다. 경찰의 수사 결과 그것이 발견된다면 어떤 일이 벌어질 것인지, 부인은 감시를 받고 있다는 것을 알고 난 뒤부터 메리라는 이름을 사용하기 시작한 게 틀림없습니다."

"그러나 비튼 부인에게. 드리스콜의 아파트까지 가서 그런 조사를 할 시간이 있었을까요? 래킨 부인의 취조는 그렇게 시간이 많이 걸리지 않았습니다. 윌리엄 경이 부인을 자동차에 태운 것도 확실합니다……" 하고 랜폴이 말했다.

"부인은 타워 힐까지 올라가서 차를 내리고 지하철로 갈아탔습니다. 지하철만 타게 되면 마크 레인에서 킹스 크로스까지는 15분도 안 걸립니다. 거기서부터는 갈아타는 데 시간을 뺏기지 않기 위해 더비스톡 스퀘어까지 걸어갔습니다. 이렇게 안개가 낀 날에는 택시를 타면 더 시간이 걸리지요.

그 부인이라면 열쇠를 부수는 일쯤 식은 죽 먹기였을 겁니다. 관리인은 아무 소리도 듣지 못했다고 하지만, 그는 귀가 어두우므로 이상할 건 없습니다. 그녀를 발견할 수 있는 가능성이 있는 사람은 옆방에 살고 있는 래킨 부인뿐입니다만, 그녀 또한 런던 탑에서 발이 묶여 있으니까 걱정할 게 없었겠지요."

펠 박사는 큼직한 머리를 두 손 안에 묻고 말했다.

"그게 아닐세, 해드리. 그 생각은 틀렸어. 아무튼 나는 그 상징이라는 사고방식은 배척하고 싶단 말이야."

"상징이라니요?"

"지금 자네가 말한 인형 말일세. 아마 둘이서 시골의 축제에 갔을 때 공을 가지고 병을 맞히는 놀이를 하고 왔을지도 모르지. 그러나 여자가 그 이름을 사용하여 '메리'라고 편지에 서명했다고 생각하는 것은 도무지 납득이 안 가네. 생각해 보게. 연인들끼리 그 인형에다 자기들을 비유하려고 했다면, 레테르에 적힌 이름이 어떤 인물인가 하는 것쯤은 알려고 했을 걸세. 예를 들어 한쪽이 아벨라르, 다른 쪽이 엘로이스인데, 그것이 뭔지 모른다고 하면 알아보는 것이 당연한 일 아닌가. 그런 이유 때문에 나는 그 비튼 부인이 엘리자베스 여왕이 이곳에서 처형당했느냐고 묻는 것부터가 너무 속이 들여다보여서 마음에 안 든단 말이야. 그 여자답지도 않고."

"그럼, 결국 어떻게 되는 거지요?"

"이 인형은 영국 여왕 메리 튜들과 그 남편인 스페인 왕 필립 2세의 초상이지만, 만일 여기에 무언가 의미가 있다고 한다면 머리말에 두어서는 안 될 이유가 두 가지 있네. 첫째, 메리는 한평생 그녀의 강한 구교 신앙처럼 남편 필립에게 열렬한 정열을 불태웠다는 것, 거기에 대해서 필립은 그녀에게 전혀 흥미를 느끼지 않았다는 것일세. 둘째로 유의해 두지 않으면 안 될 것은……."

"뭐지요?"

"여왕의 별명은 유혈의 메리라는 것일세."

오랜 침묵이 계속되었다. 작은 음식점에는 그다지 손님이 없었다. 시계 소리가 그것을 똑똑히 알려 주듯이 뚜렷하게 들려 왔다. 랜폴의 잔 바닥에는 브랜디가 조금 남아 있었다. 그는 얼른 그것을 마셔 버렸다. 해드리가 다시 입을 열었다.

"그건 그렇다 치고, 또 한가지 물어 볼 것이 있습니다. 아까 헤어지고 나서 일어난 일입니다만, 이것을 또 어떻게 판단해야 할지 당황하지 않을 수 없군요. 줄리어스 아버 말인데."

펠 박사는 탁자를 치면서 말했다.

"호오, 그 이야기는 꼭 들어 봐야겠는걸! 해결의 실마리가 될지도 모르니까. 무슨 일이 있었나, 해드리?"

"그는 지금 골더스 그린에 있습니다만, 이야기란 바로 이것입니다. 우리가 탑을 나섰을 때는 아무 소리도 못 들었는데, 험프 경사가 본청으로 전화를 걸어서 알려 주었지요. 그래서 곧 수배하여 일단 조사를 끝냈습니다. 아버를 내보낸 것은 여섯 시 20분이 지났을 때였다고 생각됩니다. 기억하고 계시지요? 아버를 취조할 때 그가 말하는 시간이 정확한지 어떤지를 확인하기 위해서 시계를 비교해 본 일 말입니다. 그때가 여섯 시 16분쯤이었지요. 그 뒤 곧 내보냈으니까 여섯 시 20분 지나서라는 것이 대강 맞다고 생각합니다.

그럼, 이야기는 중탑으로 돌아갑니다. 이것이 또 항상 저를 당황하게 만듭니다만, 중탑이라고 이름을 붙였지만 사실은 성 안에 들어서서 첫 번째 탑입니다. 기억하고 계시겠지만, 아버 씨는 그곳까지 택시를 타고 갔습니다. 운전 기사는 점잖게 기다리고 있었습니다만, 아무리 기다려도 그가 나타나지 않았습니다. 너무 시간이 걸리기 때문에 운전 기사는 이상스럽게 여겨서 중탑으로 들어가려고 했습니다. 그러나 위병이 그를 가로막고 들어가지 못하게 했답니다. 위병은 사건이 일어났다고 설명해 주었습니다. 그 말을 듣고 운전 기사는 '잘됐군. 대기 요금을 많이 받게 되었으니!' 하고 기뻐했습니다. 그러고 나서 무려 세 시간도 넘게 기다리고 있었답니다. 이것이 바로 런던의 운전 기사 기질이라는 거지요."

해드리는 샌드위치를 다 먹고 나서 위스키를 한 잔 더 시켰다. 담배에 불을 붙이고 그는 계속 이야기했다.

"그때 우리들이 심문을 하고 있는 쟁소의 탑에서 취조를 마치고 아버 씨가 나왔습니다. 중탑까지 길을 걸어오는데 이미 어두워져 있었고, 안개도 꽤 남아 있었습니다. 그런데 돌다리의 난간에 가스등이 켜졌기 때문에 운전 기사와 위병은 쉽게 그를 발견했습니다. 보아하니 웬일인지 그는 비틀비틀 휘청거리더니 가스등 아래로 쓰러지려고 했습니다. 그래도 안간힘을 다해 일어서더니 더욱 더 휘청거리면서 걷기 시작하더랍니다. 보고 있던 운전 기사는 술이 취했나 하고 생각한 모양이지요. 뛰어가 보니 아버 씨는 얼굴이 창백하고 이마에 땀을 흘리면서 말도 제대로 못하는 상태였다는 겁니다. 심문할 때에도 이와 같은 발작을 볼 수 있었습니다만, 이때에는 좀 더 심했던 모양입니다. 뭔가에 대해 굉장히 겁을 내고 있었던 게지요. 택시 운전 기사는 곧 찻집으로 데리고 가서 브랜디를 먹였습니다. 그러자 조금 회복이 된 듯 운전 기사에게 버클레이 스퀘어에 있는 윌리엄 경의 집으로 가자고 지시했다는 겁니다.

집에 도착하자 그는 또 운전 기사에게 잠깐만 기다리라고 말했습니다. 짐을 챙겨 가지고 나올 테니까 골더스 그린까지 가자고 말입니다. 이번에는 운전 기사도 싫었겠지요. 세 시간이나 기다린데다 여기저기 끌려다니면서 아직까지 1페니도 받지 못했는데, 또 골더스 그린까지 가자고 하니 걱정이 되더랍니다. 그러자 아버는 5파운드 지폐를 쥐어 주면서 시키는 대로 해 주면 한 장 더 주겠다고 말했습니다.

이쯤 되자, 운전 기사가 수상쩍게 여기기 시작한 것도 당연하겠지요. 중탑에서 기다리고 있는 동안에 살인 사건이 일어난 것을 위병에게서 듣고 있었기 때문입니다. 아버는 곧 나왔습니다. 여행 가방과 외투를 두 벌 팔에 걸치고 나오자마자 차에 뛰어올랐습니다. 골더스 그린으로 차를 몰고 가면서 운전 기사는 차츰 불안해졌다는 겁니다."

해드리는 숨을 돌리고 나서 기억을 되살리려는 듯이 가방에서 서류를 꺼내어 여기저기 펼치면서 살펴보고 있다가 타이프된 글자를 들여다보면서 이야기를 계속했다.

"누구든 택시 운전 기사와 부담 없이 이야기를 할 수 있지요. 여느 때에는 말이 적던 사람도 무슨 심리인지는 모르지만 이상할 만큼 말이 많아지는 법입니다. 운전 기사들은 무슨 말을 들어도 태연자약하기 때문인가 보지요? 만일 저에게 영국 국내의 간첩망을 조직하고 명령을 내린다면, 프랑스가 간첩을 문지기로 쓰고 있듯이 나는 택시 운전 기사로 가장시킬 생각입니다. 여담은 그 정도로 하고, 본문제로 들어가겠습니다……."

그는 눈썹을 좁히고 보고서로 손바닥을 때리듯이 내리쳤다. 그러고는 말을 계속했다.

"운전 기사는 그때 마침 탑 안에서 살인 사건이 일어났다는 말을 들었고, 그리고 또 아버 씨가 차 안에서 불안을 감추려는 듯 계속 지껄이고 있었기 때문에 자칫하면 자기까지 사건에 휘말려들지 않나 하고 걱정이 되었다는 겁니다. 그래서 그는 아버 씨를 골더스 그린까지 태워다 주고 나서 그 길로 경시청에 출두한 것입니다. 그를 만난 관계관이 다행히도 사정을 잘 알고 있었기 때문에 곧 저에게로 돌려 주었습니다. 이 운전 기사는 꽤 살이 찌고 얼굴이 붉으며 콧수염이 하얗게 세었습니다만, 목소리는 아주 우렁차 아직도 원기왕성한 젊은이에게 지지 않을 듯싶은 사나이였답니다. 런던 토박이는 여느 때에는 무뚝뚝하여 마치 성이 난 듯이 잠자코 있습니다만, 일단 말이 나오기 시작하면 몸짓 손짓 섞어 가며 굉장히 지껄여 댑니다. 의자 끝에 살짝 엉덩이를 올려놓고 두 손으로 모자를 만지작거리면서 훌륭히 아버 씨의 흉내를 냈습니다. 마음속으로는 겁을 내고 있는 주제에 지나칠 만큼 빼기면서 차가 흔들릴 때마다 안경에 손을 대보고, 2분마다 앞으로 몸을 내밀어 말을 걸어 오는 아버 씨의 모습을 눈앞에 보듯이 재현해 주었습니다.

맨 처음 아버는 운전 기사에게 권총을 가지고 있느냐고 물었답니다. 운전 기사는 말없이 웃고만 있었습니다. 그랬더니 그는 지금 곧 악한의 습격을 받을지도 모른다고 걱정스럽게 말하더랍니다. 그래서 운전 기사가 한 자루는 가지고 있으니까 안심하라고 말해 주었더니 이번에는 또 우리 뒤를 미행하고 있는 자동차가 없느냐고 귀찮을 정도로 물었답니다. 그 사이에도 골더스 그린에 이웃 사람밖에는 모르는 별장을 가지고 있다느니, 런던은 뉴욕보다 범죄자가 많지 않다는 둥 쓸데없는 소리를 지껄여 댔다고 합니다. 그 가운데에서도 운전 기사가 특별히 기억하고 있는 것은, 그는 계속 목소리에 대해서 이야기를 꺼냈다는 겁니다."

"목소리라니? 누구의 목소리 말인가?" 펠 박사는 같은 말을 되풀이했다.

"그 이상의 말은 하지 않았습니다. 다만 이렇게 물어 보더랍니다. '어디에서 걸려 온 전화가 나중에 그것이 목소리만으로 밝혀질 수 있을까'라고. '목소리'에 관련된 말이라면 그것밖에 없다고 생각합니다. 그러는 동안에 차가 별장에 도착했습니다. 인가가 드문 외딴 장소였지요. 그러더니 갑자기 아버 씨는 이 별장은 몇 달 동안이나 잠가 둔 채였으니 곧 안으로 들어갈 수는 없다고 말했다는 것입니다. 그래서 또 운전 기사는 근처의 다른 별장으로 가지 않으면 안 되었습니다. 그곳은 전등도 켜 있었고, 문 앞에 '브레이어블레 장(莊)'이라는 푯말이 붙어 있더랍니다."

"아버 씨의 친구 집이겠군?"

"그렇습니다. 그건 나중에 확인해 봤습니다. 다니엘 스펜글러라는 사람의 집이었지요. 운전 기사의 진술은 대개 이상과 같습니다만, 이것을 박사님께선 어떻게 해석하시겠습니까?"

"사태가 상당히 절박해진 모양이군. 아버 씨는 자신이 굉장한 위험에 직면해 있다고 믿고 있네. 내 생각은 별로 그런 것 같지도 않은

데, 적어도 본인은 그렇게 믿고 있단 말일세. 그러나 그 위험이 반드시 없다고 단정할 수는 없네. 아무튼 그대로 내버려 둘 수도 없을 테니까."

주임경감은 조마조마해하면서 대답했다.

"나도 물론 그냥 버려둘 것이라고 생각지는 않습니다. 그렇지만 사태가 그 정도까지 터져 나간다면 우리에게 의논하러 오는 게 좋을 것이라고 생각합니다. 우리들 경찰관은 그런 일 때문에 있는 것이니까요. 그런데 누구나 다 그 반대의 길을 걸어서 위험을 느끼면서도 최악의 방법을 선택하고 말거든요. 아버 씨의 경우도 호텔에 묵으면 될 텐데, 아무도 찾지 못할 곳으로 피하고 싶다는 생각에 일부러 고르고 골라서 살인하기 가장 좋은 곳으로 뛰어들었으니 말입니다."

"그래서, 수배는 다 됐나?"

"곧 부하를 그 집에 파견시켰습니다. 경시청에는 30분마다 전화 연락을 하도록 지시해 두었습니다. 그런데 아버 씨는 무엇을 그렇게 겁내고 있는 걸까요? 살인에 대해서 그가 알고 있는 것을 범인은 눈치챈 것일까요?"

펠 박사는 잠깐 동안 여송연을 깊숙이 빨아들이면서 생각에 잠겨 있었다.

"해드리, 이거 문제가 너무 심각해져 버렸는걸. 나는 이미 사건의 성질을 아는 자신이 있었기 때문에, 오늘 오후에 심문할 때 모두 심각한 표정을 짓고 있는 게 우스워서 못 견디겠더군. 사건의 대부분은 장난에 가까워."

"장난이라고요?"

"그렇다니까. 하긴 장난치고는 너무 지나쳤는지도 모르지. 거짓말 같은 장난이야. 늘 이야기하던 농담이 갑자기 미치광이 말같이 되어 버렸단 말이야. '찰리의 백모'(브랜든 토머스의 소극. 1892년 초연) 제3막에 살인사건이 끼어든 거나 마찬가지란 말일세. 자네는 마크 트웨인이 자전거 타는 연습을 한 것을 알고 있나?"

해드리는 바쁘게 보고서를 가방 속에 챙겨 넣으면서 말했다.

"박사님, 강의라면 다음에 부탁드리겠습니다."

"강의가 아닐세." 펠 박사는 여느 때와 달리 진지한 말투로 말을 계속했다. "연습하다가 그는 돌에 부딪쳐서 자전거에서 굴러 떨어지지 않도록 조심하고 있었지. 연습 장소는 폭이 200야드나 되는 넓은 길이었는데, 작은 벽돌 조각이 하나라도 떨어져 있으면 반드시라고 해도 지나치지 않을 정도로 꼭 치우고 지나갔다네. 인간이란 자기가 원치 않는 일만을 하게 된다는 교훈일세. 이번 사건이 꼭 그와 같은 예이거든."

박사는 차츰 목소리에 열기를 띠기 시작했다.

"나도 이젠 포즈만 잡고 있을 수 없게 됐네. 곧 행동으로 옮기지 않으면 안 돼. 희극 연출과 현실 사회의 추악한 면에서 일어난 사건을 얼른 구별할 필요가 있어. 우연에서 사건은 시작됐다, 살인은 그 결말일 뿐이다. 이것이 이 사건에 대한 내 해석일세. 그 구별을 해 보일 테니까, 자네 스스로 내 생각이 정확했다는 판단을 내릴 수 있을 걸세. 그러나 우선 두 가지만 먼저 이야기해 두겠네."

"뭔데요?"

"형사가 아버 씨의 별장을 지키고 있다고 했는데, 곧 연락할 수 있겠나?"

"경찰서에 전화를 걸면 연락이 됩니다."

"곧 명령해 주게. 숨어 있으면 안 되니까 오히려 눈에 잘 띄게 행동하라고 말이야. 잔디 위를 걸어다니라고 말해 주게나. 그러나 어떤 일이 있어도, 만일 아버 씨가 무슨 말을 하더라도 절대로 그에게 접근한다든지 이쪽 행동의 목적을 눈치채지 않도록 해야 하네."
"왜 그런 이상한 행동을 해야 되지요?"
"내가 보기에 아버 씨는 실제로 위험에 직면해 있지는 않네. 본인이 그렇게 생각하고 있을 뿐이지. 그리고 또 그는 자기 숙소를 경찰이 모르고 있는 줄 생각하고 있거든. 그는 뭔가 비밀을 알고 있으면서도 어떤 이유 때문에 우리들에게 숨기고 있는 걸세. 그러므로 자네의 부하가 별장 주위를 기웃거리는 것을 보게 된다면 적이 나타난 줄 알고 급히 경찰의 도움을 청하게 될 거야. 좀 가혹한 방법인지는 모르지만, 놀라게 만드는 것이 무엇보다도 좋거든. 자네 말대로 그는 본디부터 겁쟁이니까 곧 자네에게 보호를 청해 올 걸세. 그때야말로 진상이 밝혀지겠지."
"박사님, 처음으로 지시를 내리셨군요. 드디어 활동해 주신다는 것을 알게 되어 안심했습니다. 곧 지시대로 수배하겠습니다."
"그렇게 하게. 이익은 있어도 손해는 없을 테니까. 사실 위험이 정말 그의 몸 주변에 들이닥쳤다 해도 망보는 사람이 붙어 있는 것은 적을 막아 주는 효과가 있거든. 게다가 아버 씨가 경찰의 도움을 요청하게 된다면, 경찰은 그 정체를 발견할 수 있을지도 모르지. 수상한 사람이 자네의 부하를 무시하고 그 부근을 서성이고 있다면 더욱 좋을 거야. 이 수배가 끝나면 곧 드리스콜의 아파트를 조사하러 가기로 하세."
"그렇지만 박사님, 그 방의 수사는 부하를 보냈으니까 너무 걱정하지 마십시오."
"그게 아니네. 자네의 부하로서는 내가 조사하고 싶은 것을 찾아낼 수 없을걸. 예를 들어 그의 타이프라이터 같은 것은 수사하지도 않을 걸세."
"그의 뭐라고 하셨지요?"

"타이프라이터. 타이프라이터가 뭔지도 모르나?" 박사는 지루하다는 듯이 말했다. "그리고 부엌도 조사해 봐야겠네. 그가 가지고 있다면 틀림없이 부엌에 감춰 두었을 거야. 자, 나가세! 종업원을 불러 주게. 계산을 해야지."

레스토랑을 나왔을 때는 안개가 겨우 걷히고 있었다. 워더 스트리트의 좁은 길은 사람들로 가득 차 있었다. 음식점 간판의 불빛이 엷어지기 시작한 안개 속에 둔한 빛을 내고, 거리 모퉁이에서는 소년들에게 둘러싸인 사람이 손풍금을 타고 있었다. 어떤 술집에서나 화려한 웃음 소리가 흘러나오고 있었다. 불빛이 눈부신 셔프츠베리 아베뉴까지 나오자, 마침 극장으로 향하는 자동차의 수가 늘어나기 시작하여 해드리는 차를 모는 데 꽤 고생을 했다. 옥스퍼드 거리를 가로지른 다음부터 겨우 차의 수가 줄어들어 대형 다임러의 속력을 높일 수가 있었다. 블룸즈베리까지 오자 가스등의 불빛이 외롭게 안개 속에 비치고 있을 뿐 사람의 발걸음은 완전히 끊어져 있었다. 멀리서 들려 오는 차소리 외에는 쥐 죽은 듯이 고요하기만 했다. 그레이트 러셀 스트리트를 지나서 교도소 같이 긴 그림자를 드리우고 있는 대영 박물관 옆에서 왼편으로 꺾어졌다.

"가방에서 보고서를 꺼내 주십시오. 서머즈는 틀림없이 광장의 서쪽이라고 말했는데……." 해드리 경감이 말했다.

랜폴은 차창으로 머리를 내밀고 거리 표지를 찾아보았다. 몬테규 스트리트라고 적혀 있었다. 러셀 스트리트의 앞쪽에는 가지만 남은 나무들과 불 꺼진 집들이 늘어서 있었다. 업 베드포드 플레이스까지 오자 해드리는 자동차의 속도를 늦추었다.

더비스톡 광장은 큰 타원형인데, 그 면적에 비해 가로등이 많지 않았다. 서쪽으로만 아주 높고 고풍스러운 건물이 늘어서 있어, 다른 세 곳보다 당당한 느낌을 주었다. 더비스톡 아파트는 그 가운데 하나로서, 네 개의 입구가 달린 빨간 벽돌집이었다. 네 개의 출입구 바로 한가운데에 아치 형의 자동차길이 나 있어서 가운데뜰로 통해 있었다. 해드리 경감은 차를 가운데뜰까지 몰고 가서 세웠다.

"이 길에서 그 여자가 사라져 버린 거로군. 그렇게 하면 아무도 눈치채지 못했을 거야."

그는 차에서 내려서 주위를 둘러보았다. 가운데뜰에는 하나밖에 없는 전등에 불이 켜 있었다. 밤 공기가 차가워지자 안개는 눈에 띄게 사라져 갔다. 가운데뜰을 둘러싸고 있는 벽에는 불빛이 비치는 창문이 드물었다.

"이 아파트의 입주자들에게 우선 그 여자의 행동에 대해서 알아보라고 했는데" 하고 주임경감은 불평하듯이 말했다. "불행히도 창문마다 모두 아랫부분이 불투명 유리로 되어 있었기 때문에 대답해 준 사람이 하나도 없었답니다. 하긴 이런 외딴 장소에서는 대낮에 화려한 새털이 달린 모자를 쓴 인디언이 배회하고 있다 해도 의심받지 않을 겁니다. 이것이 홀로 통하는 뒤쪽 유리문입니다. 세 번째 문으로 들어가면 됩니다. 바로 이 창문에서 불빛이 새어 나오는데 이곳이 드리스콜의 방입니다. 제 부하가 아직도 남아 있군요. 수사가 다 끝났을 거라고 생각하고 있었는데……."

유리창을 열려다 그는 깡통을 차 버렸다. 도둑 고양이가 놀라서 야옹 하고 울었다. 모두 그의 뒤를 따라서 짧은 계단을 올라가자 갈색칠을 한 벽으로 둘러싸인 빨간 타일을 깐 홀이 나왔다.

조명이라고는 자동 엘리베이터에서 새어 나오는 푸른 전등뿐이었다. 그리고 왼쪽 문 틈에서 가느다란 불빛이 새어 나오고 있었다. 자세히 보니 출입문은 꼭 닫히지 않았고, 열쇠 주위 판자가 크게 쪼개져 있었다.

2호실이었다. 랜폴의 시선은 홀을 가로질러 마주 보이는 방의 출입문 쪽을 쳐다보고 있었다. 저 문의 우편함 뚜껑 틈으로 항상 래킨 부인이 날카로운 시선을 던지고 있었겠지. 홀 안은 한기가 느껴졌다. 2층 방에서 라디오 소리가 흘러나오고 있었다.

갑자기 커다란 소리가 들려 왔다. 2호실에서 새어나오던 불빛이 크게 흔들리는 것 같았다. 소리는 엘리베이터를 뚫고 나가 메아리를 일으켰다. 소리가 흘러나온 곳은 틀림없이 2호실 출입문이었다.

메아리가 채 끝나기도 전에 해드리는 문으로 뛰어가서 힘껏 열어젖혔다.

그 앞에 필립 드리스콜의 거실이 펼쳐졌다. 조금 전에 그 소리를 들었을 뿐인데, 그것이 아래층의 혼란을 더한 것 같았다. 정면 벽에는 난로가 있었는데 거울이 붙어 있었다. 그 앞에 키가 크고 훌륭한 체격을 한 사나이가 저쪽을 쳐다보고 서 있었다. 몸을 앞으로 조금 숙이고 있기 때문에 그의 어깨 너머로 맨틀피스 위에 놓인 석고 인형의 장난기 어린 얼굴이 바라보였다. 밝은 물감을 칠한 여자 인형으로, 허리를 질끈 동여맨 옷차림에 은색 망사 모자를 쓰고 있었다. 그러나 거기 나란히 있어야 할 남자 인형이 없어져 버렸다. 그 대신 바닥 위에 수많은 흰 파편들이 흐트러져 있었으므로 조금 전까지 그곳에 나란히 있던 것을 짐작할 수 있었다.

그 방의 광경은 무시무시하도록 기분 나빴다. 석고상이 깨지는 소리가 지금도 방 안 구석구석까지 꼬리를 끌며 떠돌고 있는 느낌이었다. 앞으로 몸을 숙이고 있는 사나이의 외로운 듯한 등 뒤에 오히려 좀전에 지나간 처참한 격정이 배어 있었다.

잠시 그 자세로 있더니 사나이는 손을 뻗어서 또 하나의 인형을 집었다. 그가 인형의 손을 들어올린 순간, 목이 올라가 거울 속에 얼굴이 비쳤다.

"안녕하십니까?" 펠 박사가 조용히 말했다.

조그만 석고 인형

뒷날 사건의 경과를 회고해 볼 때마다 랜폴은 생각나는 것이었지만, 인간 본디 그대로의 모습을 그만큼 벗겨 낸 얼굴을 본 것은 그로서는 처음이었다. 눈 깜짝할 사이였지만, 거울에 비친 레스터 비튼의 얼굴이 바로 그것이었다. 인간이라는 동물은 늘 얼굴에 가면을 쓰고, 머릿속에서는 연신 경계의 종을 울리고 있다. 그런데 오직 하나의 예외가 여기에 있었다. 그것은 분노를 못 참아 작은 인형을 불끈 쥔 그 손과 같이 무의식중에 부들부들 떨고 있는 얼굴이었다.

랜폴의 머릿속에 갑자기 떠오른 생각은, 여느 때 거리에서 이런 얼굴을 만났다면 대체 어떻게 보일까 하는 것이었다. 예를 들어 버스를 같이 탄다든가 클럽에서 신문을 읽고 있는 것을 보는 경우에. 요컨대 레스터 비튼은 견실하고 실리를 아는 영국 실업가여야 한다. 멋있게 맞춰 입은 양복으로 최근에 살이 오르기 시작한 몸을 감싸고, 깨끗이 면도질한 얼굴의 눈가며 입가에 잔주름이 잡히기 시작했으나 아직도 밝고 혈색이 좋았다. 새까만 머리에도 흰 머리가 섞이기 시작했으나, 늘 헤어토닉의 향기를 풍기고 있어서 상쾌한 느낌을 주고 있다…….

자세히 보니 역시 형인 윌리엄 경을 닮은 데가 있었다. 어느 편인가 하면, 붉은 얼굴인 데다 턱 부근에 군살이 붙은 것이 좀 달랐지만, 그러나 지금의 그 무서운 표정은.

자포자기한 듯한 얼굴이 거울을 통해 반사되고 있었다. 주먹이 떨리기 시작하더니 손가락 사이로 인형이 미끄러 떨어졌다. 그러나 곧 다른 한 손으로 주워 올려서 맨틀피스 위에다 올려놓았다. 그의 거친 숨소리가 들려 왔다. 무의식 중에 그는 목으로 손을 가져가 넥타이를 고치고, 검은 외투의 먼지를 털었다.

"대체 당신들은 누구요?"

레스터 비튼은 목구멍 속에서 목쉰 듯한 소리를 냈다. 한 대 맞은 듯한 표정이었으나 어떻게 해서든지 체면을 지키려고 애쓰는 것 같았다.

"대체 무슨 권리로 이 방에 들어온 거요?"

랜폴은 그의 모습을 볼 수가 없었다. 아무리 살인 사건의 수사라고는 하지만 너무 지독하였다. 이것은 너무도 인정 머리 없는 방법인 것이다. 그는 자기도 모르게 시선을 돌려 버렸다.

"좀 마음을 가라앉히십시오." 해드리가 냉정하게 말했다. "그 설명이 필요한 것은 당신쪽이 아닐까요? 지금 이 방은 경찰이 관리하게 되어 있소. 살인 사건에 개인 감정을 개입시킬 수는 없소. 사정 보지 않고 철저히 조사를 해야겠소. 당신은 레스터 비튼 씨지요?"

상대방은 낮은 목소리로 대답했다.

"그렇소. 그럼, 당신들은?"

"나는 해드리 경감이라고 합니다."

"아아, 그렇습니까?"

그는 뒷짐을 지고 가죽의자를 찾아서 휘청휘청 뒷걸음질치더니 손잡이 위에 걸터앉았다.

"비튼 씨, 당신은 여기서 무엇을 하고 있었지요?"

"말하지 않아도 아실 텐데요?"

비튼은 화가 난 듯이 말하고 나서 고개를 돌려 난로 앞에 부서진 인형을 보더니 새삼스럽게 다시 해드리 경감의 얼굴을 올려다 보았다.

주임경감은 분명히 우위에 있었다. 레스터를 내려다보고 있는 눈은 너무 냉정할 만큼 차갑고 무관심에 가까울 만큼 냉랭하였다. 그는 천천히 가방을 열더니 타이프된 서류를 꺼냈다. 램폴은 곧 그것이 서머즈 형사의 보고서에 지나지 않는다고 생각했는데, 해드리는 그것을 이용하려고 하는지 힐끗 보고 나서 심문으로 들어갔다.

"내가 받은 보고서에 따르면 당신은 사립 탐정을 고용하여 부인의 뒤를 조사시켰지요? 탐정사의 여탐정인데——그는 다시 서류를 보았다——래킨 부인이라는 사람을 이 홀 저쪽 방에 입주시켰지요?"

"과연 경시청 수사관이로군. 탄복했소." 상대방은 겨우 마음이 가라앉은 것 같았으나 헛소리같이 말했다. "당신이 말한 대로요. 그런데 그것이 법규에 위반된 것은 아니지 않소. 그러나 이제 더 이상 그런 쓸데없는 비용을 쓸 필요도 없어져 버렸군."

"드리스콜 씨가 죽었기 때문인가요?"

레스터 비튼은 고개를 끄덕였다. 커다랗고 붉은 얼굴에 주름이 깊게 패어 있었지만, 대체로 여느 때 표정으로 되돌아와 있었다. 반짝반짝 이상하게 빛나고 있던 두 눈도 겨우 평온해진 듯했다. 그러나 신경만은 아직도 바늘처럼 뾰족해져 있는 것 같았다.

"지금 그 말씀은 두 가지 의미로 해석됩니다만, 어느 쪽을 뜻하는 겁니까?"

레스터 비튼은 어느 새 여느 때처럼 빈틈없는 실업가로 되돌아와 있었다. 흔들리지 않는 표정, 날카로운 눈초리, 살이 찐 것만은 좀 다르지만 형 윌리엄을 그대로 박아 낸 듯했다.

그는 두 손을 벌리며 대답했다.

"이렇게 된 이상 하나도 숨김없이 다 이야기하겠소. 저, 해드리 경감이라고 했지요? 들어 주시오. 지금에 와서 생각하니 바보짓을 한 것 같지만 나는 집사람을 미행시켰소. 정말 뭐라고 사과를 해야 될지. 집사람에게는 수상한 점이 손톱만큼도 없었소."

해드리는 싱긋이 웃고 나서 말했다.

"비튼 씨, 오늘 밤에 당신에게 여러 가지로 묻고 싶은 것이 있었기 때문에 댁을 방문할 작정이었습니다. 그런데 여기서 뵙게 되어 다행입니다. 질문을 드려야겠는데, 괜찮으시겠지요?"

"좋습니다."

해드리 경감은 펠 박사와 랜폴을 돌아다보았다. 박사는 레스터의 심문 같은 것에는 전혀 흥미가 없다는 표정으로 사방을 힐끗힐끗 둘러보고 있었다. 아담하고 살기 좋아 보이는 방이다. 수수한 갈색 벽지, 스포츠 잡지, 가죽의자. 의자 하나는 뒤집어져 있었다. 벽가에 있는 탁자는 서랍이 다 뽑혀서 속의 것들이 마룻바닥에 흩어져 있었다. 펠 박사는 그것을 보자 가까이 다가가서 몸을 굽히고 들여다보았다.

"극장 프로그램이며 잡지들, 옛날 초대장이며 청구서. 내가 찾고 있는 것은 하나도 없군. 책상과 타이프라이터는 어디 다른 방에 있겠지. 좀 실례하겠네, 해드리. 나는 상관 말고 질문을 계속하는 게 좋겠네."

그는 방 안쪽 문을 통해서 나갔다.

해드리 경감은 중산모를 벗으며 랜폴에게 의자를 권하고, 자신도 걸터앉았다.

"비튼 씨, 솔직한 말씀을 부탁드립니다. 부인의 소행이 어떻든, 또 당신이 무엇을 하시든 살인 사건과 관계가 없는 한 나와 아무런 관계가 없습니다. 지금 말씀을 들어 보니 당신은 탐정을 써서 부인의 뒷조사를 시켰습니다. 거기까지 말씀하시고서도 왜 부인과 필립 드리스콜 씨의 관계를 부정하려고 하시지요?"

"그런 것은 바보 같은 헛소문이오. 끝까지 당신이 그것을, 그런 근거없는 말을 하게 된다면……."

"아니, 꼭 그렇다고 말씀드리지는 않습니다만, 아무 근거도 없는 일이라면 왜 당신이 그렇게 흥분하셔서 사립 탐정을 시켜 조사하셨지요? 서로 쓸데없이 시간을 낭비하는 것은 그만둡시다. 메리의 편지는 이미 우리 손에 들어와 있습니다."

"메리? 메리가 대체 누구요?"

"아실 텐데요. 우리들이 이 방에 들어왔을 때 당신은 그것을 난로 위에 내던져서 부숴 버리려고 하지 않았습니까?" 해드리는 싸늘하고 날카롭게 물었다. "한 번만 더 주의 말씀을 드리겠습니다. 쓸데없이 시간을 낭비하지 맙시다. 당신이 공연히 남의 방에 함부로 들어가서 맨틀피스의 장식 인형이 마음에 안 든다고 때려부수고 돌아다니겠습니까? 그 인형이 뜻하는 바를 우리들이 모르고 있다고 생각하고 계시다면 약간 미련한 이야기가 되겠지요. 당신은 남자 인형을 때려 부쉈습니다. 다음에는 여자 인형도 부수려고 하셨지요. 그때 당신 표정은 누가 보아도 제 정신을 가진 인간이라고는 생각할 수 없을 겁니다. 제가 말씀드리는 뜻을 아시겠지요?"

레스터는 큰 손으로 두 눈을 덮었다. 관자놀이 부근에 꾸불꾸불한 정맥이 파랗게 치솟았다.

"아무튼 그것이 당신들과 무슨 상관이 있단 말이오!"

"당신은 드리스콜 살해의 진상에 대하여 얼마나 알고 있습니까?"

"아주 조금. 이야기는 형님한테서 들었소. 로라는, 내 아내 로라는 탑에서 돌아와서 갑자기 방 안에 틀어박히고 말았소. 나는 사무실에서 돌아와 집사람의 방문을 두드렸으나 문을 열어 줄 생각도 하지 않았소. 실러의 말을 들어 보니 그녀는 창백한 얼굴로 돌아와서 말 한 마디 없이 2층으로 뛰어올라가 버렸다는 거요. 7시 반쯤 형님이 돌아와서 간단히 사정을 이야기해 주었소."

"그렇다면 당신은 필립 드리스콜 살해 사건에 대해서 당신 부인의 용의가 짙다는 것을 알고 계시는군요?"

해드리는 드디어 행동을 개시한 것이다. 랜폴은 놀라서 해드리를 쳐다보았다. 평화로운 상선(商船)이 갑자기 포문을 연 것이다. 지금까지는 가장 중요한 한 가지 점에서 증거의 일부가 빠져 있었으나, 레스터가 그것을 보충해 줄 것 같다. 주임경감에게는 오늘 탑 안에서 심문할 때처럼 부드러운 태도라고는 조금도 찾아볼 수가 없었다. 손가락을 깍지끼고 눈을 빛내면서 입 언저리에 심한 주름을 만들고 레스터를 상대하고 있었다.

"아아, 비튼 씨. 아무 말씀도 마십시오. 제가 말씀드릴 테니까요. 단 이것은 우리들의 추리가 아닙니다. 판명된 사실을 들려 드리는 겁니다.

당신 부인은 필립 드리스콜 씨와 사랑하고 있었습니다. 그래서 오늘 한 시 30분에 런던 탑에서 만나자는 편지를 보냈습니다. 그 편지가 그의 손에 들어간 것은 그의 주머니 속에 그것이 있었으므로 명백한 일입니다. 그 편지는 또 두 사람 사이가 소문나서 감시를 받게 된 것을 주의시키고 있었습니다. 그것을 읽고 드리스콜 씨는 새파랗게 질렸을 것입니다. 아시다시피 그는 상당히 엄격한, 그리고 또 굉장히 성미가 급한 아저씨 윌리엄 경의 도움으로 생활하고 있는 처지였거든요. 이러한 추문이 아저씨의 귀에 들어가게 되면 그 자리에서 유산을 취소당하리라는 것을 잘 알고 있었습니다. 겁을 먹은 드리스콜은 부인과 관계를 끊지 않으면 안 되겠다고 생각했습니다. 그러나 이 점은 나의 추측이니까 끝까지 주장할 수는 없습니다. 상황을 보아 그렇게 해석한 것이니까요.

그래서 그는 로버트 덜래이 씨에게 전화를 걸어서 어떻게 해서든지 해결할 수 있는 길을 가르쳐 달라고 만나기로 약속했습니다. 그런데 그 뒤 누군가가 다시 덜래이 씨에게 전화를 걸어 그 사람을 이 아파트까지 불러 냈습니다. 이상의 사실을 기초로 하여 나는 다음과 같은 결론을 끌어 내려고 합니다.

1. 드리스콜은 입장이 난처한 때면 언제나 덜래이 씨에게 달려가서 의논했다.
2. 드리스콜의 주위 사람들은 누구나 그것을 잘 알고 있었다.
3. 상식이 있는 사람인 덜래이 씨는 드리스콜을 설득시켜서 이러한 위험한 관계를 청산하도록 말해 온 것이 틀림없다.
4. 드리스콜도 또 그 의견에 따를 작정이었다. 그처럼 변덕 심한 젊은이가 애인과 몇 주일 동안이나 만나지 않고 있으면 마음이 변해 버리는 것도 이상한 일이 아니다.
5. 한편 그의 애인은 한 번 더 그와 단둘이서 만나게 된다면 옛날의 사이로 되돌릴 수 있다고 믿고 있었다.
6. 드리스콜의 애인은 그 날 아침의 전화 내용을 실러 비튼에게서 들었다. 실러 역시 그 날 아침 덜래이 씨에게 전화를 했다.
7. 드리스콜의 애인은 여자 목소리치고는 꽤 낮은 목소리이다.
8. 전화 속의 말은 너무나 빨라서 제 정신을 잃은 것 같이 들렸다. 말하려고 하는 뜻도 확실하지 않을 정도여서 누구의 목소

리라고 단정할 수 없었다."

해드리 경감은 기록을 취급할 때와 같이 냉정한 태도로 한 마디 한 마디 읽어 나갔다. 그 사이 깍지를 끼고 있던 그의 손 끝을 보니 마치 장단이라도 맞추고 있는 듯했다. 레스터 비튼은 얼굴을 감싸고 있던 손을 떼고 의자의 손잡이를 꼭 쥐고 있었다.

"이것은 나의 추찰(推察)입니다. 그러나 이것을 뒷받침할 만한 사실이 없는 것은 아닙니다. 편지에 적힌 밀회 시간은 한 시 30분. 그리고 그 한 시 30분은 드리스콜 씨가 살아 있는 모습을 보인 최후의 시간입니다. 그때 그는 역적문 부근에 서 있었습니다. 그런데 누군가가 다가와서 그의 팔을 쳤습니다. 한 시 30분에는 당신의 부인이라고 생각되는 여자가 역적문 부근을 빠른 걸음으로 지나가고 있었습니다. 부인은 굉장히 당황해 있었던지 어떤 증인과 정면으로 부딪쳤습니다. 그 증인이 그녀와 만난 장소는 이 방보다도 넓지 않은 곳이므로, 아무리 안개가 낀 날이라 할지라도 그녀의 모습을 똑똑히 볼 수가 있었던 겁니다.

마지막으로 드리스콜 씨의 시체는 역적문의 돌층계에서 발견되었습니다. 가슴에 무쇠 화살이 박혀 있었습니다. 그런데 그 흉기는 지난 해 당신 부인이 프랑스 남부에서 사 가지고 온 것으로, 부인의 집에 있었던 것이라고 생각됩니다."

해드리 경감은 잠깐 입을 다물고 레스터의 얼굴을 똑바로 쳐다보았다. 그리고 나서 다시 낮은 목소리로 덧붙였다.

"자료는 이만큼 다 갖춰져 있습니다. 나는 한낱 수사관에 지나지 않습니다만, 만일 눈치 빠른 검사에게 이만한 자료를 준다면 어떠한 결과가 나올지 비튼 씨, 당신도 상상하실 수 있겠지요?"

레스터는 뚱뚱한 몸을 일으켰다. 두 손이 부들부들 떨렸고 눈 언저리가 빨갛게 물들어 있었다.

"왜 그런 쓸데없는 생각을 하고 있지요! 아무튼 나하고 먼저 만나게 되어 다행이오. 그런 생각으로 갑자기 집사람을 체포하게 된다면 세상의 웃음거리밖에 되지 않을 거요. 자, 내 말을 잘 들어 보시오. 그런 위험한 억측은 한 마디로 날려 보내 줄 테니까요. 알겠소? 나는 어떤 사람을 시켜서 집사람이 런던 탑 안에 있는 동안 계속 뒤를 쫓게 해 두었단 말이오. 그 사람의 말을 들어 봐도 집사람이 드리스콜과 헤어졌을 때 그가 멀쩡하게 살아 있었다는 것을 증명할 수 있소!"

그 말을 듣자마자 해드리는 일어섰다. 검도 선수가 공격할 때와 같은 눈초리였다.

"당신이 여탐정을 쓰고 있었다는 것은 나도 알고 있습니다. 그렇기 때문에 당신은 오늘 밤에 이 더비스톡 아파트에 나타나신 게 아닙니까? 살인 사건이 일어났다는 소식을 듣게 되자 당신은 마음 편히 앉아서 여탐정의 보고를 기다리고 있을 수가 없었겠지요. 그 여탐정이 실제로 알고 있는 것이 있다면 이곳으로 데리고 와서 설명을 시켜 주시오. 그것이 안 된다면, 안됐습니다만 비튼 부인게 한 시간 안에 구속 영장을 신청하겠습니다."

레스터는 의자에서 펄쩍 뛰어올랐다. 미친 사람처럼 열쇠가 부서진 문을 떼밀고 나가서 쾅 하고 문을 닫고는 그대로 달려나가 버렸다. 발자국 소리가 홀의 타일에 부딪쳐 요란한 소리를 내면서 사라져 갔다.

랜폴은 이마에 스며 나온 땀을 닦았다. 목구멍이 바싹 마르고 가슴이 심하게 뛰고 있었다.

"나로서는 납득이 가지 않는군요, 해드리 씨. 어째서 그렇게 똑똑히 비튼 부인의 범행이라고 잘라서 말씀하실 수 있습니까?"

해드리 경감의 콧수염 밑에서 부드러운 미소가 떠오르기 시작했다. 다시 자리에 앉아 두 손을 모으고 그는 말했다.

"쉿! 소리가 크군요. 들리면 안 됩니다. 자, 어떻소? 내 연극이? 나는 배우 역할을 하는 데는 별로 자신이 없지만, 이따금 이런 수법을 씁니다. 오늘 것은 틀림없이 성공한 셈이지요?" 해드리는 미국인의 얼굴을 뚫어지게 바라보며 덧붙였다. "아무튼 말입니다. 지금 당신의 이야기를 들어 보니 내 연기는 성공했다고 자부해도 좋을 것 같은데요?"

"그러시다면 당신은 반드시 자신만만하지는 않은 거로군요?"

"전적으로 그렇다고는 생각지 않습니다." 주임경감은 웃음을 참으면서 말했다. "그 사고방식은 여러 가지 결점이 많군요. 비튼 부인이 드리스콜을 죽였다고 한다면 머리에 씌웠던 모자는 어떻게 된 겁니까? 모든 것이 넌센스가 될 염려가 있지요. 드리스콜은 한 시 30분에 역적문에서 가슴을 찔렸다고 하는데, 어떻게 두 시 10분 전까지 살아서 돌아다니는 것을 볼 수 있었을까요? 비튼 부인이 범인이라고 한다면 왜 곧 런던 탑을 빠져 나가지 않았을까요? 그와 반대로, 그 뒤 한 시간 가까이나 우물거리고 있다가 수사망에 걸려들고 만 것은 어떻게 설명할 수 있을까요? 덜래이에게 걸려 온 가짜 전화도 나는 자신 있게 설명할 수가 없군요. 덜래이가 오늘 아침 실러 비튼에게 전화를 걸어서 드리스콜과 만날 약속을 했다고 말한 것은 순전히 거짓말입니다. 나는 다만 여기서 비튼을 내려친다면 흥분해 있는 그의 입을 간단히 열 수 있으리라고 생각했을 뿐입니다. 이 정도의 연극은 결코 그리 큰 해를 끼치지는 않을 테니까요."

랜폴은 바닥 위에 부서져 있는 석고를 보면서 말했다.

"과연 좋은 생각이군요. 그 방법을 쓰지 않고서는 래킨이라는 여자는 바른 대로 말하지 않을 테니까요. 그 여자가 계속 비튼 부인의 뒤를 따라다녔다고 한다면 부인의 행동을 모조리 알고 있을 테니까 말이오. 그렇지만……."

해드리는 돌아다보고 문이 닫혀 있는지 확인했다.

"당신의 말씀대로입니다. 그렇지만 그 여자는 미행해서 얻은 정보를 경찰에 알려 줄 생각은 없을 겁니다. 오늘 심문 때만 보아도 잘 알 수 있지 않습니까? 아무것도 보지 못했다고 끝까지 잡아떼지 않았소. 입을 열지 않는 것이 그들의 상도덕이니까요. 경찰에 대해서 침묵을 지키다가 그 때문에 자기 몸에 위험이 덮쳐 오는 한이 있더라도 그것을 달게 받을 각오가 되어 있는 겁니다. 아니, 경우에 따라서는 그 여자의 마음 속에는 좀더 현실적인 생각이 있었는지도 모르지요. 협박을 할 의도가 있었다고 추측할 수 있는 겁니다.

그러나 우리가 만만치 않게 나왔기 때문에 그녀는 할 수 없이 비튼에게 보고했지요. 그렇기 때문에 그녀가 침묵을 지키게 되면 비튼은 아내의 혐의를 벗기기 위해서 온갖 이야기를 다할 것입니다. 우리도 그녀가 모든 것을 털어놓기만 하면 지금까지 보인 괘씸한 태도는 일단 덮어 주어도 좋다고 생각합니다. 지금쯤 비튼은 그녀의 입을 열게 하려고 크게 고생하고 있을 테지요. 우리가 직접 그녀를 문책하기보다는 우선 비튼에게 맡겨 두고 상황을 보는 편이 현명하겠지요."

랜폴은 모자를 치켜 올리면서 말했다.

"과연 당신답군요! 감탄했습니다. 그럼, 다음은 같은 방법으로 아버 씨의 입을 열게 하실 겁니까?"

"아버 씨!" 주임경감은 펄쩍 뛰었다. "깜박 잊고 있었군요. 자신의 수완을 자랑하는 데 정신이 팔려 그만 중요한 일을 잊고 있었습니다. 골더스 그린에 전화를 걸어야겠습니다. 곧 걸어야지……. 전화는 어디 있지요? 그건 그렇고, 여기다 형사를 세워 두었는데 어디로 가 버렸을까? 비튼이 들어와 있는데 어디다 정신을 팔고 있는 거지? 펠 박사도 밖으로 나간 채 돌아오지 않으니 대체 어디로 가 버렸을까?"

그는 계속해서 이 말을 되풀이했다.

바로 그 순간 문 저쪽 건물 안쪽에서 뭔가를 잡아당기는 것 같은 소리가 나더니 카랑카랑한 금속성의 소리가 크게 들려 왔다.

"아이쿠, 실수했는데!"

어딘가 먼 곳에서 이런 소리가 들려 왔다.

"염려할 것 없소. 더 이상 부수고 싶어도 이젠 인형이 없으니까. 지금 그 소리는 부엌 찬장에 있는 가사 도구 바구니를 떨어뜨린 소리요."

해드리와 램폴은 소리나는 쪽으로 달려갔다. 박사가 나간 문을 열어 보니 좁은 복도가 똑바로 계속되었다. 그 도중에 두 개의 문이 열려 있었다. 왼쪽 문은 서재와 침실로 통하고, 오른쪽 문은 욕실과 식당으로 통하게 되어 있었으며, 부엌은 복도가 끝나는 곳에 있었다.

방이 난잡하게 어질러져 있었다. 본디 드리스콜은 그리 깨끗하게 정돈하는 성질이 아닌 것 같았다. 게다가 누군지 당황해 하면서 서재를 뒤진 듯 발 디딜 틈도 없을 만큼 마구 널려 있었다…….

방바닥에는 서류가 흩어져 있고 책장의 책은 거의 다 내팽개쳐져 있었다. 책상 서랍은 모조리 열리고, 휴대용 타이프라이터는 덮개가 벗겨진 채 전화의 코드와 서로 얽혀 있었다. 카본페이퍼 위에 꽁초가 흩어져 있고 잉크병은 완전히 엎어져 있었다. 타이프라이터 위를 비추도록 되어 있는 스탠드는 녹색 덮개가 찌그러져 있고, 난로의 철책은 열린 채였다. 드리스콜의 아파트에 침입한 인물은 이 서재에 들어오는 것이 목적이었음이 분명해졌다.

해드리는 급히 다른 방들을 들여다보고 다녔다. 펠 박사도 부엌에서 나와 합류하였다. 침실에는 잠자리가 마련되지 않았다. 이곳에도 서랍이 모두 열려 있었으나 속의 것은 모두 여자 사진뿐이었다. 이것으로 미루어 보아도 드리스콜이라는 청년은 여자 방면에 상당한 인물이었다고 생각되었다. 하긴 사진을 보니 모두들 하녀 티가 나는 여자들뿐이기는 했지만…….

이곳에서도 서랍 속만을 조사한 것 같았다. 식당에는 전혀 손을 대지 않았다.

보통 때 드리스콜은 이곳에서 한 번도 식사를 한 적이 없었겠지만, 다른 용도로 잘 이용하고 있었던 것 같다. 찬장 위에 두 줄로 놓인 큼직한 소다 사이펀이 빛나고 있었다. 전등 아래에는 빈 술병이며 더러워진 술잔들, 칵테일 셰이커, 재떨이, 오렌지 껍질들이 지저분하게 널려 있었다.

해드리 경감은 싱긋 웃으면서 전등 스위치를 눌렀다.

그 옆에서 펠 박사가 말했다.

"식당뿐만이 아닐세. 부엌도 역시 칵테일을 만들기 위해서 있는 것 같아. 게다가 '코코아'라고 쓴 깡통 속에 들어 있는 수상한 물건을 봄으로써 고 드리스콜 씨에 대한 나의 평가는 자꾸만 떨어지기만 한단 말일세. 거실만은 예외로 깨끗했지만, 그것은 언제 야단을 잘 치는 아저씨가 찾아올지 모르기 때문이겠지. 실제로 그가 살고 있던 곳은 이 식당과 부엌만이라고 생각해도 잘못은 아닐 걸세."

박사는 부엌문 앞에 서서 지껄이고 있었다. 팔에 걸고 있는 가사 도구를 담는 바구니의 손잡이가 금속성의 소리를 내고 있었다.

"가사 도구 바구니라고 하셨지요? 무엇을 찾고 계십니까? 출입문 열쇠를 부순 드라이버를 찾고 계셨나요?"

"무슨 소리를 하는 건가!" 박사는 바구니를 흔들면서 말했다.

"여자가 방으로 침입해 들어와서 부엌까지 연장을 찾으러 갔다가 다시 한 번 정성껏 열쇠를 부쉈다고 말하는 건가?"

"거기에 대해서는 아무 말도 못 하겠습니다. 누군가가 외부에서 침입했다는 인상을 주기 위해서 그랬는지도 모르니까요."

"그것도 그렇군. 자네 말에도 일리가 있어. 그러나 내가 찾고 있던 것은 그런 물건이 아닐세. 전혀 종류가 다른 기구를 찾고 있었다네."

"그렇지만 박사님" 하고 주임경감이 말했다. "부엌을 뒤지는 시간에 우리는 비튼을 심문하는 것이 훨씬 더 흥미 있었을 거라고 생각합니다만……."

박사는 고개를 끄덕였다. 안경의 검은 리본이 흔들거렸다. 중절모 때문에 얼굴 윗부분이 가려져서 뚱뚱한 산적 같은 느낌이 더욱 짙어졌다.

"여러 가지로 알아 냈겠지. 그는 사립 탐정의 보고를 듣고 싶어서 여기까지 왔을 거요. 자네는 그에게 겁을 주어서 래킨 부인의 행동을 캐내려고 했어. 그래서 나는 그것을 자네한테 맡겨 버리면 된다고 생각하고 일부러 자리를 피한 것일세. 나까지 있을 필요가 없다고 생각했기 때문이지. 내버려 둬도 자네가 잘 정리해서 보고서를 만들어 줄 테니까. 게다가 나는 그다지 그의 필요성을 느끼고 있지 않다네. 왜냐하면 그 여자가 지껄여 댈 말 정도는 벌써 짐작하고 있거든. 그보다는 서재를 살펴보면서 드리스콜의 성격 같은 것을 짐작해 보는 게 더 효과 있는 일이라고 생각했던 걸세."

"여전히 박사님은 자신만만하시군요." 그러고 나서 해드리는 웅변이라도 시작하려는 듯이 몸짓을 크게 하면서 말했다. "박사님은."

"알았네, 알았어." 박사는 비꼬듯이 그의 말을 가로막았다. "어차피 나는 치기가 넘치도록 많다는 말을 듣게 되는 것쯤은 각오하고 있네. 거짓말을 하고 있는 게 아니니까 내 말을 진지하게 생각해 줘도 좋잖나. 문제는 드리스콜의 성격일세. 서재에서 발견한 것이지만, 그의 사진 가운데 정말 흥미로운 것이 몇 장 있더군. 자, 이것이 그 가운데 한 장인데, 그는……."

이때 복도의 조용한 공기를 진동시키는 전화가 날카롭게 서재에서 울렸다.

X19호

"무슨 전화지? 뭔가 새로운 단서라도 찾아 냈나……. 잠깐만 기다려 주십시오. 전화 받고 올 테니까."

해드리는 급히 서재로 뛰어갔다. 펠 박사와 랜폴도 그 뒤를 따랐다. 박사는 경감에게 전화를 못 받게 하고 싶었던 것이다. 랜폴은 왜 그렇게 해야 하는지 이해가 가지 않았다. 주임경감은 수화기를 들었다.

"여보세요, 여보세요……. 나는 경시청의 해드리 경감인데요……. 누구세요? 아아, 그래요……."

경감은 뒤를 돌아다보고 말했다. 말투로 미루어 보아 분명히 실망한 것 같았다.

"실러 비튼한테서 온 전화 같습니다."

그대로 그는 잠시 동안 기다리고 있었다.

"네, 좋습니다. 저도 한 번 뵙는 것이 좋다고 생각하고 있었습니다……. 상관 없고 말고요. 언제쯤 오시겠습니까?"

펠 박사가 급히 다가섰다.

"여보게, 해드리. 잠깐만!"

해드리는 놀라서 수화기를 손바닥으로 막으면서 물었다.

"왜 그러시지요?"

"오늘 밤에 실러가 이곳으로 온다는 건가?"

"필립의 소지품을 집으로 가지고 오라고 윌리엄 경에게서 지시를 받은 모양입니다."

"그래, 누구하고 같이 올 건지 좀 물어 보게."

"네, 물어 보겠습니다."

해드리는 의아스럽다는 듯이 눈살을 찌푸렸다. 박사의 얼굴에는 전화로 상대방이 정체를 밝히지 않고 이야기할 때와 같은 그 심술궂은 표정이 떠올라 있었던 것이다. 해드리 경감은 전화로 이야기하고 있다가 이쪽을 보고 말했다.

"덜래이 씨가 같이 온답니다."

"그럼 틀렸는걸. 나는 그 저택에 사는 사람 가운데 누군가와 이야기하고 싶었는데. 그것도 그 집에서 떨어진 곳에서 말일세……. 이것은 꼭 알맞는 절호의 기회가 아닌가. 꼭 이용하고 싶네. 나에게 직접 말하게 해 주겠나?"

해드리는 어깨를 으쓱하면서 수화기를 박사에게 건네주었다.

"아아, 여보세요. 여보……."

박사는 여자를 상대로 할 때 내는 부드러운 목소리를 내려고 애쓰는 것 같았다. 그러나 유감스럽게도 상대편에게는 물이라도 벌컥벌컥 들이켜고 있는 듯한 소리로 밖에 들리지 않는 모양이었다.

"비튼 양이신가요? 펠 박사요. 해드리 경감의…… 저, 단짝이지요……. 호오, 알고 계시다고요? 약혼자한테서 들으셨다고요? 그래요…… 그래서?"

수화기 속에서는 아름다운 목소리가 들려 오고 있었다. 랜폴은 조금 전에 래킨 부인이 예쁘장한 금발의 여인이라 말한 것을 생각해 내고 싱긋 웃었다. 펠 박사는 수화기에 대고 사진을 찍을 때처럼 짐짓 웃는 얼굴을 지어 보였으나, 이윽고 다시 지껄여 대기 시작했다.

"비튼 양, 가지고 가시려는 짐은 부피가 상당합니다……. 그리고 덜래이 씨는 열 시까지 런던 탑으로 돌아가야 할 텐데……. 누구라도 한 분 더 같이 올 사람은 없습니까? 운전 기사는 어떻습니까? 그럼 집사는요? 이름이 뭐지요? 맥스라고요? 알겠습니다. 윌리엄 경이 항상 자랑하고 계시는 사람이군요. 그 사람과 같이 오실 수 있겠습니까? 윌리엄 경은 안 됩니다. 피곤하실 텐데, 더 괴롭혀 드리게 되니까요. (여기서 박사는 뒤를 돌아보고 '그녀가 울고 있어' 하고 말했다.) 뭐라고요? 경은 벌써 주무신다고요? 그러시겠지요. 그렇게 하시는 것이 좋을 겁니다. 그럼, 비튼 양, 기다리겠습니다."

박사는 언짢은 얼굴로 경감을 보더니 팔에 걸고 있던 가사 도구 바구니를 흔들어 보였다.

"정말 솔직하게 말을 하는 아가씨로군. 나보고 바다코끼리라고 말하지 않겠나. 만일 여기에 유머작가가 있었더라면 '바다코끼리와 목수'라는 글을 쓰게 될 거라고 말이지."

박사는 소리를 내어 가사 도구 바구니를 내려놓았다.

"와트슨 선생." 해드리 경감이 랜폴을 향해 말했다. "당신 덕분에 생각이 났습니다. 골더스 그린의 경찰에 전화를 걸랬으니, 자리를 바꿔 주실까요?"

그러고 나서 그는 꽤 오랜 시간을 끌면서 경시청을 통하여 장거리 전화를 걸게 하여 명령을 전달했다. 그가 야근하는 경사한테 아버의 별장을 지키고 있는 형사에게 연락이 닿거든 이쪽으로 전화를 하라고 말했을 때, 거실 쪽에서 발자국 소리가 들려 왔다.

레스터 비튼이 래킨 부인의 입을 열게 하는 데는 꽤 긴 시간이 걸린 모양이다. 레스터는 흥분하여 얼굴이 벌개 가지고 거실 안을 돌아다니고 있었다. 래킨 부인은 그와 반대로 런던 탑에 있을 때보다 한층 더 굳은 표정으로 정면의 창문 밖을 내다보고 있었다. 그녀의 옆얼굴은 이젠 아무렇게나 되어도 좋다는 듯한 각오가 선 듯했다.

해드리의 발소리를 듣고 그녀는 싸늘한 눈초리로 돌아다보았다.

"역시 경시청 분들은 굉장하군요"라고 말하는 그녀의 입술은 떨리고 있었다. "저는 비튼 씨에게 부인에 관한 한 아직 보고할 자료가 없다고 말씀드렸지요. 그러니까 이분은 당신들이 뭐라고 하든 잠자코 있었으면 아무 일도 없었을 텐데. 더욱이 당신들이 섣불리 체포하여 문제가 되면 큰일이라는 생각을 갖게 할 수 있었을는지도 몰라요. 그런데 이분은 겁을 집어먹고 지껄여 버린 모양이군요. 그렇지만 나는 어차피 약속대로 사례금을 받아 낼 테니까 상관 없지요."

래킨 부인은 어깨를 치키면서 주장했다. 해드리 경감은 다시 가방을 열고 서류를 꺼냈다. 접은 종이 쪽지 한가운데에 수배 사진이 한 장 붙어 있었다. 그 가운데 한 장은 옆얼굴이었다.

"아만다 조제트 래킨. 별명 아만다 리즈. 별명 조지 심프슨. 보통 '에미'라고 부르며 절도 상습범임. 주로 큰 백화점에서 보석류를 노림. 최근에는 뉴욕에서."

"이젠 됐어요!" 에미가 가로막았다. "그 따위 일들은 현재의 나와 아무 관계도 없어요. 이젠 깨끗이 손을 뗐으니까요. 지금은 착실하게 일을 하고 있잖아요. 비튼 씨에게 물어 보면 어떤 곳에서 일하고 있는지 아실 거예요. 훌륭한 직업 부인이란 말이에요!"

해드리는 서류를 접어서 가방 속에 도로 집어 넣었다.

"사립 탐정에도 여러 가지가 있지만, 우선 당신이 하고 있는 일은 착실한 거라고 생각해 주지요. 그러나 래킨 부인, 앞으로 우리는 결코 당신의 행동에서 눈을 떼지 않을 거요…… 그리고 이번 사건에 대해 정직하게 모든 것을 말해 준다면, 조지 심프슨의 전력에 대해서는 당신의 고용주인 탐정소 소장에게 일체 알리지 않겠소."

여자는 두 손을 허리에 올려놓은 채 경감의 표정을 탐색하듯이 지켜보고 있었다. 그러는 동안에 래킨 부인의 태도는 차츰 달라지기 시작했다. 낮에는 코르셋을 꼭 끼게 입고 몸에 꼭 달라붙는 옷을 입어 아까운 청춘을 여교사 생활로 보내고 만 듯한 모습이었으나, 지금은 그런 딱딱한 인상이 하나도 보이지 않았다.

래킨 부인은 의자에 몸을 던지더니 담배 상자 속에서 담배를 한 개 꺼내어 구두 발꿈치에 붙어 있는 성냥으로 불을 붙였다.

"이번 뒷조사는 좀 시간이 걸렸어요. 두 사람 모두."

"쓸데없는 소리는 하지 마시오!" 레스터 비트는 큰 소리로 외쳤다. "경찰은 지금 두 사람의 소행 같은 것을 문제삼고 있는 게 아니오. 이 사람들, 이 사람들이 떠들어 대는 것은 살인 사건이오!"

"그래요, 남녀 관계 같은 것은 아무래도 좋지요……. 그러니 해드리 경감님, 무슨 말을 해 드리면 좋을까요?"

"오늘 당신의 행동을 빠짐없이 이야기해 주었으면 하오."

"좋아요. 이야기해 드리지요. 내가 하고 있는 장사에서 우선 첫째로 신경을 쓰는 것은 우편 배달부예요. 나는 늘 아침 일찍 일어나서 배달부가 오기를 기다리고 있지요. 맨 처음에는 1호실——제 방이에요——우편함에 집어던져 넣고, 그러고 나서 복도 저쪽으로 가거든요. 나는 시간을 보아서 문 밖에 우유병을 가지러 가는 척하고 밖으로 나가서 마침 배달부가 2호실의 우편물을 가방 속에서 꺼내고 있을 때 필요한 편지가 와 있는지 없는지 확인하는 것은 아주 쉬운 일이지요. 왜냐하면 X19호——나는 이 부호를 사용하여 문제의 그 여인을 보고하고 있어요——는 언제나 엷은 자주색 봉투를 쓰기 때문에 아무리 먼 곳에서 보아도 곧 알아볼 수 있어요."

"그렇다고 하더라도 어떻게 그 편지함 X19호에서 온 것을 알 수 있었지요?"

"쓸데없는 질문은 하지 마세요. 명예로운 미망인이 다른 열쇠를 사용하여 남의 방에 뛰어들겠어요? 물칠을 해서 봉투를 뜯고 있는 것을 발견당한다면 멋적을 게 아니에요.? 사실 저는 맨 처음 편지가 왔을 때 엿들었던 거예요.

아무튼 그 날 아침 엷은 자주색 편지가 왔기 때문에 X19호는 일요일 밤에 런던으로 돌아왔다는 것을 짐작할 수 있었어요. 그래서 나는 아침부터 계속 눈을 반짝이고 있었던 거지요. 오직 한 가지 나도 깜짝 놀란 일은, 내가 그 날 아침 우유병을 가지러 나가니까 드리스콜 씨도 저쪽에서 우유병을 가져가지 않겠어요. 그 사람은 여느 때에는 늘 12시 전에 일어난 적이 없는데, 그 날은 벌써 외출 준비까지 끝내고 있었어요. 어쩌면 전날 밤부터 잠을 자지 않았는지도 모르지요. 문이 활짝 열려 있었기 때문에 우편함 속이 환히 들여다보였어요."

래킨 부인은 의자 속에서 방향을 바꾸어서, 쥐고 있던 담배로 문에 붙어 있는 쇠그물 바구니를 가리키며 말했다.

"드리스콜은 저 같은 것은 쳐다보지도 않았어요. 한 손에 우유병을 든 채 다른 한 손을 우편함 속으로 집어 넣어서 그 편지를 꺼내더니 약간 싫은 듯한 표정을 지었지요. 봉투를 뜯어 보지도 않고 주머니 속에 쑤셔 넣고는 제가 보고 있는 것을 눈치채자 깜짝 놀란 듯이 문을 닫아 버리고 말았어요.

그래서 저는 생각했던 거예요. '아아, 오늘 어딘가에서 만날 작정이구나.' 그렇지만 저의 임무는 남자 편을 따라 다니는 것이 아니라 X19호의 행동을 조사하는 데 있기 때문에."

"당신은 그것을 굉장히 오랫동안 해 온 것 같은데요."

"그래요. 탐정이라는 일은 굉장히 시간이 걸리거든요. 게다가 솔직히 말해서 이렇게 좋은 일을 그렇게 간단히 끝내 버릴 필요가 없잖아요……. 하지만 정말은 여간해서 기회가 없었던 거예요. 꼭 한 번 있기는 했었는데, 그것은 두 주일 전의 일로, 극장인가 어디에서 두 사람이 함께 돌아온 적이 있었어요. 두 사람 다 꽤 취해 있었지요. 나는 건너편 문을 뚫어지게 노려보고 있었지만, 약 두 시간 동안 아무 소리도 나지 않았어요. 안에서 무엇을 하고 있는가 하는 것쯤은 물론 눈치채고 있었지만 말예요.

그 뒤 방문이 열렸어요. 여자를 집으로 바래다 줄 작정인지 남자도 같이 나오더군요. 홀은 전등이 모두 꺼져 있었기 때문에 아무것도 보이지 않았지만 말소리만은 똑똑히 들려왔어요. 들어올 때보다 훨씬 더 많이 취해 있더군요. 물론 여자도요. 남자는 말할 수 없이 곤드레가 되어 그 자리에 서서 또다시 서로 변치 않은 사랑을 영원히 맹세하고 있는 것 같았어요. 남자 쪽은 이런 이야기까지 하고 있었어요. '지금 하고 있는 일이 성공하면 신문사에서 좋은 자리에 앉게 될 거야. 그렇게 되면 곧 결혼하기로 하지.' 이런 말을 몇 번이나 되풀이해서 지껄였던 거예요.

그렇지만 사나이들이란 술에 취하면 정해 놓고 그런 말을 하는 법이거든요. 특히 그 드리스콜 같은 사나이는 믿는 사람 쪽이 좀 이상할 정도지요. 이전에도 X19호가 여행을 떠나고 없으니까 그 사이를 못 참아서 빨간 머리 계집아이를 데리고 들어왔지 뭐예요. 거기까지는 괜찮지만 기가 막혀서, 그 아이에게도 똑같은 말을 하는 게 아니겠어요. X19호가 깊이 빠져 있는 것만큼 남자 쪽도 그녀에게 반한 것 같지는 않았어요. 빨간 머리 계집아이에 대해서는 특별히 조사를 의뢰받은 것은 아니지만, 그날 밤 방으로 들어오는 길에 드리스콜이 그 계집아이의 허리를 안고 계단을 휘청거리면서 내려오는 걸 봤단 말예요. 계집아이는 휘청거리는 사내를 붙잡아 주려고 애쓰고 있었지만 그는 미끄러져서 '제기랄!' 하고."

"닥쳐!"

레스터 비튼은 갑자기 고함을 질렀다. 그는 창가에 서서 커튼으로 몸을 감추듯이 하고 있었으나, 참을 수가 없었던지 돌아보고 소리를 질렀다.

"보고서에는 그런 말이 써 있지 않았어!"

"너무 옆길로 들어선 모양이군요."

래킨 부인은 레스터를 똑바로 쳐다보았다. 선이 굵은 여인의 모난 얼굴은 이젠 한창 때라고는 할 수 없지만, 그렇다고 해서 중년 부인이라고 딱 잘라 말하는 것도 맞지 않을 듯 싶었다. 그녀는 약간 얼굴을 찡그리면서 귀 위를 덮은 머리칼을 쓸어 올렸다.

"그렇게 하나에서 백까지 모두 보고하라는 것은 무리한 일이에요. 대체 그런 사나이들이란 모두 다 그렇거든요…… 주인 양반도 그렇게 빼기지만 않는다면 참으로 좋은 사람인데…….

그럼, 지금부터 오늘 있었던 이야기를 하겠어요. 나는 옷을 갈아입고 버클레이 스퀘어로 갔어요. 그러자 운 좋게도 그녀가 집에서 나오고 있더군요. 그런데 그 다음이 큰일이었어요. 아무도 믿지 않을지 모르지만, 그녀는 버클레이 스퀘어부터 런던 탑까지 걸어서 가지 않겠어요! 나는 뒤를 따라가다가 넘어질 뻔했어요. 왜냐하면 자동차를 타고 가면 미행할 수가 없게 되고, 너무 멀리 떨어져 버려도 안개가 짙어 잃어 버릴 염려가 있으니……."

래킨 부인은 담배를 비벼 껐다. 그녀는 이야기를 계속했다.

"나는 런던 탑이 처음이 아니거든요. 전 남편과 같이 가 본 일이 있어요. 교육상 꼭 봐야 된다고 하길래……. 그래서 내가 망을 보고 있으려니까 그녀는 탑 안의 입장권을 모조리 사는 거였어요. 할 수 없이 나도 모두 다 샀지요. 어디로 들어갈지 모르니까 말예요. 그건 그렇고, 나는 그때 생각했어요. 밀회를 하는데 왜 런던 탑 같은 색다른 곳을 택할까 하고요. 하지만 그 순간 나도 눈치채게 됐어요. 과연 이런 장소에서 밀회를 하게 되면 발견될 염려가 없겠구나, 시골로 여행을 하는 동안 그녀는 남편이 수상하게 여기고 있다는 것을 깨닫고, 밀회 장소도 굉장히 연구해서 정했구나 하고."

해드리 경감이 옆에서 물었다.

"지금까지 두 사람은 그 장소에서 만난 적이 없겠지요?"

"내가 미행하기 시작한 뒤로는 한 번도 없었어요. 우선 내 말을 들어 보세요. 차츰 사정을 알게 될 테니까요."

여자는 이야기를 하고 있는 동안 차츰 태도가 얌전해졌다. 솔직하게 사정을 설명하기 시작한 것이다.

로라 비튼이 탑에 도착한 시간은 1시 10분. 입장권과 안내서를 사가지고 찻집에 들어가서 샌드위치와 우유를 주문했다. 식사를 하고 있는 동안 부인은 줄곧 시계를 들여다보면서 조금도 차분한 데가 없이 조마조마해하는 모습이었다.

"그렇지만" 하고 래킨 부인은 설명을 덧붙였다. "그때 그녀가 오늘 오후 신문에서 보았던 것과 똑같은 화살을 가지지 않은 것만은 확실해요. 숨기고 있었다면 안주머니 속에 들어 있었을 텐데, 그녀는 식사를 끝내자 외투를 펼치며 빵조각을 털었는데 아무래도 그렇게 큰 물건은 결코 들어 있는 것 같지 않았어요."

1시 20분에 로라 비튼은 다방을 나와서 빠른 걸음으로 탑 안에 들어갔다. 중탑 부근에서 잠깐 서서 부근의 형편을 살펴보다가, 다음에는 또 쟁소의 탑 부근에서 안내서인 지도를 펼치고 그 주위를 둘러보았다.

"나는 그때 그녀의 기분을 알 것 같았어요." 래킨 부인은 설명을 덧붙였다. "그런 곳에서 언제까지나 매춘부처럼 벽가에 눌어붙어 서 있는 건 정말 싫었을 거예요. 그러나 역적문에서 혈탑으로 가려면 반드시 그곳을 지나야 되니까 거기 서 있기만 하면 사나이가 오는 걸 놓칠 리가 없지요. 그래서 그곳을 떠날 생각이 나지 않았을 거예요.

그녀는 될 수 있는 한 천천히 그 길을 걷고 있었어요. 그녀는 길 한가운데를 걷고 있었고, 나는 또 나대로 안개 때문에 그녀의 모습을 놓치지 않을 만큼 거리를 바싹 붙여서 걸어갔지요. 그런데 역적문 있는 데까지 가자 그녀는 갑자기 오른편을 쳐다보고 나서 걸음을 멈췄어요."

랜폴은 메이슨 장군의 부하인 파커의 이야기를 생각해 냈다. 필립 드리스콜이 장군의 거실 창문에서 밖을 내다보다가 해자의 길에서 그를 기다리고 있는 여자를 발견한 모양이다. 그러자 곧 드리스콜은 잠깐 산책을 하고 오겠다면서 방을 나간 것이다. 미국인의 머리에는 안개가 자욱한 음울한 광경이 똑똑히 눈 앞에서 떠올랐다. 로라 비튼이 흥분하여 얼굴을 붉히면서 그 부근을 돌아다니고 있다. 갈색 눈동자는 초조한 나머지 흐려졌고, 안내서를 돌돌 말아 손바닥을 치면서 난간 옆에 서서 남자를 기다리고 있다. 드리스콜은 계단을 뛰어내려가 킹스 하우스 밖에서 아버와 맞부딪치게 됐다.

래킨 부인은 아직도 말을 계속했다.

"역적문의 오른쪽 출입문 앞까지 오자 그녀는 갑자기 걸음을 멈췄어요……. 나는 당황하여 보이지 않도록 같은 벽쪽에 붙어서 망을 보고 있었지요. 그러자 혈탑의 아치 밑에서 골프 옷을 입은 몸집 작은 사나이가 나타난 거예요. 주위를 힐끗힐끗 돌아보면서 빠른 걸음으로 이쪽으로 다가오고 있었어요. 아직 그는 X19호를 보지 못한 것 같았어요. 왜냐하면 여자는 문에다 몸을 바싹 붙이고 서 있었기 때문에 안개 속이라 똑똑히 보일 리가 없었거든요.

지금 와서 생각해 보니 그 사람이 바로 드리스콜이었어요. 그렇지만 저는 그렇다고 단언하지는 못하겠어요. 그녀도 처음에는 몰라본 것 같았으니까요. 왜냐하면 사나이는 그 반대쪽에서 오게 되어 있었으니까요. 그러고 나서 사나이는 그 부근을 오락가락하면서 나중에는 난간 쪽까지 가 보기도 했어요. 이어서 뭐라고 투덜거리더니 성냥 긋는 소리가 들려 왔지요.

여기가 가장 중요한 대목이에요. 당신들은 기억하고 계실지는 모르지만 혈탑에서 나오는 데 있는 아치는 적을 막는 나무문 역할까지 하게 되어 있어서, 역적문으로 내려가는 돌층계 부근에 7, 8피트 높이의 기둥이 몇 개나 서 있지요. 그러므로 통로에서 똑바로 쳐다보기만 해서는 그 기둥들 때문에 돌층계의 난간이 가려서 안 보여요. 나는 그 점을 이용하여 저쪽이 못 보도록 하면서 2, 3피트 가까이까지 접근할 수 있었어요.

다가오는 사람이 드리스콜이라는 것을 알았는지 X19호는 숨어 있던 곳에서 재빨리 나와 모퉁이를 돌아서 난간 쪽으로 걸어갔어요. 나도 물론 그 뒤를 쫓았는데, 다행히 안개가 짙어서 발견되지 않고 끝난 셈이지요."

래킨 부인은 담뱃갑에서 담배를 또 한 개 꺼내었다. 그녀는 몸을 앞으로 숙이듯이 하며 말을 이었다.

"나는 본 그대로 이야기하고 있는 거예요. 하나도 꾸민 것은 없으니까 그렇게 아시고 들어 주세요. 그래서 나는 두 사람의 대화를 엿듣게 됐어요. 이야기는 그렇게 길지 않았어요. 엿듣는 데는 익숙해 있기 때문에 들은 그대로 말해 드릴 수 있어요. 처음에 남자가 이렇게 말했어요. '로라, 왜 이런 곳에서 만나자고 했지? 이곳에는 친구들이 많단 말이야. 그건 그렇고, 우리들 사이가 탄로난 게

정말이야?'

여자가 거기에 대해 대답하는 것은 목소리가 너무 낮아서 듣지 못했지만 아마 그곳에서 만나자고 한 이유를 설명하는 것 같았어요. 그러고 나서 남자는 다시 되풀이해서 두 사람 사이가 폭로된 것이 정말이냐고 끈질기게 묻고 있었어요. 여자는 그렇다고 대답하면서 '그래도 당신은 나를 사랑해 주시겠지요?' 하고 묻더군요. 그러자 남자는 '물론 사랑하고 있어. 그렇지만 곤란하게 됐는데' 하며 진심으로 걱정하는 모양이었어요. 그리고 나서 두 사람은 차츰 목소리가 커지더니 아저씨라는 사람에 대해서 이야기하고 있었어요.

그러더니 사나이는 갑자기 화제를 바꾸어 이런 말을 했어요. '로라, 깜박 잊고 있었는데 난 여기서 좀 중요한 용무가 있어. 별로 시간이 걸리는 일은 아니지만 끝내 버리지 않으면 큰일나게 되거든.' 그의 목소리는 떨리고 있었어요. 그리고 계속해서 이렇게 말했어요. '우리들이 이렇게 함께 있는 것이 발견되면 재미없을 테니까, 내가 일을 끝낼 때까지 웨이크필드 탑에 가서 보관(寶冠)이라도 구경하고 있어. 그리고 나서 천천히 열병장 쪽으로 걸어가는 사이에 내가 따라갈 테니까. 지금은 아무것도 묻지 말고 내가 하라는 대로만 해요.'

이렇게 말하고 나서 그는 걷기 시작했어요. 나는 눈에 띄면 안 되므로 약간 뒤로 물러서서 멀어져 가는 남자의 발자국 소리를 들었어요. 남자는 걸어가면서 괜찮을 테니까 아무 염려 말라고 여자에게 말해 주는 것 같았어요.

그 뒤 여자는 2, 3분쯤 그 부근을 서성이고 있더니 통로 쪽을 향해 걷기 시작했어요. 그때 힐긋 나를 쳐다보는 것 같았는데, 그다지 신경 쓰지 않고 그대로 혈탑 쪽으로 걸어가 버리더군요. 나는 물론 그 뒤를 미행했지요. 그렇지만 남자는 어디로 가 버렸는지 알 수가 없었어요. 아마도 똑바로 걸어가 버린 것 같았는데, 아무튼 그때가 한 시

30분이었어요."

해드리 경감이 몸을 앞으로 내밀며 말했다.

"미행했다고 했지요? 그때 그 여자가 누군가와 부딪치지 않던가요?"

"누군가와 부딪쳤느냐고요?" 래킨 부인은 눈을 깜박거리면서 되풀이 말했다. "보지 못한 것 같은데요. 하긴 나는 혈탑의 큰 아치에 들어갈 때는 될 수 있는 대로 벽에 붙어서 걸었거든요. 그녀가 뒤돌아보면 안 되니까 말예요. 듣고 보니까 누군가와 서로 스쳐 지나갔던 것 같기도 하군요. 그러나 너무 안개가 짙어서 아치 안은 지옥같이 캄캄했어요. 도중에 그녀는 이상한 모자를 쓴 위병에게 물어 봤어요. 보관실로 가려면 어디로 가느냐구요. 위병은 바로 옆문을 손짓해 주었지요. 나는 다시 그곳에서 거리를 좀 두고 뒤따라갔어요."

래킨 부인은 담배에 불을 붙이기 위해 잠깐 입을 다물었다.

"이것이 모두예요. 그 두 사람은 그 뒤 다시 만나지 않았어요. 이 점은 제가 책임을 지겠어요. 남자는 두 번 다시 나타나지 않았어요. 누가 죽였는지는 잘 모르지만, 그녀가 아닌 것만은 확실해요. 왜냐하면 나는 계속 그녀 뒤를 미행했으니까요. 그리고 두 사람이 헤어지고 나서 여자 쪽이 혈탑을 향해 걷기 시작했을 때, 나는 한 번 그 돌층계를 내려다봤어요. 그전에 밀회 장면을 엿볼 때는 목을 길게 빼고서 혈탑으로 통하는 아치를 바라보고 있었으며, 돌층계에서 밑에 있는 역적문으로 떨어지지 않도록 뒤로 난간을 붙잡고 있었지요. 그래서 걷기 시작할 때 다시 한 번 아래쪽을 내려다 보았지만 시체 같은 것은 없었어요.

그 뒤부터는 계속 그녀를 지키고 있었어요. 보관실로 들어갔기 때문에 나도 따라서 들어가 보니까, 그녀는 제대로 보물 구경도 하지 않고 마음이 조마조마한지 창 밖만 내다보고 있었어요. 나는 먼저 그곳을 나와 버렸지요. 왜냐하면 우물우물하고 있다가 눈치채이게 되면 재미가 없으니까요. 그러고는 웨이크필드 탑으로 옮겨 와서 거기 있는 작은 발코니에서."

"로레이 경의 길 말이군요?" 주임경감이 펠 박사를 힐긋 쳐다보면서 말했다.

"내려다보고 있으면 보관실에서 나오는 사람은 하나도 빠짐없이 다 눈에 보이는 곳이에요. 왜냐하면 출구는 한 군데밖에 없으니까요. 그래서 나는 그곳에서 기다리기로 했어요. 그녀는 얼마 안 있다가 나와서 통로 한복판에 서서 잠시 동안 앞을 바라보고 있었어요. 길을 똑바로 가게 되면 차츰 길이 높아져서 결국 바깥 빈 터로 나갈 수 있게 되지요."

"탑의 광장 말이로군요."

"그래요. 광장이라는 이름이었어요. 그녀는 그쪽을 향해 걷기 시작했어요. 왠지 휘청거리는 것이 불안한 모습이었어요. 나도 그때까지처럼 그녀 뒤를 미행해 갔지만 광장에 도착하고 나서도 그녀는 별로 한 일이 없었어요. 그곳은 좀 높직한 곳이어서 안개도 엷고 시야가 좋았어요. 그녀는 위병에게 말을 걸기도 하고 시계를 들여다보기도 하면서, 차분한 태도는 조금도 없었지만 그래도 끝까지 잘 기다리고 있었어요. 저 같으면 그렇게 참지 못했을 거예요. 젖은 벤치에 걸터앉아서 움직이지도 않고 기다리고 있었지요. 30분 이상이 지나서 겨우 일어섰지만, 그러고 나서부터는 당신들이 더 잘 알고 계시잖아요?"

래킨은 날카롭게 모든 사람의 얼굴을 돌아보고 나서 담배 연기를 길게 내뿜으며 말했다.

"누가 드리스콜을 죽였는지는 몰라도 그녀가 아니라는 것만은 확실해요."

비튼 양의 수다

래킨 부인의 이야기는 끝났지만, 잠시 동안 아무도 입을 열지 않았다. 방 안은 쥐 죽은 듯이 조용해져서 2층에서 흘러나오는 라디오 소리가 똑똑히 들릴 정도였다. 누군가가 홀로 들어왔는지 타일 밟는 소리가 나더니 이어서 자동 엘리베이터의 기계 소리가 들려 왔다. 광장의 저쪽 끝에서 자동차가 경적 소리를 울리고 있는 것 같았다…….

랜폴은 이때 갑자기 몸이 오싹 떨리는 듯한 한기가 느껴져서 무의식중에 외투 깃을 세웠다. 어두운 죽음의 그림자가 손 끝으로 모래를 누르는 것처럼 떠다니고 있었다. 새삼스럽게 드리스콜이 난로 앞에 산산이 부스러져 있는 석고 조각과 같은 존재가 되어 버린 것을 느끼게 해 주었다.

더비스톡 광장에서 신나는 손풍금 소리가 들려 왔다. 위층에서 희미한 마찰 소리 같은 것이 들려 오더니 엘리베이터가 앓는 듯한 소리를 내며 내려왔다.

레스터 비튼이 먼지투성이인 커튼에서 떨어져 나와서 얼굴을 이쪽으로 돌렸다. 어느 새 그는 몸 주위에 이상하리만큼 위엄을 회복시켜 놓았다.

"그럼, 이제 나에게는 용무가 없겠지요?"

래킨 부인이 진술한 말을 남들이 다 듣게 됐다는 것이 레스터에게 얼마나 참혹한 일이었을까 하는 것은 상상하기 어렵지 않았다. 자기 혼자서 듣는다 해도 견디기 힘든 일이다. 그런데 그는 꾹 참고 있었다. 중산모를 손에 쥐고 몸 하나 까딱하지 않고서 듣고 있었던 것이다. 아무도 위로해 줄 말을 찾아 낼 수가 없었다.

마침내 펠 박사가 입을 열었다. 가죽의자에 가득히 몸을 싣고 개를 안 듯이 무릎 위에 가사 도구 바구니를 얹어 놓았던 그는 지친 듯한 눈을 치켜들면서 말했다.

"돌아가셔도 좋습니다. 당신이 이곳에 침입한 것은 솔직하게 말씀드려서 옳지 못한 행동입니다만, 인형의 피해도 하나로 그쳤고, 당연히 부인을 꾸짖어야 했을 텐데 사나이답게 변호까지 해 주셨습니다. 정말 훌륭하신 마음가짐이라고 감탄했습니다. 자, 어서 돌아가십시오. 이 사건에 이름이 전혀 나지 않게 하는 것은 불가능하겠지만, 가능한 한 비밀을 지켜 드리겠습니다."

펠 박사는 말을 그치고 해드리 경감을 쳐다보았다. 경감도 고개를 끄덕였다.

레스터 비튼은 잠시 동안 몸 하나 까딱하지 않고 서 있었다. 호의에 넘친 박사의 말을 듣고 오히려 당황하는 듯한 눈치를 보였으나, 곧 큼직한 손을 들어올려서 목도리를 고치고 외투의 단추를 잠갔다. 모자도 쓰지 않고 문께로 걸어가더니 약간 몸을 숙여서 낮은 소리로 말했다.

"먼저 실례하겠습니다……. 나는, 아내를 지금까지 했던 것처럼 사랑해 줄 작정입니다. 그럼, 안녕히 계십시오."

열쇠가 부서져 버린 문이 쾅 하고 닫혔다. 그리고 발자국 소리가 홀 쪽으로 사라져 갔다. 손풍금 소리가 한층 더 크게 들려 오더니 곧 그치고 말았다.

박사는 그 소리를 듣고 있다가 입을 열었다.

"세상 사람들은 거리의 악사들이 켜는 손풍금을 좀더 환영해 줘야 될 거야. 난 그 소리가 아주 좋아. 그 소리를 듣고 있으면 근위병이라도 된 듯이 가슴을 쭉 펴고 걷고 싶어지거든. 군악대와 같이 행진하는 기분으로 말일세. 정말이지 양고기와 맥주만 있다면, 충분히 개선 기분에 젖을 수가 있어. 아니, 이야기가 빗나가 버렸구먼, 래킨 부인."

여자는 몸을 일으키며 날카로운 눈길을 돌렸다. 펠 박사는 지팡이를 들어올리듯이 하고 말했다.

"비튼 부인과 드리스콜의 사이는 검시 심문 때 꺼내지 않기로 하겠소. 당신도 입을 열지 않겠다는 대가로 상당한 금액을 받았겠지요. 이젠 충분히 벌어 놓았으니 더 이상 욕심내지 않는 게 좋을 거요. 공갈죄로 걸려들게 되면 곤란할 테니까. 서투른 흉내를 내다간 형무소에 넘겨질지도 모른단 말이오. 그럼, 당신도 나가도록 하시오."

"이젠 다 끝났나요?" 래킨 부인은 귀 뒤의 머리칼을 긁어 올리면서 말했다. "더 묻고 싶은 것이 있다면 물어 보세요. 당신들이 나를 속이지만 않는다면 나는 얼마든지 도와 드리겠어요. 그건 그렇고, 저 비튼이라는 양반도 좀 괴짜예요. 남자란 저래서는 안 될 텐데……. 만일 내가 그 여자의 남편이라면 눈 언저리가 시퍼렇게 되도록 두들겨패 주겠어요. 난 남편한테 얼마나 많이 두들겨 맞았는지 몰라요. 하지만 나는 그 사람이 좋았어요. 뉴욕 3번 거리 부근에 있는 고가철도역에서 권총으로 총격전을 하다가 총에 맞아 죽었지만……. 나는 얻어맞아도 정말 그를 좋아했어요. 그것이 여자 다루는 방법이라고 생각하는데……. 아무튼 그 양반은 좀 괴짜예요. 그럼, 안녕. 검시 법정에서 또 뵙겠어요."

여자가 나가 버렸으나 아무도 입을 열지 않았다. 해드리 경감은 다시 일어서서 방 안을 걷기 시작했다.

"비튼 부인은 용의자 명단에서 빼어도 될 것 같군요. 래킨이 거짓말을 했다면 또 몰라도, 지금 한 이야기는 그녀가 모르고 있을 사실과 들어맞는 것으로 보아 일단 거짓말이 아니라고 생각해도 괜찮을 것 같습니다."

"그럼, 어떤 결론이 나오게 되지?"

"당장은 중요한 결론이 안 나오지만, 문제는 한 점으로 집중되어 온 것 같습니다. 즉 역적문의 정면에서 드리스콜은 중요한 일을 깜박 잊고 있었다고 비튼 부인에게 말하고 급히 뛰어갔습니다. 그런데 그리 멀리 가기도 전에 바로 부딪친 사람이 있었지요. 그녀석이 바로 살인범입니다."

"그런 것 같군" 하고 박사가 맞장구를 쳤다.

"그러므로 문제는 첫째 그가 어느 방향으로 갔느냐 하는 것입니다. 래킨은 보지 못했다고 했으니, 해자의 길로 하여 쟁소의 탑이나 중탑 쪽으로 되돌아오지 않은 것만은 확실합니다. 다시 말하자면 런던 탑에서 밖으로 나가려고 출구 쪽으로 가지 않은 것만은 확실해요. 그쪽에는 래킨이 서 있었기 때문에 그의 모습을 보지 못했을 리가 없거든요. 그렇다면 나머지 방향은 두 개밖에 없습니다."

해드리는 서류 가방에서 탑 안의 안내도를 꺼내어 설명했다.

"그 가운데 하나는, 해자의 길을 출구와 반대 방향으로 걸어갔으리라는 겁니다. 그쪽으로 걸어간다면 100피트쯤 간 곳에 혈탑의 아치와 같은 것이 역시 같은 쪽 내벽에 열려 있는데, 그것을 지나가면 백탑으로 나오게 되지요. 즉 성 안의 중심부로 통하게 되어 있습니다.

지금까지 해 온 수사 방침이 틀렸다든가, 우리들이 모르는 사실이 있다든가 하면 이야기가 달라집니다만, 그렇지 않다면 백탑 같은 데로 갈 만한 용무가 그에게는 없었을 거라고 생각합니다. 위병대기소나 병영 또는 무기고, 병원 같은 데도 마찬가지지요. 요컨대 그 아치를 빠져 나가게 되면 그에게 용무가 있을 만한 장소가 없다는 말이지요.

그리고 그가 범인과 마주친 곳도 역적문에서 그리 멀리 떨어진 곳이 아닐 겁니다. 안개 낀 날에 범행을 하기에는 뭐니뭐니해도 역적문이 가장 이상적인 장소입니다. 드리스콜이 백탑 쪽으로 향해 가서 역적문에서는 꽤 멀리 떨어진 곳에서 범인과 만났다고 한다면, 범인은 그 화살로 그를 찔러 죽이고 난 뒤 시체를 질머지고 난간 위에까지 왔다는 계산이 나오게 되지요. 드리스콜은 몸집이 작으니까 그럴 수도 있겠지만 말입니다. 하지만 아무리 안개가 짙다고 해도 그런 위험한 일을 감히 할 수 있었을까요? 사람의 눈을 속여 가면서 말입니다."

해드리는 난로 앞에서 유치하게 채색된 인형의 얼굴을 들여다보고 있었다. 그러는 동안 입가에 깊은 주름이 지더니 그는 돌아다보고 말을 계속했다.

"범인은 이렇게 말했는지도 모릅니다. '여보시오, 당신, 할 말이 좀 있는데 역적문 있는 데까지 같이 걸읍시다.' 그러나 드리스콜은 이렇게 말했겠지요. 할 말이 있거든 여기서 하면 되지 않느냐고.

그렇다고 해서 범인은 그만둘 수도 없고 하니 어디 적당한 자리로 데리고 가려고 했겠지요. 이렇게 되면 이야기는 앞뒤가 맞지 않는데……. 어차피 그 방향에는 드리스콜에게 볼일이 없었다고 친다면 대답은 오직 하나가 남게 됩니다."

펠 박사는 여송연을 꺼냈다.

"결국 자네의 의견은 드리스콜이 비튼 부인과 같은 방향으로 갔다는 거로군?"

"네, 모든 증거가 그것을 나타내 주고 있습니다."

"예를 들어 보게."

"첫째, 래킨은 이렇게 말하고 있습니다. 드리스콜의 발소리가 사라지고 나서 비튼 부인은 잠시 난간 앞에서 시간을 보내고 있었는데 드리스콜을 먼저 가게 하기 위해서입니다. 드리스콜은 같이 있는 것을 남이 볼까 봐 겁내고 있었습니다. 내성으로 들어가게 되면 지대가 높아 안개가 엷기 때문에 사람들 눈에 띌 염려가 있었지요. 래킨도 역시 드리스콜이 비튼 부인보다 앞서서 걸어가고 있었다고 믿는 모양입니다. 그가 그쪽으로 걸어간 것은 충분히 납득이 갈 만한 이유가 있습니다. 왜냐하면."

"킹스 하우스로 가는 방향이니까 말이지?"

해드리 경감은 고개를 끄덕이며 설명했다.

"그에게 무슨 용건이 있었다고 하면 킹스 하우스에 있는 장군의 거실일 것이 틀림없습니다. 런던 탑 안에서 그가 볼일이 있는 곳이라면 그곳밖에는 생각할 수가 없지요. 그는 먼저 있었던 곳으로 돌아간 겁니다. 그곳에서 누군가에게 전화를 걸려고 했던지, 아니면 파커에게 무슨 말을 일러 놓고 싶었던 거겠지요. 그러나 그는 그곳까지 갈 수가 없었습니다."

"훌륭한 추리로군." 박사는 박수라도 칠 듯이 말했다. "생각해 보니, 내가 적당한 자극제가 되어 자네의 추리가 차츰 구상화되어 가는 것 같네. 이제, 여기서 결론을 내려도 괜찮을 거라고 생각하는데, 어떤가?…… 이 탑 아래 아치는 길이가 20피트 정도로 넓은 터널인데, 꽤 심한 경사를 이루면서 내성 쪽으로 향하고 있네. 날씨가 좋아도 햇볕이 잘 들지 않으니까, 이렇게 짙은 안개가 낀 날에는 마치 암흑 같을 테지. 래킨 부인은 재미있는 표현을 썼지. 지옥처럼 깜깜했다고 말이야. 아마도 그 여자는 단테의 《신곡》을 읽은 모양일세."

해드리 경감은 조마조마한 듯이 박사의 이야기를 가로막았다.

"박사님께서 말씀하실 결론이란 대체 뭐지요? 제가 죽을 고생을 한 끝에 결론을 내리면 나중에야 박사님은 태연히 그런 것쯤 이미 알고 있었다고 말씀하실 것 같아 맥이 풀리기 시작하는군요. 빨리 그 결론을 들려 주십시오."

펠 박사는 가슴을 쭉 펴 위엄을 보이면서 말했다.

"나는 그 소크라테스적인 방법을 애용하고 있다네. 토론에 의해 자네의 사고를 유도해 나가 그 이론이 옳은지 아닌지를 결정짓는 방법이지."

그러자 주임경감은 순진하게 고개를 끄덕이고 나서 말했다.

"실은 저도 방금 그 생각을 하고 있었습니다. 탐정소설에 나오는 탐정이라는 자들은 박사님 말씀과 같은 일을 해내고 있더군요. 플라톤의 《대화편》에 나오는 희랍의 철학자와 똑같은 일을 말입니다.

우선 맨 처음 그리스 청년이 두 사람 등장합니다. 두 사람이 같이 철학자를 방문하여 '안녕하세요, 철학자님.' 아테네에서는 봉 주르(안녕하세요)라고 하지 않을지도 모르지만, 철학자도 이렇게 대답합니다. '안녕들 한가, 젊은이들. 오늘은 무슨 급한 일이라도 있나?' 물론 그 젊은이들에게 급한 일이 있을 리 없지요. 그리스에서는 일을 하지 않아도 충분히 먹고 살 수 있었으니까요. 젊은이들까지도 철학자와 토론하는 것이 하루하루 하는 일과 같았으니까 말입니다. 그래서 소크라테스는 이런 말을 하게 됩니다. '그럼, 거기에 걸터앉게. 대화를 나누어야지.' 이윽고 그는 젊은이들에게 문제를 제출하여 해결을 구하도록 합니다. 문제라고는 하지만 현실적인 것은 하나도 없지요. 아일랜드 문제에 관한 해결책은 어떻고 금년의 아테네 대 스파르타의 대항 경기의 예상은 어떻고 하는 것을 물을 리는 없지요. 오로지 인간 정신에 관한 고상한 논의뿐입니다.

소크라테스가 질문을 하면 청년 가운데 한 사람이 대답을 합니다. 이 문답이 9페이지쯤 계속되는 거지요. 소크라테스는 천천히 고개를 저으면서 '틀렸네'하고 한마디 단정을 내립니다. 그리고 또 한 사람의 청년과 교대하여 여기서 또 16페이지에 걸쳐서 문답을 합니다. 그러는 동안 해는 서산으로 기울고 말지요…….

언제까지 있어도 결론 같은 것은 나오지를 않습니다. 그 책을 읽고 있으면 저 같은 사람은 조마조마해서 몽둥이로 소크라테스의 머리를 갈겨 줬으면 좋겠다는 생각이 가끔 든답니다. 그러나 그리스의 젊은이들은 결코 그런 버릇없는 흉내를 내지 않지요. 결국 이것이 탐정소설의 기원입니다. 펠 박사님, 박사님의 말씀도 어느 정도에서 딱 잘라 주시면 좋겠습니다."

펠 박사는 여송연에 불을 붙이며 언짢은 표정을 지었다.

"잘도 지껄이는군, 해드리. 자네에게 그만한 재간이 있는 줄은 몰랐는데. 그리스 철학에 대한 조예도 대단하고 말일세. 그래도 나는 소크라테스보다 훨씬 성미가 급한 사람일세. 그렇게 언제까지나 한 가지 문제만을 가지고 물고늘어질 것 같은가? 그리고 이번 살인 사건은 그대로 내버려 둘 수 없지 않나?"

"그럼, 다시 시작하시지요. 어디까지 말씀하셨지요?"

"드리스콜은 터널 속에서 살해된 것이 확실하다는 의견을 자네가 막 꺼냈었지. 그곳은 어두운 곳이니까 흉행 장소로서는 적당하다는 이유 때문에 말일세. 그러나 그렇다면 시체를 그곳에 내버려 두면 될 것 아닌가?"

"그곳에 두면 시체가 곧 발견되기 쉽다고 생각했기 때문이겠지요.

터널에는 사람들이 꽤 많이 지나다니거든요. 범인이 성 밖으로 도망가기 전에 누군가가 시체를 차서 발견하게 된다면 곤란할 테니까요. 그래서 그는 복화술사(腹話術師)가 인형을 안 듯이 드리스콜의 시체를 안고 해자의 길에 신경을 써 가며 아치를 가로질러 가난간 너머 돌층계 아래로 집어던졌습니다."

박사는 고개를 끄덕였다.

"드리스콜은 굴 속에서 범인과 마주쳤으며, 비튼 부인은 잠시 시간을 보내고 있다가 드리스콜이 볼일을 마쳤으리라 생각하고 그 방향으로 걸어갔다, 이 말이지? 그렇다면 해드리, 그 결론이 어떻게 되는지 알겠나? 굴 이편에는 비튼 부인이 있고 한가운데서는 드리스콜과 범인이, 그리고 우리 친구 아버 씨가 저쪽 끝에 있었다는 결론이 나오지 않나!"

"박사님이 설명을 시작하시게 되면 언제나 문제가 흐트러지고 마는군요. 래킨의 말에 따르면 비튼 부인이 아치 속에 들어가게 된 것은 한 시 30분이라고 했습니다. 그런데 아버 씨가 반대편 입구에서 여자와 부딪치게 된 것도 똑같은 시간이니만큼, 어느 한쪽에 트릭이 있는 것 같군요."

"트릭이라고 잘라서 말할 수는 없지. 비튼 부인의 관찰력은 제쳐두고라도 부인의 뒤에는 매같이 날카로운 눈의 래킨이 따라다녔거든. 그럼, 살인자와 피해자가 같이 굴 속에 있었다고 밖에 생각할 수 없잖나. 바깥에 있었다면 반드시 여자들에게 발견됐을 걸세. 안개 때문에 시야가 가려진 굴 속이니까 발견되지 않았단 말일세. 래킨도 누군가가 움직이고 있는 기색을 느꼈다고 진술하고 있네. 아마 그것은 아버 씨가 반대편에서 오고 있었던 때문인지도 모르지. 그 사이에 범인은 피해자의 시체를 메고 언제 발견될지 모르기 때문에 공포의 땀을 이마에 흘리면서 그 부근에 쪼그리고 있었을 걸세. 그리하여 사람이 뜸해진 것을 확인한 다음 시체를 메고 가서 난간 밑으로 내던지고 달아났을 걸세. 이것이 내가 요약한 자네의 결론인데, 오해하고 있는 점은 없겠지?"

"대체로 그렇습니다."

펠 박사는 여송연 끝을 힐끗 보고 나서 말했다.

"그렇다면 그 수수께끼 같은 아버 씨의 행동을 어떻게 설명할 수 있을까? 굉장히 겁을 먹고 있었는데, 그 까닭이 무엇일까? 너무 놀라 시골의 별장까지 달아나 버렸는데 말이야."

해드리 경감은 의자 위의 팔을 가방으로 두드리면서 말했다.

"아버 씨는 그 깜깜한 굴속을 지나갔습니다. 그 사이에 무슨 일이 있었겠지요. 아까 우리의 심문이 끝나고 택시를 타고 가면서 줄곧 '목소리'에 대한 이야기를 꺼내더랍니다."

"목소리라고? 설마 그가 굴을 빠져 나가고 있을 때 갑자기 어둠 속에서 범인이 얼굴을 내밀면서, '야아!' 하고 놀라게 만들지는 않았겠지."

"무슨 말씀을 하셔도 좋습니다만, 중요한 말을 하실 때에는 될 수 있는 대로 농담은 삼가 주시기 바랍니다. 진정한 의견은 어떠십니까?"

이렇게 묻기는 했지만 해드리는 펠 박사의 대답에 기대를 걸고 있는 것 같지 않았다. 그는 난로 앞에 산산이 부서진 인형을 쳐다보았다. 두 눈썹 사이에 깊은 주름이 패어 있었다. 그의 시선을 좇고 있던 펠 박사가 말했다.

"해드리, 자네가 지금 생각하는 것을 맞춰 볼까? 자네 머릿속에는 이런 범인상이 떠올라 있을걸. 근육이 잘 발달된 거인. 강력한 살인 동기를 가지고 있으며, 그의 심리의 움직임을 우리들은 똑똑히 바라보고 있다고. 큰 무쇠 화살 건을 잘 알고 있으며, 더구나 그 화살이 있는 곳으로 간단히 접근할 수 있는 입장에 있는 사람. 살인 시간의 알리바이에 대해서는 아직도 전혀 모르고 있는 사나이. 다시 말해서 레스터 비튼이지!"

그때 현관문 쪽에서 초인종 소리가 요란스럽게 울려 왔다. 짧은 사이를 두고 되풀이해서 몇 번이나 울렸다. 랜폴이 일어서려는데 방문이 활짝 열렸다.

"늦어서 미안해요." 난데없이 여자의 목소리가 들려 왔다. "오늘 밤에는 운전 기사가 쉬는 날이어서 다른 차를 타고 왔어요. 그런데 도중에 고장이 나서 꼼짝 못하게 되어 버렸지 뭐예요. 사람들은 몰려들고……. 덜래이가 보닛을 열고 수리했지만, 고치기는커녕 엔진이 큰 소리를 내게 되어 구경꾼들만 소리소리지르며 좋아했지요. 아무튼 차가 꼼짝도 하지 않아서 결국 대형 차로 갈아타고 왔어요."

문 틈으로 귀여운 얼굴이 들여다보고 있었다. 몸집이 자그마한 듯했지만 알맞게 살이 쪘으며 예쁜 금발인 그녀는, 동그랗고 푸른 눈동자에 풍부한 표정을 나타내며 줄곧 움직였다. 어두운 그림자 같은 것은 단 한 번도 그녀에게 비치지 않았을 것이리라. 슬픈 이야기를 듣게 되면 큰 소리를 내어 울기 시작하겠지만, 곧 잊어버리고는 다시 멀쩡해 질 것이다.

젊은 미국인은 긴장해서 물었다.

"저, 비튼 양입니까?"

"네, 그래요. 비튼이에요. 자동차 고장 말인데, 덜래이는 정말 재주가 없어서 끝까지 못 고치고 말았지 뭐예요. 이전에도 이런 일이 있었지요. 아버님께서 저를 위해 해변에다 별장을 사 주셨거든요. 2년 전 일이에요. 저는 그 별장 방의 벽지를 바꾸려고 벽지를 샀어요. 그것은 물망초가 가득 그려진 정말 깨끗한 벽지였어요. 그런데 그것을 도배해 달라고 덜래이에게 부탁한 게 큰 실수였어요.

덜래이와 사촌오빠 조지는 방바닥에다 벽지를 펴 놓고 풀칠을 해 줬어요. 괜히 떠들어 대기만 하고 마치 집이 곤두박질을 치는 것 같았지만, 통 능률이 올라야지요. 둘이서 어떻게 떠들어 대는지 싸움이 난 줄 알고 경찰이 다 들여다볼 정도였다니까요. 그러다가 끝내 조지가 화를 내고 먼저 돌아가 버렸지요. 이웃 사람들이 어떻게 생각할까 상상하니 소름이 끼치지 뭐예요. 하지만 그 뒤의 일이 더 큰일이었지요. 덜래이가 벽에다 도배를 해 준 것까지는 좋았지만, 모두 다 삐뚤어졌던 거예요. 게다가 울퉁불퉁하고 주름이 잡혀서 아름다운 무늬들을 모두 다 망치고 말았어요. 난로에 불을 넣어서 방이 따뜻해지자 벽지가 마르며 사각사각거리는 이상한 소리가 들리지 뭐예요. 틀림없이 풀 속에 이스트 균이나 뭐 부풀어 오르는 약을 넣었기 때문일 거예요. 그 뒤로는 그 사람이 손재주가 없다는 것을 잘 알고 있었지만, 그러나 오늘 밤같이."

"실러, 이젠 그만 해요. 그만 하면 충분하니까."

그녀의 등 뒤에서 난처한 듯한 목소리가 항의를 했다. 마르고 키가 큰 덜래이가 그녀의 어깨 너머로 문 밖에서 들여다보고 있었다. 적갈색 머리칼이 비스듬히 쓴 모자 밑에서 헝클어져 있고 한쪽 눈 아래에는 기계 기름이 묻어 더러웠다. 랜폴은 그 얼굴을 쳐다보고 곧 생각이 났다. 이건 언젠가 영화에서 본 적이 있는 전세기(前世紀)의 공룡과 똑같다고.

실러 비튼은 큰 눈동자를 굴리면서 온 방안을 둘러보았다. 그녀는 난로 옆에 석고 인형이 산산조각 나 있는 것을 보자 놀란 듯한 표정을 지어 보였다. 랜폴은 곧 눈치를 챘다. 이 방 안에서 가장 그녀의 관심을 끈 것은 두 개의 인형인 것 같았다.

그녀는 랜폴을 쳐다보면서 말했다.

"당신이 설마, 아니에요. 아니에요. 저…… 당신에 대해서는 덜래이로부터 잘 들었어요. 축구 선수 같은 사람이 랜폴 씨라고 말예요. 그런데 그가 말했던 것보다 훨씬 미남이신 것 같은데요."

상대방을 당황하게 만들 정도로 뚫어지게 쳐다보면서 그녀는 아무렇지도 않은 듯 그렇게 평하는 것이었다.

"그럼, 아가씨. 나는 어떻소?" 펠 박사가 말했다. "역시 바다코끼리 같소? 덜래이 씨는 정말이지 정곡을 찌르는 비평을 하시는 분 같은데, 어떤 재미있는 말로 내 친구 해드리 경감을 묘사하던가요?"

비튼 양은 귀여운 눈썹을 치켜세우고 박사를 쳐다보더니, 곧 두 눈동자에 생기를 띠면서 외쳤다.

"어머나! 당신도 물론 귀여운 분이에요!"

펠 박사는 놀라서 펄쩍 뛰었다. 귀엽다는 말을 들어 보기는 태어나서 처음이기 때문이었다. 이 젊은 여자는 자신의 마음을 억제하는 능력이 전혀 없는 것 같았다. 그녀를 상대하고 있다가는 그 유명한 프로이트도 질문을 한 번 하고 나서는 부끄러운 듯이 턱수염을 감추면서 슬쩍 빈으로 도망쳐 버릴 것이다.

그녀는 생각하는 대로 지껄여 댔다.

"해드리 씨 말예요? 글쎄요…… 덜래이는 이렇게 말하던데요. 전혀 특징이 없는 평범한 사람이라고요."

그녀 뒤에 선 덜래이가 두 손을 벌리며 점점 더 당황한 빛을 더해 가고 있었다.

"전 벌써부터 경찰에 계시는 분과 만나서 이야기하고 싶었어요. 그렇지만 경찰에 계시는 분과 이야기할 수 있는 기회란 거리에서 자동차를 몰다가 야단맞을 때가 고작이거든요. 방향 표시가 이쪽으로 되어 있는데, 당신은 왜 반대쪽으로 몰고 가느냐고 말할 때말예요. 그런데 왜 반대편으로 몰면 안 되지요? 그쪽에서는 자동차가 한 대도 오지 않으니까, 내 차는 마음대로 속력을 낼 수 있는 것 아녜요?

때로는 또 이런 말로 꾸짖을 때도 있어요. '아가씨, 이러면 곤란한데요. 소방서 앞에 차를 세우는 것은 위법이라는 것을 모르십니까?' 경찰이란 정말 귀찮은 사람들이에요. 하지만 진정한 경찰관이란 그런 것이 아니겠지요? 전 다 알고 있어요. 당신들의 임무란 손발을 모두 잘라서 트렁크 속에 넣은 시체를 찾아 내는 그런 일이지요?"

여기까지 지껄여 대고 나서 그녀는 갑자기 아파트까지 오게 된 목적이 생각났는지 입을 다물었다. 모두들 이번에는 그녀의 큰 눈에서 눈물이 쏟아져 나오지 않을까 걱정스러웠다.

주임경감이 당황하면서 입을 열었다.

"아가씨, 좀 앉아서 쉬시지요. 그러면 틀림없이."

"전 좀 실례하겠습니다. 손을 씻고 오겠어요."

덜래이는 방 안을 휘둘러보았다. 그 순간 머리끝이 곤두서는 것 같아 화장실에 가는 것조차 겁이 나는 모양이었다. 그러나 곧 생각을 달리하여 얼굴의 선을 굳히면서 밖으로 나가 버렸다.

비튼 양은 의자에 앉으며 말했다.

"필립은 정말 안됐어요."

잠시 동안 침묵이 흘렀다.

"당신들 누군가가 난로 위에 작은 인형을 깨 버렸군요? 제가 갖고 싶었는데."

"아가씨는 전에도 저것을 보신 적이 있습니까?" 하고 곧 해드리가 물었다.

그는 기분이 언짢았던 것을 한꺼번에 다 날려 버린 것 같았다. 드디어 단서를 잡았다고 생각했기 때문일 것이다.

"물론이지요! 그것을 샀을 때 나도 같이 있었는걸요."

"언제 샀나요?"

"축제 때 샀어요. 필립과 로라, 그리고 레스터 숙부님과 저, 이렇게 넷이서 축제에 갔었거든요. 레스터 숙부님은 그런 시시한 곳엔 안 간다고 하셨지만, 여느 때처럼 로라가 권해서 겨우 가도록 설득시켰어요. 그렇지만 숙부님은 그네나 목마 같은 것은 타지 않았어요. 그래서 어머나, 이런 이야기는 듣기 싫으시지요? 아아, 덜래이가 틀림없이 제가 말이 많다고 했을 거예요."

"아닙니다, 아가씨. 괜찮으니까 계속해 주십시오."

"정말이에요? 그렇다면 말씀드리겠어요. 그랬더니 필립은 숙부님을 보고 나이가 많아서 그렇다고 놀려 대지 않겠어요. 그 점이 바로 필립의 나쁜 버릇이에요. 숙부님은 나이가 많다는 소리를 듣는 걸 가장 싫어하는 줄 알고 있으면서도……. 레스터 숙부님은 얼굴이 빨개지더니 잠자코 계셨어요.

그리고 나서 우리들은 사격장으로 갔지요. 라이플 소총 같은 것이 있는 곳이었어요. 숙부님은 그것을 보시더니 '필립, 이거야말로 어른들의 놀이로군. 한 번 해 볼까?' 하고 말씀하셨답니다. 필립도 물론 응했지요. 그렇지만 잘 못 쏘는 것 같았어요. 숙부님은 라이플 소총 대신 권총을 쥐더니, 사격장 안쪽에 나란히 세워 둔 담배 파이프를 팡팡팡 하고 그야말로 눈 깜짝할 사이에 모조리 쏘아 떨어뜨려 버렸지요. 굉장한 솜씨였어요. 다 쏘고 나시더니 권총을 놓고 아무 말 없이 밖으로 나가 버렸어요.

필립은 혼자서 다시 해 봤습니다만 하나도 맞지 않았어요. 당연하지요. 그러나 그것이 굉장히 약올랐던지 그 뒤로는 게임장이 보이기만 하면 닥치는 대로 숙부님께 도전을 했답니다. 로라까지 합세해서 떠들어 댔기 때문에 나도 같이 해 봤지요. 한 번은 쌓아 둔 장난감 고양이한테 공을 집어던져서 선반에서부터 떨어뜨리게 하는 게임이었는데, 내가 다시 해 보려고 하자 다들 그만두라고 하잖아요. 왜냐구요? 첫 번째 공으로는 천장의 전등을 깨 버리고, 두 번째 공으로는 점원의 귀 뒤에 부상을 입히고 말았거든요. 그 변상은 레스터 숙부님께서 다 해 주셨어요."

"그런데 아가씨, 인형은 대체 어떻게 된 겁니까?"

해드리가 기분을 상하지 않도록 물었다.

"어머나, 그랬었군요. 인형 이야기 말씀이지요? 그것은 로라가 딴 거예요. 두 개가 한 쌍이 되어 있는 건데, 화살을 던져서 떨어뜨리게 하는 놀이였지요. 로라는 정말 잘해서 남자들보다도 훨씬 솜씨가 좋았어요. 최고점은 역시 로라였어요. 어떤 상품을 갖겠느냐고 하자, 로라는 이것을 가리켰답니다. '어머나, 필립과 메리라는 이름이 붙어 있네요' 하면서 말이에요. 인형에 이름을 쓴 종이가 붙어 있었지요. 로라의 가운데 이름이 메리이거든요. 숙부님께서는 그런 쓸데없는 물건을 가져가서 뭣하느냐고, 정말 품위 없는 인형이라고 하시며 기분 언짢아하셨지만, 저는 그것이 정말 마음에 들어서 내가 가졌으면 했는데 로라가 도무지 말을 들어 줘야지요. '필립과 메리'라는 인형이니까, 숙부님께서 가져가는 것을 반대하신다면 필립에게 주겠다고 주장하지 않겠어요. 그때 필립의 모습이야말로 정말 정이 떨어졌어요. 그는 장난스럽게 머리를 숙이며 '이것을 주신다면 한평생 소중히 간직하겠습니다'고 말했지요. 전 그 말을 듣고 놀랐어요. 그렇지만 저는 필립이 꼭 그것을 저한테 줄 거라고 생각했어요.

그 동안 레스터 숙부님은 한 말씀도 안 하셨어요. 그러더니 갑자기 이젠 집으로 돌아가자고 하셨답니다. 돌아오는 길에도 나는 필립을 붙잡고 몇 번이나 그 인형을 달라고 졸랐지만 필립은 농담을 하면서 로라와 둘이서 깔깔대기만 할 뿐 끝까지 주지 않았어요.

그런 사연이 있기 때문에 이 인형을 보니까 갑자기 필립 생각이 나는군요. 전 그때 정말 이 인형이 탐났어요. 그래서 다음날, 말이 그렇지 훨씬 옛날 이야기입니다만, 덜래이에게 전화를 걸어서 필립에게 부탁해 보라고 했을 정도였답니다. 전 덜래이에게 날마다 저에게 전화를 걸라고 말했거든요. 저쪽에서 걸지 않으면 제가 걸게 되어 있어요. 왜냐하면 장군이 싫으신 표정을 짓기 때문이에요."

그녀는 말을 그쳤다. 가느다란 눈썹을 약간 치켜세우고 해드리를 쳐다보았다.

"그러니까" 하고 주임경감은 시치미를 떼고 말했다. "아가씨는 매일 아침 덜래이 씨와 전화로 말씀하시는군요?"

랜폴은 생각이 났다. 아까 해드리는 로라 비튼의 남편 앞에서 그의 아내에 대한 용의를 수없이 진술했다. 그때 해드리는 덜래이가 실러 비튼에게 한 시에 드리스콜이 런던 탑으로 오겠다고 전해 왔기 때문에 비튼 집안 사람들은 모두 그 약속을 알고 있었을 것이다. 그러나 해드리는 상대방의 입을 열게 하는 계기를 만들기 위해서 한 말이었는데 뜻밖에도 사실과 들어맞았던 것이다. 지금 그녀의 말을 듣고 보니 레스터 비튼이 해드리의 말을 듣고도 조금도 의심하는 눈치를 보이지 않았던 것이 생각났다. 이것도 역시 뭔가 암시하는 것이라고 생각해도 좋지 않을까?

실러 비튼의 푸른 눈은 해드리 경감을 응시한 채 움직이지 않았다.

"제발 그만두세요. 당신까지 마치 아버지처럼 저를 꾸짖으려고 하시는 거예요? 매일 전화를 건다니까 바보 같은 짓이라고 말씀하시지 않겠어요. 대체로 아버지는 덜래이를 좋아하지 않으시거든요. 돈이 없기 때문이지요. 게다가 포커를 좋아하는 것도 마음에 들지 않는 이유 가운데 하나예요. 아버지는 노름 같은 것은 쓸데없는 짓이라고 생각하고 계시거든요. 제가 보기엔 아버지는 우리의 약혼을 깨뜨려 버릴 이유를 찾고 계시는 것 같아요. 그래서 우리의 결혼을 연기하라고 말씀하고 계시는 거예요."

"아니, 아가씨!" 해드리는 짐짓 농담같이 그녀의 말을 가로막았다. "제가 그런 뜻으로 말하다니, 천만의 말씀입니다. 아침마다 전화를 한다는 것은 정말 멋있는 일이라고 생각합니다. 그건 그렇고, 나는 또 아가씨에게 물어 볼 것이 있는데요."

"그래요? 정말 그렇다면 기쁩니다만."

비튼 양은 정말 즐겁다는 듯한 목소리를 냈다. 그렇게 말해 주는 사람은 당신뿐이라는 듯이.

"그런데 다른 사람들은 모두 저를 놀려 대지 뭐예요. 필립은 덜래이의 목소리를 흉내내어 전화를 걸어 오는 거예요. 하이드 파크에서 매춘부를 놀려 주다가 경찰에 걸려들었으니까, 보석금을 가지고 곧 찾아오라고 하면서……."

"하하하, 그건 좀 지나쳤군요. 하하하……. 그런데 아가씨, 한 가지 알아보고 싶은 일이 있는데……. 오늘 아침에도 덜래이 씨와 전화를 했습니까?"

"네, 했어요."

"몇 시쯤에요? 아침이었나요?"

"네, 항상 전화를 거는 그 시간이었어요. 왜냐하면 메이슨 장군이 없는 것은 그 시간뿐이니까요. 정말 그 할아버지는 볼수염까지 기른 기분 나쁜 노인이에요. 그 할아버지 역시 내 전화를 싫어하지 뭐예요. 파커는 전화를 받기만 하면 정해 놓고 곧 '네, 저는 메이슨 장군의 당번병입니다!' 하고 고함치기 때문에 곧 알아차릴 수 있어요. 그런데 상대방이 아무 말도 없을 때면 저는 덜래이라고 생각하고 이렇게 말하지요. 어때요, 오늘 아침 기분은, 나의 아가?

그랬더니 한 번은 저편에서 전화통을 향해 닭이 알을 낳는 것 같은 소리가 들려오지 뭐예요. 그러고는 무서운 목소리로 말하는 거였어요. '아가씨, 실례입니다만 여기는 런던 탑입니다. 육아실이 아니오. 대체 당신은 누구한테 이야기를 하고 있는 거요?' 메이슨 장군이었어요. 저는 옛날부터 그 할아버지가 무서웠어요. 어린아이 때부터요. 정말 난처했지 뭐예요. 뭐라 말해야 할지 모르게 되었으니까요. 나는 일부러 우는 소리를 냈지요. '전 당신과 헤어진 아내예요'라고요. 그러자 그 할아버지는 점점 더 화가 나서 뭐라고 계속 투덜거렸지만, 전 곧 전화를 끊어 버렸어요. 덕분에 그 다음부터 덜래이는 공중전화를 사용하지 않으면 안 되었답니다."

"하하하……" 해드리도 무의식중에 말려들어가서 웃음을 터뜨렸다. "인정 없는 노인이군요. 도무지 연애 같은 것하고는 인연이 먼 사람 같으니 하는 수 없지요. 그런데 비튼 양, 오늘 아침 덜래이 씨와 전화를 할 때 필립 드리스콜의 이야기가 나오지 않았었나요? 런던 탑으로 한 시에 찾아가겠다고 하는."

그녀는 다시 슬픈 사건을 생각하고 눈동자가 금방 흐려졌다.

"네, 그랬어요. 덜래이는 저에게 드리스콜이 난처하게 되어 있는 모양인데, 왜 그런지 모르느냐고 물었어요. 제가 어떻게 알겠느냐고 말했더니, 아무한테도 말하지 말라고 그러더군요."

"그래서 말하지 않으셨습니까?"

"물론이지요. 아무 말도 하지 않았어요!" 그녀가 외쳤다. "단지 아침 식사때 약간 비추기는 했지만, 아주 조금. 오늘 아침 식사는 열 시에 했어요. 어젯밤 소동 때문에 늦게 일어났거든요. 저는 식사때 '오늘 한 시에 필립이 런던 탑으로 간다던데, 다들 알고 계세요?' 하고 물어 봤어요. 아무도 모르겠다고 대답했기 때문에 전 그 뒤로는 아무 말도 하지 않았어요. 덜래이가 말하지 말라고 했거든요."

"그쯤 말했으면 충분하군요. 거기에 대해서 무슨 말이 나오지 않았습니까?"

"글쎄요." 그녀는 조금 생각하고 나서 말했다. "아니요, 아무말도. 농담은 나왔지만 특별한 말 같은 것은 없었어요."

"식당에는 누구누구 있었습니까?"

"아버님과 레스터 숙부님, 그리고 지금 집에 와 묵고 계시는 …… 이름이 뭐라더라……. 아무튼, 그분은 오늘 오후에 아무 말씀도 없이 나가 버렸어요. 좀 무서운 기분이 드는 사람이에요. 어디로, 무엇하러 갔는지는 아무도 몰라요. 하긴 여러 가지 귀찮은 일만 당하게 되어."

"비튼 부인도 식당에 나오셨나요?"

"로라 말씀이에요? 아니요. 로라는 내려오지 않았어요. 몸이 좀 불편한 것 같았어요. 그것도 무리가 아니지요. 레스터 숙부님과 밤새도록 주무시지 않고 계셨거든요. 이야기 소리가 들렸으니까요."

"그렇지만 비튼 양, 식사를 할 때 무언가 참고될 만한 말이 나왔으리라고 생각하는데요?"

"아니오, 해드리 씨. 아무 말도 나오지 않았어요. 정말이에요. 게다가 저는 아버지와 그 아버 씨라는 무서운 분과 같이 식사하는 것을 싫어해요. 그분들은 늘 무슨 뜻인지도 모르는 말만 하시거든요. 서적인가 뭔가에 대한 이야기인데, 재미있는 듯이 웃고 계시지만 난 아무 재미도 없어요. 그렇지 않을 경우에는 오히려 무서운 이야기가 나오는 거예요. 일전엔 필립이 레스터 숙부님께 이런 이야기를 하고 있었어요. 자기가 죽게 된다면 실크햇을 쓰고 죽고 싶다고요. 물론 농담이었지요. 아무 뜻도 없다는 것을 잘 알고 있지만, 죽는 이야기 같은 것은 싫잖아요? 아아, 그래요. 레스터 숙부님께서 오늘 필립과 만날 거라고 하시던데요. 별로 중요한 일 같지는 않았지만 말예요."

실크햇을 쓰고 죽다

해드리는 의자 속에서 놀란 듯이 몸을 움직였다. 그는 손수건을 꺼내어 이마의 땀을 닦고 있었다.

"하하하."

그는 다시 시치미를 떼고 웃어 보였지만, 이번 웃음은 좀 어색하게 들렸다.

"참고가 될 만한 말씀을 못 들으셨다고요? 그거 참, 유감이군요. 그러나 비튼 양, 그 땐 아무렇지도 않게 들렸던 이야기도 나중에 와서 생각해 보면 굉장히 중대한 뜻이 포함되어 있는 수가 있습니다. 아가씨, 당신은 대체로 필립 씨의 죽음에 대해서 어느 정도로 알고 계십니까?"

"그다지 자세히는 몰라요. 모두들 저에겐 일부러 이야기를 해 주지 않는 것 같아요. 로라도, 아버지도 아무 말씀을 안 해 주셨어요. 알려 준 것은 덜래이뿐이에요. 필립이 모자 도둑한테 맞아 죽었다고 말예요……."

그때 덜래이가 손을 씻고 돌아왔기 때문에 그녀는 얼른 입을 다물었다.

덜래이는 겨우 얼굴의 기름 때를 씻고 온 것이다.

"실러" 하고 그가 말했다. "뭘 가지러 왔는지는 몰라도 빨리 돌아가는 게 좋겠는데, 기분이 이상하군. 어느 쪽을 돌아보아도 필립이 앉아 있는 것 같은 기분이 들어서 못 견디겠어. 나는 너무 상상력이 풍부한가 봐."

그는 떨고 있었다. 기계적으로 작은 탁자 위 담배 상자에 손을 뻗었으나 뭔가 또 생각이 났는지 담배에는 손을 대지도 않고 뚜껑을 닫아 버렸다. 랜폴이 자기 담배갑을 꺼내 주자 그는 고맙다는 듯이 한 개비 뽑았다.

"어머나, 그래요? 난 아무렇지도 않은데……." 비튼 양은 아랫입술을 내밀 듯이 하고 말했다. "유령 같은 것은 믿지 않아요. 당신은 그 이끼가 자욱한 런던 탑 안에서 살기 때문에."

"런던 탑이라고!" 하고 덜래이는 외치며 적갈색 머리칼을 긁어댔다. "이거, 야단났는걸! 깜박 잊고 있었군." 그는 시계를 꺼내 보며 말했다. "벌써 열 한 시 15분 전이야. 폐문시간이 45분이나 지나 버렸어. 어떻게 하지? 실러, 당신 아버님께서 나를 묵게 해 주실까? 나는 이제 여기서는 무서워서 못 자겠어."

그는 벽을 따라서 놓인 긴 가죽의자를 쳐다보았는데, 다시금 무서운 기분이 치솟는 모양이었다.

해드리 경감이 말했다.

"비튼 양, 지장이 없으시다면 좀더 들려 주시지 않겠습니까? 맨 처음에 드리스콜의 기발한 희망, 실크햇을 쓰고 죽고 싶다는 이야기부터 물어 보고 싶습니다만."

"네, 뭐라고요? 무슨 이야기입니까?" 하고 덜래이가 외쳤다.

실러 비튼은 미소를 지으면서 설명했다.

"그건 이래요. 로버트 덜래이, 당신도 잘 알고 계실 텐데요. 아참, 그렇군요. 당신은 모르실 거예요. 저는 생각이 났어요. 당신이 이젠 탑으로 돌아가야 할 시간이라고 말했을 때였어요. 당신은 항상 식사를 빨리 끝내야 하잖아요? 틀림없이 그건 아버 씨가 도착하신 날 밤이었어요. 아닌가요? 그래요, 아버 씨가 도착한 날 밤에는 레스터 숙부님이 계시지 않았으니까, 역시 다른 날이었던 것 같아요. 아무튼 어느 날 밤이었어요."

"그런 건 상관없습니다, 아가씨." 주임경감이 말했다. "정확한 날짜는 모르더라도 괜찮습니다. 그래서 어떻게 되었지요?"

"네, 식당에는 아버지와 레스터 숙부님, 로라와 나, 그리고 필립도 물론 같이 있었어요. 그때도――이렇게 말해서 상관이 없다면――그야말로 오늘 밤과 같이 귀신이라도 나올 것 같은 밤이었어요. 아아, 그래요. 지금 겨우 생각이 나는군요. 그건 로라와 레스터 숙부님이 콘월로 떠나시기 바로 전날 밤이었어요. 그래서 일요일도 아닌데 필립이 같이 있었지요. 필립은 로라를 극장으로 데리고 가기 위해서 왔던 거예요. 레스터 숙부님이 가시려고 했었는데, 갑자기 일이 생겨서 못 가시게 되었기 때문이에요. 콘월로 여행을 떠나시게 된 것도 숙부님께서 증권인가 뭐로 실패를 하셔서 너무 낙심하고 계셨으므로 의사 선생님이 기분 전환을 위해 권했지요.

지금 말씀드린 것처럼 마치 유령이라도 나올 것 같은 밤이었어요. 우박이 섞인 비가 내리고 있었지요. 아버지는 식당에 전등을 켜는 것을 싫어하시기 때문에 그전부터 양초를 켜 놓고 식사하기로 되어 있었어요. 양초의 불빛과 난로 속에서 따뜻하게 타고 있는 불빛이 좋았던 날의 영국 제국을 상징하는 것이라고 말씀하시곤 했지요.

그런 까닭에 건물이 낡아서 밟으면 삐걱 소리가 나고 기분 나쁘게 느껴지는 것도 무리가 아니지요. 그런데 레스터 숙부님께서 죽음에 대한 이야기를 꺼내시지 않겠어요. 여느 때 숙부님과 너무도 달랐어요. 흰 넥타이가 삐뚤어져 있었기 때문에 제가 고쳐 드리려고 하자, 그럴 필요 없다고 하시면서 손도 못 대게 하셨지요. 돈 같은 거야 모조리 다 없어져 버렸다 해도 상관없을 텐데 하고 저는 그때 생각했어요.

그런데 숙부님이 아버지에게 질문을 하셨어요. 꼭 죽어야 할 경우엔 어떤 방법이 좋겠느냐고 말이에요. 아버지는 그 날 밤 굉장히 기분이 좋으셨기 때문에 우선 큰 소리로 웃으시고 나서 이렇게 말씀하셨어요. '그분이 어느 지방의 공작이었더라? 이런 말을 한 사람이 있었지. 죽을 바에야 술통 속에 빠져서 죽고 싶다고.' 그렇지만 다른 사람들은 조금도 웃지 않았어요. 점점 더 낮은 목소리로 뭔가 심각한 듯한 표정들을 짓고 있었지요. 바깥에서는 폭풍이 불고 있었고…….

드디어 나중에는 아버지까지도 진지한 말투가 되셔서 한 모금 빨면 곧 죽게 되는 약이 좋겠다고 말씀하셨어요. 레스터 숙부님은 단 한 발로 머리통을 명중시켰으면 좋겠다고 말씀하셨고요. 로라는 물론 그런 이야기에는 관심이 없는 듯이 '필립, 빨리 서두르지 않으면 서막에 늦어요' 하며 줄곧 재촉하고 있었어요. 그러자 필립은 식탁에서 일어났지요. 그를 보더니 숙부님은 다시 질문을 하셨어요. 어떻게 죽는 것이 좋겠느냐고 말예요. 그러니까 필립은 웃으면서 말했어요. 그래요, 지금이니까 말씀드리지만, 그는 촛불 아래에서 보니 꽤 미남이더군요. 하얀 와이셔츠에 깨끗이 빗어넘긴 머리칼이 정말 아름다워 보였어요.

아무튼 필립은 프랑스 어로 뭐라고 말했어요. 아버지가 나중에 저한테 그 뜻을 가르쳐 주셨지요. 마지막까지 신사답게 살겠다는 뜻이래요. 그러고 나서도 그 사람은 여러 가지로 쓸데없는 이야기를 늘어놓고 있었어요. 요컨대 어떠한 방법으로 죽더라도 실크햇을 쓴 것처럼 신사답게 죽어서, 여성이 한 사람 묘지에서 울어 주면 그것으로 만족하다고 했어요. 그러고는 그는 로라와 함께 극장으로 가 버렸어요."

바깥 광장에서는 손풍금 소리가 다시 유행가로 바뀌었다.

네 사람이 눈길을 실러에게 던진 채 움직이지 않았다. 실러 비튼도 그것을 느끼고 신경이 거슬렸는지 나중에는 조마조마해져서 소리를 질렀다.

"부탁이니까 제발 그렇게 자세히 쳐다보지 마세요. 전 그다지 비난받을 만한 일을 한 적이 없다고 생각해요. 아무도 가르쳐 주지 않았거든요. 하긴 이야기해서는 안 될 말을 지껄였는지는 모르지만, 그것이 어쨌다는 거예요?"

그녀는 흥분해서 일어섰다. 로버트 덜래이가 급히 그녀의 어깨를 붙잡았다.

"시, 실러!"

그러나 그는 곧 입을 다물어 버렸다. 아무 할 말이 없었던 것이다. 그의 얼굴은 창백해져 있었다. 그리고 목소리는 닳아빠진 레코드 판처럼 쉬어 있었다.

오랜 침묵이 흘렀다.

"저, 아가씨" 하고 해드리 경감이 먼저 입을 열었다. "염려하지 않으셔도 괜찮습니다. 당신은 해서는 안 될 말을 한 것이 아닙니다. 언젠가 덜래이 씨가 그 변명을 해 주실 겁니다. 그보다도 오늘 아침 식당에서 있었던 이야기를 듣고 싶군요. 숙부님께서는 필립과 만나야 할 용건이 뭐라고 하시던가요?"

"그런 일이라면" 하고 덜래이가 헛기침을 하면서 말했다. "실러는 아무 말도 듣지 못했을 겁니다. 아무튼 그 집에서는 누구든지 다 실러를 어린아이 취급하고 있으니까요. 오늘 드리스콜 사건이 일어났는데도 윌리엄 경은 다만 '실러, 너는 방에 가서 있거라'고 하셨을 뿐 아무것도 알려 주지 않았습니다. 내가 나중에 사고가 있었다는 것을 알려 주었지요. 그러니 실러에게 물어 보아도 아무 설명을 못할 겁니다."

"과연 그럴 것 같군요. 비튼 양, 지금 말이 맞습니까?"

그녀는 잠시 머뭇거리다가 덜래이를 쳐다보며 입을 열었다.

"네, 별로 못 들었어요. 레스터 숙부님은 오늘 필립과 만날 작정이라고만 말씀하셨어요. 그래서 제가 필립은 한 시에 런던 탑으로 가게 될 거라고 말씀드렸더니, 그럼 오전에 아버 씨한테 다녀와야겠다고 말씀하셨어요."

"그래서 가셨나요?"

"레스터 숙부님 말인가요? 네, 곧 나가셨어요. 그리고 오후엔 틀림없이 돌아오셨는걸요. 외출하실 때 레스터 숙부님께서 아버지에게 '필립의 방 열쇠를 빌려 주지 않겠습니까? 외출 중이라면 안에 들어가서 기다리게요' 하시는 것을 들었어요."

해드리가 놀라서 물었다.

"그럼, 아버님께서는 이 방 열쇠를 가지고 계십니까?"

실러는 볼을 좀 볼록하게 만들면서 대답했다.

"지금 들으신 대로 아버님은 저희들을 어린애처럼 취급하시거든요. 필립도 그 가운데 하나로, 항상 불만스럽게 여기고 있었어요. 그러나 아버지는 방 값은 내가 내니까 열쇠를 나한테 맡겨 두라고 하셨지요. 가끔 감독하러 가 봐야 한다면서요. 그러나 물론 그건 농담이에요. 그 증거로 아버지는 지금까지 한 달에 한 번밖에 여기 오시지 않았거든요. 그래서 아버지는 레스터 숙부님께 열쇠를 주셨어요."
해드리가 몸을 내밀며 물었다.
"그럼, 숙부님은 필립을 만났습니까?"
"아니요, 못 만나셨어요. 만나지 못하시고 돌아온 것을 봤으니까 틀림없어요. 필립은 외출중이라고 하셨어요. 30분 가까이나 기다렸다면서 숙부님께서는 굉장히."
"화가 나셨던가요?"
실러가 더듬거리고 있었기 때문에 해드리가 먼저 입을 열었다.
"아니요, 화 같은 것은 안 내셨지만 굉장히 피로해 보였어요. 요즘 숙부님께서는 몹시 바쁘셨거든요. 다만 좀 이상했던 것은 숙부님은 여느 때와 달리 흥분하셔서 무서운 표정을 짓고 있었는데, 그러다가 갑자기 웃으시곤 했어요."
"웃었다고요?"
"그 이야기는 그만두게!" 펠 박사는 갑자기 큰 소리로 말했다. 그는 흘러내리는 안경을 줄곧 치켜 올리면서 실러의 얼굴을 똑바로 쳐다보며 말했다. "그런데 아가씨, 숙부님께서 뭔가 가지고 오시지 않았습니까?"
"어머나!" 하고 실러는 외쳤다. "그렇게 의심하시면 싫어요. 숙부님은 저를 정말 귀여워해 주시거든요. 어린아이 때부터 초콜릿이며 인형 같은 것을 사다 주시는 분은 언제나 숙부님이었어요. 아버지는 그런 자질구레한 물건들은 아무짝에도 못 쓴다고 하시며."
실러는 흥분해서 마룻바닥에 발을 동동 굴렀다. 그러다가 갑자기 덜래이에게 호소하는 듯한 눈길을 돌렸다.
"자, 실러" 하고 덜래이는 말했다. "질문은 이제 그만 하시라고 해요. 저쪽 방으로 가서 가지고 갈 물건이나 찾아보는 것이 좋겠어."
해드리가 뭐라고 말하려 했으나, 펠 박사가 급히 경감을 말리며 억지로 웃는 얼굴을 만들어서 말했다.

"나는 결코 그런 생각으로 말씀드린 것이 아닙니다. 너무 신경 쓰지 마십시오. 덜래이 씨가 시키는 대로 하시는 게 좋을 겁니다. 꼭 한 가지만, 아니 참, 질문은 다 끝났습니다만 아까 전화로 말씀드린, 같이 온 사람은 어떻게 되었지요? 집사를 데리고 오라고 말씀드렸을 텐데."

"맥스 말씀이에요? 깜박 잊고 있었군요. 바깥에 차 안에서 기다리고 있어요."

"아, 그래요? 대단히 고맙습니다. 이젠 더 질문 드릴 게 없습니다."

"그럼, 실러" 하고 덜래이가 말했다. "저쪽 방으로 가서 가지고 갈 물건을 찾도록 해요. 나도 곧 갈 테니까. 나는 이 분들과 잠깐 할 이야기가 있어."

덜래이는 문이 닫히기를 기다리고 있었다. 그러고 나서 조용히 이쪽을 돌아다보았다. 관자놀이 아래에 시꺼먼 그림자가 떠올라 있었다. 몸이 아직도 눈에 띌 만큼 떨리고 있었다. 그는 억지로 짜내듯이 말했다.

"당신들이 의심하시는 것은 나도 충분히 짐작할 수 있습니다. 물론 나는 필립의 친구입니다. 그러나 한편 비튼 씨의 일이라면――레스터 비튼 씨, 비튼 대령님 말입니다――이것 역시 실러와 같은 기분이 되지 않을 수 없습니다. 그 사람을 의심하다니, 천부당만부당하다고 말씀드리지 않을 수 없군요. 나는 그분을 잘 알고 있습니다. 실러는 잠자코 있었습니다만, 우리 결혼을 윌리엄 경이 반대하십니다. 그것을 잘 변호해 주시는 분이 다름 아닌 레스터 비튼 씨입니다.

그러나 그분은 호감이 가는 인물은 아닙니다. 그 점에서는 메이슨 장군과 꼭 닮았습니다. 성격은 정반대입니다만, 사람들이 좋아하지 않는다는 점에서는 좋은 경쟁자들입니다. 그래서 그런지 메이슨 장군은 그분을 굉장히 싫어하십니다. 장군은 노인네의 고집불통으로 툭하면 큰 소리로 고함을 질러 대는 타입이고, 비튼 씨는 여러분들도 보셔서 아시다시피 냉정한 성격이며 모든 것을 사실 그대로 해석해 나가려는 타입입니다. 말주변도 민첩함도 없습니다. 그렇다고 해서 당신들이 생각하고 있는 것처럼."

갑자기 덜래이의 목소리는 말꼬리가 흐려져서 알아들을 수 없게 되었다. 손만이 초조하게 의자의 등을 두드리고 있었다.

해드리 경감은 손 끝으로 가방을 탁 퉁기면서 말했다.

"진실을 들려 주십시오, 덜래이 씨. 비튼 부인과 드리스콜 씨의 관계는 우리도 이미 다 확인해 보았습니다. 새삼스럽게 숨기는 것은 쓸데없는 짓입니다. 증거를 가지고 있으니까요. 당신도 물론 알고 계시겠지요?"

덜래이는 그 자리에서 대답했다.

"사실 나는 모르고 있었어요. 믿어 주시지 않을지는 모릅니다만, 나중에 와서 소문으로 들었습니다."

그는 한 사람 한 사람 얼굴을 들여다보았다. 그의 표정에는 거짓이 아니라는 것이 분명히 나타나 있었다.

"대체 필립은 나에게 그런 이야기를 할 사람이 아닙니다. 그 이야기를 들었더라면 나는 물론 그를 감싸 주었을 겁니다. 아니, 그것보다도 못하게 말렸을 겁니다."

"윌리엄 경은 알고 계시는 것 같던가요?"

"아니요, 눈치채실 만한 분이 못 됩니다. 그분은 늘 서적이라든가 정부의 노인 정책 같은 것들로 머리가 꽉 차 있으니까요. 아무튼 부탁드리겠습니다. 드리스콜을 죽인 녀석을 한시라도 빨리 잡아 내 주십시오. 이러한 상태가 오래 계속된다면 우리들은 모두 머리가 돌아 버리고 말 것입니다. 빨리 체포해 주십시오!"

"지금 체포하고 있는 중입니다." 펠 박사가 차분한 목소리로 말했다. "한 2분만 더 기다려 주오. 그렇게 하려면 쓸데없는 가지들은 모두 쳐 내버리는 것이 상책이오. 그리고 사건의 핵심으로 돌입하는 거요. 덜래이 씨, 수고스럽지만 바깥에서 기다리고 있는 집사 맥스를 좀 불러 주시오."

덜래이는 망설이면서 머리칼을 만지고 있었으나, 박사가 힐끗 쳐다보자 급히 밖으로 나갔다.

펠 박사는 지팡이로 방바닥을 치고 나서 말했다.

"자아, 탁자를 내 앞에다 놓게. 그래, 그 탁자 말일세. 어서 빨리!"

랜폴은 급히 무거운 탁자를 겨우 그 앞에 갖다 놓았다.

"해드리, 그 서류 가방을 좀 빌려 주겠나?"

박사는 가방을 받아서 속에 든 서류를 탁자 위에 펴 놓았다.

"곤란한데요, 박사님. 그렇게 늘어놓고 어떻게 할 작정이시지요?"

랜폴도 놀라서 쳐다보고 있었다. 그러나 박사는 뚜벅뚜벅 걸어가서 큰 전구가 달린 스탠드를 들어올렸다. 코드를 찾아 탁자에서 좀 떨어진 곳으로 가지고 가서 그 밑에 낮은 의자를 놓더니 스위치를 넣었다. 랜폴이 자세히 보니 박사는 경감의 검은 가죽 수첩을 손에 쥐고 있었다.

"그럼 랜폴, 자네는 내 왼쪽에 와서 앉아 주게. 연필은 있겠지? 으음, 됐네. 자네가 할 일은 내가 말하는 것을 속기하는 거야. 그러니까 흉내만 내면 되는 거지. 이 수첩에 무엇이든 좋으니까 마음대로 기입하면 되는 걸세. 그러나 연필을 빨리 놀려야 되네. 알겠지?"

해드리는 당황했다. 귀중한 꽃병이 선반 끝에서 떨어지는 것을 볼 때와 같은 표정이었다.

"박사님, 천만의 말씀입니다! 그 수첩은 제 것입니다. 거기다가 마구 낙서를 하면 어떻게 되는 거지요? 정말 박사님은."

"귀찮은 소리는 그만두게. 그런데 해드리, 권총과 수갑을 가져왔겠지?"

"바보 같은 말씀도 다 하시는군요, 박사님. 그런 물건들을 요즘 경찰관들이 가지고 다니는 줄 아십니까? 영화나 소설 같은 데서는 나오지만, 전, 요 10년 동안 그런 걸 지니고 다닌 적이 없습니다."

"그럼, 내 것을 내놓지." 박사는 너무도 차분했다. "어차피 자네는 가지고 오지 않았을 것이라고 생각하고 있었거든."

박사는 요술사와 같은 솜씨로 엉덩이 주머니에서 두 가지 물건을 꺼냈다. 그리고 권총을 언뜻 랜폴에게 들이대며 말했다.

"쏜다!"

"위험합니다!" 주임경감은 소리를 치면서 손을 눌렀다. "그런 것을 휘두르다가 실수하는 수도 있지요."

"걱정하지 말게. 이것은 가짜니까. 아무리 자네들 경시청 친구들의 수완이 좋다고 해도 이것으로는 자살도 할 수 없단 말일세. 양철을 시꺼멓게 칠한 것이거든. 수갑도 역시 마찬가지지. 그러나 진짜와 똑같지 않나. 글래스 하우스 스트리트의 장난감 가게에서 사 온 거라네. 자네도 거기 가 봤겠지? 정말 재미있는 물건들이 많이 진열되어 있더군. 나는 언제나 뭔가 사고 싶어한단 말이야. 장난감 쥐가 있었는데, 롤러 장치가 되어 있어서 밀어 주기만 하면 탁자 위를 마구 뛰어다니지. 그러나 그것은 필요가 없네. 지금 필요한 것은 이거, 바로 이거라네."

그는 다시 엉덩이 주머니를 뒤지더니 큼직하고 붉은 얼굴에 심각한 표정을 지으면서 굉장히 큰 금배지를 꺼냈다. 그리고 의기양양하게 배지를 깃에다 달면서 말했다.

"지금부터 내가 심문하려는 사람에겐 내가 진짜 경시청의 관리라고 생각하게끔 해 두지 않으면 안 된단 말이야. 상대방은 프로가 아니니까 간단히 겁을 먹겠지. 그러나 주의해 두지만, 우리들은 어디까지나 이 맥스라는 사나이 편이라는 것을 느끼게 해 줘야 하는 거야. 그렇지 않으면 그의 입을 열게 할 수 없을 걸세. 그럼, 알았지? 탁자 앞에 똑바로 앉아서 될 수 있는 한 위엄 있게 보이도록 해야 해. 이젠 대체로 준비가 다 됐군.

그리고 맥스가 그 의자에 앉거든 스탠드의 불빛이 정면으로 얼굴에 닿게 해 주게. 수갑은 내 앞에 놓을 테니까.

해드리, 권총은 자네 담당일세. 그럴싸하게 만지고만 있으면 되는 걸세. 랜폴은 그의 증언을 낱낱이 다 기입하는 듯이 하고 있으면 되네. 불빛은 스탠드만 남기고 천장의 것은 다 꺼 버리게.

그러니까 불빛이 그의 얼굴에만 닿게 하고 우리는 모두 그림자가 되는 걸세. 그렇지, 난 모자를 쓰고 있기로 할까. 됐어, 됐어. 이만 하면 만점이야. 기념촬영이라도 해 둬야겠는걸."

박사는 굉장히 즐거운 듯이 소리 내어 웃었다.

"탐정이란 모름지기 이래야 하는 법일세. 그런데 진짜 경찰관은 어지간해서는 이런 모양을 하지 않는 법이거든."

랜폴은 전등을 끄기 위해 일어나서 다시 두 사람의 모습을 쳐다보았다. 과연 박사가 말한 그대로였다. 해안의 피서지 같은 곳에 가 보면 종이로 만든 비행선 위에서 고개를 내밀고 바보 같은 표정으로 사진을 찍고 있는 광경을 흔히 볼 수 있는데, 이것이 꼭 그와 같은 모습이었다. 펠 박사는 엄숙한 표정으로 가슴을 쭉 펴고 앉아 있고, 해드리는 입장이 곤란한 듯한 표정으로 권총의 방아쇠에 손가락을 걸고 있었다. 그때 복도에서 발자국 소리가 들려 왔다.

"쉿!"

펠 박사가 주의를 주었다. 랜폴은 얼른 전등을 껐다.

덜래이는 방으로 들어서자마자 이 활인화(活人畫)를 보고 아연실색했다. 펠 박사가 햄릿 부왕의 망령처럼 외쳤다.

"피고를 들어오게 하시오!"

"누굴 들어오게 할까요?"

"맥스를 들어오게 해야지. 그리고 문에 열쇠를 채우시오." 망령이 말했다.

"그건 곤란한데요. 문 열쇠는 부서졌으니까요."

"아아, 그래. 그럼 들여보내기만 하면 되오. 당신은 뒤에서 지키고 있으시오."

"알겠습니다."

덜래이는 어떻게 된 영문인지도 모르는 채 무의식중에 망령의 대사를 따라서 엄숙한 표정으로 맥스를 데리고 들어왔다.

들어온 사람은 얌전한 표정으로, 몸을 부들부들 떨고 있었다. 단정한 눈에는 티 하나 없었으며, 속이 시꺼먼 것 같은 기미를 조금도 찾아볼 수 없었다. 길다란 얼굴에 숱이 적은 머리를 가운데에서 똑바로 갈라 빗어서 큼직한 귀 뒤에다 붙여 놓고 있었다. 신경이 둔한 듯한 사람이지만, 완전히 떨고 있었다. 허리를 구부정하게 굽히고 앞으로 나왔다. 가슴에다 꽤 오래 된 것 같은, 그러나 질이 좋은 듯해 보이는 중산모를 갖다 대고 있었다.

"저, 저에게 무슨 볼일이라도?"

겁을 내면서 그가 말했다. 말씨 뒷부분이 살짝 올라가는 듯한 말투였다.

"거기 앉게." 펠 박사는 말했다.

그리고 또 침묵이 흘렀다. 그 사이 맥스의 눈길은 탁자 위에 물건으로 옮겨갔다. 주의 깊게 의자에 걸터앉더니 스탠드의 불빛을 정면으로 받고 눈을 깜박거렸다.

"랜폴 경사!" 박사는 근엄한 몸짓으로 말했다. "이 사람의 진술을 기록하시오……. 이름은?"

"시오필러스 맥스라고 합니다."

랜폴은 수첩에다 가로 세로로 작대기를 두 개 그었다.

"직업은?"

"윌리엄 비튼 님 댁에서 일하고 있습니다. 버클레이 스퀘어의 저택입니다. 무슨 조사인지는 몰라도, 혹시 그 필립 님의 무서운 사건이 아닌지."

"이 말도 기록해 둘까요?" 하고 랜폴이 물었다.

"물론이지."

랜폴은 황송해하며 굉장히 빠른 속도로 동그라미를 계속 그려 대다가 마지막에 가서는 보기 좋게 점을 꼭 찍었다. 펠 박사는 그만 햄릿 부왕의 목소리를 잊어버리고 있었으나, 당황하면서 다시 망령의 대사로 되돌아갔다.

"그전에는 어디서 근무하고 있었지?"

"15년 동안, 샌디발 경의 저택에서 일하고 있었습니다."

"15년 동안!"

박사는 이렇게 외치고 나서 한쪽 눈을 감았다. 부왕의 망령이 놀이에 미쳐 중요한 일을 게을리하고 있는 햄릿을 발견한 것 같은 목소리였다.

"왜 그 집에서 그만두게 됐지? 파면당한 건가?"

"아닙니다. 그렇지 않습니다. 주인님이 돌아가셨기 때문에."

"호오, 살해당했나?"

"농담의 말씀을!"

맥스는 불안을 느끼기 시작한 것 같았다. 망령의 질문이 차츰 현실이 되어 왔기 때문이다.

"알겠나, 맥스. 미리 말해 두겠는데, 현재 자네 입장은 굉장히 불리하게 되어 있단 말일세. 지금 하고 있는 일은 어떤가? 만족할 만한가?"

"네, 여부가 있겠습니까, 윌리엄 경은 저에게 너무 좋은 지위를……."

"그렇지 않을걸! 만일 우리들이 조사한 것을 경에게 일러 드린다면 지금 곧 자네의 모가지가 달아나는 것은 잘 봐 주는 편이고, 자칫하다간 감옥에 들어가게 될지도 모르네. 잘 생각해 보게, 맥스!"

펠 박사는 겁을 주면서 수갑을 집어 보였다.

맥스는 뒤로 몸을 물리며 이마의 땀을 닦았다. 그는 스탠드 불빛이 눈부신 듯이 연신 손을 올려서 눈을 가렸다.

"맥스!" 망령이 말했다. "자네의 모자를 좀 이리 줘 보게."

"저의 뭐라고요?"

"모자 말이야. 거기 들고 있는 모자. 어서 줘 봐……."

집사는 겁을 내면서 중산모를 내밀었다. 박사는 그것을 뒤집어 보았다. 스탠드 불빛이 모자 속의 하얀 테 가죽 위에 '비튼'이라고 쓴 금빛 글씨를 떠오르게 해 주었다.

"이것 봐! 윌리엄 경의 모자를 훔치지 않았나? 이것만으로도 5년 징역이야. 랜폴 경사, 기록하고 있겠지?"

"아닙니다!" 맥스가 있는 힘을 다해 외쳤다. "훔치다니, 천만의 말씀입니다. 정말 아닙니다. 물어 보시면 아실 테지만, 주인 어른께서 주신 겁니다. 주인 어른과 머리의 크기가 똑같기 때문에, 최근에 주인께서는 새 모자를 두 개나 사셨으므로 이건 저에게 주신 겁니다.
언제라도 증명해 드리겠습니다."

"그럼, 곧 자네 말대로 증명해 주게나!"

망령은 기분 나쁜 어조로 그렇게 말하고 나서 손을 쭉 뻗어 탁자 위에 놓인 둥글고 납작하며 시꺼먼 것을 쥐더니 퍽 하는 소리와 함께 누르자 오페라 모자 모양이 되었다.

"이 모자를 써 보게!"

랜폴은 실망했다. 조금 전까지만 해도 펠 박사의 손에 따라서 빛깔도 선명한 긴 리본 줄과 한 쌍의 토끼가 모자 속에서 튀어나올 거라고 생각하고 있었던 것이다. 맥스도 놀라서 쳐다보고 있었다.

"이것이 윌리엄 경의 모자이니까 써 보게. 만일 이것이 꼭 맞는다면 자네 말을 믿어 주지."

이렇게 말하고는 그는 모자를 맥스의 이마에다 갖다 댔다. 집사는 쓰지 않을 수가 없었다. 그러나 그것은 너무나 컸다. 드리스콜이 쓰고 있을 때보다는 좀 나았지만, 역시 너무 컸다.

"자, 안 맞잖나!"

망령은 소리를 치면서 탁자 뒤에서 일어났다. 그는 흥분하여 한 손을 마구 흔들어 대면서 말을 이었다.

"자백하지 않겠나, 맥스? 왜 이렇게 바보 짓을 하지! 이것으로 자네의 죄는 명백해졌어!"

그는 손으로 탁자를 쾅 내리쳤다. 맥스는 바보처럼 잠자코 있었고, 펠 박사는 불같이 화를 냈다. 큼직한 고무로 만든 쥐가 하얀 수염을 꼿꼿이 세우고 박사의 손바닥에서 튀어나왔다. 쥐는 탁자 위에서 해드리 쪽을 향해 아장아장 걸어갔다. 펠 박사는 놀라서 쥐를 주워올리더니 얼른 주머니 속에 집어 넣었다.

"어떤가, 놀랐지?"

망령은 그렇게 말하고 나서 잠시 쉬었다가 다시 말했다. 이번에는 정말 해드리가 펄쩍 뛰어오르게 하는 말이었던 것이다.

"맥스, 바로 자네지. 윌리엄 경의 원고를 훔친 것은?"

순간 상대방은 까무라치기라도 할 것처럼 보였다.

"저, 저는 그런 것을 훔치지 않았습니다! 절대로. 전 아무것도 모릅니다."

"그럼, 내가 자네가 한 짓을 말해 주지."

펠 박사는 그만 망령의 목소리를 잊어 버리고 본디 자기 목소리로 되돌아가 있었다.

"윌리엄 경이 모든 사실을 말해 주셨단 말이야, 맥스. 자넨 사실 집사로서는 나무랄 데가 없는 사람인 것 같더군. 그러나 생각해 보니 자네처럼 얼빠진 사람도 그리 많지 않을 거야. 지난 주 토요일에 윌리엄 경은 새 모자를 두 개 샀네. 모자 가게에서 여러 가지 모자를 다 꺼내 놓고 하나하나 크기를 다 재어 봤는데, 특별히 큰 실크햇이 하나 있었어. 그런데 나중에 배달되어 온 물건을 펴 보니까 홈버그 모자는 괜찮았지만, 실크햇은 가장 큰 것이었단 말이야. 한눈으로 보아도 너무 크다는 것을 알 수 있을 정도였어. 자네는 주인과 모자 크기가 같으니까 말이야. 그 날 밤 윌리엄 경은 극장에 갈 예정이었지. 새로 사 온 모자를 써 본 순간 코 있는 데까지 내려온다면 그 신경질이 심한 경이 얼마나 화를 내겠는가. 무엇보다도 먼저 피해를 입는 것은 주위 사람들이란 말이야. 그래서 맥스 자네가 궁리해 낸 것은 어떻게 해서든지 적당한 크기로 고쳐 두는 일이었어. 그렇지 않으면 언제 벼락이 떨어질지 모르니까. 그렇다고 해서 새 것으로 바꿔 올 시간도 없었지. 재수 없게도 그 날은 토요일 밤이었으니까. 그래서 자네가 쓴 방법은 옛날부터 모자가 너무 클 때 쓰는 방법이었어. 모자 속의 테 사이에 종이를 끼워 넣는 방법이지. 옆에 있는 못 쓰는 종이를 사용해서 말이야……."

해드리는 놀라서 함석으로 만든 권총을 탁자 위에 떨어뜨렸다.

"그렇다면 박사님, 맥스가 그 원고를 모자 속에 끼우는 데 써 버렸단 말입니까?"

박사는 싱긋이 웃으면서 말을 계속했다. "윌리엄 경은 똑똑히 두 가지 힌트를 주셨지. 어떤 말을 해 주셨는지 기억하고 있겠지? 그 원고는 아주 엷은 종이이고 포갠 채 세로로 몇 번이나 접어 두었다고 했네. 길다란 모양이 되었지. 몇 번만 더 접으면 모자 속에 끼우는 데는 아주 딱 알맞았네. 그리고 또 한 가지, 경의 말에 따르면 원고는 엷은 종이로 싸 두었다고 했네. 맥스는 그것을 꺼내어 안의 내용도 확인하지 않고 그대로 사용했을 거야. 만일 펴 보았다 해도 비튼 경이 그것을 맨 처음 발견했을 때 일꾼들이나 그 건물 소유주와 마찬가지로 그 얇은 종이에 싸여 있는 종이 쪽지가 얼마나 귀중한 물건인가는 알지 못했겠지만."

"하지만 비튼 경은 서랍 속에 넣어 두셨다던데요."

"그것은 이상한데. 그랬었나, 맥스?"

맥스는 손수건으로 줄곧 이마의 땀을 닦아 내면서 대답했다.

"아, 아니요. 책상 위에 있었습니다. 저, 저는 그것이 그렇게 소중한 물건이라고는 조금도 몰랐기 때문에……. 종이 상자 속에 들어 있던 것을 주인 어른께서 버리신 줄로 생각하고 있었습니다. 편지나 서류 같았으면 절대로 손대지 않았을 텐데."

펠 박사는 수갑 소리를 쨍그랑거리면서 말했다.

"그 다음 날에야 자네가 한 짓이 큰 일이라는 것을 알게 되었지. 몇천 파운드나 되는 물건이라는 것을 알게 된 셈인데, 윌리엄 경에게 사과 드릴 수도 없게 되어 버렸어. 문제의 모자를 그 뒤 곧 도난당했으니까 말이야."

박사는 여기서 해드리 경감을 보았다.

"나는 사건이 일어난 뒤 맥스가 보인 태도에 대해 윌리엄 경에게 들었을 때 대강 짐작할 수 있었다네. 그때 경이 무심코 이런 말을 하셨단 말이야. '설마 내가 귀중한 원고를 모자 속에 넣어 가지고 다니는 것도 아니고.'"

"아아, 그래서" 하고 해드리는 자기도 모르게 이상한 소리를 냈다. "윌리엄 경의 모자가 꼭 맞게 되었군요. 이것이 이른바 박사님의 힌트였습니까?"

"내가 처음부터 말하지 않았나? 이 사건에서는 넌센스라고 생각되는 모든 가지들은 다 없애 버리고 문제의 핵심으로 파고들어가야 한다고 말이야. 오직 한 가지 보잘것없는 우연이 일어났기 때문에 사건 전체가 가공할 만한 국면으로 전개되어 버린 걸세. 그 우연한 일이 일어났기 때문에 말의 쇠말굽 못이 빠진 것처럼 사건에 대한 전망을 곤란하게 만들어 버렸거든. 이것을 확인하기까지는 앞으로 나갈 수 없기 때문에 나는 우물우물하고 있었단 말이야. 그러나 나는 적어도 펠 박사일세. 모든 확신을 이 예상에다 걸고 있었네. 겨우 지금 그것이 옳았다는 것이 증명되었군. 바야흐로 사건의 전모를 내 손이 쥐고 있다고 해도 좋네. 오늘밤 여기서 맥스를 심문할 때 윌리엄 경이 들으면 재미가 적다고 한 말의 뜻을 알았겠지?"

맥스는 실크햇을 쥐더니 폭탄이라도 안 듯이 살짝 가슴에다 안았다. 그의 얼굴은 너무도 창백하여 살아 있는 사람 같지 않았다.

"하는 수 없군요." 그래도 그는 조용히, 여느 때 목소리로 말했다. "죽을 죄를 짓고 말았습니다. 당연히 제가 해고될 것이라는 건 각오하고 있습니다. 어떻게 처분하시겠습니까? 저는 누이동생 하나와 사촌을 셋씩이나 부양하고 있지만, 일이 이렇게 되었으니 어떻게 될지……."

"아니, 맥스, 그런 걱정을 하고 있었나? 자네의 자리는 끄떡없네. 걱정할 필요가 없단 말이야. 아무 말 없이 자동차로 돌아가서 시치미를 뚝 떼고 앉아 있기만 하면 되는 거야. 바보 같은 짓을 했지만, 모가지가 달아나지는 않을 걸세. 난 윌리엄 경에게 아무 말도 하지 않을 테니까."

맥스는 거칠게 탁자를 붙잡으며 말했다.

"저, 정말이십니까?"

"거짓말을 해서 뭣 하겠나!"

잠시 동안 말이 끊어졌다. 맥스는 일어서서 외투의 단추를 끼웠다.

"고맙습니다. 뭐라고 감사드려야 할지 모르겠습니다." 맥스는 한 마디 한 마디 똑똑하게 말했다.

"전등을 켜 주게." 펠 박사가 랜폴에게 말했다. "그리고 해드리에게 수첩을 돌려 주게나. 뇌일혈이라도 일으키면 야단이니까."

득의만면한 모습으로 박사는 탁자 뒤로 허리를 쭉 펴고 앉았다. 천천히 고무쥐를 꺼내더니 중산모를 치켜올리고 탁자 위에서 쥐를 걷게 하였다.

"이 녀석 때문에 하마터면 무대 효과를 망쳐 버릴 뻔했군. 그러나 정말 아까웠는데. 이런 연출을 해야 할 필요성이 있을 줄 알고 있었다면, 쥐를 살 때에 가발 수염도 같이 사 둘걸."

전등이 켜지자 해드리와 랜폴, 그리고 극도로 흥분해 있는 덜래이가 글자 그대로 박사한테 덤벼들 듯한 기세를 보였다.

"좀 똑똑히 설명해 주시지 않겠습니까? 토요일 밤에 비튼 경은 모자 속에 원고를 끼워 가지고 집을 나갔다고 하셨지요? 그것을 모자 도둑이 빼앗아 갔으니……."

박사는 쥐를 집어 들어 뚫어지게 쳐다보며 엄숙한 말투로 되돌아와서 말했다.

"드디어 자네들은 비극의 서막에 도달한 걸세. 이제 1막에, 사건 전체를 혼란에 빠뜨리게 할 수 있는 원인이 감춰져 있었네. 필립 드리스콜이 무엇보다도 두려워하고 있었던 것은 말할 것도 없이 아저씨 윌리엄 경의 기분을 상하게 하는 일이었지. 그 아저씨가 생명처럼 소중히 여기고 있는 원고를 훔치다니, 그런 것은 생각할 수도 없는 일이야. 그것은 내가 눈 속에 눈물까지 모아 두면서 되풀이했던 말일세. 그렇기는 하지만 절대로 저질러서는 안 될 행동을 범한 것을 알고 그가 얼마나 놀랐을지는 눈으로 보는 것처럼 느껴지는군."

얼어붙은 듯한 침묵 속에 펠 박사는 고무줘를 집어 올렸다가 조용히 다시 내려 놓았다. 그리고 동료들의 얼굴을 둘러보면서 말했다.

"모자 사건의 범인은 바로 필립 드리스콜이었단 말일세."

고무쥐 사건

"잠깐만요!" 랜폴이 외쳤다. "너무 속도가 빨라서 나는 도저히 따라갈 수가 없군요. 왜 그렇게."

"그런 결론이 나오게 되었느냐는 건가?" 박사는 지루한 듯이 대답했다. "나는 아까부터 설명하고 있었는데 이해를 못하는 것은 자네의 머리가 나쁘기 때문일세. 내가 생각했던 것이 오산이 아니라는 것은 처음부터 알고 있었네. 단지 그 증거를 오늘 밤 여기에 모아 두고 싶었던 걸세. 좀더 설명해 볼까? 해드리, 여송연을 가지고 있나?"

그는 여송연에 불을 붙이자 천천히 의자에 기대어 앉았다. 큼직한 배지가 아직도 깃에 매달린 채 금빛을 내었다. 박사는 고무쥐를 만지작거리면서 이야기를 계속했다.

"생각해 보게. 가령 여기 정신이 좀 이상한 한 젊은이가 있다고 하세. 바람둥이기는 하지만, 지성과 유머 감각에서는 높이 사 줄 만한 데가 있지. 기특하게도 그는 어떻게 해서든 신문기자로서 명성을 떨치고 싶다고 생각하고 있었네. 자료만 있다면 발랄한 기사를 써낼 재능은 있지만, 유감스럽게도 뉴스에 대한 감각이 둔한 걸세.

주필이 그렇게 평하고 있다고 하지 않았나. 이 사람은 성당 앞을 지나치다 흰 쌀이 1인치나 뿌려진 것을 보았다 해도, 성당 안에서 결혼식이 거행되는 사실을 눈치채지 못할 거라고.

해드리, 그의 장점은 공상력일세. 아무튼 환상적인 인간은 신문 기자로서는 적합하지 않단 말이야. 기상천외한 사건만을 쫓고 싶어서 인생의 밑바닥에 있는 본질을 잊기 쉽기 때문일세. 일상 다반사와 같은 일들을 쫓아다닌다는 것은 그에게 견디기 어려운 것이었겠지. 즉 드리스콜은 사설이라든지 읽을거리 같은 건 상당히 잘 쓰겠지만 뉴스 수집 같은 것은 잘 못했다는 거야.

그래서 그가 착안하게 된 것이 있네. 선배 기자들이 이미 견본을 보여 주고 있지만, 뉴스 그 자체를 만들어 내는 것이지. 그의 성격을 분석해 본다면 무엇을 노렸는가 하는 것쯤 자네들도 짐작이 갈 걸세.

그 모자 도난 사건을 검토해 보게. 훌륭한 연출가가 연출해 낸 듯이 한 막 한 막이 풍자의 극치를 상징하고 있네. 이 드리스콜은 무대 위의 목적을 사랑했어. 상징을 좋아했단 말일세. 경찰 헬멧이 경시청 앞 전신주에 걸려 있었다는 것은 드리스콜이 소리 높이 외치고 있는 일일세. '경시청의 위력을 보라!' 하고. 물론 비꼬는 말이지. 젊은이다운 바이런 풍의 통렬한 풍자가 아닌가. 변호사의 가발을 마차 말대가리 위에 얹은 것은, 법률 같은 건 나귀처럼 바보스러운 것이라는 범블 씨(디킨스의 《올리버 트위스트》에 나오는 인물)의 의견을 표현하는 것일세. 그 다음에 유명한 전쟁 벼락 부자의 모자가 트라팔가르 광장의 개선탑 위에 놓이지 않았나? 이것을 보더라도 드리스콜의 혈관에는 바이런 경과 같은 피가 흐르고 있었다는 걸 알 수 있네. 보라, 이 퇴폐한 말세여! 대영제국의 사자상을 장식할 왕관은 무엇인가!"

펠 박사는 유쾌하다는 듯이 고쳐 앉았다. 해드리는 어이가 없어 그의 얼굴을 들여다보고 있었으나 이윽고 고개를 끄덕였다. 박사는 계속해서 말했다.

"이런 이야기 속으로 너무 깊이 파고들어가도 안 되겠지. 살인사건의 단서를 추정해 보세. 드리스콜은 그 다음에 새로운 수를 쓸 준비를 하고 있었네. 좀더 현실적이고 결정적인 효과를 올릴 수 있는 방법, 아마도 이것으로 온 영국을 들끓게 만들 수 있었을 걸세."

박사는 싱글벙글 웃으며 해드리 경감의 서류 가방에서 두세 개의 서류를 꺼내었다.

"이것은 드리스콜의 수첩이라네. 맨 처음 이것을 발견했을 때 무슨 뜻인지 알 수 없는 문구가 있어서 놀란 기억이 있을 걸세. 지금 내가 다시 한 번 더 되풀이해서 읽겠는데, 계획 메모라는 것을 염두에 두고 들어 보게. 래킨 부인의 증언 속에도 있지 않았나. 비튼 부인과 둘이서 곤드레가 되었을 때 그가 자랑처럼 길게 예언을 했다는 이야기, 한 주일만 더 있으면 뜻밖의 사건이 터져서 신문기자로서 자신의 명성이 크게 오르게 될 거라고 말일세. 맥주에 취해서 무아경이 된 화가가 지금 곧 굉장한 대작을 만들어 낼 거라고 큰소리친다 해도 그다지 이상할 건 없겠지. 소설가가 언젠가는 걸작을 써내어 세상을 놀라게 하겠다고 자랑하더라도 '빨리 읽게 되었으면 해요' 하고 대답할 수밖에 없지 않겠나. 그러나 여보게, 신문기자가 다음 주일에 일어날 살인 사건에 대해서 재미있는 기사를 써내겠다고 말한다면 아무리 예견의 천재라 해도 대체 어떻게 된 것이냐고 수상히 여기지 않을 수 없을 걸세.

그런데 드리스콜의 경우는 자기 자신이 모두 꾸며 놓았기 때문에 별로 이상히 여길 것도 없네. 간단한 모자 사건으로 시작하여 한 걸음 또 한 걸음 정세를 휩쓸어 가는 걸세. 우선 윌리엄 경에게서 큰 무쇠 화살을 빼앗아 두었다가."

"네? 그가?"

주임경감이 외쳤다. 덜래이는 옆의자에 걸터앉았다. 랜폴은 다른 의자를 찾아 가지고 왔다.

"그렇다네. 이것은 꼭 들어 두어야 할 거야. 그러나 이것은 지금 처음으로 하는 말이 아니라, 이미 오후에도 힌트를 주었잖나. 그 무쇠 화살을 훔친 것은 바로 드리스콜이었다네."

박사는 의자 옆에 엎드려서 가사 도구 바구니를 집어 올렸다. 속에 있는 것을 뒤적거리더니 찾고 싶은 물건을 곧 찾아 낸 모양이었다.

"이것이 그가 사용한 줄일세. 이것으로 화살 끝을 뾰족하게 만들었단 말이야. 사용한 지 오래된 줄이지만, 여기가 하얗게 닳아서 빛나고 있지 않나? 화살 끝을 갈아 낸 흔적일세. 여기 또 똑바로 빛나고 있는 것은 '카르카손 기념품'이라고 새긴 글을 지운 거고. 이렇게 해 두었는데 누군가가 화살 그 자체를 다른 목적을 위해서 훔쳤단 말일세."

해드리 경감은 줄을 받아들고 앞뒤로 돌려 가며 조사하면서 더듬더듬 말했다.

"그래서…… 그리고."

"상식으로 볼 때 무쇠 화살의 끝을 뾰족하게 갈아 낸 목적이 살인을 위한 것이었다면, 증거가 될 글자를 모두 지워 버렸을 걸세. 새겨진 그 글씨 때문에 꼬리가 잡히게 될까 두려워서 말이야. 그런데 사실은 석 자만 지우고 나머지는 그냥 두었거든. 왜 그랬을까? 나는 이 드리스콜의 수첩을 펴 보고 정말 이상한 문자에 부딪쳤는데 그때 비로소 그 뜻을 알 수 있었다네. 줄질을 한 사람은 살인범이 아니라 드리스콜이었단 말일세. 그의 작업이 다 끝나기도 전에 범인이 나타나 그것을 훔쳐 가 버렸네. 그러나 그건 그렇다 하고, 이 화살이야말로 드리스콜이 계획한 대모험의 중대한 도구였단 말일세."

"점점 더 이해할 수 없게 되어 버렸는데요. 모험이라니, 뭡니까? 모자하고 무쇠 화살은 아무런 관련이 없을 것 같은데……."

"그런데 관련이 있어." 박사는 잠시 동안 여송연을 피우다가 설명을 이었다. "해드리, 우선 이 영국에서 누가 보아도 열렬한 애국자, 대표 우익 영수로 지목되는 사람이 누구인지 알겠나? 공사(公私) 모든 생활을 통해서 언제나 칼의 힘을, 화살의 위력을 부르짖고 있는 사람이 누구겠나? 그는 시종일관해서 군비 확장을 부르짖고 있네. 평화론자들이야말로 국가를 불안 속으로 몰아넣는 자들이라고 총리를 공격하고 있는 사람도 바로 그야. 이런 역할에 꼭 알맞는 사람, 적어도 드리스콜의 눈에는 그렇게 비친 사람이 누구라고 생각하나?"

"윌리엄 비튼 경 말씀이시군요?"

"맞았네."

박사는 고개를 끄덕였다. 씁쓰레한 웃음이 입 언저리에 퍼져 나갔다.

"이 아저씨를 이용하여 상식을 벗어난 조카가 모험심을 끝까지 만족시켜 보려고 계획을 세운 걸세. 드리스콜은 윌리엄 비튼 경의 모자를 훔쳐서 다우닝 가 10번지에 있는 총리 관저의 출입문에다 무쇠 화살로 찔러 두려고 했단 말일세."

해드리는 놀랐다. 미친 사람처럼 입에서 거품을 토하고 있었다. 펠 박사는 빙그레 웃으면서 그의 모습을 바라보았다.

"어떤가, 해드리? 아까 메이슨 장군과 내가 어린아이들 장난에 대한 강의를 해 주었는데, 그때 자네는 도무지 감탄하는 것 같지 않더군. 어린아이들이 가지고 있는 진정한 생각을 이해하려면 그들의 세계 속으로 파고들어가야 하는 거야. 정말 자네는 너무도 상식이 풍부하단 말이야. 그런데 문제가 되는 것은, 이 사건의 주인공인 드리스콜에게는 상식 같은 게 전혀 없었다는 것일세. 그러므로 당연히 이야기의 앞뒤가 안 맞게 되는 거지. 예를 들면 이 장난감 권총과 고무로 만든 쥐 말인데, 자네는 여기에 대해서 아무런 가치도 인정하지 않겠지? 바로 여기에 자네의 결점이 있단 말일세. 수사를 곤란하게 만드는 원인이 있어. 그러나 나는 다행히도 장난감의 가치를 알고 있다네. 즉 나는 드리스콜이 될 수도 있단 말이야."

박사는 드리스콜의 수첩을 폈다.

"이것만 보면 그가 마음속으로 무슨 계획을 세우고 있었는지 잘 알 수 있지. 그러나 그 계획이 완전한 형태를 갖추는 데까지는 진행되지 않았어. 결정한 것은 다만 윌리엄 경의 모자와 무언가 전투 무기를 결합시켜서 사람들 눈에 잘 띄는 곳에 장식하다는 것뿐이었지. 그래서 그는 수첩에 이와 같이 적어 넣었네. '가장 적당한 장소는? 런던 탑?' 물론 런던 탑은 낙제야. 일하기는 쉽겠지만, 런던 탑 안에는 큰 화살 같은 것이 흔해 빠졌으니까 뉴카슬에 석탄 조각을 떨어뜨린 것과 같으므로 사람들의 눈을 끌 수 없거든.

그러나 우선 맨 처음 필요한 것은 물건이 있어야 하는 거였네. 그래서 그는 '모자를 쫓아라'고 써 넣었어. 이것은 당연한 일 아닌가. 그러고 나서 그의 머릿속에 떠오른 것은 트라팔가르 광장이었네. 이곳은 그전에도 한 번 해 본 곳이니까. 그러나 이곳은 역시 낙제일세. 왜냐하면 넬슨 제독의 전승주에 무쇠 화살을 박는다는 것은 불가능한 일이니까. 그래서 그는 '유감스럽다. 트라팔가르. 박을 수 없음!'이라고 적어 넣었지. 그러나 그렇다고 해서 아주 유감스럽게 생각하지는 않았네. 그의 타고난 영감이 떠올랐으니까. 수첩에는 틀림없이 그것을 뒷받침할 만한 감탄 부호가 찍혀 있어.

그는 드디어 생각이 났던 거야. 가장 그럴듯한 장소는 10번지, 다우닝 거리 10번지 총리 관저일세. 다음 문구는 곧 짐작이 가겠지. 이것은 출입문이 목재라는 뜻일세. 철판이나 다른 물질로 싸여 있다면 그의 계획은 실행할 수 없겠지. 어떻게 해서든 그것을 먼저 조사해 둬야 했을 걸세. 그리고 또 정면에 철책 같은 것이 쳐져 있다면 큰길에서 들여다보이지 않으므로 일하기가 쉬울 테지만……. 그런 곳에는 대개 수위가 서 있는 법이므로, 그것도 미리 확인해 두어야 했지……. 위험한 모험이기는 했지만, 그는 자신의 성공을 꿈꾸며 무아경에 빠져 있었네."

펠 박사는 수첩을 밑에다 내려놓았다.

"이상이 바로 드리스콜이 세운 계획의 전모일세. 상징이 되는 이름을 붙인다면 '고무쥐 사건'이라고 할까……. 그럼, 다음에 그 결과가 어떻게 되었는지 검토해 보기로 하세. 해드리, 대개 짐작하고 있겠지?"

경감은 다시 방 안을 걷기 시작했다. 그는 이따금 목구멍 속에서 앓는 듯한 소리를 내고 있었다.

"짐작이 가는 것 같습니다. 드리스콜이 버클레이 스퀘어에서 경의 자동차를 기다리고 있었던 겁니다. 토요일 밤의 사건입니다."

"그렇지, 그건 토요일 밤이었어. 희망에 불타는 젊은이가 신문기자로서 출세를 꿈꾸며 경의 차를 기다리고 있었네. 뜻하지 않은 파탄이 그 앞에 숨어 있는 것도 모르고 말일세.

이 계획에는 또 한 가지 교묘한 데가 있네. 대개의 모험에는 굉장한 위험이 따르는 법인데, 높은 사람의 모자를 훔쳐 내는 것은 그다지 큰 소동을 일으키지 않아도 되거든. 신사라면 모자쯤 도둑맞았다고 해서 경찰에 신고하지는 않을 테니까. 또 발각되더라도 피해자는 끝까지 추적해 오지 않을 걸세. 이것이 바로 이 계획의 교활한 점이야. 윌리엄 경처럼 성미가 급한 노인이라면 주머니 속의 반 크라운을 소매치기당했더라도 온 런던 시내를 쫓아다닐지도 모르지. 절도란 용서할 수 없는 범죄니까. 그러나 물건이 모자라면 비록 2기니나 하는 고급품이라고 할지라도 한 발자국도 쫓아가지 않을 걸세. 웃음거리가 되는 게 싫으니까 말이야. 어떤가, 해드리? 나의 의견이?"

"윌리엄 경의 자동차를 버클레이 스퀘어에서 기다리고 있었던 겁니다. 그의 입장에서라면 그 날 밤 윌리엄 경의 행동 예정 같은 것은 전화 한 통으로 곧 알아 낼 수 있었을 테지요. 아참, 생각이 나는군요. 연필을 파는 장님이 길을 가로지르고 있었기 때문에 운전수는 차를 천천히 몰았다고 했어요."

"행상인이니까 1실링만 준다면 길을 가로지르는 일쯤 기꺼이 해 줄 테지. 그래서 드리스콜은 모자를 손에 넣었던 걸세. 윌리엄 경이 따라오지 않을 거라는 것을 그는 미리부터 계산에 넣어 두었지. 그의 예상이 적중해 그의 계획은 착착 진행되어 갔네."

펠 박사는 해드리의 말을 기대하듯이 그의 얼굴을 들여다보았다.

"그런데 파국은 너무도 빨리 바로 다음 날에 나타나게 되었습니다. 일요일 밤 비튼 경 댁을 방문하자마자 그의 모든 범죄의 대가가 한꺼번에 들이닥치게 되었습니다."

"그 점은 여러 가지로 논의할 여지가 있는데, 어차피 그리 큰 영향을 끼치는 일은 아니네. 대강 짐작컨대 그는 자신이 바라지도 않은 원고를 훔친 결과가 된 사실을 일요일 밤까지도 눈치채지 못했을 걸세. 왜냐하면 모자 속의 테까지 들여다보는 사람은 없을 테니까 말이야.

그러나 일요일 밤에 비튼 댁을 방문했을 때 원고를 도난당했다는 소동을 들었지. 물론 그는 그 원고가 얼마나 소중한 것인지 잘 알고 있었네. 윌리엄 경이 알쏭달쏭하게 자랑하는 이야기를 귀에 못이 박히도록 듣고 있었으니까.

그건 그렇고, 그건 아직 약과였네. 그에게 더욱 치명적인 타격이 기다리고 있었던 걸세. 로라 비튼과 그의 남편이 콘월의 여행에서 돌아와 있었던 걸세. 로라는 두 사람 사이가 탄로났다고 말했는지도 모르지. 아마 그 자리에서 로라와 드리스콜 사이에는 사람들이 들을 수 없는 말다툼이 벌어졌을 걸세. 화가 치민 드리스콜은 다음 날 밀회 시간도 약속하지 않고 밖으로 뛰어나가 버렸지. 그때 약속만 했더라면, 드리스콜의 주머니 속에 들어 있던 그 편지를 로라가 다음 날 그에게 보내지 않아도 되었을 텐데. 그러나 드리스콜은 말할 기회를 주지 않았네. 바로 그것이 격정적인 그 사람다운 점이기는 하지만 말일세."

"무리도 아니겠지요." 해드리는 중얼거리듯이 말했다. "소문이 현실로 된다면 아저씨 윌리엄이 어떻게 나올지 모르니까요."

펠 박사가 고개를 끄덕이며 말을 받았다.

"이런 경우, 저러한 격정적인 사람의 머릿속에는 오만가지 망상이 한꺼번에 일어나게 될 거야. 비튼 부인과 추문 때문에 골치를 썩이다가 아파트로 돌아와 아저씨가 야단법석을 떨던 그 원고가 바로 자기가 훔쳐 온 모자 속에 있다는 것을 알았을 때, 그는 어떤 기분이었을까? 이것은 아무도 상상할 수 없을 걸세. 그는 그때 무엇을 생각하고 있었을까? 아니 아니, 생각이 다 뭔가. 머리가 혼란해져서 뭐가 뭔지 하나도 몰랐을 걸세. 1만 파운드짜리 원고가 모자 속테에 끼어 있었으니, 자네 자신이라도 그것을 알게 된다면 머리가 좀 이상해질걸.

무엇보다도 그의 입장이 난처해졌다는 것은 너무나도 당연한 이야기지만, 아무튼 결과가 가공할 만하리라는 것은 뻔했던 걸세. 말

많은 아저씨는 생명과 바꿀 수 없는 물건을 잃어버렸다고 화가 머리 끝까지 치밀어올라 있는데, 문제의 원고는 자기 손에 있다. 그런데 어떻게 그것이 모자 속에 들어가 있었을까? 설마 그렇게 소중한 물건을 아저씨 스스로 모자 속에 끼워서 쓰고 다니지는 않았겠지. 그런데 가장 곤란한 것은 드리스콜이 원고 있는 데를 모르는 사람으로 간주된 거였네!

이런 곤경을 벗어나려고 그 빨간 머리 청년은 미친 사람처럼 발버둥쳤을 거야. 좀 전까지만 해도 용감한 모험가로서 신바람이 나서 활보하고 있던 청년이 바로 싸구려 소설의 주인공이 된 걸세. 그것이 홱 바뀌어 무서운 추문의 주인공으로 전락해 버린 걸세. 신바람을 일으킨 대가로 야단 잘 치는 아저씨가 버티고 있으니 아마 그 날 밤에는 코가 비뚤어지도록 술을 마시고 싶었을 거야."

"드리스콜에게 이성이 있었다면" 주임경감이 탁자를 치면서 말했다. "아저씨를 찾아가서……."

"농담은 그만두게. 아무리 이성이 있는 사람이라고 하더라도 그런 생각은 들지 않을 걸세. 아무튼 상대가 윌리엄 비튼 경이니, 드리스콜이 무슨 말을 할 수가 있겠나. 아저씨, 죄송한 일을 저질렀습니다. 포의 원고는 돌려 드리겠습니다. 아저씨의 모자를 훔칠 때 같이 가져와 버렸습니다. 어떻게 이런 대사를 말하겠는가! 만일 이렇게 말했다고 하면 어떤 결과가 일어날 거라고 생각하나? 아까도 말했지만, 드리스콜은 원고가 어디 있는지 모르는 것으로 되어 있거든. 아무도 모른단 말이야. 윌리엄 비튼은 자신이 빈틈없는 인간이라고 자만하고 있네. 그렇게 떠들어 놓고도 아무도 모를 거라고 믿고 있단 말이야.

즉 그는 드리스콜의 말 같은 것은 믿지도 않을 걸세. 만일 자네 자신이 이런 말을 듣게 된다면 어떻게 생각하겠나? '해드리 씨,

당신은 2층 서랍 속에 1천 파운드를 감춰 뒀지요? 내가 어젯밤 박쥐우산을 훔쳤을 때 우연히 그것이 우산대에 달린 끈에 매달려 있었기 때문에 같이 가져와 버렸는데, 돌려 드리겠습니다.'

자네는 그것을 아무 말 없이 받아들이겠나? 게다가 설상가상으로 자네 동생이 찾아와서 '해드리, 굉장한 것을 발견했어. 저 녀석은 형의 박쥐우산과 1천 파운드를 훔쳤을 뿐만 아니라 내 아내까지 뺏어 갔단 말이야.' 이런 말을 듣게 된다면 대체 자네는 어떤 기분이 되겠나? 시치미떼고 그냥 용서해 주겠나?"

펠 박사는 콧방귀 소리를 내면서 말을 계속했다.

"어쩌면 자네 말대로 분별 있는 인간 같으면 그렇게 말할지도 모르지. 그런데 불행히도 드리스콜은 상식있는 사람이 아니었네. 적어도 그는 차분히 사물을 생각하는 사람이 아니었단 말이야. 그는 흥분해 있었어."

박사는 몸을 앞으로 내밀어서 고무쥐를 손가락으로 눌렀다. 쥐는 탁자 위를 빙빙 돌다가 마룻바닥으로 떨어져 버렸다. 경감은 더 이상 견딜 수가 없어서 외쳤다.

"중요한 고비에 취하고 장난만 치시면 곤란합니다. 그래서 그는 밤새도록 머리를 앓고 있다가 날이 새자마자 곧 덜래이 씨의 도움을 요청하게 되었다는 거지요?"

"맞았네."

그때까지 잠자코 두 사람의 대화를 듣고 있던 덜래이가 의아한 얼굴을 치켜들었다.

"그럴까요? 그렇다면 왜 직접 나한테 뛰어오지 않았을까요? 전화 같은 것을 걸고 있을 것이 아니라 곧 런던 탑으로 달려왔으면 좋았을 텐데."

"그건 이렇소. 그가 곧장 달려가지 않은 것을 보더라도 사건에 대한 나의 견해가 잘못되지 않은 것을 알 수 있단 말이오. 즉 그는 한 번 더 윌리엄 경을 습격하려고 생각했던 거요."

"뭐라고요!" 해드리 경감은 걸음을 멈칫하며 돌아다보았다. "그런 상황 속에서 다시 경의 모자를 훔치다니, 그런 모순된 이야기가 어디 있습니까? 곤경을 벗어나기 위해서는 정반대되는 행동이라고 생각합니다만."

"그야 그렇지. 그러나 막다른 골목에서 궁리해 낸 생각이니까 그런 정도이겠지."

"그럴지는 모르지만, 그건 오히려 사태를 더 악화시키는 일이 아닐까요? 변명하기 더 곤란하게 될 겁니다. 생각해 보십시오. 이번에는 이렇게 말하지 않으면 안 될 거예요. '아저씨, 정말 죽을 죄를 지었습니다. 모자를 훔치고, 원고를 훔치고, 레스터의 아내까지 훔쳤으나, 처음 그 모자만으로는 부족하기 때문에 하나 더 훔치고 말았습니다.'"

"그만두게. 적당한 데서 그만두는 게 좋아. 이번에 내가 설명하겠네. 그 사람은 덜래이 씨의 도움을 받을 셈이었어. 그러나 그 전에 자기 힘으로 할 수 있는 수단을 다하고 싶었던 거야. 최후의 발악이었는지도 모르지. 나는 처음에 한 시에 탑을 방문하겠다고 약속했다는 말을 듣고 이상하게 생각했었지. 아침에라도 그런 생각이 있었다면 달려갈 수 있었을 텐데……. 더군다나 20분이나 늦게 찾아온 것은 무슨 이유였을까? 가능하다면 약속 시간보다 먼저 달려왔어야 했을 텐데, 왜 그렇게 꾸물거렸을까? 결국 그 사이에 그는 아저씨 몰래 슬쩍 원고를 돌려 놓으려고 했던 걸세.

그러나 이것은 생각했던 것보다 곤란한 일이었단 말이야. 집 안에서 이야기를 들어 보니 원고 도난 사건과 모자 소동은 전혀 관계가 없는 일로 생각하는 것 같았지. 윌리엄 경은 원고 그 자체가 목

표가 되어서 도난당했다고 믿고 있었으니까.

그러니 만일 드리스콜이 그 원고를 봉투 속에 넣어서 우송한다면 어떤 결과가 되겠나? 오히려 그건 더 위험하다고 말하지 않을 수 없지. 그 집에는 아버 씨라는 수집가가 있네. 그는 식탁에서 무심히 서적 수집에 대해 자랑하고 있었기 때문에 맨 먼저 혐의를 받게 됐는데, 그 도둑맞은 물건이 우송되어 왔다면 어떻게 되겠느냔 말이야. 윌리엄 경도 첫째로 훔칠 만한 사람은 아버 씨라고 생각하고 있지만, 동시에 가장 돌려 주지 않을 사람도 이 사람이라고 믿고 있었을 거야. 즉 반송된 것만으로도 아버 씨의 혐의는 벗겨지고 마는 걸세, 알겠나?"

해드리는 턱을 만지면서 "그렇겠지요. 아버 씨가 용의자가 아니라는 것이 확실해진다면 의심을 받게 될 사람은 가족이 되겠지요" 하고 말했다.

"그렇지, 윌리엄 경은 처음부터 집안일 하는 사람은 의심하지 않았네. 우리와 이야기하고 있을 때도 집안일 하는 사람에 대한 용의는 일소에 붙이고 말았잖나. 그렇다면 남은 사람은 레스터 비튼, 로라 비튼, 실러, 드리스콜, 이 네 사람일세. 그런데 비튼 부부는 도난 사건이 있었을 때 수백 마일이나 떨어진 곳에 있었단 말이야. 원고의 전말을 알고 있던 네 사람 가운데 두 사람은 콘월에 있었네! 나머지 두 사람, 이 중에서 설마 실러가 그런 흉내를 내지는 않겠지. 그러므로 용의자는 드리스콜로 압축이 되네. 양심의 가책에 못 이겨서 반송해 왔지만, 그것은 또한 드리스콜이 할 만한 짓이 아닌가?

아마 드리스콜은 이러한 사실을 알고 있었을 걸세. 원고를 우송한다면, 단지 그것만으로도 아저씨가 자기를 의심하기 시작하리라는 것을 알고 있었단 말일세. 그러나 그 밖에 어떤 방법이 있겠나? 집에 슬쩍 숨어 들어가서 어딘가에 원고를 쑤셔 넣어 둔다면? 그렇게 하더라도 윌리엄 경은 그곳에 두었다가 잊어버렸다고는 생각지 않을 걸세. 이미 저택 안에 있는 종이 조각이란 조각은 모조리 진공 청소기로 모아 두었으니까. 그 뒤 어느 다른 서랍 속에서 나왔다고 하더라도 역시 혐의가 그에게 돌아오는 것은 우송했을 경우와 똑같은 걸세."

"과연 그렇겠군요. 정말 그도 난처했겠는데요. 제가 그러한 입장에 섰다고 하더라도 어떻게 하면 좋을지 판단하기 곤란했을 겁니다. 하는 수 없이 당분간 형편을 보고 있다가 아저씨의 혐의를 아버 씨에게로 돌리는 수밖에 없겠지요. 합리적인 방법이라면 그 정도가 고작이었을 겁니다. 그렇다고 하더라도 드리스콜처럼 신경질부리는 사람으로서는 언제 아저씨인 윌리엄 경에게 발견될지 몰라 깜짝깜짝 놀라며 굉장히 겁이 났을 겁니다. 아마 그의 기분은 한시바삐 문제의 물건이 자기 손에서 멀어져 가기를 바랐을 겁니다. 보이지 않는 곳으로 사라져 버리라고 기도했겠지요."

"맞았네." 펠 박사는 지팡이로 방바닥을 크게 내리쳤다.

"그래서 그는 완전히 이성을 잃게 됐어. 자기 손 안에서 이 저주스러운 물건을 어떻게 해서든 멀리해 버려야 했지. 그냥 내버려 둔다면 언제 손가락 끝에 불이 붙을지 모르는 일이니까. 그래서 그가 어떤 행동을 했을 거라고 생각하나? 당연한 일이지만 확실한 복안 같은 게 있을 리 없지. 그러나 잠자코 있을 수도 없을 것 아닌가. 그는 안개 속을 쫓기는 사람처럼 밖으로 뛰어나와서 정신 없이 거리를 쏘다녔네. 정신을 차려 보니까 언제나 그의 발걸음은 아저씨의 집을 향하고 있었지. 도망쳐도, 아무리 도망을 쳐도 자연히 발걸음은 그리로 끌려가고 있었던 걸세.

해드리, 우리들이 윌리엄 경과 술집에서 만난 게 몇 시였는지 기억하고 있나? 그건 틀림없이 두 시였을 걸세. 그때 경은 벌겋게 화를 내면서 또다시 모자를 도둑맞았다고 말했지. 한 시간 반쯤 전에 당하여 아직도 화를 내고 있는 거라고 말하지 않았나. 그 말을 기준으로 계산해 보면 대략 시간이 결정되네. 도둑맞은 시간은 한 시 20분 전이 되는 셈일세.

윌리엄 경도 말했지만, 경은 한 달에 한 번 정기로 다니는 길이 있었네. 이것도 역시 그가 말한 것이지만, 그 예정은 절대로 변경시키지 않았지. 오늘의 예정은 드리스콜의 아파트를 방문하는 일이었네. 그것도 역시 경이 그때 확실히 설명한 것일세. 아무튼 경의 자동차가 안개에 젖은 채 길가에 서 있었고 운전기사는 담배를 사러 가 버렸으며 윌리엄 경은 아직 집에서 나오지 않았지. 드리스콜은 자기도 모르는 사이에 아저씨의 집 앞까지 와서는 숨어서 그 상황을 엿보고 있었던 걸세."

"저는 지금 비튼 경이 말한 여러 가지 일들을 생각해 냈습니다." 주임경감은 쓴웃음을 지으며 말했다. "경이 저택에서 나오면서 우연히 자동차를 보니 누군가 수상한 자가 차창으로 손을 집어 넣어서 창에 달린 주머니 속을 뒤지고 있었다고 했지요. 드리스콜은 무엇을 집어 내려고 그랬던 것이 아니라, 반대로 그는 처리하기 곤란한 원고를 주머니 속에 쑤셔 넣으려고 했던 겁니다."

"나도 그렇게 생각하네. 그런데 윌리엄 경이 의외로 빨리 나타난 거야. 경은 도둑이라고만 생각하고, 잡을 생각은 없었지만 '이놈!' 하고 굉장한 소리로 고함을 질렀지. 깜짝 놀란 드리스콜은 손을 빼는 순간 본능적으로 머릿속을 스쳐간 것이 있었네. 모자다! 윌리엄 경의 모자란 말일세. 그는 그것을 잡아채자마자 안개 속으로 사라져 가 버렸던 것일세."

"결국 박사님의 의견은."

"경험으로 얻은 직감일세. 그는 지금까지 경험으로 아저씨가 쫓아오지 않는 것을 알고 있었네. 윌리엄 경은 언제나 보도 위에 우두커니 서서 큰 소리로 외치기만 했거든."

해드리는 조금 있다가 고개를 끄덕이고 나서 낮은 목소리로 덧붙였다.

"과연 그렇겠군요. 그렇지만 박사님, 그렇다면 그는 혹시 자동차 안의 주머니 속에 원고를 집어 넣었는지도 모르지 않습니까? 조사해 볼 필요가 있지 않을까요?"

펠 박사는 방바닥에서 슬그머니 고무쥐를 집어 들어올리면서 딱하다는 듯한 표정을 지었다.

"자네의 판단은 유감스럽지만 11시간쯤 늦었네. 아까 윌리엄 경이 자동차를 타고 런던 탑으로 급히 갔을 때 나는 빈틈없이 차 안에 주머니를 뒤져 보았다네. 그러나 아무것도 들어 있지 않았어. 드리스콜은 역시 넣지 않았던 걸세. 그럴 틈이 없었겠지."

그때 갑자기 해드리의 얼굴에 희미한 미소가 떠올랐다. 해드리는 박사와 이야기를 나누는 동안에는 자기의 의견을 내놓지 않았던 것이다. 적당히 펠 박사로부터 필요한 설명을 끄집어 내면서 드디어 그 자신의 해석을 완성시킨 것 같았다.

"그럼, 이번에는 말씀대로 제 추리를 정리해서 보여 드릴 테니까, 평을 부탁드립니다. 드리스콜은 오늘 아침 비교적 빨리 외출한 채 끝내 돌아오지 않았습니다."

"그렇지."

"그는 원고를 가지고 나갔어요. 그렇지만 훔친 모자는 그대로 이 방에 두었습니다."

"나도 그럴 거라고 생각하네."

"그리고 또 큰 화살도 그대로 둔 채였겠지요. 줄질을 하고 있었으니까요. 사람의 눈에 잘 띄는 곳에 있었으리라고 생각해도 좋을 겁니다."

"맞았네."

"그래서" 하고 해드리는 갑자기 심각한 표정이 되었다. "이 사건은 겨우 해결된 셈이군요. 레스터 비튼이 오늘 아침 드리스콜을 방문했습니다. 불행히도 그는 외출중이었지요. 그러나 레스터는 형 윌리엄 경에게서 빌려 온 열쇠로 안에 들어가서 잠깐 동안 기다리고 있었으나 점심때 가까이 되어서 집으로 돌아왔습니다. 돌아온 것을 비튼 양도 보았습니다. 그때 모습을 실러 양은 이렇게 말하고 있습니다. '숙부님은 여느 때와 달리 흥분하셔서 무서운 표정을 짓고 있었는데, 그러다가 갑자기 웃으시곤 했어요…….'

비튼 경 집에서 그 무쇠 화살을 집어 낼 수 있는 기회가 있었던 사람은 물론 몇 사람이나 될 겁니다. 그러나 이 아파트에서 가지고 나갈 수 있었던 것은 레스터 비튼밖에는 아무도 없었을 것입니다. 윌리엄 경의 실크햇을 훔쳐 낼 수 있는 기회가 있었던 사람도 역시 몇 사람이나 될 겁니다. 그러나 이 아파트에서 가지고 나가 런던 탑에서 찔려 죽은 시체의 머리 위에 씌울 수 있는 사람은, 이것 역시 레스터 비튼 말고는 없습니다. 이로써 그는 드리스콜의 희망을 들어 준 셈이 되는군요. 드리스콜은 실크햇을 쓰고 죽어서, 적어도 한 여성이 무덤 앞에서 울어 주게 되었으니 말입니다."

펠 박사는 검은 리본을 잡아당겨서 안경을 벗더니 두 눈을 심하게 비볐다.

"자네 말이 맞았네." 그는 두 손으로 짓눌러 찌부러지는 듯한 소리를 냈다. "나도 역시 같은 의견일세. 이것이 결정적인 단서가 될 거라고 생각하고 있어. 그래서 비튼 양에게 레스터가 돌아왔을 때 뭔가를 가져오지 않았더냐고 물어 본 걸세."

그들은 시간 가는 것도 잊고 있었다. 밤의 런던은 이 시간이 되어야 겨우 조용해진다. 뒤쪽에서 줄곧 들려오던 먼 밀물 소리 같은 소음도 어느 새 완전히 사라져 버리고, 밤 깊은 광장을 가로지르는 자동차 대열도 끊어진 것 같았다. 그들의 말소리만이 기분 나쁠 정도로 크게 들릴 뿐이었다.

그때 닫아 둔 방문 저쪽에서 전화 벨 소리가 날카롭게 울려 왔다.

실러 비튼이 전화를 받았는지 예쁜 목소리로 대답하더니, 곧 방문이 활짝 열리면서 실러가 긴장된 얼굴로 들여다보았다.

"전화예요, 해드리 씨. 아버 씨 같은데, 그 아버 씨겠지요?"

해드리는 급히 달려갔다.

난로 속에

실러 비튼은 방 안 사람들의 얼굴을 보더니 너무나 심각한 표정들이므로 놀란 모양이었다. 그녀는 여느 때 몸단장 같은 것은 어디다 버려 버렸는지, 모자도 외투도 다 벗어 던지고 탐스러운 금발이 이마 위에서 흐트러져 있었다. 웃옷 소매도 걷어붙였다. 코옆에 검은 때가 묻어 있는 것은 눈물을 닦았기 때문이리라. 랜폴은 드리스콜의 소지품을 이것저것 가려 내고 있는 그녀의 모습을 상상해 보았다. 하나를 골라 내고 하나를 버리면서, 살아 있었을 때의 드리스콜을 생각하고는 갑자기 그 자리에 주저앉아서 솟아오르는 눈물을 억누를 수가 없었을 것이다.

랜폴은 비로소 가까운 사람의 죽음에 직면했을 때 드러나는 여자의 심리를 알 것 같았다. 처음에는 의외로 냉정하여 조금도 흐트러지지 않는다. 그러나 그것이 갑자기 바뀌어 히스테릭한 상태가 된다. 잠시 동안 기분의 변화가 서로 번갈아가며 일어나다가 드디어 복잡한 심경이 되고 마는 모양이다.

해드리 경감은 전화를 받고 있었다. 펠 박사도 그의 뒤를 따랐으나 여느 때 볼 수 없을 만큼 심각하였으며, 또한 이상할 정도로 흥분해 있었다. 렌폴은 그때 이상한 광경을 한평생 잊을 수 없을 거라고 생각했다.

해드리는 열심히 듣고만 있었다. 쥐 죽은 듯이 고요한 방 안에 전화의 목소리가 옆에 선 사람의 귀에도 들려 올 만큼 똑똑한 소리를 내고 있었다. 탁자 위에다 팔꿈치를 짚고 등을 방문에 기댄 채 해드리는 수화기에 매달리다시피 하여 아무 말도 하지 않았다. 조금 전에 실러가 짐을 챙기느라고 일었던 먼지도 어느덧 녹색 스탠드 위에 가라앉고 말았다. 책상 옆에서는 펠 박사가 해드리의 모습을 지켜보고 있었다…… 안경의 검은 리본이 흔들리고, 중산모를 쓴 채 고무쥐를 쥔 손으로 줄곧 입수염을 매만지고 있었다.

수화기를 통해서 나오는 빠른 말소리 외에는 아무 소리도 들리지 않았다. 실러 비튼이 무슨 말을 하려고 하자 덜래이가 급히 못 하게 말렸다. 해드리 경감은 한두 마디 간단한 말을 중얼거리고 나서 수화기를 든 채 뒤돌아보았다.

"왜 그러나?" 하고 펠 박사가 초조한 듯이 물었다.

"계획대로 잘 됐습니다. 아버 씨는 날이 저물자 곧 친구인 스펜글러 부부의 집을 나와 자기 별장으로 갔다고 합니다. 스펜글러도 같이 따라갔지요. 형사는 수배한 대로 정원에서 두 사람을 겁주기 위한 수단을 썼습니다. 뭐야, 캐롤. 박사님께 보고하고 있으니까 잠깐만 기다려 주게."

그는 수화기를 그대로 두고 의자에 걸터앉았다.

"아버 씨는 별장에 들어가서 집 안의 전등을 모조리 켰습니다만, 동시에 덧문도 다 닫아 버렸답니다. 덧문 아래쪽에 다이아몬드 형의 구멍이 뚫려 있었기 때문에 형사는 그 구멍을 통해서 방 안을 들여다보았습니다.

아버 씨와 그 친구는 앞에 있는 방으로 들어가 자리에 앉았지요. 방 안의 가구들은 아직 덮개가 그대로 덮여 있었던 모양입니다. 두 사람은 난로 앞에 앉아 체스판을 벌인 상태였지요. 대충 이것이 두 시간 전쯤의 일입니다. 그러고 나서 나의 부하는 부지런히 임무에 착수했지요. 정원의 자갈 위를 일부러 소리 내면서 걸어다니기도 하고, 건물 주위를 오락가락하기도 했습니다. 두 사람은 그 소리를 들었는지 스펜글러가 덧문을 열고 바깥을 내다봤습니다. 형사는 재빨리 숨어 버렸습니다. 스펜글러는 다시 덧문을 닫아 버렸습니다.

이런 일을 몇 번이나 되풀이하던 끝에 드디어 두 사람은 전화를 걸어서 경찰관을 불렀어요. 경찰관은 곧 회중전등을 비춰 온 정원을 뒤졌습니다만, 물론 수상한 자는 잡히지 않았지요. 그래서 경찰관이 돌아가자 형사는 다시 창가로 접근했던 겁니다. 일부러 소동을 일으키기 위해서 말입니다.

위스키 병이 반쯤 비게 되었을 때, 아버인지 스펜글러인지는 똑똑히 모르겠습니다만, 힘껏 체스판을 내리쳤습니다. 덧문에 귀를 바싹 갖다 대고 들어 보니 아버 씨가 스펜글러 씨를 타이르는 듯한 소리가 들렸습니다. 스펜글러 씨는 끝까지 승낙하지 않는 모양이었습니다. 그래서 형사는 다시 떠들어 댔지요. 뒤로 돌아가서 부엌문을 탕탕 치기도 하고. 다음 순간 재치 있게 그는 차고의 콘크리트 벽 속에 숨어 버렸습니다. 예상한 대로 부엌문이 홱 열리더니, 권총이 불쑥 나와 뜰 앞을 향해서 덮어놓고 쏘아 대더랍니다. 반 마일 안에 있던 경찰관들은 그 총소리에 놀라 모두 달려왔습니다. 큰 소동이 벌어지고 만 거지요. 스펜글러 씨는 권총 휴대 허가증을 보여 주며 변명하기에 바빴지요. 소동은 끝났습니다만, 덕분에 아버 씨는 지쳐 버려서 솜처럼 축 늘어졌습니다. '제발 부탁이니까 경찰에 데려다 주게. 해드리 경감과 꼭 만날 수 있게 해줘. 직접 만나서 이야기할 게 있어'라고 말하기 시작했답니다."

정세가 호전되었는데도 펠 박사는 조금도 기쁜 표정을 짓지 않았다.

"그래서 자넨 어떻게 할 셈인가?"

해드리는 시계를 꺼내 보고 역시 시무룩한 표정으로 대답했다.

"12시 10분이 지났습니다만, 이 일을 내일 아침까지 내버려 두면 위험합니다. 날이 새고 나면 아침의 태양과 더불어 그는 기운을 되찾을지 모릅니다. 기운을 차리게 되면 입을 열려는 생각이 없어져 버릴 겁니다. 어떻게 해서든지 지쳐 있을 때 취조할 필요가 있습니다. 하지만 경시청으로 데리고 가는 건 서투른 방법이지요. 그러한 타입의 인간은 이쪽에서 위압적으로 나가면 입을 다물고 침묵을 지키기 마련이거든요. 그렇다고 해서 지금부터 골더스 그린까지 출장 가는 것도 고역이고."

"이 아파트로 데리고 오면 좋지 않겠나."

"그것이 좋겠군요."

해드리는 눈을 빛냈다. 그 눈을 실러 비튼에게 옮기며 말했다.

"아가씨는 덜래이 씨가 바래다 주실 겁니다. 그것이 좋겠지요. 그렇게 하도록 합시다. 아버 씨는 경찰차로 데리고 오게 되면 본인도 안심할 겁니다."

"아버 씨는 전화로는 말할 수 없다는 건가?"

"그건 안 됩니다. 이유는 잘 모르겠지만, 그는 전화 공포증에 걸려 있는 것 같습니다." 해드리 경감은 부하 경사한테 전화로 지시해 놓고 다시 펠 박사를 돌아보며 말했다. "박사님, 그는 무슨 이야기를 하고 싶어하는 걸까요?"

"나는 나대로 생각하는 바가 있지만 지금은 아직 이야기하고 싶지 않네. 혈탑의 터널 속에서 양쪽 입구에 각각 비튼 부인과 아버 씨를 세워 두고서, 드리스콜이 무쇠화살에 찔려 죽었다는 말을 들었을 때 이런 의문이 일어났던 것을 기억하고 있네."

말하고 싶지 않다고 하면서도 그는 중얼중얼 이야기를 시작했다. 그러다가 우연히 옆에 실러 비튼이 있는 것을 알아차리고 입을 다물어 버렸다. 비튼 양은 복도에서 덜래이 뒤에 서 있었으나 지금의 대화는 못 들은 것 같았다. 박사는 복도 쪽을 돌아보며 입수염 끝을 꼭 잡았다.

"아무튼 좋아. 곧 알게 되겠지."

해드리 경감은 서재를 조사하고 있었다. 본디 드리스콜이 정리를 잘하는 성격이 못 되는데다가 실러 비튼이 마구 휘저어 놓았기 때문에 방 안은 손도 못 댈 정도였다.

방바닥 한가운데에는 그녀가 쌓아 놓은 자질구레한 물건들이 있었다. 은잔이 두 개, 스포츠 클럽의 사진, 크리켓 방망이, 런닝 용 스웨터, 도자기 맥주잔——거기에는 '생일을 축하함. 실러'라고 적혀 있었다——우표첩, 못쓰게 되어 버린 낚싯바늘, 장선(腸線)이 늘어난 테니스 라켓. 이러한 물건들을 보자 본디부터 황량한 이 방에 죽은 사람의 추억이 응결되어 머리 위에서 귀신이 나타날 것만 같은 생각이 들었다. 이 방의 주인은 죽은 것이다.

"여러분, 비켜 주시지 않겠어요!"

실러는 신경질이 나는 듯 말했다. 그녀는 덜래이를 떠밀어 내듯이 하여 앞으로 나와서 말했다.

"이렇게 마구 늘어놓다니! 필립은 정말 정돈할 줄 모르는 사람이에요. 옷이란 옷을 모조리 내던져서 어떻게 정돈해야 할지 모르겠어요. 그리고 여기 있는 이 새 모자는 아버지 것이에요. 모자 속의 테에 똑똑히 금빛 글씨로 아버지 이름이 적혀 있는 걸요. 왜 여기에 와 있을까요?"

덜래이도 놀란 듯이 박사의 얼굴을 쳐다보았다.

"드리스콜은 한 번 이곳에 들렀다가 갔을까요, 탑으로 가기 전에?"

"그런 것 같은데." 펠 박사가 대답했다. "그렇게 하고서도 탑으로 가는 약속 시간까지는 아직도 20분 이상 여유가 있었을 걸세. 그런데도 20분 이상이나 지각을 했으니까, 물론 한 번 돌아왔다고 생각해도 좋을 거야. 상관 없어요, 아가씨. 그 모자는 다른 물건들과 같이 가지고 돌아가시오."

"그럼, 여러분. 저는 가 보겠어요. 덜래이, 맥스를 좀 불러 줘요! 짐을 자동차에 싣고 싶으니까요. 전 손이 더러워졌어요. 타이프라이터의 기름이 책상에 흘러 있었거든요. 게다가 숫돌 조각이 떨어져 있어서 하마터면 손가락에 상처를 입을 뻔했어요."

해드리는 책상 쪽으로 다가가서 자세히 조사를 해 봤다. 랜폴은 또 다시 온 몸이 떨려서 눈을 감아 버렸다. 난잡한 방 안 녹색 스탠드 아래에 앉아서 자기 가슴을 꿰뚫을 화살이라는 것도 모르고 부지런히 줄질을 하고 있었던 드리스콜의 모습을 생각하자 차가운 전율이 등줄기를 달리는 것을 느꼈다.

주임경감이 중얼거렸다.

"숫돌과 타이프라이터…… 그런데 박사님, 가사 도구 바구니를 살펴보신 것 같았는데, 문제의 물건을 발견하셨습니까? 타이프라이터도 조사하고 계시던데, 대체 뭐가 필요하셨습니까?"

펠 박사는 들고 있던 고무줘를 줄곧 움직거리면서 대답했다.

"뉴스 스토리의 원고를 찾고 있었네. 사건의 발생은 아직 멀었지만, 보도 기사는 벌써 써 뒀을 거야. '다우닝 가 10번지 총리 관저에서 일어난 괴사건'이라는 제목으로 말이야. 윌리엄 경의 실크햇이 무쇠 화살에 찔려 출입문에 꽂혀 있었다는 기사를. 드리스콜은 이것으로 신문사를 놀라게 할 셈이었어. 그렇게 하기 위해서는 사건이 일어나기 전에 특종 기사를 타이프로 쳐 놓을 필요가 있었겠지. 이 제1급 특종으로 런던 안의 신문사를 물리치게 된다면, 그의 공로야말로 굉장할 것 아닌가!

타이프 원고는 치기 시작한 게 아니라 이미 다 쳐서 책상 위에 놓아 두었더군. 그런데 다른 원고들을 치기 시작한 것이 산더미처럼 쌓여 있었어. 그는 소설에 손을 대고 있었더군. 모두 다 괴상한 제목을 붙여서 말이야. 괴기소설의 범주에 속하는 것뿐이었어. '더 너웨이 거리의 저주', 뭐 이런 것들인데, 고가의 복도에서 한밤중에 유령이 돌아다닌다는 종류의 것일세. 드리스콜이라는 사나이는 귀족 사회를 굉장히 동경하고 있었더군. 그는 아마도 윌리엄 경의 작위가 불행히도 나이트(영국에서 공로자에게 주는 작위)에 지나지 않아 1대로 그치기 때문에 분해서 못 견뎠을 것이라고 상상되네."

실러 비튼은 답답하다는 듯이 발을 동동 구르면서 말했다.

"적당히 비켜 주시지 않겠어요? 필립이 죽었다는데, 방 한가운데에서 진을 치고 이야기만 하고 있으면 곤란하잖아요. 이 방의 서류가 필요하시다면 지금 이 자리에서 말씀해 주세요. 제가 지금 옷 상자에 넣어서 가져가려는 참이니까요. 아버님께서 틀림없이 보려고 생각하실 테니까요. 난로 속에 넣어서 태워 버린 것은 하는 수 없다 하더라도……. 그런데 제가 보기에는 타이프를 친 게 아니라 펜으로 썼기 때문에 누군가에게 보내는 편지가 아닌가 생각하고." 그녀는 약간 얼굴을 붉히면서 말을 이었다. "자주 있었던 일 같기도 하고, 모두 다 타 버린 것 같아서."

"뭐? 뭐라고요!" 펠 박사가 외쳤다.

그의 커다란 몸집이 구르듯이 난로 쪽으로 달려갔다. 벽돌을 쌓아

올린 난로였다.

"회중전등, 해드리!"

그는 쭈그리고 앉아서 난로 철책을 벗겼다. 경감도 얼굴빛이 달라지면서 회중전등을 내밀었다. 난로 속에는 새까맣게 그을린 종이 쪽지가 쌓여 있었다. 전등을 비추자 그래도 조금은 타다 남아서 잿빛으로 변색된 곳이 드러났다.

"메리의 편지로군요."

해드리가 말했으나, 펠 박사는 비통한 표정으로 그의 말을 막았다.

"중요한 물건은 이 밑에 있다네."

박사는 그것을 살짝 들어올렸다. 손을 대자마자 재가 되어서 무너져 버렸다. 무사히 남게 된 것은 연기로 시커멓게 그을어 버린 몇 인치의 조각뿐이었다. 극히 엷은 종이 쪽지로, 세로로 세 번 접혀 있었다. 그는 그것을 조심스럽게 펴서 손바닥 위에 올려놓았다. 해드리의 회중전등으로 비춰 보니 표제도 있던 것 같았으나 그 부분은 연기 때문에 변색되어 아무리 애를 써도 읽어 낼 수가 없었다. 한쪽 구석에 있는 작자의 서명도 역시 같은 빛깔로 변색되어 'E'라는 철자가 화려한 서체를 보이고 있을 뿐이었다. 아주 적은 부분이 갈색으로 변하긴 했지만, 불의 재화에서 겨우 남은 것은 몇 줄 뿐이었다.

나의 친구 C. 오귀스트 뒤뺑의 유례 없는 재능에 대해서는 뒷날 다시 이야기할 기회가 있으리라고 생각한다. 그는 나에게 그것을 집필할 것을 금지했던 것이다. 상식을 벗어난 기인으로 생각될 만한 성격이 세상에 알려지는 것을 싫어했기 때문이다. 아쉬운 대로 여기서는 이 사건만을 기록한다…….

18——년 어느 날 바람이 몹시 부는 밤에 일어난 일이었다. 페브

르 생 제르망 거리의 다 부서진 내 아파트를 찾아온 사람이 있었다……

모두 소리도 내지 않고 읽어 갔다. 펠 박사는 무릎을 꿇은 채 움직이지 않았다. 무참히 타 버린 종이 쪽지를 거리의 신에게 바치는 듯한 모습이었다.

"바로 이거라네." 오랜 사이를 두고 박사는 낮은 목소리로 중얼거렸다. "이것이 바로 세계 최초의 탐정소설 첫장이란 말이야. 아무렇지도 않은 필치로 쓰기 시작했지만, 이미 무서운 비밀을 암시하고 있지 않나? 항상 볼 수 있는 밤의 세계, 바람이 심하게 불고 있는 밤. 먼 나라의 밤거리. 사건의 날짜는 일부러 비워 두었네. 쓸쓸한 거리에 무너져 가는 듯한 낡은 아파트, 이것이 바로 에드거 앨런 포가 쓴 세계 최초의 탐정소설의 시작이란 말일세."

랜폴의 눈 앞에는 검은 사나이의 얼굴이 아른거렸다. 명상하는 눈동자, 뾰족한 턱, 아무렇게나 기른 수염이 입가에 흐트러지고, 어깨가 마르기는 했으나 군대 생활을 한 덕분으로 씩씩해 보인다. 양초의 불빛, 가난한 방 안, 겨우 몇 권뿐인 책들. 방문 뒤에는 때가 묻은 실크햇이 걸려 있다. 이 음울한 인물은 일생을 바쳐서 꿈 속에서 살았다. 생전에 모든 쾌락을 불멸의 명성이라고 불러야 할 슬픈 금화와 맞바꾸면서…….

해드리는 일어서서 회중전등을 껐다.

"이로써 결국 1만 파운드도 수포로 돌아가 버렸군요. 그러나 아버씨로서는 오히려 다행인지도 모르지요. 필라델피아에 있는 친구에게 잔금을 지불하지 않아도 되니까 말입니다."

덜래이도 중얼거리듯이 말했다.

"윌리엄 경에게는 이 말을 할 수가 없겠군요. 듣자마자 미치고 말

테니까요. 그렇지만 필립, 이것만은 남겨 두었으면 좋았을 텐데……."

"그렇지 않아! 자네들은 아직도 진상을 모른단 말이야. 참, 기가 막혀서! 무슨 일이 일어났는지 짐작을 못하겠나?" 펠 박사는 날카롭게 말했다.

"드리스콜은 원고를 난로 속에 넣고 태워 버렸다, 단지 그것뿐이겠지요." 해드리 경감이 대답했다. "드리스콜로서는 돌려 주려는 순간에 아슬아슬하게 잡히게 되었기 때문에 완전히 겁을 집어 먹은 거예요. 그래서 방으로 들어오자마자 난로 속에 집어던져 버렸지요."

펠 박사는 지팡이를 짚으며 일어서서 갑자기 웅변조로 지껄이기 시작했다.

"자네들은 아직까지 진상을 파악하지 못하고 있네. 무슨 일이 일어났는가? 누가 페브르 생 제르망에 사는 사람의 대문을 두드렸을까? 어떤 무서운 모험이 그 앞에 기다리고 있는가? 해드리 경감, 자네는 당연히 그것을 생각해 볼 의무가 있네.

이 원고가 수집가라고 자칭하는 콧대 높은 작자들의 손에 들어가게 된다면, 새로운 금이빨을 자랑하듯이 친구들에게 마구 자랑하면서 돌아다니겠지. 그리고 또 이 원고가 세상에 알려지면 이른바 문학사가라고 칭하는 자들이 의기양양하게 이미 세상 떠난 작가의 심리 분석을 해치워 버릴 걸세. 더구나 그런 경우에는 19세기 작품을 요리하는 데 20세기의 식칼을 가지고 덤벼드는 잘못을 범할 게 틀림없어. 더군다나 그 바보들은 그러한 모순을 느끼지도 못할 걸세. 그렇기는 하지만 우리가 그런 데까지 신경을 쓸 필요는 없네. 도대체 그것이 1만 파운드의 값어치를 호가하든, 겨우 반 페니짜리로 평가되든, 또는 미발행 원고이든, 진귀한 초판본이든, 크로스 장정이든, 가죽표지이든 그런 것들은 아무래도 좋단 말이야. 결국 우리들이 문제로 삼는 것은 페브르 생 제르망 거리의 대문을 두드린 것으로 인하여 어떤 장대한 꿈이, 어떤 처참한 모험이 전개되었는가 하는 결과에 있는 걸세."

"좋겠지요." 경감은 싱긋이 웃으면서 말했다. "말이 나온 김에, 지금의 웅변도 결국은 아무래도 좋다고 결론을 내릴 수 없을까요, 박사님? 좀 흥분하신 것 같은데, 그 다음을 알고 싶은 생각이 있거든 윌리엄 비튼 경에게 물어 보시는 게 좋을 겁니다. 경은 끝까지 다 읽었을 테니까요."

"바보 같은 소리는 그만두게. 내가 그런 것을 물어 볼 것 같은가! 이 소설의 결말은 내가 여생을 바쳐서 그 해결을 써내리라고 작정하고 있단 말이야. 영원히 계속되는, 나 자신을 위한 '차호(次號) 완결'로서 말일세."

재미도 없는 두 사람의 대화에 싫어 비튼은 드디어 체념해 버렸는지 그녀 쪽에서 침실로 옮겨가 거기서 또 뭔가 물건을 만지고 있었다. 해드리 경감은 말했다.

"박사님의 꿈은 꿈이고, 현실의 사건으로 돌아갑시다. 이 난로의 모양을 보니까 다음 사실을 확인할 수 있게 되는군요. 포의 원고는 메리의 편지 밑에 있었으므로 드리스콜이 우선 이것을 런던 탑으로 떠나기 전에 태웠을 겁니다. 그러고 나서 5시가 되어서 비튼 부인이 이 방에 들어와서 그녀에게 불리하게 될 염려가 있는 증거물을 모조리 태워 버렸다고 생각됩니다."

"나도 같은 의견일세." 박사는 지친 듯이 말했다. "그러나 그 뭐지, 나도 꽤 지쳤네. 요 몇 시간 동안 술 한 잔도 입에 대지 않았기 때문일세. 저기를 찾아보면 무언가 있을 텐데."

"옳은 말씀입니다. 그것이 끝나게 되면 저도 한 번 웅변을 해야겠습니다."

경감이 앞서서 방을 나갔다. 인기척이 없는 식당에 들어가서 스위치를 누르자 식탁 바로 위에 있는 모자이크 풍의 전등이 켜졌다. 랜폴이 생각할 것도 없이 이 아파트를 상징하는 듯한 조명이었다. 장식이 너무 많아서 추하게 보였다. 황금빛과 빨간 빛, 파란 빛의 세 가지 색깔이 혼합되어서 기분 나쁜 빛을 던지고 있었다. 화려하게 보이면서도 오히려 이 집 주인의 죽음을 생각나게 하는 것이 이 방이었다.

랜폴은 이제 공포를 실감할 수 있었다. 이 식당의 먼지투성이인 맨틀피스 위에 대리석 탁상 시계가 금빛 문자판을 반짝거리고 있지만 바늘은 멎어서 움직이지 않았다. 유리에 먼지가 많이 끼어 있는 것을 보니 며칠 전부터 가지 않았던 모양인데, 바늘이 두 시 15분 전을 가리키고 있지 않는가!

랜폴은 그것을 본 순간, 역적문의 돌층계 아래에서 허옇게 눈을 뜨고 쓰러져 있던 드리스콜의 얼굴이 생각나서 자기도 모르게 몸을 떨었다. 그는 도저히 이 아파트에서 술을 마실 기분이 나지 않았다.

어두운 복도에 언제 또 드리스콜이 발자국 소리를 내면서 걸어올지 모른다. 그가 죽었다고는 도저히 실감이 나지 않았다. 갑자기 시간의 단절이 생겼을 뿐, 도끼로 한 대 맞은 것처럼 일정한 시간이 망각의 연못 속으로 가라앉아 버린 게 아닐까? 언제 또 갑자기 그가 아무렇지도 않은 표정으로 돌아오지 않는다고 장담할 수는 없는 것이다. 그가 먹다 남긴 비스킷이 쟁반 위에 얹혀져 있었는데 그의 잇자국이 남아 있었다. 각 방의 불빛들도 그가 돌아오기를 기다리고 있는 것이다. 언제 다시 시간의 단절이 끝나 버리고 본디의 세계가 부활할 것인가…….

얼룩이 많이 진 탁자보 위에 오렌지 껍질이 흩어져 있는 것을 보는 동안 랜폴은 또다시 심하게 몸을 떨었다.

"나는 위스키 같은 것은 못 마시겠습니다. 도무지 기분이 나지 않는걸요" 하고 랜폴은 말했다.

"저도 그렇습니다. 나는 그의 친구였으니까요." 덜래이가 말했다.

그는 탁자를 향해 선 채 손으로 두 눈을 가려 버렸다.

펠 박사는 찬장 위를 이리저리 뒤지더니 깨끗한 잔을 찾아 냈다. 그는 가느다란 눈을 더욱 가늘게 뜨고 퍽 만족해하는 것 같았다.

"자네도 그렇게 느끼는가?"

"느끼다니요, 무엇을 말입니까?" 해드리는 신경을 쓰지 않고 되물었다. "술병도 있습니다. 거의 손을 대지 않은 것 같은데요. 저는 독한 것이 좋습니다. 소다를 너무 많이 넣지 말고. 무슨 말씀이었지요? 느끼다니, 무엇을 말입니까?"

"그는 아직도 여기 살아 있어. 드리스콜 말이야." 박사가 설명했다.

해드리는 술병을 앞에 놓으며 말했다.

"쓸데없는 말씀은 그만둡시다. 당신들은 대체 무엇을 어떻게 하실 작정입니까? 저에게 겁을 주는 건가요? 마치 귀신 이야기라도 시작하는 것 같지 않습니까? 자, 잔을 이리로 주십시오. 제가 부엌에 가서 씻어 올 테니."

박사는 식기장에 몸을 기대듯이 하고 천천히 사방을 둘러보았다.

"나는 귀신 이야기 같은 것을 할 생각은 없네. 조금 아까 레스터 비튼의 이야기를 듣고 있는 동안에 순간 이상한 예감에 사로잡혔었지. 근거도 없는 예감이지만, 전혀 일리가 없는 것도 아니야. 그래서 나는 좀 무서운 생각이 든다네. 밤이 깊어짐에 따라서 그 기분이 더욱 더 강해져 오는군. 나는 오히려 술이라도 실컷 마셔야겠어. 자네들도 역시 술을 마셔 둘 필요가 있잖나."

랜폴은 차츰 더 불안해졌다. 오늘 하루의 긴장이 그의 두뇌를 혼란케 만든 것 같았다.

"그럼, 저도 한 잔 들겠습니다."

랜폴은 덜래이를 쳐다보았다. 그도 역시 고개를 끄덕이고 나서 말했다.

"박사님의 말씀은 잘 알겠습니다. 그때 저는 같이 있지 않았습니다만, 그래도 말씀의 뜻은 알 것 같습니다."

"우리들의 현재 관심사는 레스터 비튼에게 집중되어 있습니다. 그래서 말입니다만 박사님, 범인은 그라고 단정해도 틀림없겠지요?" 하고 해드리가 말했다.

박사는 술잔을 나란히 놓고 해드리한테서 술잔을 받았다. 술병을 씻어 오는 것이 좋겠다고 누가 말했지만, 그런 말은 완전히 무시해 버리고 그는 차례차례 술을 따랐다.

"그의 알리바이에 달렸네. 알리바이만 없다면 대체로 공판에 넘겨도 실패할 염려는 없겠지. 그러나 나는 알리바이에 대해서 그리 자신이 없는걸. 윌리엄 경에게 물어 보고 싶지만 시간이 너무 늦어서 좀 곤란하단 말이야. 그런데 덜래이 씨, 당신은 윌리엄 비튼 경과 언제 만났지요?"

"경과 말입니까?" 덜래이는 고개를 들고 의아스러운 표정으로 상대방을 쳐다보고 되물었다. "경과 말이지요? 오늘 밤에도 만났는데요. 메이슨 장군의 지시로 경이 런던 탑에서 돌아가실 때 제가 모셔다 드렸으니까요."

"장군이 경에게 원고의 소유권이 누구에게 속하는지 설명해 주던가요? 즉 소유자는 아버 씨라고 말이오. 당신도 원고에 대해서는 잘 알고 있겠지요?"

"알고말고요. 윌리엄 경은 누구든 붙잡고 모두 이야기했으니까요. 이것은 아무도 모르는 사실이니까 절대로 남한테 이야기해서는 안 된다고 말하면서 결국은 모든 사람에게 그 비밀을 털어놓아 버린 셈이 되지요. 당신들에게 말씀하실 때도 '이것은 처음으로 말하는 비밀이지만' 하고 전제를 붙이지 않으시던가요?"

"그랬던 것 같소."

"장군에게도 나에게도 역시 같은 전제를 놓고 말씀하셨습니다. 저희들이 그 이야기를 들은 것은 벌써 몇 주일 전입니다만, 그러나 실물은 아무도 보지 못했지요. 오늘 밤 여기서 본 것이 처음입니다."

"소유권이 아버 씨에게 있다는 말을 메이슨 장군에게 들었을 때 윌리엄 경은 뭐라고 대답하던가요?"

"그것이 정말 이상합니다. 말을 길게 하지 않으셨거든요. '그래?' 하고 말했을 뿐, 침묵을 지키고 계셨지요. 간단히 믿어 버리지 않은 것은 확실합니다만……. 그리고 경이 말씀하신 것은……."

덜래이는 문 바깥쪽에 신경이 쓰이는지 몇 번이나 그쪽으로 눈길을 던지더니 거기까지만 말하고 다음 말은 잇지 않았다. 이 때 전화 벨이 요란스럽게 울렸다.

벨 소리에 이상한 울림이 포함되었던 것은 아니지만, 랜폴은 찬물을 뒤집어쓴 듯한 기분이었다. 벨은 계속해서 울렸지만 아무도 받으려고 하지 않았다.

이윽고 펠 박사가 말했다.

"해드리, 비튼 양은 전화를 받지 못하게 하는 것이 좋을 걸세."

해드리는 일어서서 서재로 들어갔다. 남은 세 사람은 꼼짝도 하지 않고 기다리고 있었다.

쥐 죽은 듯이 고요해졌다. 복도 안쪽에 있는 부엌에서는 실러가 움직이고 있는 소리가 들려 왔다. 해드리는 그리 길게 전화를 받지 않았다. 이윽고 서재의 문이 열렸다. 복도를 지나 오는 경감의 발자국 소리가 들려 왔다. 손을 뒤로 돌려 식당의 문을 닫고 나서 그는 말했다.

"모든 것은 다 끝났습니다. 외투를 입으십시오."

"왜 그러나?" 박사가 낮은 목소리로 물었다.

주임경감은 한 손을 눈 있는 데로 가져가더니 대답했다.

"박사님의 예감이 맞았습니다. 어떤 기분으로 그가 이 아파트를 나갔는지 저는 당연히 추측했어야 했는데……. 적어도 비튼 양의 입에서 그 사람의 말을 들었을 때 그것을 눈치챘어야 했는데……. 그 역시 그가 바라던 방법으로 죽어 갔습니다."

펠 박사는 한쪽 손을 살짝 식탁 위에 올려놓고 나서 말했다.

"그렇다면……."

"그렇습니다." 해드리 경감은 끄덕이면서 대답했다. "레스터 비튼은 권총으로 자살했습니다."

레스터 비튼의 죽음

모두 해드리의 차를 타고 버클레이 스퀘어에 있는 비튼의 저택으로 향했다. 그 사이에 주고받은 대화라고는 해드리 경감이 제2의 비극에 대해서 간단히 설명하고 거기에 따르는 짤막한 두세 가지 질의 응답이 있었을 뿐이었다.

"사건이 일어난 것은 전화가 걸려 오기 15분쯤 전입니다. 전화를 해 준 사람은 집사였는데, 오늘 밤에는 온 집안 식구들이 모두 실러 비튼이 돌아오기를 기다리고 있었기 때문에 늦게까지 자지 않았다고 합니다. 집사는 부엌에서 총소리를 들었습니다. 2층으로 뛰어올라가 보니 레스터 비튼의 방문이 활짝 열려 있고, 화약 냄새가 코를 찔렀다고 합니다. 비튼은 침대 위에 반듯이 누워 있었답니다. 총을 손에 쥔 채로……."

"그래서 어떻게 했나?"

"홉스는――이것은 집사의 이름입니다만――윌리엄 경을 깨우려고 했습니다. 그러나 그는 침실의 방문 열쇠를 걸고 수면제를 먹고 자는 모양이어서 아무리 불러도 일어나지 않았습니다. 그래서 홉스는 비튼 양이 여기에 와 있다는 생각이 나서 곧 전화를 걸었던 것 입니다. 어떻게 처리하면 좋을지 당황했으나 다행히도 그 전화로 우리들을 찾아 낼 수가 있었던 겁니다."

"비튼 부인은 어떻게 됐나?"

"물어 보지 않았습니다."

"흐음" 하고 박사는 신음하듯 말했다. "그렇겠지. 아마도 자살이겠지."

랜폴은 앞자리에 앉아 있었기 때문에 박사와 경감의 대화를 모두 다 듣지는 못했다. 자동차가 달리고 있는 동안 그는 바보처럼 멍하니 앉아서 아무것도 생각하지 않았다. 죽은 레스터에 대해 머리에 떠오르는 것은, 실러 비튼의 어린애 같은 한 마디뿐이었다.

"초콜렛이며 인형 같은 것을 항상 사다 주시는 분은 숙부님이었어요……."

열어 놓은 앞창에서 차갑고 습기 찬 공기가 흘러들어왔다. 차바퀴 소리가 계속 들려오고, 지붕 위에서는 별들이 반짝이고 있었다. 고요한 밤이었다. 해드리의 마음씀으로 실러 비튼에게는 아직 숙부의 죽음을 알리지 않았다. 경감은 그녀와 덜래이를 집에 남겨 놓고 사건에 대해서는 나중에 이야기해 주라고 부탁해 두었던 것이다.

"실러는 집으로 돌아가지 못하게 하는 것이 좋다고 생각합니다" 하고 덜래이도 말했다. "틀림없이 히스테리를 일으킬 겁니다. 실러는 숙부를 굉장히 좋아했거든요. 나는 실러의 가장 친한 친구가 파크 레인에 살고 있는 것을 알고 있습니다. 마거리트라는 부인인데, 오늘 밤에 자동차로 그곳에 데려다 주지요. 그러고 나서는 곧 당신들의 뒤를 좇아가겠습니다."

그것은 그렇다 치고, 랜폴이 굉장히 의외로 생각했던 것은 박사가 이상할 정도로 끈질기게 아버 씨와 회견하도록 해드리에게 권하는 것이었다.

"만일 자네가 만날 틈이 없다면" 하고 박사는 긴장된 표정으로 덧붙였다. "내가 대신 만나도 괜찮네. 그는 아직도 나를 해드리 주임경감으로 믿고 있을 테니까. 선불리 바른 대로 설명해 주지 않는 것이 좋을지도 모르지. 왜냐하면 생명의 위험에 떨고 있는 지금 선불리 진상을 밝힌다면 오히려 의심을 하게 될 걸세."

"박사님이 만나 주신다면 그것도 좋겠지요. 우리는 그의 입을 열게만 만들면 되니까요. 그 아파트로 되돌아갈까요? 좋으시다면 거기 남으셔서 그가 오기를 기다리십시오. 그러나 저로서는 비튼의 사건 쪽이 더 중요하다고 생각되기 때문에 가능하다면 같이 가 주시고, 아파트 쪽은 우리가 돌아올 때까지 랜폴에게 부탁하는 게 어떻겠습니까?"

"나에게 좋은 생각이 있네. 아예 그를 비튼 저택으로 데려가는 게 어떨까?"

"비튼 경의 댁으로요? 그것은 정말…… 설마 박사님은……."

"아버 씨가 어떤 태도를 하는지 보고 싶단 말일세. 나에겐 아까부터 그런 생각이 머릿속에 있었다네. 맥스를 아파트에 남겨 두었다가, 아버 씨가 도착하는 대로 데리고 오라고 지시하면 될 것 아닌가."

박사의 지시대로 수배가 끝났다. 그리고 또 해드리 경감의 다임러는 어두운 거리를 바람처럼 달려갔다. 버클레이 스퀘어에 도착했을 때는 운전대의 야광 시계가 열한 시 가까이 가리키고 있었다.

별하늘 아래 구식의 집들이 잠자고 있었다. 피커딜리 부근에서 이따금 자동차의 경적 소리가 들려 왔다. 밤 깊은 길을 재촉하는 발소리가 생각했던 것보다 크게 귀에 울렸다. 낮에 자욱했던 안개의 잔재가 가로등 주위와 가로수 가지에 미련을 남기고 있었다.

모두 비튼 경 저택의 좁은 계단으로 올라가서, 해드리가 현관의 초인종을 눌렀다.

"나는 격언을 꼭 두 가지 알고 있는데, 그 하나를 자네에게 말하겠네. 뭔지 알겠나?"

펠 박사는 스틱 끝으로 계단 위를 탁 하고 내리쳤다. 그 소리가 밤하늘 먼 곳까지 울려 퍼졌다.

"범죄는 고백하지 않을 수 없다는 것일세. 언젠가는 고백하지 않으면 안 된다네. 고백으로부터 피할 수 있는 길은 꼭 한 가지, 자살하는 것이지. 자살도 또한 고백이라고 할 수 있으니까."

해드리는 다시 초인종을 눌렀다.

현관의 무거운 대문이 열렸지만 집 안은 비교적 조용했다. 덧문은 다 닫혔고 커튼도 모두 내려져 있었으며, 전등이라는 전등은 다 켜 있었다. 불길함을 느끼게 하는 고요함이었다. 빼기는 듯한 표정을 띤 노인이 모든 사람을 장려한 홀로 안내했다. 유리 세공이 섬세한 샹들리에에서 하얀 불빛이 흘러나오고 있었다.

"해드리 경감님입니까? 저는 홉스라고 합니다. 저, 아까 전화를 드린 것은 바로 저입니다. 곧 2층으로 안내해 드릴까요?"

해드리가 고개를 끄덕였는데도 그는 아직 머뭇거리고 있었다.

"이런 경우에는 의사 선생님을 불러야 한다고 알고 있습니다만, 돌아가신 것이 확실하기 때문에 일단 여러분들의 의견을 듣고 나서……."

"아, 괜찮네. 자네가 의사를 부르지 않아도 괜찮아. 윌리엄 경은 아직도 일어나시지 않았나?"

"아직 깨우지 않았기 때문에."

"비튼 부인은 어디 계시지?"

"방에 계십니다. 이쪽 방입니다."

홀 안쪽 뒷계단 가까운 곳에서 누군가가 조용히 속삭이는 소리가 들려 왔다. 그 소리뿐, 다시 온 집 안에 깊은 침묵이 내리덮였다. 집사가 두터운 융단을 밟으면서 모두 안내했다. 계단을 올라가서 보니, 벽이 안으로 패어서 동상을 몇 개 장식했다. 그리고 또 복도. 여기까지 오자 화약 냄새가 코를 찔렀다.

한쪽 문이 열려 있고, 어두운 홀에 밝은 빛이 흐르고 있었다. 홉스는 한옆으로 비켜 서면서 그들을 안으로 들어가게 했다. 안에 들어가자 그을린 화약 냄새가 한층 더 코를 찔렀다. 그러나 방 안은 조금도 흐트러져 있지 않았다. 천장이 높은 방으로서 사방 벽은 짙은 갈색에 노란 무늬가 가늘게 들어 있는 벽지로 장식되어 있고, 방 한가운데에 샹들리에가 길게 내려져 있었다. 간소한 취미로 통일된 가구들, 침대 옆 작은 책상 위에 있는 스탠드. 다만 책상 서랍이 조금 열려 있는 것을 이상스럽게 여겼을 뿐이었다. 난로에는 전기 히터가 장치되어 있었다.

레스터 비튼은 침대 위에 비스듬히 누워 있었다. 방문 앞에 서니 발이 보였다. 가까이 가 보니 양복을 입은 채였다. 오른편 관자놀이에서 왼쪽 귀 위를 1인치쯤 올라간 곳을 총탄이 꿰뚫었다. 해드리는 천장을 올려다보았다. 그 눈길을 쫓아가 보니 탄환이 박혀서 쪼개져 있는 판자가 보였다. 시체의 얼굴은 기분 나쁠 만큼 평온하였다. 피도 그다지 많이 흐르지 않았다. 오른팔을 쭉 뻗어 손목 근처에서 구부리고 있었으나, 45구경 표준형 육군용 웨블리 스코트 자동권총을 손가락 끝으로 쥐고 있었다. 랜폴이 가장 불쾌하게 느낀 것은 머리털이 탄 악취였다.

해드리 경감은 시체에다 곧 손을 대지는 않았다. 낮은 목소리로 홉스에게 물었다.

"틀림없이 자네는 부엌에서 총소리를 들었다고 했지? 바로 뛰어올라가서 시체를 발견했겠지만, 다른 사람이 뛰어가지는 않았나?"
"비튼 부인입니다. 바로 제 뒤를 따라 오셨습니다."
"비튼 부인의 방은 어디지?"
홉스는 난로 옆에 문을 가리키며 말했다.
"여기가 화장실인데, 저쪽이 부인의 방입니다."
"비튼 부인은 어떻게 하셨지?"
집사는 약간 긴장한 모양이었으나 곧 무관심한 척 꾸미고 설명했다.
"아무것도 안 하셨습니다. 우두커니 선 채 오랫동안 레스터 님을 내려다보고 계셨습니다. 그리고는 윌리엄 님을 깨우라고 지시하셨습니다."
"그리고는?"
"그대로 방으로 돌아가셨습니다."
해드리는 책상 옆에 있는 의자를 바라보고 있다가 돌아보며 물었다.
"비튼 씨는 밤에 외출하셨지? 집에 돌아오신 것은 열한 시쯤이었으리라 생각되는데, 자네는 돌아오는 것을 보았나?"
"네, 레스터 님은 열한 시 조금 전에 돌아오셨습니다. 그리고 곧장 도서실로 들어가셨습니다. 코코아를 가지고 오라고 말씀하셨기 때문에 갖다 드리니까 난로 앞에 앉아 계셨습니다. 그리고 나서 한 시간쯤 지나 다시 도서실로 가서 시키실 일이 없느냐고 물었습니다. 그때도 레스터 님은 아까와 마찬가지로 난로 앞에 앉으신 채 '아무것도 필요없네' 하고 말씀하셨습니다. 그리고는 일어서서 제 옆을 빠져 나가듯이 하여 곧장 이층으로 올라가셨습니다."
여기서 비로소 홉스는 말을 더듬거렸다. 굉장히 태도가 신중한 사람이었다.

"이것이 제가 마지막으로 본 레스터님의 모습입니다."

"그러고 나서 총소리를 들을 때까지 시간이 얼마나 지났나?"

"확실히 말씀드릴 수는 없습니다만, 5분도 지나지 않았을 겁니다. 아마 더 짧은 시간이었는지도 모릅니다."

"좀 이상한 데가 없던가?"

또 잠시 동안 대답이 중단되었다.

"네, 없었던 것 같습니다. 요 한 달 동안 레스터 님은 여느 때와 전혀 달랐습니다. 그러나 특별히 이상하다든가, 흥분하신다든가 하는 일은 없었습니다. 아무리 보아도 여느 때 보는 레스터 님답지 않았습니다."

해드리는 방바닥을 내려다보았다. 털이 긴 두터운 융단은 사람이 걸어간 흔적을 발자국이라도 좇듯이 확인할 수 있었다. 문 앞에 서서 죽 바라보자, 레스터 비튼이 이 방에 들어와서 한 행동을 무서우리만큼 똑똑히 알 수 있었다. 레스터는 몸집이 큰 사람이었다. 그러므로 몸무게가 가벼운 사람과 그 점에서 꽤 다른 것이다.

맨 처음 그는 난로 앞으로 다가섰다. 그리고 난로 앞에 있는 작은 책상 쪽으로 걸어갔다. 열려 있는 서랍이 권총이 들어 있던 장소임을 나타내 주었다. 그리고 화장대 앞에 서서 꽤 오랫동안 자기의 모습을 비춰 보고 있었다. 그 자리에는 특히 깊은 발자국이 남아 있었다. 마지막으로 침대를 배경으로 하여 똑바로 섰다. 그 위로 쓰러지기 위한 준비였을 것이다. 그리고 권총을 들어올려서…….

"권총은 레스터 비튼 씨의 것인가?" 하고 해드리 경감이 물었다.

"그렇습니다. 저 책상 서랍에 들어 있었습니다."

경감은 소리 없이 주먹으로 손바닥을 두드리면서 조용하지만, 그러나 날카롭게 방 안을 둘러보았다.

"홉스, 한 가지 더 물어 볼 게 있네. 오늘의 비튼 씨 행동을 알고 싶은데, 될 수 있는 대로 자세히 말해 보게."

홉스는 양복 바지의 옆을 자꾸 잡아당기고 있었다. 그러나 얼굴만은, 뼈가 튀어나온 얼굴만은 그래도 평온을 지키고 있었다.

"네, 그 일이라면 자세히 말씀드릴 수 있습니다. 왜냐하면 나는 요즈음 레스터 님의 건강이 걱정스러웠습니다. 너무 일이 바쁘셔서 피곤하신가 하고 염려하고 있었습니다. 알고 계시는지 모르겠습니다만, 저는 비튼 대령님 밑에서 오랫동안 일해 왔습니다. 레스터님은 오늘 아침 열 시 반쯤 외출하셨다가 정오에 돌아오셨습니다. 필립 님의 아파트를 방문하신 것으로 알고 있습니다."

"돌아오셨을 때 무언가 가지고 오지 않으셨나?"

"무엇을 가지고 오셨느냐고요? 네, 틀림없이——그는 조금 망설이는 듯했다——뭔가 종이에 싸 가지고 오신 것 같았습니다. 갈색 종이에 싼 물건입니다. 열두 시 지나 곧 또 외출하셨습니다. 점심 식사는 안 하신 걸로 알고 있습니다. 일요일이면 늘 윌리엄 님이 외출하시기 때문에 점심 시간은 한 시가 아니라 열두 시로 되어 있으니까요. 그래서 한밤중에 집으로 돌아왔을 때 식사에 신경을 썼습니다만, 코코아를 드셨을 뿐입니다. 윌리엄 님이 자동차에서 모자를 도난당한 일이 일어나기 전에 외출하셨습니다."

"시내에 가셨겠지?"

"그렇지 않다고 생각되는데요. 레스터 님이 외출하는 것을 보시고, 윌리엄 님이 나도 시내에 가는데 같이 타고 나가겠느냐고 말씀하셨거든요. 그러나 레스터 님이 오늘은 사무실에 나가지 않을 거라고 대답하셨습니다. 산책하러 나가신다고 말씀하신 것 같았습니다."

"그때 모습은 어떻던가?"

"차분하지 못한 것 같았습니다. 맑은 공기를 마시고 싶다고 말씀하시며."

"돌아오신 것은?"

"그것은 똑똑히 모르겠군요. 비튼 부인께서 필립 님의 무서운 소식을 가지고 돌아오셨기 때문에."

홉스는 고개를 내저었다. 입술을 깨무는 듯이 해서 평온을 유지하려고 노력하고 있었다. 그러나 역시 목소리가 떨리고, 눈길이 침대 쪽으로 끌려들어가는 것을 막을 수는 없었다.

"됐네. 정말 고맙네. 물을 것은 그뿐일세. 아래층에서 기다리게. 그 전에 우선 윌리엄 경을 깨워 주면 좋겠는데."

홉스는 인사를 하고 나서 방을 나갔다. 해드리 경감은 박사를 돌아보고 말했다.

"아래층에서 기다려 주셨으면 좋겠습니다. 저는 지금부터 시체를 검시해 보겠습니다. 그 사이에 아버 씨가 도착하게 되면 안 되기 때문에 그쪽은 두 분께 맡기겠습니다."

펠 박사는 침대 쪽으로 다가가 시체 위에 엎드리더니, 안경을 고쳐 쓰고 재빨리 죽 훑어보았다. 그러고 나서 랜폴에게 눈짓을 하고는 한마디 말도 없이 문 밖으로 나갔다.

두 사람은 말없이 계단을 내려갔다. 랜폴은 등 뒤 어디에선가 자물쇠를 채우는 소리를 들었다. 그와 동시에 2층 홀에서 사람의 그림자가 움직인 것 같은 느낌이 들었다. 그러나 그는 이미 살인이며 도난 사건 같이 여러 가지로 해묵은 이 집의 기분 나쁜 것들에 정신을 잃고 있었기 때문에 거의 신경을 쓰지 않았다.

런던 거리 가운데에서 이 메이페어 부근만큼 메아리와 그늘에 덮인 곳은 없을 것이다. 언젠가 랜폴은 이 거리를 황혼의 어스름 속에서 산책한 적이 있었다. 비 냄새가 습기 찬 공기 속에 떠 있어서 어느 집에도 사람 하나 살고 있지 않는 것 같은 생각이 들었다. 좁은 길거리에서는 이따금 생각지도 않던 광경이 벌어졌다. 별것도 아닌 길모퉁이에 갑자기 높은 굴뚝이 솟은 저택이 보이기도 하고 셔터를 내린 굉장한 저택이 계속되는가 하면, 시골 마을에서 볼 수 있는 것 같은 환한 불을 많이 켜 둔 가게가 늘어선 골목이 나오기도 하여 정말 마법의 나라와 같은 기분이 들었다. 베키 셔프(새커리의《허영의 시장》의 여주인공. 가난한 집에서 자라났으나 미모와 재치를 이용하여 사교계의 주인공으로 등장하게 됨)가 마차를 타고 지나가는 모습이 눈앞에 떠오른다. 워털루의 승리가 이 고요한 거리를 들끓게 한 것도 옛날 이야기. 가로수 플라타너스의 푸른 가지가 흔들거리고, 용달사의 소년들이 휘파람을 불면서 자전거를 타고 달려간다. 마운트 거리의 막다른 곳에는 하이드 파크의 철책이 내다보이고 있다. 버클레이 스퀘어까지 오니 택시가 두세 대 단단한 차체를 나란히 하고서 손님을 기다리고 있다. 어느 새 비가 내리기 시작한다…….

리젠트 거리의 큰길까지 나오면 거리 모습은 갑자기 변하게 된다. 빨갛게 칠한 대형 버스가 바쁘게 오가고, 화살을 겨눈 군신(軍神)의 네온이 깜박이기도 한다. 골목골목에서는 줄곧 통행인이 줄을 지어 나타나서는 룰렛 구슬이 중앙을 향해서 굴러가듯이 피커딜리 광장을 향해서 흘러들어가고 있다. 그러나 메이페어 부근만은 그러한 소란에서 벗어난 별천지이다. 새커리의 작품 속에서만 살고 있는 꿈의 나라이다. 새커리는 그것을 또 애디슨과 스틸의 문필로부터 이어받은 것이기는 하지만, 랜폴은 한 벌의 트럼프에서 몇 장의 카드를 뽑아 내듯이 그러한 추억을 하나하나 되씹으면서 펠 박사의 뒤를 따라 아래층으로 내려갔다. 박사는 날카로운 육감으로 곧 도서실의 위치를 찾아 냈다.

여기도 또 아까 그 방과 같이 천장이 높고 하얗게 칠해져 있다. 삼면 벽에는 창문만 겨우 남기고 모두 책들로 가득 차 있었다. 하얗게 칠한 책장이 큼직한 가죽 표지 빛깔 때문에 뚜렷하게 보였다. 나머지

벽은 크림 빛 테두리를 만들어 그 한가운데에 흰 대리석 난로를 만들었다. 그 바로 위에는 금빛 액자 속에 든 윌리엄 비튼 경의 등신대 초상화가 걸려 있었다. 그 양쪽에 큼직한 창이 정원을 향해 열려 있었다…….

펠 박사는 어두컴컴한 방 안에 서서 신기한 듯이 방 안을 둘러보았다. 난로 속에서는 작은 불이 타고 있었고, 연분홍빛 갓을 씌운 스탠드에서 약한 불빛이 중후한 느낌이 드는 가구를 돋보이게 하고 있었다. 창 밖에는 밤하늘의 별과 시커먼 정원의 숲이 보였다.

펠 박사는 낮은 목소리로 속삭였다.

"나는 굉장히 다행이라고 기쁘게 여기네. 아버 씨는 아직도 나를 해드리 경감으로 생각하고 있거든. 덕택에 아버 씨를 해드리에게서 떼어 놓을 수 있단 말일세."

"그것이 다행이라고요? 어떤 뜻으로?"

"자네 뒤를 돌아다보게."

랜폴은 당황하면서 뒤를 돌아보았다. 융단이 너무도 두껍기 때문에 로라 비튼이 들어오는 것을 눈치채지 못했던 것이다. 처음에는 비튼 부인이라는 것조차도 몰랐다.

부인은 갑자기 눈에 띄게 늙어 버린 것같이 느껴졌다. 낮에 위병 대기소에서 확실한 발걸음과 차갑게 빛나는 갈색 눈으로 확신을 가지고 행동하던 모습은 찾아볼 수가 없었다. 눈에는 핏발이 서고 볼도 쑥 들어가 있었다. 창백해진 피부에는 버짐 흔적마저 짙었다.

"저는 여러분이 아래층으로 내려가는 소리를 듣고 뒤따라왔어요."

목소리는 이상하게도 차분했다. 남편의 죽음을 도저히 믿을 수 없다는 듯한 모습이었다. 그녀는 갑자기 덧붙여 말했다.

"당신들은 다 알고 계시겠지요?"

"아니, 무엇을 말입니까?"

부인은 결심한 듯한 목소리로 말했다. 그러나 약간 뽐내면서, 조금은 반항하는 듯한 목소리였다.

"똑똑히 말씀해 주셔서 고마워요. 필립과 저의 관계 말이에요. 이미 다 알고 계시겠지요?"

펠 박사는 고개를 갸우뚱하면서 말했다.

"그렇지만 그의 아파트에 침입하신 것은 실패였습니다, 부인. 발각돼 버렸거든요."

그러나 그녀는 까딱도 하지 않았다.

"저도 발각되리라 각오하고 있었어요. 열쇠를 가지고 있었지만 도둑의 소행으로 보이기 위해 부엌에서 징을 찾아와 방문 열쇠 구멍을 부숴 버렸지요. 그렇지만 그것이 실수였어요. 곧 발각되어 버린 모양이더군요. 하지만 아무튼 좋아요. 저는 지금 말씀드리고 싶은 것이 꼭 한 가지 있습니다."

그러나 부인은 말을 계속할 수가 없었다. 박사와 젊은이를 번갈아 쳐다보면서 입술을 꼭 다물어 버렸다.

침묵이 계속되었다.

"부인." 박사는 스틱 위에 올라타듯이 하고 말했다. "말씀하시려는 뜻을 알고 있습니다. 부인은 그 말이 우리에게 어떻게 들릴까 염려하고 계신 거지요. 말씀하시려는 이야기는 바로 이것이 아닙니까? 정말은 드리스콜 같은 사람은 사랑하고 있지 않았어요……. 그러나 부인의 그 말씀은 좀 늦은 것 같군요."

박사의 목소리에는 아무런 억양이 없었다. 그러나 눈만은 날카롭게 상대방을 응시하고 있었다.

"주인이 손에 무엇을 쥐고 있는지 보셨나요?" 하고 그녀가 물었다.

"네, 부인" 하고 박사는 감긴 부인의 눈을 지켜보면서 대답했다.

"보고말고요."

"권총이 아니에요! 다른 쪽 손 말이에요. 그분은 서랍에서 꺼냈어요. 그것은……. 제 사진이었어요."

비튼 부인은 어느덧 차분해져, 갈색 눈이 차가운 빛을 띠며 반짝이고 있었다.

"저는 그것을 보고 그대로 방으로 돌아와 버렸어요. 그러고 나서 계속 창가에 앉아서 어두운 바깥을 내다보았어요. 전 새삼스럽게 아무런 변명도 하고 싶지 않아요. 그러나 침대 위에 죽어 있는 남편의 모습을 보면 천 가지 만 가지 헤아릴 수 없는 환상이 눈 앞에 떠오릅니다. 그것은 모두 남편의 모습이에요. 그분과 둘이서 지낸 오랜 생활이 한꺼번에 빠짐없이 생각났어요. 그러나 울 수는 없었어요. 필립의 소식을 들었을 때는 울 수도 있었는데, 지금은 울고 싶어도 울 수가 없는 거예요. 이런 일이 일어나기는 했어도 저는 레스터를 사랑하고 있었다고 똑똑히 말씀드릴 수 있어요. 우리들의 사고방식이 서로 맞지 않았기 때문에 결국 그분에게 상처를 입히게 되었어요. 세상에 흔히 있는 일이라고 생각합니다만, 전 얼마나 바보 같은 여자였는지 정말 너무나도 후회스러워요. 그러나 지금까지 레스터를 사랑하고 있었다는 것만은 틀림없어요. 믿어 주실지 모르겠습니다만, 좀 들어 달라고 내려온 거예요. 그럼, 저는 제 방으로 돌아가겠어요. 이번에는 아마 울 수 있을 것 같아요."

부인은 문가에 서서 손으로 흐트러진 머리칼을 만지면서 조용히 덧붙였다.

"한 가지 물어 볼 게 있어요. 필립을 죽인 사람은 레스터일까요?"

오랫동안 박사는 움직이지 않았다. 큰 그림자가 스탠드 불빛에 떠올라 있었다. 이윽고 그는 고개를 끄덕이고 나서 대답했다.

"그러나 이 일은 부인의 가슴 속에만 간직해 두셔야 합니다."

문이 그녀 등 뒤에서 닫혔다.

"일은 이렇게 되었네, 알겠나?" 펠 박사는 램폴을 향해 말했다.

"이 집 안에 비극이 너무 많이 겹치는 것 같군. 더 이상 비극이 일어나서는 안 되는데……. 레스터 비튼이 죽었으니까 드리스콜 사건은 결말이 났다고 해도 좋을 거란 말이야. 해드리만 승낙해 준다면 이번 일은 공표할 필요가 없다고 생각해. 미해결 사건으로 처리하여 어둠 속에 묻어 버리고 싶네. 레스터 비튼은 재정의 파탄 때문에 자살했다고 해 버리면 되겠지. 의외로 그것도 원인 가운데 하나일는지 모르니까. 다만……."

그는 다시 생각에 잠긴 채 넓은 책장 아래에 서 있었다. 이때 홉스가 문을 두드렸다.

"실례합니다. 겨우 윌리엄 경을 깨웠습니다. 방문을 안쪽에서 채워서, 멋대로 처치해서 죄송합니다만 드라이버를 가지고 바깥에서 문을 떼어 열었습니다. 주인 어른께서는 필립 님이 돌아가시고 나서 굉장히 기분이 나쁘신 것 같았습니다. 아무튼 이제 곧 아래층으로 내려오실 겁니다. 그런데 좀 이상한 일이."

"뭐라고?"

"아니오. 저, 경찰 두 사람이 현관에 와 있습니다. 이 댁 손님과 함께 와 있습니다. 아버 씨라고 하는 분이지요. 해드리 님께서 이리로 오라고 말씀하셨다는데요."

"아아, 그런가. 괜찮네. 그런데 그 일에 대해서 홉스, 자네에게 부탁이 있는데 들어주겠나?"

"네, 무엇이든지."

"경관들은 어디든 다른 방에 집어넣고 아버 씨에게 '해드리 경감님이 도서실에서 기다리고 계십니다'고 말하고 나한테로 모셔 오게. 해드리에겐 말하면 안 되네. 알겠나?"

"잘 알겠습니다."

기다리고 있는 동안 박사는 차분하지 못했다. 두꺼운 융단이 깔린 방바닥 위를 뭐라고 중얼거리면서 걸어다니고 있었다. 문이 열렸다. 박사는 날카롭게 돌아섰다.

홉스가 줄리어스 아버를 데리고 온 것이다.

전화 목소리

랜폴은 난로 옆으로 물러앉았다. 방 안에는 모든 것이 깨끗하게 정돈되어서 난로 앞에 깔개도 제자리에 있었다. 가죽의자만을 난로 바로 앞에까지 끌어다 놓았다. 작은 탁자 위에는 빈 찻잔이 있으며, 그 안에 코코아 찌꺼기가 바닥에 가라앉아 있었다. 레스터 비튼이 이 가죽의자에 앉아 난로 속에 빨간 불을 바라보며, 오랜 시간을 끌면서 코코아를 마셨다는 증거이다. 그러고 나서 그는 혼자 외롭게 2층으로 올라갔을 것이다…… 랜폴은 청자 찻잔에서 눈을 떼고 방 안에 들어온 사람을 쳐다보았다.

아버 씨는 어느 정도 평온을 되찾은 것 같았다. 그러나 그것이 꾸밈이라는 것은 누가 보아도 곧 알 수 있었다. 그는 방으로 들어오자마자 윌리엄 경의 초상화를 쳐다보았다. 어두컴컴한 방 안에서 홀연히 날개를 펴고 있는 흰 머리 독수리 같아서, 쳐다보고 있는 동안에 아버 씨의 불쾌감은 점점 더 커지는 것 같았다. 홉스가 옆에서 모자와 외투를 받아 주려고 했는데, 그는 벗으려는 눈치도 보이지 않았다. 그래도 애써 위엄만은 지킬 작정인지, 입 언저리에 두 가닥의 주름살이 깊게 패어 있었다. 그리고 그는 줄곧 안경을 매만지기도 하고 깨끗이 빗어넘긴 머리를 쓰다듬기도 하였다.

"안녕하십니까, 경감님!"

그는 모자를 왼손에 쥐고 오른손을 쭉 뻗었다. 악수를 청하고 있는 것이었다. 그러나 펠 박사는 모르는 척하였다.

"아침 인사를 할 시간인지도 모르지요. 그러나 경감님, 이리로 오라는 말씀을 듣고 사실은 좀 놀랐습니다. 처음에는 거절하려고 했으나, 아무튼 경감님, 좀 이해해 주셔야겠습니다. 그 불쾌한 상태로."

박사는 그 말을 가로막으며 난로 앞에 의자를 권했다.

"우선 앉으시오. 이 사람은 내 동료인데, 아까 만난 적이 있지요. 기억이 나지요?"

"네, 기억하고말고요. 그런데." 아버는 짐짓 희미한 말로 덧붙여서 물었다. "하실 말씀이란 윌리엄 경에 대한 것입니까?"

"아니오, 그렇지 않습니다. 자, 어서 앉으시오."

"원고를 내가 매수했다는 이야기는 이제 윌리엄 경도 알고 계시겠지요?" 아버는 불안한 눈길을 초상화 쪽으로 던지면서 말했다.

"물론이지요. 그러나 이제 그런 건 문제가 안 됩니다. 누구의 소유도 될 수 없게 되었으니까요. 다 타 버렸습니다."

안경이 떨어지려는 것을 아버 씨가 급히 눌렀다.

"뭐, 뭐라고요? 누, 누가, 그것을 태워 버렸습니까? 무서운 일입니다. 경감님! 무슨 권리가 있어서 그런 짓을, 나는 곧 고소를 제기해서."

박사는 봉투 속에서 타다 남은 원고를 조심스럽게 꺼내어 잠시 동안 물끄러미 바라보았다.

"좀 보여 주시겠습니까?"

아버 씨는 떨리는 손으로 그것을 받아들고 연분홍빛 스탠드 불빛 아래에서 들여다보고 있었다. 앞뒤를 번갈아 가며 잠시 동안 쳐다보고 있다가 고개를 들고 소리쳤다.

"이겁니다. 틀림없이 이거예요! 고약한 범죄로군요. 이것은 제가 보관하겠습니다."

"그런 것이 무슨 값어치가 있겠습니까?"

"그, 그것은."

"왜 이렇게 됐는지 사정을 설명해 볼까요? 내가 만일 당신 같은 입장에 있다면 이 종이 쪽지만을 주머니 속에 넣어 두고 당분간 모든 것을 깨끗이 잊어버리겠습니다. 당신도 지금 귀찮은 문제에 휘말려 들어가 있을 텐데, 더 이상 사고가 일어나는 것은 싫으실 테니까요."

"사고라고요?"

아버 씨는 약간 덤벼들 듯이 되물었다. 랜폴의 눈에 비친 그의 모습은 용기를 내어 단상에 올라가기는 했으나, 손에 들고 있던 강연 메모가 자꾸만 소리를 내기 때문에 마음 속의 동요가 완전히 드러나 버린 연사 같았다.

"조금 전까지만 해도 당신 같은 사람은 하루 이틀쯤 유치장에 넣어서 머리를 식히게 하는 게 좋을 거라고 생각하고 있었소. 그렇게 하면 당신의 결백은 증명되겠지만, 신문이 가만히 안 둘 거요. 신문기자라는 작자들은 남을 생각하는 마음이라고는 손톱만큼도 없으니까요. 정말 그들만큼 냉혹한 이들도 없을 거요. 그런데 대체 당신은 무엇 때문에 도망을 쳤지요?"

"도망쳤다고요? 설마 내가!"

"숨기려고 하면 안 됩니다. 우리는 다 알고 있으니까요." 박사는 심술궂은 목소리로 말했다. 햄릿 부왕의 망령이 다시 등장한 것이다.

"경시청은 무엇이든지 다 알고 있소. 바라신다면 당신의 행동을 여기서 하나하나 다 말해 볼까요?"

박사는 런던 탑을 나오고 난 뒤 아버 씨의 행동을 하나씩 거울에 비추듯이 말했다. 모든 세세한 일들까지 다 정확했지만, 그 말을 듣고 있으려니 죄인이 법망을 빠져서 달아나려는 것을 추적하고 있는 듯한 인상을 주었다.

"당신은 틀림없이" 하고 박사는 결론을 내렸다. "직접 나와 만나서 이야기할 것이 있다고 말했소. 이제 가능한 데까지 솔직하게 이야기해 보시오. 그렇지 않으면 앞으로 당신의 말은 일체 믿지 않을 테니까. 그런데 할 이야기란."

아버 씨는 의자 등받이에 기대앉아 거친 숨을 몰아쉬고 있었다. 살인 사건이 있은 뒤 낮부터 밤늦게까지 그가 경험한 일들로 긴장해 있었기 때문에 신경이 무참히 짓밟혀 있었던 것이다. 그는 안경을 고쳐 끼고 윌리엄 경의 초상화를 바라보며 애써 안정을 되찾으려고 노력하였다.

"그렇습니다. 말씀드리고말고요, 경감님. 굉장한 오해를 받고 있다는 것은 잘 알고 있습니다. 이런 입장에 있는 사람으로서는 당연한 일인지 모르겠습니다만, 여기서 모든 것을 다 털어놓을 테니까 이해해 주시기 바랍니다. 벌써부터 그런 생각을 하고 있었는데, 이제는 그 방법밖에 쓸 방도가 없는 것 같군요. 사실 나는 이중으로 위험한 입장에 있는 겁니다. 경찰도 이상한 눈으로 보고 있고, 범인에게서도 감시를 받고 있습니다."

그는 정밀하게 부조가 된 담배 케이스를 꺼내어 말을 계속하기 전에 담배를 한 모금 깊숙이 빨았다.

"나는 서적의 세계에서만 살고 있는 사람으로서, 뭐라고 할까요. 즉 세상 만사에서 격리되어 살며 유한(有限) 인종의 특권을 누리고 있다고 자부하고 있습니다. 사나운 인생의 파도에 휩쓸리는 일은 없습니다. 당신들은 또 당신들대로 날이 새나 저무나 흉악범을 쫓아다니며 절망한 그들과 목숨을 걸고 결전을 벌이기 때문에 마치 정반대되는 세상에 사는 사람들이 대화를 나누고 있는 것 같아서, 이번처럼 복잡교묘한 범인과 맞부딪치게 되어 내 머리가 얼마나 혼란스러워졌는지 이해하지 못하실 겁니다.

사건의 발단은 역시 이 저주받은 포의 원고에서 시작됩니다. 지금 여기서 그 이야기를 세세하게 되풀이할 필요는 없다고 봅니다. 오늘 오후에 자세히 말씀드렸으니까요. 나는 윌리엄 비튼 경에게서 원고를 입수할 목적으로 이곳에 왔습니다. 나로서는——여기서부터 그의 목소리가 차츰 흥분되기 시작했다——자신에게 소유권이 있는 물건을 입수하는 것이 당연하니까요. 그러나 나는 망설였습니다. 윌리엄 비튼 경의 상식으로는 생각할 수 없는 특이한 성격이 염려되었기 때문이지요. 나는 쓸데없는 파국에 빠지고 만 겁니다."

"알겠소. 당신 기분은 잘 알아요. 결국 당신은 윌리엄 경의 격렬한 성격을 두려워하는 거로군요. 그래서 누군가를 시켜 원고를 훔쳐 내게 했다는 거지요?"

"천만의 말씀!"

아버 씨는 똑바로 보면서 항의했다. 그는 의자의 팔걸이를 붙잡고 있던 손에 힘을 주었다.

"내가 그런 짓을 할 것 같습니까? 그렇지만 그런 눈으로 오해받고 있지 않을까 염려하고 있었지요. 아까도 당신의 동료가 그 비슷한 말을 했잖습니까. 그때 나는 물론 그런 사람을 고용하지는 않았으나, 만일 그런 심부름을 시켰다 해도 정당한 권리를 행사한 것이므로 법에 저촉되는 일은 결코 없다고 말해 두었지요. 그러나 경감님, 다시 말해 두겠습니다만 나는 절대로 그런 짓을 하지 않았습니다. 맹세코 말씀드릴 수 있습니다. 사실대로 말씀드린다면 그런 생각이 내 머릿속에 떠오르지 않았던 것은 아니지만, 그런 난폭한 행위를 나는 절대로 할 수가 없었던 겁니다. 발각되면 입장이 난처하게 되는 것은 나니까요. 절대로 나는 사람을 시켜서 훔치게 하지는 않았습니다!"

아버 씨는 두 손을 크게 벌리고 계속 큰 소리로 외쳤다.

"원고를 도둑맞았다는 소식을 들었을 때 놀라움은 윌리엄 경보다 더욱 컸지요. 맨 처음 내가 그 도난 소식을 듣게 된 것은 윌리엄 경이 일요일 밤 내 친구 스펜글러의 집으로 전화를 걸어서 내가 있는지 확인해 왔을 때였습니다. 그러나 그때는."

아버 씨는 펠 박사의 차가운 시선을 느끼자 한층 더 어조를 딱딱하게 굳혔다. 그러나 그가 진실을 말하고 있다는 것은 의심할 여지가 없었다.

"그런데 같은 날 밤, 더 시간이 지난 뒤에 다른 전화가 걸려 왔습니다."

"네? 뭐라고요? 누구의 전화였지요?"

"이름은 말하지 않았습니다. 그러나 나는 목소리만 듣고도 확실히 알 수 있었습니다. 내 귀는 자랑할 만한 가치가 있거든요. 한 번 들은 목소리는 절대로 잊어버리지 않는답니다. 그 목소리는 틀림없이 드리스콜이었습니다."

펠 박사는 펄쩍 뛰었다. 날카롭게 아버 씨를 응시했으나, 상대방은 조금도 굴하지 않고 똑같이 노려보면서 말을 계속했다.

"그 젊은이와 처음 만난 것은 한 주일 전인데, 그때 일을 생각해 봐도 내 귀가 틀림없는 것 같았습니다. 만난 곳은 윌리엄 경 댁의 만찬회 자리였는데, 그 자리에서 나는 너무 대담할 만큼 포의 원고 이야기를 꺼냈지요. 같이 식사한 사람은 윌리엄 경과 비튼 양뿐이어서, 그때 들은 드리스콜의 목소리를 일주일 뒤에 잊어버릴 리가 없습니다.

전화 목소리는 윌리엄 비튼 경이 가지고 있는 원고를 입수하고 싶지 않느냐고 물어 왔습니다. 나를 믿게 하기 위해 만찬 때 있었던 이야기들을 아주 자세하게 늘어놓는 것이었습니다. 나는 물론 곧 그라고 짐작했습니다. 용건은 원고를 줄 테니까 무조건 돈을 달라는 거였습니다. 얼마를 주겠느냐고 물어 왔지요.

나는 이래 봬도 신속한 행동을 할 줄 아는 사람입니다. 그 자리에서 결심을 하고 적당히, 그리고 정확하게 사태를 처리할 수 있는 자신을 가지고 있습니다. 내가 상대하고 있는 사람은 비튼 집안의 한 사람임에 틀림이 없었습니다. 다른 사람의 목소리처럼 꾸미고 있었지만, 그런 것을 알아 내기란 아주 간단하지요. 가족과 손잡게 된다면 다른 사람을 시켜서 훔쳐 내는 것과 달리 일이 발각되더라도 추문이 퍼져 나갈 염려가 없다고 봐도 괜찮겠지요. 아무튼 내가 고소당하게 될 염려는 없는 겁니다. 그러나 전화를 거는 사람은 내가 원고의 소유권이 있는 사실을 모르는 모양이었습니다. 아무한테도 말하지 않았으니까 당연하지만, 그의 본심은 나에게 원고를 줘 놓고는 나중에 천천히 협박하려는 속셈이었는지도 모릅니다. 그러나 나는 태연히 웃어넘길 수 있는 입장에 있는 사람이거든요. 사실 모험을 하는 사람은 그 사람뿐이라는 사실을 그는 잘 모르는 모양이었습니다.

나는 내 입장을 그 자리에서 알게 됐습니다. 이 전화는 하늘이 도우신 겁니다. 이 사람을 잘 이용해서 원고를 입수하게만 된다면, 나중 일은 편지 한 장으로 다 끝장이 나 버리는 거거든요. 윌리엄 경에게 내 소유권을 확인시키는 편지를 보내어, 만일 미심쩍은 점이 있으면 내 변호사의 법률사무소를 알려 주어 문의하도록 하면 되지 않겠습니까. 소송을 하든 무엇을 하든 마음대로 하시오. 이 말을 듣게 되면 설마 경도 소란을 피우지는 않을 겁니다. 게다가."
아버 씨는 말하기가 난처하다는 듯이 덧붙였다.
"전화의 목소리가 요구하고 있는 금액 같은 것은."
"50파운드쯤 던져 주고는 나중에 우물우물해 버리면 된다, 이 말이지요? '나는 본디 이 원고 주인이오. 당신은 도둑이 아닌가요?' 이렇게 말입니다. 50파운드는 윌리엄 경에게 지불해야 하는 금액보다 훨씬 적으니까요."
"말씀대로입니다. 좀더 정확히 말한다면 그렇게 됩니다."
아버 씨는 고개를 끄덕이면서 담배를 힘주어 피웠다.
"나는 전화의 주인공에게 동의를 표하고 나서, 원고는 이미 입수했느냐고 물어 봤지요. 상대방은 지금 여기 가지고 있는데 얼마를 주겠는지 결정해 달라는 거였습니다. 나는 그 자리에서 상당한 금액을 불렀지요. 상대방이 오히려 놀란 모양입니다. 많다고는 해도 뻔한 액수인데, 그걸 빼고도 나는 몇 배나 더 이익을 보게 되거든요.
그는 기뻐하면서, 그럼 내일 다시 전화 걸어 원고를 건네줄 장소와 시간을 알려 주겠다고 했습니다. 그래서 나는 스펜글러 댁을 통해서 연락하라고 전해 주었습니다. 상대방은 덧붙여서 자기의 정체는 조사하지 말기 바란다, 조사해 봐야 아무도 모르게 수배가 되어 있으니까 헛수고일 것이라고 말하는 것을 잊지 않았지요. 나는 물론 웃고 있었습니다만."
"그래서요?"
"전화가 끝나자 나는 곧 어디서 걸려 온 건지 확인하려고 했습니다만, 결국 알아 내지 못했습니다. 소설 같은 데서 보면 간단히 찾아냅디다만, 사실 어려운 일이더군요."
"그러고 나서는?"

아버 씨는 슬쩍 돌아보았다. 다시금 불안한 생각이 짙어진 모양이다. 방 사방 구석에 어두운 곳이 걱정되는지 무릎 위에 담뱃재가 떨어지는 것도 알아차리지 못하는 것 같았다.

"나는 사태를 낙관하고 있었습니다. 만사가 잘 되어 가고 있다고 생각했던 겁니다. 다음 날 그러니까 바로 오늘이 됩니다만, 여느 때와 같이 오전에 볼일을 끝내 버리고 나서 오늘은 한 번 오랫동안 벼르던 런던 탑을 구경해 보자고 생각했지요. 그리고 그 뒤 이야기는 아까 말씀드린 바와 같습니다. 살인 사건이 일어났다는 소식을 듣고 탑 밖으로 나오려는데 금족령이 내린 겁니다. 좀 당황하긴 했습니다만, 한편 이번 기회에 한 번 런던 경시청의 활동 상황을 구경해 보는 것도 재미있으리라고 생각했습니다. 피살자는 기껏해야 어느 빈민굴의 사람이겠거니 생각했기 때문이지요."

여기서 또 아버 씨는 안경테를 붙잡았다.

"경감님, 벌써 알고 계셨겠지만 별안간 포의 원고부터 심문받게 됐을 때 저는 깜짝 놀랐습니다. 좀더 솔직하게 말한다면, 나는 마음을 굳게 먹고 있었거든요. 냉정하게 처신하기만 하면 모든 일이 다 무사히 잘될 거라고 자만하고 있었지요. 물론 신경은 쓰고 있었습니다. 어떤 식으로 나올까? 그것만 잘 받아넘기면 포는 내 손에 들어오게 될 것이라고 생각하고 있었습니다. 그런데 죽은 사람의 이름을 들었을 때."

그는 웃옷 주머니에서 비단 손수건을 꺼내어 이마의 땀을 닦았다.

"심장이 멎는 듯했습니다. 나의 이러한 동요가 틀림없이 눈에 띄었을 겁니다. 설마하고 생각하던 일이 무서운 사실이 되어 나타난 것입니다. 드리스콜은 내 지시대로 원고를 갖다 주려고 했을 텐데, 피살되고 말았습니다. 그것 때문에 피살됐다고밖에 생각할 수 없는 상황이 아닙니까? 무슨 흉악한 음모에 나까지 휩쓸리게 되었구나 하고 생각하지 않을 수 없었지요. 그것도 다름 아닌 살인 사건에."

그는 줄곧 몸을 떨면서 설명했다.

"아까 말씀드린 바와 같이 나는 이러한 고고본(古稿本)에 대해서는 맥을 못 추는 사람입니다. 원고에 얽힌 무서운 사건, 그것이 나에게 직접 무슨 관계가 있는지 모르겠습니다만, 아무튼 나 자신에게 위험이 닥치리라는 것을 각오하지 않으면 안 되었지요. 원고는 어디로 가 버렸을까. 드리스콜은 가지고 있지 않았습니다. 당신들도 충분히 수사하셨겠지만, 역시 찾아 내지 못한 것 같았으니까요. 나 자신은 될 수 있는 대로 거기에 신경을 쓰지 않기로 했습니다. 섣불리 굴다가는 결국 혐의가 나에게 집중할 테니까 말입니다."

"거기까지는 잘 알고 있소. 그리고 어떻게 하셨지요?"

랜폴은 이상하게 생각했다. 박사가 사건을 규명하는 데는 반드시 드리스콜은 원고를 아버 씨에게 건네줄 생각이 없었다고 말해야 할 것이다. 그런데 가만히 보고 있노라니, 박사는 날카로운 작은 눈으로 서적 수집가의 얼굴을 쏘아보기는 하지만, 마치 무조건 그의 말을 믿고 있는 듯이 맞장구를 치면서 끄덕이고 있었다. 랜폴 또한 아버 씨의 말을 듣고 있는 동안 박사처럼 무조건 믿고 싶게 되었다. 여기에서 가능한 이야기라고 한다면, 꼭 한 가지밖에 생각할 수가 없는 것이다.

막다른 골목에 다다른 드리스콜은, 어떻게 해서든지 원고를 자기 손에서 먼 곳으로 떼어 버리려고 일단 아버 씨와 협상을 해 봤으나, 그 밤이 새고 조금 냉정을 되찾게 되자, 이번엔 다시 그 경우에 닥칠 위험이 걱정되어서 그 방법을 피하게 되었을 것이다.

"그래서 경감님……." 아버 씨는 헛기침을 한 번 하고 나서 말을 이었다. "드디어 이야기는 가장 무시무시하고 믿을 수 없는 부분에 도달했습니다. 내가 이 약한 심장으로 어떻게 까무러치지 않고 견뎠을까 생각될 정도니까요."

"위병 대기소를 나와서 말이지요?" 박사가 천천히 말을 걸었다. "당신은 뭔가 숨이 넘어갈 만큼 무서운 일을 당하셨소. 그래서 죽을 힘을 다해 골더스 그린까지 달아난 거요. 대체 그것이 무엇이었지요?"

아버 씨는 비단 손수건을 웃옷 주머니 속에 넣었다. 보아하니 이야기는 점프대에 놓인 것 같았다. 아버 씨는 뛰어넘을까말까 하고 망설이고 있는 것 같았다.

"경감님, 그 이야기를 하기 전에 한두 가지 물어 보고 싶은 게 있습니다. 내가 탑 안에서 심문받고 있을 때 그 방 안에는 누구누구 있었지요?"

펠 박사는 생각하듯이 똑바로 그를 쳐다보았다.

"당신과 이야기하고 있었을 때 말이오?"

"네."

"흐음, 해드리, 이 사람은 내 동료이지요. 그리고 저기 있는 랜폴, 메이슨 장군, 월리. 아니, 윌리엄 비튼은 없었지. 그분은 메이슨 장군의 방으로 가 계셨었소. 당신에게 기탄없는 질문을 하고 싶었기 때문이오. 그러니까 그 방에 있었던 사람은 모두 넷인데……."

아버 씨는 눈을 크게 뜨고 물었다.

"윌리엄 비튼도 탑 안에 있었군요?"

"물론이지요. 우리가 있던 방 안에는 없었지만. 왜 그게 어떻게 되었소?"

"한 가지 더 질문이 있습니다. 저, 뭐라고 말씀드려야 할는지. 질문이라기보다 나에 대한 인상 같은 것을 물어 보고 싶은데, 아시다시피 전화로 말하는 것은 어느 의미에서는 깜깜한 곳에서 이야기하는 것과 같아서 목소리만이 들리는 거거든요. 목소리 말고는 그가 어떤 사람인지, 그 얼굴이나 모습과 관계 없이 목소리만이 인상에 남게 되지요. 그러므로 뒷날 그 본인과 만나게 되더라도 이 사람이 그 목소리의 주인공인가 아닌가 잘 모르는 경우가 있습니다. 본인의 모습이 목소리의 인상을 없애 버리기 때문이지요. 그러나 만일 그의 목소리를 깜깜한 곳에서 들었다고 한다면."

"과연 당신의 말뜻을 알 듯도 하군요."

아버 씨는 안심했다는 듯이 말했다.

"그거 고마운 일이군요. 나는 처음에는 이러한 미묘한 문제는 그…… 경찰관들에게 도저히 이해시킬 수 없지 않을까 걱정하고 있었던 겁니다. 아무튼 저는 그때 심문이 다 끝나고 나서 밖으로 나갔습니다.

심문을 받고 있던 방의 출입문은 꼭 닫히지 않았습니다. 복도는 이미 어두컴컴해져서 아치 쪽에서 안개가 흘러들어오고 있었지요. 나는 문 밖에서 목도리를 고쳐 두르며 눈이 바깥의 어둠에 익숙해지기까지 잠시 동안 그 자리에 서 있었습니다. 나는 안도의 숨을 몰아쉬었어요. 사실 방에서는 전전긍긍하고 있었는데, 무사히 심문을 받아넘겼구나 생각하며 고개를 드니 좀 떨어진 곳에서 위병이 한 사람 지키고 있었습니다. 방 안에서는 당신들의 말소리가 들려오고 있었지요. 여러 가지 목소리가 섞여서 들려 왔습니다."

아버 씨는 주먹을 불끈 쥐고 몸을 앞으로 내밀었다.

"그런데 경감님, 나는 그때 한평생 두 번 다시 맛볼 수 없을 것 같은 공포에 사로잡히게 되었습니다. 안에 있었을 때는 몰랐는데……. 아까 말한 것처럼 얼굴을 보았기 때문에 귀의 인상이 사라져 버린 거겠지요. 그런데 그때 나는 어둠 속에 서 있었던 거요. 문 안에서 속삭이는 것보다는 좀더 높은 소리가 들려 왔습니다. 그런데 그 목소리는 어젯밤 늦게 걸려 온 전화에서 들은 목소리였습니다. 포의 원고를 팔려고 하던 그 목소리였지요!"

혈탑 아래인가

이 놀라운 사실을 듣고도 펠 박사는 조금도 동요되지 않았다. 몸도 꼼짝하지 않았다. 눈도 깜박거리지 않았다. 몸을 꾸부정하게 굽히고 스틱으로 몸을 받치면서 이상할 정도의 날카로운 눈초리로 아버 씨를 뚫어지게 쳐다보고 있었다. 오랫동안 그러고 있다가 이윽고 천천히 물었다.

"틀림없이 그 목소리는 방 안에서 들려 온 거지요?"

"네, 그건 틀림없습니다. 나는 확실히 들었습니다. 복도에는 아무도 없었고, 그 목소리가 특별히 나를 보고 말한 것은 아니거든요. 방 안에서 나누는 대화의 일부분이었을 겁니다."

"무슨 말을 하고 있었지요?"

아버 씨는 다시 긴장했다.

"그런데 경감님, 아무래도 그것을 생각해 낼 수가 없군요. 이렇게 말씀드리면 내 말을 믿지 않을는지도 모릅니다만, 아무리 생각해 봐도 이야기의 내용이 기억나지 않습니다. 왜냐하면 그 목소리를 들었을 때 너무도 놀랐거든요."

아버 씨는 주먹을 불끈 쥐고 거의 경련을 일으키며 팔을 휘둘렀다.
"한 번 더 되풀이 말한다면, 내 귀에는 그것이 마치 죽은 사람의 목소리처럼 들려왔습니다. 전화의 주인공을 비튼의 조카로 여기고 있었으니까요. 그런데 비튼의 조카는 살해되었거든요. 그런데 그 무서운 속삭임 소리를 들은 겁니다. 경감님, 나는 전화의 목소리가 일부러 목쉰 것처럼 꾸미고 있었다고 믿었습니다. 그런데 그때 들은 그 목소리는 틀림없이 전화의 목소리였습니다.

지금도 나는 확실히 단정할 수 있습니다. 뭐라고 했는지 기억이 안 납니다만, 나는 그때 무의식적으로 휘청거리며 쓰러지려다가 가까스로 몸을 벽에 기댔습니다. 미쳐 버리지 않을까 하는 생각도 들었습니다. 방 안에 누가 있었을까 생각해 내려고 했으나, 도저히 생각해 낼 수가 없었습니다. 누가 입을 열고 누가 잠자코 있었는지, 그것조차도 확실치 않았습니다. 그 목소리가 누구 입에서 나왔는지 끝까지 생각해 낼 수가 없었습니다. 그때 내 기분을 짐작해 보십시오. 모든 것이 뒤죽박죽이 되었습니다. 나는 전화로 드리스콜과 이야기했다고만 믿고 있었습니다. 그런데 다시 그 소리를 들었던 겁니다. 나는 지금까지 방에서 심문을 받아 왔는데, 나를 심문한 사람 가운데 하나가 범죄자, 흉악한 살인귀가 아닐까요!

나는 포의 원고에 대한 내 권리를 분명히 했습니다. 그러자 누군지는 잊었습니다만, 그 정당한 권리를 확보하기 위해서는 사람을 사서 훔쳐 내는 비상 수단을 썼을 거라면서, 그렇게 하면 윌리엄 비튼 경에게 지불해야 할 만큼 큰돈은 필요없을 거라고 말했습니다. 사실 나는 그 말을 듣기 전까지는 생각해 보지도 못했던 일입니다.

그러나 나는 그때 확실히 느낄 수 있었습니다. 이유는 설명할 수 없습니다만, 그 목소리의 주인공이 드리스콜을 살해했을 것이라고 느꼈던 겁니다. 나는 마치 미치광이들의 세계로 내던져진 것같이 생각되었습니다. 나 자신의 귀를 믿을 수 없었던 겁니다. 그 무서운 목소리야말로 경찰 당국의 한 사람이 아닙니까! 그렇지 않았더라면 나는 되돌아가서 모든 사정을 다 털어놓았을 겁니다. 그러나 나는 경찰에 협력하는 것도 적이 되는 것 같아 무서웠습니다. 그러고 나서 나는 내가 생각해 봐도 비정상의 행동을 하게 된 것 같습니다. 그러나 그렇게 하지 않고 견뎌낼 수 있었을까요? 오늘 밤, 또다시 수상한 자가 내 별장에 침입하려고 했습니다. 그래서 나는 경감님을 만나 보기로 마음먹은 겁니다. 경감님의 손으로 이 고통을 가시게 해 달라고 부탁드리고 싶었습니다. 더 이상 이렇게 무서운 일을 당하기는 싫습니다. 말씀드릴 것은 이것이 모두입니다. 경감님, 나는 도무지 뭐가 뭔지 모르겠습니다. 나중의 일들은 경감님의 힘으로 한시 바삐 해결해 주셔야겠지요."

이야기를 다 끝내자 어찌할 바를 모르는 사람처럼 아버 씨는 의자에 몸을 기대고 손수건으로 다시 이마의 땀을 닦아 냈다. 펠 박사가 생각에 잠기면서 말했다.

"그렇지만 당신은 그 목소리가 우리들의 방에서 흘러나왔다고 단정할 수만은 없지 않겠소?"

"그야 그렇지요. 그러나……."

"그리고 무슨 말을 하고 있었는지 그것도 역시 확실하지 않고……."

"유감스럽습니다만, 그렇습니다. 믿어지지 않을 줄 압니다만, 그것은 아마."

펠 박사는 턱을 잡아당기면서 가슴을 쭉 폈다. 강의라도 하듯이 당당한 표정이었다.

"당신 말은 이것이 전부란 말이지요? 그럼, 한 가지 주의해 두겠는데, 다행히 이 방 안에는 나하고 랜폴 경사밖에 없소. 지금 그 이야기는 안 들은 것으로 덮어 두겠소. 범죄에 관련되지 않은 것이 확실하면, 그만한 재량권은 나에게도 있으니까. 하지만 되풀이해서 주의해 두지만, 다른 사람에게는 절대로 말하지 마시오. 당신은 지금 막다른 골목에 서 있소. 형무소에 들어가느냐, 정신 병원에 감금되느냐 하는 갈림길에 서 있는 거요. 내가 말하는 뜻을 알아듣겠지요?" 펠 박사는 스틱으로 상대방의 얼굴을 찌를 듯이 하며 말했다. "그 방 안에 있었던 사람은 네 사람뿐이었소. 당신 말이 사실이라면, 런던 경시청의 주임경감 이하 믿을 만한 수사관 두 명과 또 명예로운 런던탑의 부장관을 살인범으로 고발해야 하는 거요. 당신이 그 진술을 철회하여 역시 그 목소리의 주인공은 드리스콜이었다고 하지 않는 한 당신 자신이 살인 사건과 관계가 있다고 의심받게 될 거요. 당신 입장은 매우 위험하오. 정신 병원이냐, 살인범이냐? 어느 쪽을 택하겠소?"

"그렇지만 나는 사실 그대로 진술하고 있는 겁니다. 나는 아까도."

"그만두시오!" 펠 박사는 그를 똑바로 보면서 벼락 같은 소리를 질렀다. "나 자신도 당신이 진실을 진술하고 있다고 믿지 않는 건 아니오. 당신 귀에 무슨 소리가 들려 왔다는 것은 사실일 거요. 단 흥분된 당신의 귀에 말이오. 당신은 목소리를 들었소. 문제는 어떤 목소리가 어디서부터 들려 왔느냐 하는 것이오."

"좋습니다" 하고 체념한 듯이 아버 씨가 말했다. "그렇다면 나는 대체 어떻게 하면 좋을까요? 이 저주받을 포의 원고 같은 것은 아예 몰랐으면 좋았을 걸 하고 생각도 해 봅니다. 그것 때문에 나는 생명의 위협을 받게 되었거든요……. 그런데 경감님, 당신은 왜 웃기만 하시는지요?"

"당신이 너무 쓸데없는 걱정을 하기 때문이오. 그런 염려는 할 필요가 없소. 살인범이 누구인지는 벌써 다 알고 있으니까요. 문제의 목소리는 새삼스럽게 아무런 해도 끼치지 않을 거요. 내가 장담하겠소. 당신도 더 이상 이 사건에 관련되고 싶지 않겠지요?"

"물론이지요! 그러니까 범인은 체포됐습니까?"

"아버 씨, 범인은 당신의 원고와 아무 관계가 없었소. 이젠 그 일은 잊으시는 게 좋을 거요. 날이 새면 당신의 공포도 사라질 거요. 되풀이 충고해 두겠는데, 도움이 되지 않는 발언은 하지 않는 게 좋아요. 살인범은 죽어 버렸으니까. 드리스콜의 검시는 형식적으로 끝날 거요. 신문들도 그리 재미있는 기사거리가 못 되니까 떠들어 대지 않을 테고. 그러니 걱정할 것 없소. 호텔로 돌아가셔서 푹 주무시오. 전화에서 들은 목소리 같은 것은, 되풀이 말하지만 빨리 잊도록 하시오. 당신만 비밀을 지켜 주신다면 경찰도 발표하지 않겠다고 약속할 수 있소."

"그렇지만 오늘 밤에 내 별장에 침입하려던 사람은."

"그건 내 부하였소. 당신을 겁주어서 진상을 말하게 만들 작정이었소. 나의 작전으로 말이오. 자, 어서 돌아가시오. 당신에게는 더 이상 아무 위험도 없을 테니까요."

"그렇지만……."

"돌아가시오! 그렇지 않으면 윌리엄 경을 한 번 더 만나 보시겠소? 곧 윌리엄 경이 이리로 내려오실 거요."

그 한 마디가 무엇보다도 효과가 있다. 줄리어스 아버는 범인의 이름조차 묻지 않고 벌떡 일어섰다. 하긴 혐의의 대상이 자기가 아닌 이상 누가 범인이든 그로서는 문제가 안 되는 것이다. 본디부터 그의 몸을 감싸고 있는 분위기에는 그런 세속의 피비린내 나는 살인 사건 같은 일을 외면해 버리는 뭔가가 들어 있었던 것이다. 펠 박사와 랜폴은 그를 현관까지 바래다 주기 위해 홀로 나갔다. 마침 거기에 해드리가 서 있었다. 두 사람의 형사를 돌려보내고 오는 길인 모양이다.

"더 이상 아버 씨를 붙잡아 둘 필요가 없다고 생각하네. 이야기는 다 들어 봤어. 그러나 그다지 참고될 만한 것은 없더군. 그럼, 아버 씨, 잘 주무시오."

아버 씨도 이제야 겨우 체면을 지키며 "호텔까지 걸어서 가겠습니다. 좀 운동을 하는 게 좋을 것 같아서요. 안녕히들 주무십시오" 하고는 곧 밖으로 나가 버렸다.

"너무 빨리 내보내셨군요." 해드리 경감은 항의했으나 그다지 미련이 있는 것 같지는 않았다. "굉장히 수고를 끼치게 하는 사람인데. 우리도 쓸데없는 소동을 벌였군요. 뭐라고 하던가요?"

펠 박사는 싱긋이 웃고 나서 대답했다.

"드리스콜이 그에게 전화를 걸어서 원고를 팔아넘기려고 한 모양일세. 그래서 저 사람은 공범이 되었는 줄 알고 걱정하고 있었던 걸세."

"그렇지만 박사님은 아까."

"곤란의 극에 달한 나머지 분별 없는 충동에 이끌려서 그런 거겠지. 드리스콜도 사실 그런 것을 계획하고 있지는 않았거든. 그것은 단언할 수 있어. 자네 말과 같이 원고를 태워 버린 것도 분별 없는 충동 때문이었네. 결국 그것과 같은 걸세. 그리고 또 아버 씨는 이상한 말을 하고 있더군. 사람의 목소리를 들었다는 거야. 해드리, 그 사람을 검시 법정에 불러 내서는 안 되겠네. 이상한 말만 하고 있어. 우리를 모두 돈 사람으로 만들어 버릴 테니까 말이야. 특별히 필요한 인물이 아니니까."

"살인 사건과 아무 관계가 없다면야 불러 낼 필요도 없겠지요. 그건 그렇고, 죽은 사람의 목소리라니요! 놀랐는데요. 사나이 대장부가 어디 겁쟁이 할멈같이 노이로제에 걸린 모양이지요. 저도 쓸데없는 일로 괜히 시간을 낭비하고 말았군요. 그 결과 이런 바보스러운 꼴을 당하다니 정말 한 대 호되게 맞았습니다. '목소리'라고! 나는 도무지 포의 원고라는 것이 비위에 거슬립니다. 그것 때문에 헛수고만 하게 됐으니까요. 범인의 목소리를 확인하려고 일을 벌이지 않은 것만 해도 다행이군요."

펠 박사도 중얼거렸다.

"나도 동감일세."

고요하고 깊은 밤 저택에는 천장에 매달린 샹들리에만 기분 나쁜 소리를 내며 흔들거리고 있었다. 어디에선가 누군가의 발자국 소리가 메아리를 일으키더니 사라지고 말았다.

"이것으로 사건도 다 끝났군요." 해드리 경감은 지친 듯한 목소리를 냈다. "하루 만에 모두 해결해 버려서 정말 다행입니다. 그 가엾은 사나이는 최선의 길을 선택한 셈이지요. 이제 남은 것은 형식으로 간단한 증언을 듣고 난 뒤 그것으로 사건을 일단락 짓는 것으로 해버리지요. 부인만은 꼭 한 번 심문해 볼 필요가 있습니다만……."

"그럼, 이 사건을 어떻게 처리할 셈인가?"

해드리는 약간 눈살을 찌푸리며 대답했다.

"저는 이렇게 생각하고 있습니다. 미해결로 덮어 두고 싶다고 말입니다. 신문사 협회에는 너무 대서특필하지 말아 달라고 통고해 두었습니다. 검시 법정에서 큰 소동이 벌어지게 되면 재미없으니까요. 아무튼 이쯤 하고 수사를 끝내겠습니다. 비극의 원인은 상당히 오랜 기간 동안 이 집 안에 도사리고 있었던 것 같습니다."

"그런 것 같군. 그러나 그것을 캐내는 것도 좀 뭣하지 않나? 그건 그렇고, 윌리엄 경은 어떻게 되었나?"

"아직 침실에 계십니다. 홉스가 문을 부수고 들어가서 겨우 깨웠다고 합니다만."

"사정을 말해 주었나?"

해드리는 조마조마하면서 홀 안을 한 바퀴 돌아보고 나서 갑자기 지껄여 대기 시작했다.

"저도 이젠 나이가 나이인만큼 새벽 두 시가 되면 지치고 말거든요. 하긴 아무 말도 하지 않은 것은 아닙니다. 말을 걸어 봤습니다만, 수면제의 약효가 아직 남아 있어서 그런지 이쪽에서 하는 말을 도무지 알아듣지 못하더군요. 어깨 위에 잠옷을 걸친 채 난로 앞에 우두커니 바보처럼 앉아 있기만 하는 겁니다. 그리고는 '손님들에게 마실 것을 갖다 드렸나? 손님들에게 마실 것을 갖다 드려야지'라는 말만 되풀이하는 거예요. 오래된 주인이라는 자기 체면을 여전히 생각하고 있는 거겠지요. 그렇지 않으면 아직도 꿈에서 깨어나지 못한 건지도 모르고. 아무래도 윌리엄 경은 70살이 넘었으니까요. 겉으로는 그런 나이로 보이지 않습니다만."

"그래서 자네는 어떻게 할 작정인가?"

"와트슨 박사를 모시고 오라고 했습니다. 바로 그 경찰 의사 말입니다. 와트슨 박사가 도착하게 되면 경에게 머리가 또렷해지는 약을 드리도록 하겠습니다. 그러고 나면――해드리는 슬픈 듯한 표정으로 돌아가서――모든 사정을 들려 드려야지요. 그냥 덮어둘 수는 없는 일이니까요."

굴뚝 속에서 밤바람이 회오리를 치고 있었다. 랜폴은 홀의 어둠 속에서 생각해 보았다. 도서실 벽에서 본 하얀 독수리 같은 머리의 노인이 어깨가 축 처져서 서 있는 초상을. 그리고 또 외로운 저택에서 외롭게 살아 가는 노인의 모습을. 지난날 사나웠던 큰 독수리도 지금은 난로 앞에 잠옷 바람으로 외롭게 쭈그리고 앉아 타오르는 불꽃을 바라보고 있을 뿐이다. 날카로운 코, 숲처럼 뻗어난 눈썹, 웅변가의 입술. 경은 결국 지난날의 메이페어를 대표하는 인물에 지나지 않는다. 웰링턴 장군의 개선을 환영하여 이 거리 여기저기에 환영의 깃발이 나부끼고, 북소리가 요란했던 날들과 더불어 그는 이제 멀리 잊혀져 버린 것이다.

홉스가 홀에 모습을 나타냈다.

"윌리엄 경의 지시로 도서실에 샌드위치와 커피를 준비해 두었습니다. 위스키도 있으니 생각이 있으면 가시지요."

모두 천천히 홀을 지나서 도서실로 들어갔다. 난로 속에서 석탄이 잘 타고 있었다. 탁자 위에는 천을 씌운 쟁반이 있었다.

"홉스, 자넨 윌리엄 경 옆에 있는 게 좋겠네." 해드리가 주의를 주었다. "그리고 경이 완전히 잠에서 깨어나시거든 나한테 연락해 주어야 하네. 경찰 의사가 오면 곧 이층으로 안내해 주게."

세 사람은 난로 앞에 앉았다. 박사는 위스키에 소다를 타려고 사이펀을 만지기 시작했다. 해드리가 말했다.

"저는 확실하여 움직일 수 없는 증거를 쥐고 있습니다. 좀전에 비튼 부인을 만났는데, 그 방에서 박사님과 이야기를 한 모양이더군요. 부인은 이렇게 말했지요. 드리스콜을 죽인 것은 그녀의 남편이라는 것을 박사님한테서 들었다고 말입니다."

"그렇게 말하던가? 부인은 그것을 어떻게 생각하고 있을까?"

"그녀는 그다지 굳게 믿지는 않았습니다. 그러나 제가 모든 것을 다 이야기해 주자 그제야 겨우 납득이 가는 듯했지요. 사실은 지금까지 그녀와 이층에서 이야기하고 있었기 때문에 이렇게 시간이 걸린 겁니다. 부인에게서 그리 대단한 이야기는 못 들었습니다. 윌리엄 경처럼 부인도 역시 수면제를 먹고 잤기 때문에 머리가 아직 맑지 않다는 겁니다. 부인의 의견은 레스터 비튼 같으면 드리스콜을 죽이는 일쯤 사양하지 않겠지만, 그렇다고 해도 만일 그의 짓이라고 한다면 일부러 드리스콜을 그런 컴컴한 장소까지 불러 내어 무쇠 화살로 찔러 죽이는 복잡한 수단을 쓰지 않고 상대방의 방에 뛰어들어가서 목을 졸라 죽여 버렸을 거라고 하더군요. 그리고 또 드리스콜의 머리 위에 모자를 얹어 놓은 이유를 모르겠다는 겁니다. 부인이 강조하고 있는 것은, 그런 모호한 생각이 현실적인 레스터의 머릿속에 떠오를 리가 없다는 겁니다."

해드리는 눈살을 찌푸리고 난로 속의 불을 똑바로 바라보면서 손가락으로 의자의 팔걸이를 두드리고 있었다.

"듣고 있으려니까 저는 머리가 이상해져 버렸습니다. 부인의 이야기는 과연 그렇다고 긍정할 만한 것들뿐이었거든요. 비튼의 성격에 우리가 상상도 할 수 없는 깊은 것이 있다면 별문제입니다만."

박사는 해드리에게 등을 보이며 술을 섞고 있었으나 사이펀을 들고 있던 손을 갑자기 멈추었다. 오랜 침묵 뒤에 그는 돌아보지도 않고 말했다.

"자네는 이번 해결에 만족하고 있는 모양이군."

"물론 그렇습니다. 달리 해당하는 인물이 없으니까요. 그리고 그 확신을 한층 더 강하게 해 주는 사실이 있습니다. 레스터 비튼에게 흉내를 잘 내는 재주가 있었다는 것을 아십니까? 저는 몰랐지요. 지금 막 부인한테서 들었습니다만……."

"그래?"

"그렇습니다. 그는 그 방면의 천재였다고 합니다. 최근에는 전혀 해 보이지 않았습니다만. 물론 나이에 어울리지 않는다고 생각했기 때문이겠지요. 그러나 비튼 부인은 잘 기억하고 계시더군요. 옛날에는 자주 윌리엄 경의 웅변을 그대로 흉내내곤 했답니다. 마치 진짜 같았다고 합니다. 그렇게 생각해 본다면 전화의 목소리를 흉내내는 일쯤 식은 죽 먹기였겠지요."

박사가 갑자기 일어섰다. 기묘하게 비꼬는 듯한 표정이 그의 얼굴에 나타났다. 눈길을 올려서 윌리엄 경의 초상화를 쳐다보며 소리 내어 웃었다.

"해드리, 그것은 뭔가 전조가 되겠는데. 우연이라고 한다면 정말 믿을 수 없을 만큼 잘 들어맞는걸. 수사가 시작될 때 이 사실을 못 들었다는 것이 오히려 다행이었어. 섣불리 그런 말을 들었더라면 혼란만 일으켰을 테니까 말이야. 그렇긴 하지만 지금에 와선 좀 늦어져 버렸는걸."

"대체 무슨 말씀이십니까?"

"자네가 조사한 범위 안에서 레스터의 행동을 말해 주지 않겠나?"

해드리는 샌드위치를 집어 들면서 말했다.

"확실하지 않습니까? 레스터 비튼은 여행에서 돌아오자 드리스콜을 살해하려고 마음먹은 겁니다. 물론 그의 행동으로 본다면 흥분해서 그랬다고 짐작이 갑니다만, 그 뒤의 소행으로 그것이 더욱 납득이 갑니다.

맨 처음부터 드리스콜에게 이런 기묘한 의상을 입힐 작정이었다고는 생각할 수 없습니다. 그는 단지 드리스콜의 아파트로 뛰어들어가서 죽여 버릴 생각만 했던 겁니다. 그는 아침에 마음을 다잡아먹고 드리스콜의 아파트로 찾아갔습니다. 윌리엄 경에게서 열쇠를 빌려서 어떻게 해서든지 방에 들어갈 생각으로 집을 나갔던 겁니다. 물론 보통 방문과 사정이 달랐다는 것은 이 한 가지 일만 보아도 짐작이 갑니다.

그가 도착했을 때 드리스콜은 외출을 하고 없었습니다. 그는 온 방 안을 뒤졌습니다. 아내와 그 애인의 증거품을 입수하려고 했던 거지요. 기름과 숫돌이 드리스콜의 책상 위에 있었던 것을 기억하고 계시겠지요? 드리스콜은 큰 무쇠 화살을 숫돌에다 갈고 있던 중이라서 눈에 잘 띄는 곳에 놓아 두었습니다. 잘 아시겠지만, 그 화살은 레스터 비튼에게 중대한 의미가 있는 물건이었지요. 그와 자기 아내가 같이 사온 물건이었던 것입니다."

펠 박사는 이마를 긁으며 중얼거렸다.

"거기까지는 눈치채지 못했는데. 그래, 그래서?"

"실크햇을 발견했겠지요. 그래서 그는 모자 수집광이란 바로 드리스콜이구나 하는 것을 깨닫게 됐을 겁니다. 하지만 그때 레스터에게 그 사실은 그리 대단한 문제가 아니었을 겁니다. 갑자기 그때 머리에 떠오른 생각은 기왕 죽을 바에야 실크햇을 쓰고 죽고 싶다던 드리스콜의 말이었지요. 이 부분이 인간 심리의 재미있는 곳입니다. 만일 그가 드리스콜 자신의 모자를 보았더라면 그렇게까지 강한 암시를 받지는 않았을 텐데, 윌리엄 경의 모자라는 것이 드리스콜의 말을 강하게 부각시켜 준 겁니다. 무대 장치의 자료로 100 퍼센트 효과가 있는 거니까요.

그는 계획을 그 자리에서 세웠습니다. 드리스콜을 죽일까말까 새삼스럽게 고민할 필요도 없어진 거지요. 드리스콜을 찔러 죽여 버리면 그만이다. 자기와 아무 관계가 없는 곳에서 죽여, 그 머리 위에 피해자 자신이 훔친 모자를 얹어 놓기만 하면 되는 것이다. 이렇게 해서 그는 두 가지 일을 한꺼번에 해치운 결과가 되었습니다. 첫째, 살인 혐의는 모자 수집광에게 돌아가겠지요. 더구나 이 수집광이야말로 다름 아닌 피해자 자신이거든요. 이것으로 경찰이 오판을 내려 죄 없는 인간을 체포하는 위험은 없어지는 겁니다. 아무에게도 폐를 끼치지 않고 끝나 버리는 거지요. 레스터 비튼은 본디 선한 사람입니다. 최초에 이 생각이 떠올랐기 때문에 최후의 행동으로 옮기는 발판이 서게 된 거라고 믿고 싶습니다. 둘째, 이것으로서 정상이 아닌 드리스콜의 희망까지 들어 주는 셈이지요.

한 걸음 더 이 생각을 발전시켜 나간다면 무쇠 화살을 흉기로 삼은 것은 이상에 맞는 선택이었습니다. 왜냐하면 이것은 본디 중요한 의미를 갖는 거니까요. 그리고 드리스콜은 그것을 슬쩍 훔쳐낸 것입니다만, 레스터는 그렇게 생각지 않았을 겁니다. 당당히 갖고 싶다고 말하고 나서 얻어 온 거라고 생각했던 겁니다. 드리스콜의 책상 위에 아름답게 놓아 둔 것을 보면 그렇게 생각되는 것도 무리가 아니지요. 집안 사람들은 누구나 다 지금은 그것이 드리스콜의 아파트에 있는 물건이라고 믿어 버리게 되었으니까요. 그래서 혐의는 당연히 집 밖으로 옮겨갈 것이라고 생각했겠지요. 이것이 그의 생각이었습니다. 드리스콜이 이 선물을 받아 온 이상 비밀로 하고 있다고는 생각되지 않았던 겁니다. 사실은 훔쳐 온 것을 몰랐기 때문이지요. 혐의가 부인에게 쏠려 있다는 말을 들었을 때, 그가 얼마나 놀랐는지 당신들은 상상하기 힘들 겁니다."

박사는 위스키를 단숨에 들이켜고 나서 말했다.

"내가 생각했던 것보다 훨씬 사건을 잘 꾸몄군. 교수대의 줄을 잡아당기는 사람은 그 설명을 굉장히 재미있다고 생각할 테지. 그리고 어떻게 됐나?"

"반쯤 흥분한 두뇌로 그는 계획에 열중했습니다. 드리스콜이 한 시에 런던 탑에서 덜래이와 만날 예정이라는 것은 이미 알고 있었지요. 아침 식사 때 들었으니까요. 그의 계획 가운데 하나는 탑 안에서 드리스콜과 단둘이 있는 기회를 만드는 데 있었습니다. 드리스콜이 탑으로 가는 이상 덜래이와 만나는 것은 정해진 일입니다. 여기에 대한 공작이 필요합니다. 살인 계획은 어느 한 점까지도 신중하지 않으면 안 됩니다.

그래서 그가 어떠한 수단을 썼는지 아시겠습니까? 그는 모자와 무쇠 화살을 가지고 일단 집으로 돌아왔습니다. 그리고 곧 다시 집을 나갔습니다. 한 시 전이었지요. 공중전화에서 덜래이를 불러 냈습니다. 드리스콜의 목소리를 흉내내어 덜래이를 꾀어 냈습니다. 그러고 나서 한 시에는 탑에 가 있었습니다. 그러나 드리스콜은 나타나지 않았습니다. 그는 20분이나 약속 시간보다 늦게 왔던 겁니다."

해드리 경감은 혀를 태우는 듯한 커피를 한 모금 마시고 나서 찻잔을 놓았다. 그는 주먹으로 손바닥을 치면서 설명을 계속했다.

"그럼, 이 사건의 시간표를 다시 한 번 검토해 보기로 합시다. 드리스콜과 로라 비튼은 거의 같은 시간에 런던 탑에 도착했다고 생각됩니다. 드리스콜이 나중에 오고 부인은 한 발 일찍 왔습니다. 그 사이는 몇 분이 아닌 몇 초의 차이밖에 없었다고 보아도 괜찮겠지요. 드리스콜은 장군의 방으로 들어가자마자 우선 창문으로 밖을 내다보다가 로라 비튼이 역적문 부근에 서 있는 것을 발견했습니다. 마침 그 무렵에 레스터 비튼은 어딘가 숨어 있던 곳에서 드리스콜을 살해하기 위한 기회를 엿보며 두 사람이 오는 것을 보았습니다. 그는 부인에게도 모습을 나타내지 않았습니다. 그들이 몰래 만나기 위해 왔다는 것은 의심할 여지가 없는 일입니다. 범행이 끝나기까지는 부인에게도 모습을 보이는 일은 위험한 짓이니까요……. 레스터 비튼은 기다리고 있었습니다. 드리스콜처럼 차분하지 못하고 성급한 사람이 메이슨 장군의 방에서 언제까지나 얌전히 앉아 있으리라고는 생각할 수 없습니다. 어차피 이 부근을 돌아다닐 겁니다. 로라를 만나기 위하여 꼭 내려올 테지요. 사실 난간 앞에서 드리스콜이 로라를 만났을 때 비튼은 혈탑의 아치 밑에 몸을 감추고 두 사람의 행동을 지켜보고 있었습니다."

박사는 고쳐 앉으면서 한 손으로 눈을 덮었다. 난로 속에서 불이 너무 세게 타기 시작했기 때문이다.

"레스터는 두 사람이 만나고 있는 것을 보고 얼마나 화가 났을까요? 아마도 그는 달려나가서 두 사람을 때려 주고 싶었을 것입니다. 로라 비튼이 드리스콜에게 사랑의 말을 속삭이는 것을 들었습니다. 그러나 더욱 그를 화나게 만든 일은 드리스콜이 아무렇지도 않게 로라를 밀어내 버리고 혈탑의 아치 쪽으로 걷기 시작한 겁니다. 드리스콜은 그의 아내를 빼앗았을 뿐 아니라 모욕까지 했던 것입니다. 아무튼 이렇게 하여 드리스콜은 안개 속에서 숨어 있는 곳을 향해 다가왔습니다. 무쇠 화살은 비튼이 손에 쥐고 있었습니다."

펠 박사는 눈을 덮은 손을 떼려고 하지 않았다. 그러나 두 손가락 사이를 벌렸다. 안경 뒤에서 날카로운 눈이 갑자기 그 반짝임을 더하고 있었다.

"그렇다면 해드리, 비튼 부인은 드리스콜이 혈탑의 아치 속으로 들어갔다고 말하던가?"

"자세히 본 것은 아닙니다. 화가 나 있었기 때문에 남자 쪽은 돌아보지도 않았답니다. 그러나 그러고 나서 그녀도 통로로 나와 혈탑 쪽으로 걸어갔지요. 그래서 래킨 부인이 미행을 했던 겁니다."

"그런가!"

"부인도 이런 상황에서 거짓말 같은 것을 할 기력은 없을 겁니다. 이야기를 듣다 보니 기계 인형을 상대하고 있는 느낌이 들더군요. 죽은 사람이 무슨 말을 중얼대고 있는 것 같았습니다. 드리스콜은 아치 아래로 들어간 모양입니다. 그곳에서 모든 것은 순간에 다 끝나 버린 모양입니다. 비튼의 손이 그의 입을 틀어막고, 드라이버로 한 대 갈기자 상대방은 소리도 없이 쓰러져 버렸습니다. 바로 그 뒤를 따라오던 비튼 부인이 아치를 들어섰을 때, 그녀 남편은 그녀 애인의 시체를 안고 벽에 바싹 기대서 있었던 겁니다.

두 여인이 지나가고 나서 레스터는 시체가 쓴 테 없는 모자를 벗기고 실크햇을 꺼냈습니다. 아시다시피 그것은 오페라 모자라서 접었다 폈다 할 수 있게 되어 있거든요. 그래서 외투 밑에 간단히 감추어 가져와 그 자리에서 드리스콜에게 씌웠습니다. 모자가 너무 크기 때문에 눈 있는 데까지 내려왔지요. 그러고는 그는 재빠르게 그 시체를 철책 너머로 집어던져 버린 겁니다. 뒤통수의 타박상은 그때 생긴 거지요. 이어서 그는 옆에 나무 문을 통해서 해자로 나가 아무도 몰래 드리스콜의 모자를 강 속에 던져 버렸습니다. 그 뒤는 내 상상입니다만, 식당에 들어가서 코코아 한 잔으로 피로를 풀었을 테지요."

해드리 경감은 이야기를 끝냈지만 샌드위치는 먹을 생각도 하지 않고 난생 처음 보는 물건처럼 똑바로 그것을 쳐다보고 있었다. 그러더니 이윽고 그것을 아래에 내려놓았다.

아무도 말이 없었다. 난로 속에서는 석탄이 소리를 내며 타고 있었다. 그러나 그것은 오히려 밤의 정적을 더해 줄 뿐이었다. 머리 위에서 누군가가 천천히 걷고 있었다. 오락가락하면서…….

밤바람이 창 밖 정원 숲 속을 지나갔다. 시계가 울렸다. 그리고 희미한 소리가 현관 쪽에서 들려오더니 대문 닫히는 소리가 들렸다.

그 소리가 공허한 꼬리를 길게 끌며 온 집 안에 메아리쳤다. 위층의 발자국 소리는 잠시 동안 멎었으나 다시 또 천천히 들렸다.

"경찰 의사 같군요."

해드리는 졸린 듯이 눈을 비비며 크게 기지개를 켰다.

"수속만 다 끝내 버리면 돌아가서 푹 잘 수 있습니다. 이런 자질구레한 수사 수속까지 직접 제 손으로 해 본 것은……. 몇 년 만이라서 꽤 피로하군요."

그때 문 밖에서 소리가 났다.

"실례합니다. 좀 뵙고 싶은데요."

해드리가 무의식 중에 돌아다볼 정도의 목소리였다. 처음에는 조용히, 그리고 갑자기 무서운 소리로 변했다. 죽은 사람의 목소리를 연상시키면서 어둠 속에서 덜래이가 얼굴을 내밀었다. 넥타이가 비뚤어지고 땀이 이마 위에 솟았으며, 눈은 반짝반짝 불타고 있었다.

그의 얼굴을 보고 펠 박사가 외쳤다.

"아무 말도 해서는 안 되오!"

펠 박사는 의자에서 펄쩍 뛰어 일어나서 젊은이의 팔을 붙잡았다.

"말하면 안 돼! 다시 한 번 생각해 보시오! 그때까지는 아무 말도 해선 안 됩니다!"

덜래이는 손을 내밀었다.

"이젠 다 틀렸습니다."

그의 눈은 해드리 경감을 응시하고 있었다.

"모든 것을 다 고백하고 싶습니다. 내가 필립 드리스콜을 죽였습니다." 그의 목소리만은 의외로 맑았다.

살인자의 고백

도서실 안은 쥐 죽은 듯이 고요해졌다. 위층의 발자국 소리도, 이 말을 듣고 갑자기 서 버린 것 같았다. 난로 속에서 불이 활활 밝게 흩어지더니, 다시 또 전처럼 되어 버렸다. 그 순간 그 불빛이 덜래이의 창백한 얼굴을 노랗게 물들였다. 그는 난로 속의 불을 들여다본 채 아무 생각 없이 칼라를 잡아당기면서 말하기 시작했다.

"나에게는 물론 그를 죽일 생각이 없었습니다. 과실로 그런 짓을 하고 만 겁니다. 나중에 와서 숨기려고 생각했던 것이 잘못이었지요. 그 때문에 제 말을 믿어 주지 않을는지도 모르겠습니다만, 그래도 하는 수 없습니다. 나로서는 레스터 비튼이 혐의를 받게 되어 자살을 하게 된 것이, 그가 범인이라고 터무니없는 혐의를 받기 때문이었던 듯싶어서 잠자코 있을 수 없게 되었습니다. 그 사람은 진실한 내 친구였습니다. 필립 같은 사람은 자기 생각밖에 하지 않는, 정말 이기주의자였지요. 그와 비교한다면 이 레스터 비튼은."

그는 눈가를 눌렀다.

"안경을 잃어 버려서 보기가 힘드는군요. 좀 앉아도 좋겠지요? 너무 지쳐서."

아무도 움직이려고 하지 않았다. 덜래이는 휘청거리듯 난로 앞에 주저앉았다. 불을 쬐려고 손을 내밀었는데, 몸을 심하게 떨고 있었다.

펠 박사는 조용히 말했다.

"당신은 영리한 사람인 줄 알았는데 그게 아니구먼. 모든 것을 다 망쳐 놨어. 나는 당신이 실러와 만나고 나서부터 당신을 두둔하려고 줄곧 고생해 왔단 말이야. 그런데 당신은 간단히 모두 망쳐 버렸군. 새삼스럽게 고백한다고 해서 아무런 의미도 없잖나. 이 집 안에 새로운 비극을 하나 더 늘어나게 할 뿐이지."

해드리는 몸을 쭉 뻗었다. 얼굴을 향해 한 대 내려치려는 것을 막아 주려는 듯이 보였다. 그는 덜래이의 얼굴에서 눈을 떼려고 하지 않았다.

해드리는 헛기침을 하고 나서 말했다.

"그건 거짓말이야. 어떻게 그런 바보 같은 말을 믿을 수 있겠소. 덜래이 씨, 당신 앞에 있는 사람은 경찰관이오. 놀리는 것도 정도가 있지."

"한 시간 전에 나는 밤이 깊은 거리를 걷고 있었습니다. 실러와 둘이서요."

젊은이는 아직도 어깨를 심하게 떨고 있었다.

"실러의 친구 집 앞에서 그녀와 이별의 키스를 했습니다. 그것이 그녀와 마지막이라는 것을 알고 있었거든요. 다음은 법정에 모습을 나타낼 뿐이겠지요. 진상을 덮어 두기를 나는 바랐습니다. 그러나 나는 그것이 불가능했던 겁니다. 나는 탈선한 사나이입니다. 그러나 끝까지 감출 수 있다고 생각할 정도로 탈선하지는 않았습니다. 밤거리를 걸어가면서 곰곰이 생각해 봤습니다. 모르겠더군요. 어떻게 해야 좋을지 도저히 알 수가 없었습니다. 모든 것이 다 형편 없이 되어 버렸습니다.”

덜래이는 두 손으로 머리를 감쌌다. 그러자 갑자기 무슨 생각이 난 것처럼 주위를 휘둘러보더니 다시 입을 열었다.

“누군가가 말했다면서요, 모든 것을 다 알고 있다고?”

“알고 있네.” 펠 박사는 언짢은 듯이 말했다. “그렇더라도 덜래이 씨만 점잖게 입을 다물고 있었더라면.”

해드리는 주머니에서 수첩을 꺼냈다. 손가락이 가늘게 떨고 있고, 목소리도 똑똑히 들리지 않았다.

“덜래이 씨, 미리 말해 두겠습니다만, 지금부터 말씀하시는 것은 모두.”

“잘 알고 있습니다. 저는 하나도 빼놓지 않고 말씀드리겠습니다. 절대로 흥분하고 있는 것이 아닙니다. 그렇게 생각하시고 들어 주십시오. 나는 냉정합니다. 앉은 채로 말해도 되겠지요? 아아, 그것은.”

덜래이는 램폴이 들고 있던 술잔을 거의 충동적으로 빼앗았다.

“이건 내가 마시겠습니다. 그 사건은 거의 순간에 일어난 일이었다고 말해도 이젠 아무 소용 없겠지요. 사실 그는 그 자신의 손으로 자기를 찌른 겁니다. 그때 자기 쪽에서 저한테 달려들었거든요. 싸우고 있는 동안에 맹세코 말씀드립니다만, 저는 그를 해치우려는 의도가 손톱만큼도 없었습니다. 저는 본디 그 사람이 좋았습니다. 나는 다만…….” 그는 잠시 동안 거친 숨을 내뱉고 나서 말했다. “나는 다만 그 원고를 훔치려고 했을 뿐입니다.”

“어쩌면 그럴지도 모르지.” 주임경감은 뜻밖의 표정으로 상대방의 얼굴을 지켜보면서 말했다. “그러나 무조건 긍정할 수 없는 데도 있는데요. 두 시 10분 전에 드리스콜의 방에서 전화를 걸었는데, 그러고 나서 5분도 지나기 전에 어떻게 런던 탑에서 드리스콜을 죽일 수 있었지요?"

펠 박사는 지팡이를 들어올려서 맨틀피스의 가장자리를 탕 하고 쳤다.

"바로 그 생각이 수사를 미궁에 몰아넣은 원인이었단 말이야. 자네는 문제의 핵심에 접근하기는 했지만, 거기서부터 수사의 방향이 빗나가게 됐어. 드리스콜은 런던 탑 안에서 살해된 것이 아니라 자기 방 안에서 죽었네."

"네?"

해드리는 세게 한 대 맞은 것 같았다.

"설마 그럴 리가?"

"하지만 그것이 사실이란 말이야."

덜래이는 위스키를 쭉 들이켰다. 제 정신이 좀 돌아오는 모양이었다.

"맞습니다. 왜 그가 아파트로 되돌아왔는지 정말 모르겠습니다. 아무리 생각해 봐도 지금도 여전히 모르겠어요. 나는 그를 탑 안에서 나가지 못하도록 최선의 노력을 다했습니다. 가짜 전화를 나 자신에게 걸었던 것도 그 때문입니다. 그러나 그것도 내가 포의 원고를 훔쳐 내는 동안 그를 방 밖으로 멀리 떼어 놓기 위해서였을 뿐입니다. 도둑이 침입한 것처럼 꾸미려고 그랬던 것입니다."

떨고 있던 그의 손이 이젠 완전히 정상이 되었다. 그는 마치 금방이라도 숨이 멎을 듯이 지쳐 있는 것 같았다. 이상하리만큼 방심한 상태로 병자처럼 지껄여 댔다.

"이젠 정신이 좀 돌아옵니다. 기분도 좋아졌고요. 그럼, 설명해 드리지요. 이 이상 더 가슴 속에만 간직해 둘 수는 없습니다. 나는 그렇게 모진 사람이 아니니까요."

"처음부터 이야기를 시작해 주시오. 포의 원고를 손에 넣으려 했던 데까지 들었습니다."

"그렇습니다. 손에 넣을 필요가 있었단 말입니다. 어떻게 해서든지 손에 넣을 필요가 있었습니다."

"필요라고요?"

"그렇습니다!"

덜래이는 외치면서 무심코 손을 눈 있는 데 갖다 댔으나, 안경은 거기 없었다.

"공연히 그런 생각이 나게 됐다고 해도 잘못은 아니겠지요. 그때까지는 한 번도, 이 댁에 있는 동안에도 그런 생각을 한 적이 없었습니다. 그러나 일요일 밤에 드리스콜이 런던 탑으로 전화를 하여, 백부의 모자를 훔쳐 내다가 원고까지 함께 가져와 버렸다는 말을 들었을 때."

"그럼, 자네는 드리스콜이 모자 도둑이라는 것을 알고 있었단 말인가?"

"물론, 알고 있었지요. 그는 무엇이든지 나에게 의논해 왔거든요. 모든 일에 나의 도움을 구했지요. 신문기사의 계획도 미리 알려 왔습니다. 그의 마지막 계획은 런던 탑에 있는 요맨 위병의 털모자를 훔쳐 내는 일이었습니다."

"이거 정말 놀랐는데!" 펠 박사도 놀라운 모양이었다. "내로라하는 나도, 거기까지는 미처 생각하지 못했단 말이야. 과연 그렇겠군. 그것은 명안이야. 명예로운 모자 도둑은 마지막에 이르러 당연히 거기까지 갔어야 했을 거야."

"좀더 진지하게 들어 주셨으면 좋겠습니다, 박사님. 덜래이 씨, 그런 것까지도 서로 이야기하고 있었습니까?" 하고 해드리는 되물었다.

"네, 그러고 나서 나는 그 생각에 사로잡히게 된 겁니다. 나도 그때 좀 자포자기하고 있었습니다. 나 자신이 마구 쫓기는 것 같은 상태였지요. 1주일만 지나고 나면 모든 것이 다 밝혀지게 될 일이 있었거든요. 그래서 나는 전화로 드리스콜에게 말했습니다. 원고는 그대로 잘 간직하고 있으라면서, 내가 잘 생각해 볼 테니까 그때까지 마음대로 처리해서는 안 된다고 말해 주었습니다. 일요일 밤에 드리스콜의 아파트를 찾아가서 방법을 가르쳐 줄 작정으로 있었습니다. 그런데 그때."

그는 의자에서 고쳐 앉았다.

"아버 씨가 주말을 보내고 있는 장소를 알게 되었습니다. 토요일 밤에 실러를 만나 그 말을 들었던 거지요. 아버 씨가 이 댁에 묵고 계셨더라면 아무리 뭐해도 전화를 못 걸었을 겁니다."

"당신이 아버 씨한테 전화를 걸었단 말이오?"

"아버 씨가 이야기를 안 했나요? 나는 그에게 목소리가 발각되지 않을까 겁내고 있었습니다. 오늘 밤에 그가 이 댁에 와 있다는 말을 듣고 깜짝 놀랐지요."

해드리 경감은 날카로운 눈길을 펠 박사한테 돌렸다.

"아버 씨가 왜 몰랐을까요? 박사님 말씀으로는, 그는 전화의 목소리가 드리스콜의 목소리인 줄로 믿었던 것 같지 않습니까?"

"정말로 그렇게 알고 있었지. 해드리, 자네는 오늘 밤 비튼 양이 한 이야기를 잊었나? 드리스콜은 자주 그녀에게 전화를 걸어서 덜래이라고 하며 장난쳤다고 했잖나. 실러조차도 속은 일이 있었던 모양이야. 그렇다고 친다면 두 사람의 목소리는 꽤 닮았던 모양이지."

"우리들의 목소리가 닮지 않았더라면 계획은 그렇게까지 쉽게 진행되지 않았을 겁니다. 물론 나는 배우가 아닙니다. 그러나 드리스콜이 내 흉내를 낼 수 있다면 나인들 그의 흉내를 못 내겠습니까? 전화로 파커를 불러 내어 약속이 변경된 것을 알려 주고, 나 자신을 드리스콜의 아파트까지 꾀어 내기로 하여……."

"잠깐만!" 해드리가 입을 열었다. "이야기가 너무 비약하는 것 같은데. 지금 한 말은 아버 씨에게 전화를 걸어서 원고를 건네주겠다고 말했다는 거지요? 아직 당신의 손에 들어오지도 않았는데. 무엇 때문에 당신은 그것을 훔쳐 내려고 했습니까?"

덜래이는 잔에 남은 술을 마저 마시고 나서 말을 시작했다.

"나는 1200파운드가 필요했던 겁니다."

그는 차분히 말했다. 의자에다 등을 기대고, 조용히 난로 속의 불을 들여다보고 있었다. 거칠었던 호흡도 차츰 가라앉는 것 같았다.

"거기에 대해서 좀 말씀드려야겠는데, 나의 아버지는 북부 지방에서 목사님으로 계십니다. 다섯 형제에서 막내가 나지요. 교육은 다 받았습니다. 그러나 졸업하기까지 밤낮 공부하지 않으면 안 되었습니다. 유감스럽게도 수재라는 말을 들을 만한 두뇌가 없었기 때문이지요. 만일 나에게 남보다 좀더 뛰어난 점이 있다고 한다면, 그것은 상상력일 겁니다. 창작력 말입니다.

그래서, 웃지 마십시오. 나의 희망은 언젠가는 문필로 이름을 떨치는 데 있었습니다. 그러나 상상력만 가지고는 시험에 합격할 수 없는 겁니다. 더욱이 일등을 유지하자면, 웬만한 노력으로는 되지 않는 일이지요. 그러나 꽤 운이 좋았던 것은 런던 탑에 대한 연구를 하고 있었기 때문에 그것이 계기가 되어, 메이슨 장군과 만날 수 있게 됐던 일입니다. 그분은 저를 사랑해 주셨습니다. 저도 그분을 존경했습니다. 그래서 저는 그분의 비서로서 일하게 됐던 겁니다.

비튼 집안 사람들과 친해진 것도 장군님이 소개해 주었기 때문입니다. 나는 드리스콜과 만나자 곧 좋아지게 되었습니다. 그 사람은 나에게 부족한 점을 모조리 갖추고 있었습니다. 나는 키만 크고 소극적인 편입니다. 눈도 근시인데다, 얼굴도 못생겼지요. 아무 운동도 못하고, 여자——이건 뭐랄까, 저를 가리켜 굉장히 유쾌한 사람이라고는 말해 줍니다만 다만 말뿐이고, 늘 다른 남자들의 정사 이야기만 듣는 역할을 해 왔지 뭡니까.

드리스콜은 당신들도 잘 아시다시피 풍채가 좋고 아주 명랑한 성격이지요. 그러면서도 도락 끝에 얻은 고민 같은 것을 힘들이지 않고 잘 헤쳐 나가거든요. 아까도 말씀드린 바와 같이 나 자신도 그와 의논하고는 기꺼이 도와 주곤 했지요. 그러는 동안에 실러를 알게 됐습니다.

왜 실러가 나에게 관심을 가지게 되었는지 그 까닭은 지금도 알 수가 없습니다. 다른 여자라면 장난삼아서라도 그런 짓은 안 할 겁니다. 그래서 나는, 네, 무엇이든지 솔직하게 말씀드리겠습니다만 나는 실러가 좋아서, 좋아서 못 견디게 되어 버렸습니다. 웃으실는지 모르겠습니다만, 그것이 거짓없는 진정한 나의 심정입니다."

덜래이는 모든 사람들의 얼굴을 휘둘러보았다. 아무도 웃지 않고 듣고 있었다.

"모두 재미있다고 했습니다. 모두라고 하는 것은 필립의 친구들 말인데, 저희들 두 사람 사이가 희극같이 보인다고 했습니다. 어떤 놈팡이 친구는 사람들 앞에서 이런 말을 했습니다. 목사티가 나는 음흉한 녀석하고 비튼의 바보 계집애라고. 내가 목사티가 난다는 말을 듣는 것은 상관 없습니다. 예전부터 그런 소리를 종종 들어 왔으니까요. 그러나 실러를 욕하는 것을 듣고는 잠자코 있을 수가 없었지요. 나는 어느 날 밤, 그 사람 집으로 달려갔습니다. 너 같은 녀석은 꼴도 보기 싫다고 하며 나는 그를 때려 눕혔습니다. 상대방은 1주일 동안이나 외출을 못 했습니다. 그런데도 그는 뒤에 숨어서 험담을 하기 시작했습니다. '덜래이 녀석, 그래 봬도 여간이 아니란 말이야. 그 녀석은 실러의 재산을 엿보고 있어.' 정말 듣기 싫은 소문이었습니다. 저와 실러는 진심으로 사랑하고 있는데 그 소문은 곧 노인의 귀까지 들어갔습니다.

윌리엄 경은 나를 불러다 놓고 소문과 같은 말을 하는 것이었습니다. 나는 나도 모르게 화를 내 버렸지요. 굉장한 말로 대꾸했던 것을 기억하고 있습니다. 실러와 나는 어떠한 일이 있더라도 결혼할 작정이라고 선언했습니다. 윌리엄 경은 놀랐습니다. 그리고 무언가 골똘히 생각하는 것 같았지요. 레스터 비튼 대령이 두 사람 사이에 들어와 화해를 시켜 주셨습니다.

그런 일이 있고 나서 윌리엄 경은 나를 찾아와 턱을 어루만지면서 이런 말을 했습니다. 나의 가정까지 파괴시키는 흉내는 내지 않는 것이 좋겠다고요. '실러는 자기의 몸 처신도 아직 못하는 어린 아이야. 결혼이란 무리한 이야기일세. 1년만 더 기다려 주지 않겠나. 1년이 지나도 역시 두 사람이 지금처럼 사랑하고 있다면 그때는 나도 반대하지 않겠네. 결혼을 하든 뭘 하든 마음대로 하란 말이야' 하시는 거였지요. 그래서 나는 '나 혼자 힘으로 새로운 가정을 꾸려 나갈 수만 있다면 지금 곧 결혼하더라도 상관이 없지 않습니까?' 하고 말했습니다.

아아, 구질구질하게 자꾸 말해 봤댔자 끝이 없지요. 그래서 필립이 어떻게 해서든지 돈을 만들어 주겠다고 말한 겁니다. 돈만 있다면 아무 문제가 없거든요. 실은 나도 낙심하고 있던 참이었습니다. 윌리엄 경이 1년을 기다리라고 한 말도 생각해 보면 의심스럽기만 했지요. 1년이 지나고 나서 '아무리 봐도 자네는 희망이 없어. 결혼 같은 것은 용납할 수 없어' 하고 한 마디 한다면 그것으로 모든 일이 끝나 버리는 것이니까요. 그리고 또 실러만 하더라도 언제까지나 저를 기다려 줄지 의문이었습니다. 그녀 주위에는 뭇 사나이들이 맴돌고 있습니다. 어떤 좋은 자리가 나타날지 알 수 없는 일이었지요.

그놈의 돈 때문에 나는 굉장히 곤경에 빠지고 말았습니다. 그렇지만 할 수 없지 않습니까. 모든 것이 저의 책임입니다. 결코 필립이."

덜래이는 좀 주저했으나 다시 말을 이었다.

"그러나저러나 큰 문제임에는 틀림없지요. 우리들은 둘이서 사건을 일으키고 말았습니다. 노인이 알면 나는 파멸입니다. 어떻게든 1200파운드의 돈이 필요했던 겁니다."

덜래이는 의자에 몸을 파묻고 눈을 감았다.

"우스운 이야기지요. 나처럼 고지식하고, 목사 같다고 욕을 들으며, 칵테일을 만들고 있는 것만 봐도 '여보게, 저것 좀 보게나. 덜래이가 술을 만들고 있어'라고 친구들의 놀림감이 돼 왔던 내가 필립한테서 원고를 훔쳐 와 아버 씨한테 팔아넘길 생각을 했던 겁니다. 미쳤었는지 모르지요. 아마 그럴 겁니다. 변명은 아니지만 아무리 생각해 봐도 제 정신이 아니었던 것 같습니다. 현실 사회의 난관에 부딪치게 되면 나 같은 사람은 곧 이성을 잃고 마는 법입니다. 필립을 비웃을 처지가 못 되는 거예요.

나의 계획은 벌써 알고 계실 줄 압니다만, 일요일 밤 드리스콜에게 다음 날 아침에 전화를 걸라고 말해 두었습니다. 그는 그대로 전화를 해 주었습니다. 굉장히 흥분한 것 같았습니다. 뭔가 또 새로운 걱정거리가 생긴 것 같았습니다. 그 부인 건 말인데, 그때는 아직 나도 그것을 눈치채지 못하고 있었지요.

나는 처음부터 그에게 원고를 숨겨 두라고 말했습니다. 아파트에 놓아 두라고 말입니다. 이 말을 그 전화에서도 되풀이 되풀이 다짐을 받아 두었던 겁니다. 아파트라면 틀림없이 가지고 나올 수 있으니까요.

드리스콜은 원고를 윌리엄 경의 자동차 안에 집어 넣어 두려고 계획했습니다. 그것은 여러분들도 짐작하고 계시겠지요. 그러나 내가 되풀이 다짐했기 때문에 그는 런던 탑으로 오기 전 다시 아파트로 돌아가 원고를 서재의 난로 옆에 감춰 두었던 겁니다.

나로서는 가짜 전화를 거는 것이 간단한 일이었지요. 맨 첫 번째 전화는 진짜였습니다. 두 번째 전화가 걸려 왔을 때 나는 기록실에 있었습니다. 나는 전화로 파커를 불러 내어 드리스콜의 목소리를 흉내냈습니다. 파커는 통화관을 통해서 나에게 알려 주게 되어 있었지요. 그래서 나는 일어선 것처럼 하고는 '응, 필립인가? 왜 그래?' 이런 식으로 나 자신에게 말하고 나서 다시 필립의 목소리를 흉내내어 말을 계속하면 되었던 겁니다. 이렇게 해서 모든 준비는 다 됐다고 안심했습니다."

덜래이는 잠시 동안 입을 다물었다. 그는 두 손으로 머리를 감싸고 있었다. 난로 속의 불이 소리를 내어 튀고 있었다. 해드리 경감은 꼼짝도 하지 않았다.

"나머지 일들은 신속히 행동하면 되었습니다. 계획 그 자체는 아주 단순했기 때문에 장군의 자동차를 호번의 차고에 넣어 두고 빨리 드리스콜의 아파트로 가서 원고를 훔쳐 내면 되는 겁니다. 그 뒤에는 창문을 활짝 열어젖혀 놓고 온 방 안을 난장판으로 만들어서 뭔가 쓸데없는 물건을 꺼내어 도둑이 든 것처럼 꾸며 놓으면 되었지요. 원고를 훔쳐 내는 데는 조금도 망설일 게 없었습니다. 필립에게도 혐의가 돌아갈 염려가 없었지요. 그가 훔쳤다는 것을 윌리엄 경이 모르고 있으므로, 발각될 염려가 있는 것은 혹시 필립이 선불리 그것을 되돌려 주려고 할 때뿐입니다. 그리고 나는 경의 손에서 그것을 빼앗는 데 주저할 생각이 손톱만큼도 없었습니다. 그 보기 싫은 노인이라면 속옷까지도 빼앗아 버리고 싶은 심정이었으니까요. 그 노인에 대한 제 감정을 이제 대강 짐작하셨으리라고 생각합니다만."

그는 탁자 위에 있는 위스키 병을 집어 들어 술잔에 반쯤 따라 마셨다. 눈살을 치켜 든 그의 흰 볼에 핏기가 조금 어려 왔다. 말하는 동안에 반항심이 끓어오르는 것 같았다. 술병 주둥이가 술잔에 닿아서 소리를 냈다. 그는 물도 타지 않고 위스키를 들이켰다.

"어느 모로 보나 걱정할 여지는 없었습니다. 필립도 나를 의심하는 눈치가 없었지요. 아파트에 가 보니 그는 외출했으므로 원고를 찾아 낼 시간은 충분했습니다. 마침 찾고 있을 때 파커가 전화했습니다. 나는 대답하면서 약간 실수를 했습니다. 아차 하고 후회했습니다만, 그것이 도리어 나중에 나의 알리바이가 되었습니다. 두 시 25분 전의 일이었습니다.

나는 서재를 휘저어 놓았습니다. 처음에는 난로의 철책 속에 감춰 둔 것을 몰랐기 때문입니다. 그러나 그러는 동안에 발견해 냈습니다. 그다지 서두르지는 않았습니다. 필립은 탑에 있으리라고 여겼기 때문입니다. 이윽고 원고를 발견하자, 자세히 확인하고 나서 주머니 속에 넣었습니다. 좀더 방 안을 난잡하게 보이게 하기 위해서.

그때 나는 깜짝 놀라 뒤돌아보았습니다. 무슨 소리가 난 것입니다. 보니 문 앞에 필립이 서 있었습니다. 그는 나를 뚫어지게 쳐다보고, 나는 눈치를 챘습니다. 그는 아까부터 거기에 서서 내가 하는 짓을 보고 있었던 것입니다."

덜래이는 남은 위스키를 내버렸다. 취기가 돌기 시작한 것이다. 멍하니 뜨고 있던 눈이 갑자기 반짝반짝 빛나기 시작했다. 한 손을 쭉 앞으로 뻗어서 헤엄을 치는 것 같은 자세를 했다.

"당신들은 필립이 성을 냈을 때 모습을 모르실 겁니다. 마치 미친 사람처럼 되어 버립니다. 그는 거칠게 숨을 토해 내며 눈꼬리를 치켜들고 그 자리에 서 있었습니다. 나는 그 전에도 한 번 그가 이런 모습을 하고 있는 것을 본 적이 있습니다. 그는 그의 옷차림을 비웃었다고 해서 그 사람에게 칼을 휘둘러 찌르려고 했었지요. 사람이 변해 버린 것처럼 흉포해지는 것이었습니다. 방 안은 너무나 조용했기 때문에 그의 거친 숨소리와 내 시계가 움직이는 소리만이 들려 왔을 뿐입니다.

그 순간 그는 고함을 질렀습니다. 사실 나를 향해서 외쳤던 거지요. 그때 들었던 그의 말보다 더 무서운 저주의 문구를 나는 여태까지 들은 적이 없습니다. 그만큼 격렬했던 겁니다. 뭐라고 해야 좋을지 말로는 표현할 수 없을 만큼 아주 심한 말이었지요.

갈색의 테 없는 모자를 비스듬히 쓰고 그는 나를 노려보고 서 있었습니다. '달려들 모양이구나' 하고 나는 생각했습니다. 저희들은 그 전에도 자주 권투를 했습니다. 연습용 글러브를 끼고 말입니다. 나는 항상 그를 적당히 받아넘겼습니다. 권투 실력은 내가 훨씬 좋았으니까요. 그래서 나는 보기 좋게 그의 품속으로 뛰어들었습니다. 그러자 그는 칼을 꺼내어 이것으로 해치워 버리겠다고 고함을 질렀습니다. 사실 화가 나면 미친 사람같이 위험한 사람이었거든요. 몸을 앞으로 숙이고 이쪽을 똑바로 노려보는 것이 갑자기 혁대께를 찌르려는 속셈이 틀림없었습니다.

나는 외쳤습니다. '필립! 부탁이니까 바보같은 짓은 그만둬.' 그러자 그는 방 안을 휙 둘러보고 나서 좀더 적당한 물건이 없을까 찾고 있는 것 같았습니다. 그때 문께 있는 책장 밑에 둔 큰 무쇠 화살이 그의 눈에 띄었습니다.

그는 펄쩍 뛰어올랐습니다. 그런 좁은 방에서 그것을 휘둘러 댄다면 피할 여지가 없습니다. 나는 재빨리 옆으로 뛰어서 그의 목덜미를 붙잡았습니다. 개를 잡아 누를 때와 같은 요령이지요. 레슬링 솜씨로 잡아 누른다면 꼼짝 못할 거라고 생각했기 때문입니다. 그가 쓰러지고 나도 따라서 굴렀습니다.

그러고 나서 어떻게 되었는지 나는 아무것도 기억 못 하겠습니다. 의자가 소리를 내며 방바닥에 쓰러졌습니다. 서로 잡아뜯으면서 얽힌 채 우리는 방바닥을 굴러다녔습니다. 내가 필립의 위에 올라탔을 때 쓰윽 하고 물건이 뭉그러지는 듯한 둔한 소리가 났습니다……. 그리고 그 바로 뒤에.

참 이상한 소리였습니다. 나는 어린아이 때 고무 인형을 가지고 놀았던 기억이 있습니다. 꾹 누르면 쓰윽 하고 이상한 소리로 울었지요. 나는 그것을 생각했던 겁니다. 소리가 이상하게도 그 장난감과 똑같았지요. 그러나 그보다 100배나 더 크고 더 무서운 소리였습니다. 도저히 이 세상의 소리라고는 할 수 없는 소리……. 아시겠습니까? 그러고 나서 그 장난감에 공기가 찰 때와 같이 쓰윽 하는 소리가 났던 겁니다.

그는 그 뒤로 다시는 움직이지 않았습니다. 나는 일어섰습니다. 드리스콜은 무쇠 화살에 가슴을 찔린 채, 내가 뒹굴며 그 위에 몸을 덮쳤기 때문인지 화살 끝이 방바닥까지 꿰뚫고 나와 있었습니다. 뒷머리도 난로의 철책에 부딪친 것 같았습니다. 피는 많이 흐르지 않았습니다. 빨간 연필을 그은 정도로 입 언저리에서 흐르고 있을 뿐이었습니다.”

덜래이는 두 손으로 눈을 가렸다.

미해결

잠시 동안 그는 잠자코 있었다. 무심코 손을 위스키 잔 쪽으로 뻗었다. 랜폴은 약간 머뭇거리다가 조금 따라 주었다. 해드리 경감은 아무 말도 없이 난로불을 바라보고 있었다.

"나는, 나는……." 덜래이는 중얼거렸다. "왜 그가 되돌아왔는지 알 수가 없습니다."

펠 박사가 입을 열었다.

"그건 이렇소. 내가 설명해 줄 테니 자리에 앉아요. 당신에겐 지금 휴식이 필요하니까……. 해드리, 자네는 왜 그가 되돌아왔는지 알겠나?"

"그것은."

"힌트는 자네가 벌써 주었네. 드리스콜은 런던 탑의 역적문에서 비튼 부인과 몰래 만났네. 그 시간이 한 시 30분, 그때 그는 갑자기 무슨 생각이 났다고 하지 않았나? 굉장히 당황하면서 꼭 가 봐야 한다고 했네. 자넨 이것을 어떻게 생각하나?"

"……?"

"잘 생각해 보게. 드리스콜과 비튼 부인은 그 자리에서 이야기를 하고 있었네. 화제는 아마 아저씨 윌리엄 경에 대한 것이었겠지. 그런데 그것이 드리스콜에게 중대한 생각을 떠올리게 했단 말이야. 사실 중대한 일이지. 그 뒤 그의 행동을 보면 잘 알 수 있네. 잘 생각해 보게! 자네들은 그것을 오늘 하루에도 수십 번 들었을 텐데."

해드리는 갑자기 일어섰다.

"맞았어! 아저씨 윌리엄 경이 매달 그의 아파트를 방문하게 되어 있는 날이었지!"

"바로 그걸세. 윌리엄 비튼은 사실 그 방문을 취소했으나 드리스콜은 그것을 몰랐단 말이야. 오늘이 방문 날이라는 것을 요 이틀 동안 일어난 사건 때문에 그만 깜박 잊고 있었던 거지. 그런데 윌리엄 비튼은 그의 방문 열쇠를 가지고 있었네. 그가 없어도 아저씨는 서슴지 않고 방 안으로 들어갈 것이다, 방 안에는 잘 보이는 곳에 아저씨의 모자가 두 개씩이나 있다, 그것만 해도 큰일날 일인데 만일 윌리엄 경이 수상하게 여긴 나머지 방 안을 뒤져 본다면 어떤 결과가 일어나겠나? 그의 원고를 감춰두었으니……."

해드리 경감은 고개를 끄덕이고 나서 말했다.

"드리스콜은 윌리엄 경이 도착하기 전에 아파트로 달려갈 필요가 있었겠군요."

"그는 그 말을 로라 비튼에게 설명할 처지가 못 되었던 거지. 결단을 내려 이야기한다 해도 그것은 시간이 너무 많이 걸리는 일이거든. 로라는 틀림없이 이것저것 차례로 물으면서 설명을 요구할 테니까. 그는 우물우물하고 있을 수가 없었네. 그래서 그는 여느 남자들이 여자들을 취급할 때처럼 행동했어. 떠밀 듯이 하여 5분 뒤에 다시 만나자고 한 걸세. 물론 만날 생각은 전혀 없었지만.

그러고 나서부터 그의 행동은 자네도 짐작할 수 있겠지? 런던 탑의 지도를 머릿속에 그려 보게. 메이슨 장군이 하던 말도 생각해 보게. 드리스콜은 해자의 길을 따라서 성문 쪽으로 되돌아갈 수가 없었을 걸세. 그쪽으로 가게 된다면 밖으로 나가게 되므로 볼일이 있다는 말이 사실이 아님을 부인이 눈치채게 되지. 그래서 그는 일부러 해자의 길을 반대 방향으로 걸어갔네. 앞은 안개가 자욱하여 잘 보이지 않겠지만, 템즈 강변으로 나가는 작은 문이 몇 개쯤 열려 있었을 거야. 그때가 한 시 30분."

박사는 덜래이를 내려다보듯이 하고 고개를 저었다.

"해드리, 이것도 역시 자네한테서 들은 이야기지만, 지하철을 이용하게 되면 탑에서 러셀 스퀘어까지 15분도 채 안 걸린다면서? 비튼 부인은 오후 다섯 시에 이 코스를 이용했단 말이야. 드리스콜이 한 시 30분에 같은 일을 했다고 해서 이상할 건 조금도 없겠지. 대체로 두 시 10분 전쯤에 그는 아파트로 돌아와 있었네. 경찰 의사가 사망 시간으로 단정한 때일세.

해드리, 애써서 캐낸 자네의 추리가 빗나가게 된 것은 드리스콜이 런던 탑에서 밖으로 나가지 않았다고 생각했기 때문일세. 그 가능성이 전혀 자네 머릿속에 떠오르지 않은 거야. 강기슭으로 향한 문 쪽으로 나가면 우선 위병의 눈에 띌 염려는 없다고 봐도 좋을 걸세. 단지 탑 안의 지리에 어두운 사람으로서는 생각해 낼 수 없는 일이겠지만 말이야."

"그렇지만 박사님, 그가 역적문 쪽으로 가는 것을 본 사람이 있습니다! 그러나 그건 그렇고, 덜래이 씨. 그 뒤에 이야기를 들려 주시오."

"그랬었군요. 지금 겨우 알게 되었습니다. 나는 그가 나를 의심해서 돌아온 줄로만 생각하고 있었습니다.

그럼, 그 뒤로 내가 취한 행동에 대해 말씀드리겠습니다. 그는 죽어 있었습니다. 나는 그것을 알게 되자 무서운 공포에 사로잡히게 되었습니다. 머리가 띵 하여 아무것도 제대로 생각할 수가 없었지요. 다리가 덜덜 떨리고 눈앞이 캄캄해졌습니다.

나는 살인죄를 저지른 겁니다. 원고를 훔쳐 내는 일은 충분한 계획을 세워 두었기 때문에 뒤처리에 만전을 기해 두었습니다. 그러나 이것은 살인입니다. 누가 보아도 과실이라고는 믿지 않을 겁니다. 그때 나는 너무도 잘못 생각해 버린 것이었습니다. 드리스콜은 마음이 변해서 되돌아왔다, 그리고 탑을 나설 때 집으로 돌아가는 것을 누구한테 말해 두고 왔으리라 생각했습니다. 탑의 사람들은 벌써 그 사실을 다 알고 있으리라고 여겼습니다. 그리고 나 자신이 그의 아파트에 와 있는 것은 파커의 전화를 받았으므로 다 알고 있을 것이 틀림없거든요. 그 결과가 어떻게 되겠습니까? 나와 드리스콜이 같은 방 안에 있었다는 것을 알게 된 이상."

그는 몸을 떨었다.

"그러나 그때, 내 이성이 되살아났습니다. 두뇌가 굉장한 속도로 회전하기 시작한 겁니다. 피할 수 있는 길은 오직 하나가 있었지요. 그의 시체를 이 아파트에서 들어 내어 어디 집 밖으로 갖다 버리자, 어딘가 런던 탑으로 가는 길거리에. 그렇게 하면 그가 탑에서 돌아오는 길에 변을 당하였다고 판단할 것이다.

그리고 또 전광처럼 나의 머릿속에 스치고 지나간 것은 자동차였습니다. 차는 가까운 거리에 있는 호번의 차고 속에 넣어 두었습니다. 이렇게 안개가 짙으니 누구의 눈에도 띄지 않게 가까운 뜰까지 몰아넣을 수 있으리라고 생각했습니다. 물론 좌석의 커튼은 쳐 두었지요. 몸집이 작은 필립은 고양이새끼 정도의 무게밖에 안 나갔거든요. 아래층에는 두 세대밖에 살지 않고 가운데뜰에 면한 창문에는 모두 불투명 유리를 끼웠지요. 이 안개야말로 하늘이 도운 것이다, 발각될 염려는 우선 없다고 해도 좋았습니다."

펠 박사는 해드리를 보고 말했다.

"자네 역시 그 점에 대해서는 눈치채고 있었지. 비튼 부인이 아무에게도 발견되지 않고 달아날 수 있었던 것은 그 아파트 창문이 모두 불투명 유리였기 때문이었다고 말일세. 누군가가 그때 말했었지, 아메리카 인디언이 전투모를 쓰고 돌아다녀도 아마 눈치채지 못했을 거라고."

"나에겐 시간이 없었습니다. 호번의 차고에는 지하철을 타고 가야 하는데, 그래도 시간이 잘 맞아서 2분 안에 갈 수 있었지요. 역에서부터 걸어서 10분. 차를 곧 찾아서 몰고 왔습니다.

차고에서 나는 직공들한테 얼마나 무서운 얼굴을 보였을까요……. 탑으로 돌아가겠다고 하며 차를 꺼내어 나는 듯이 아파트로 돌아왔습니다. 그때 차라리 체포되었더라면."

그는 크게 숨을 들이마셨다.

"나는 필립의 시체를 안아서 운반했습니다. 악몽과 같은 순간이었지요. 계단이 그렇게 낮은데도 하마터면 발을 헛디뎌 시체의 머리를 유리문에 들이받을 뻔했지요. 자동차 뒷좌석 밑에 숨겨 두고 나니 한꺼번에 피로가 몰려와 손발이 마치 남의 것처럼 축 늘어져 버렸습니다. 그래도 나는 용기를 내어 한 번 더 방으로 되돌아갔습니다. 뭔가 빠진 것이 없는가 염려되었기 때문이지요. 방 안을 한 바퀴 돌아보았을 때 갑자기 생각나는 게 있었습니다. 그 실크햇이었습니다. 그것을 가지고 가서 필립의 머리에 씌워 두면 어떻게 될까요? 그 모자 미치광이가 죽인 것이라고 생각되지 않겠습니까! 모자 도둑의 정체는 아직까지 아무에게도 알려지지 않았으니까요. 없는 사람을 끌고 들어 가는 것은 안 될 일이지만, 실존하지 않는 사람을 범인으로 몰아붙이면 더 이상 안전한 것이 없지 않겠습니까."

펠 박사가 입을 열었다.

"자, 이 정도 듣게 되면 주임경감도 당신의 말을 곧 이해해 줄 거요. 더 이상 너저분하게 설명할 필요는 없소. 당신이 도착하기 조금 전에 경감도 똑같은 해석을 하고 있었으니까, 단지 우리는 순수한 추리를 쫓고 있었지만. 그래, 그 큰 무쇠 화살은 어떻게 했지요?"

"그 화살은 그대로 두었습니다. 빼내다니, 나는 무서워서 도저히 그럴 수가 없었습니다. 설마 그것이 비튼 저택에 있었던 물건일 줄은 꿈에도 몰랐습니다. '카르카손 기념품'이라고 새겨진 글씨도 전혀 눈치채지 못했습니다. 이유를 말하라고요? 그것은 그다지 눈에 잘 띄지 않았기 때문입니다."

덜래이의 콧날이 긴장되었다. 두 손을 무릎 위에서 꼭 쥐고 목소리를 한층 높였다.

"그 방을 나가기 전에 한 가지 더 생각난 게 있습니다. 내 주머니 속에 들어 있는 원고입니다. 나는 친구를 죽인 사람입니다. 이 세상에서 가장 비열한 사람입니다. 누가 보아도 침을 뱉어 마땅한 놈으로 비칠 것입니다. 그러나 이 원고를 팔아서까지 부정한 돈을 벌기는 싫었습니다. 원고는 내 주머니 속에 있었습니다. 그러나 말하자면 그것은 저주스러운 피에 젖은 물건입니다. 만일 그것을 이용하여 교수대에서 빠져 나갈 수 있다 하더라도, 그것만은 이용할 수 없었던 겁니다.

지금도 그때 광경이 눈 앞에 선합니다만, 나는 그것을 꺼냈습니다. 갈기갈기 찢어서 윌리엄 비튼의 눈 앞에다 집어던지려고 생각했던 겁니다. 그러나 잠깐만 하고 나는 생각했지요. 여기서 이것을 찢게 되면 흐트러진 종이 조각이 발견되어 원고를 훔쳐 낸 사람이 드리스콜이라는 것을 알게 되겠지요. 나는 그를 죽였습니다. 더 이상 그에게 오명을 씌우기가 싫었습니다. 뭐라고요? 사람을 죽인 주제에 이상한 말을 하는 놈이라고 생각하십니까? 그러나 그것이 그때 내 거짓 없는 심정이었습니다. 귀중한 시간이 아깝다고는 생각했지만, 성냥불을 가지고 그것을 태웠습니다. 재는 난로 속에 던져 버렸지요.

그러고 나서 실크햇을 집어 올려서 납작하게 만들어 외투 속에 숨겼습니다. 그것으로 챙길 것은 다 챙긴 셈이었습니다. 그런데 좀 이상한 이야기입니다만, 나는 서재를 한 바퀴 둘러보았습니다. 호텔을 나올 때 칫솔이나 무엇을 잊고 나오지 않았나 하고 세면대 같은 곳을 살펴보는 것과 같은 심리였을 겁니다."

"난로의 철책만은 먼저대로 해 둬야 했을 거요." 펠 박사가 말했다. "보통 방 안을 뒤지기만 한다면 철책이 그렇게 튀어나오지 않거든요. 그건 덜래이 씨가 드리스콜과 격투할 때 그렇게 되어 버렸을 거요. 그러고 나서?"

"그러고 나서."

덜래이는 또 무심코 위스키 잔에 손을 가져갔다.

"그러고 나서 나는 두 번 눈알이 빠질 것 같은 무서운 꼴을 당했습니다. 첫 번째 일은 이것입니다. 나는 문을 열고 나가다가 관리인과 마주치고 말았지요. 이것이 겨우 몇 분 전의 일이었다면 나는 어떻게 됐을까요? 드리스콜의 시체를 안고 있었으니까요. 그때 내가 무슨 말을 했는지 전혀 모르겠습니다. 아마 뭐라고 말하면서 쓸데없이 반 크라운을 쥐어 준 것 같습니다. 관리인은 자동차 있는 데까지 나를 바래다 주었지요."

"아니, 아니" 하고 펠 박사가 큰 소리를 냈다. "당신이 낮에 런던탑에서 우리들의 질문에 대답했을 때는 아파트로 차를 가져가지 않았다고 했지요. 그 때문에 아파트를 나와서 차고까지 차를 찾으러 가지 않으면 안 되었다고 했지 않습니까? 그 이상의 말은 설마 하지 못했을 테지요. 그런데 해드리 경감이 그 뒤 관리인을 조사한 바에 따르면 당신이 차를 가지고 간 걸로 되어 있단 말이오. 그것도 상관 없겠지만. 그래서, 그러고 나서?"

"나는 자동차를 몰기 시작했습니다. 실수한 것이 없는가 하고 머리가 깨지도록 생각해 보았지요. 그러나 아무리 생각해 봐도 나는 안전했습니다. 드리스콜의 머리 위에 실크햇을 얹기만 하면 된다, 그의 모자는 내 주머니 속에 들어 있다, 남은 일은 다만 어디 탑 가까운 곳에서 인기척이 드문 골목을 찾아 내어 시체를 안개 속에 내던지면 되는 것이었으니까요. 지문은 걱정하지 않았습니다. 다행히도 무쇠 화살에는 전혀 손을 대지 않았거든요. 이렇게 여러 가지 계획을 가슴 속에서 되씹으며 블룸즈베리를 떠나려고 할 때 어떤 일이 일어났다고 생각하십니까?"

"메이슨 장군을 만나게 됐겠지요." 해드리가 대답했다.

"만났다고요? 만나다니, 말이나 될 말인가요? 아무리 내가 멍청이라고 해도 장군의 모습을 봤다고 해서 이런 판국에 자동차를 세울 것 같습니까? 정신을 차려 보니까 장군이 벌써 자동차문을 열고 있더군요. 내 얼굴을 보고 싱글싱글 웃으면서 '참 재수가 좋군. 운전대 옆에 타고 갈까?' 장군은 이렇게 하면서 서슴지 않고 기어들어오는 것이었습니다.

나는 어느 새 차를 멈춰 세우고 있었지요. 이때까지 몇 번이나 소설 속에서 '심장이 멎을 것 같은 공포'라는 표현을 보았습니다만, 그때 비로소 그것을 여실히 체험했던 겁니다. 자동차 전체가 발 밑에서 무너져 내리지 않나 생각했습니다. 움직이려고 해도 움직일 수가 없는 거였어요. 악셀을 밟으려고 해도 헛발질만 할 뿐 차가 움직이지 않았습니다. 창 밖으로 목을 내밀고 '이거 야단났는데요. 펑크가 난 것 같습니다' 하고 말하려고 했지만, 혓바닥까지도 말을 듣지 않는 거였습니다.

그러나 이럭저럭하다가 차는 달리기 시작했습니다. 메이슨 장군은 줄곧 나의 귀에다 대고 이야기를 걸어 왔지만, 무슨 말을 지껄이고 있었는지 도무지 기억할 수가 없습니다. 장군은 기분이 좋았지요. 이런 경우에는 그 때문에 오히려 입장이 곤란했던 겁니다. 내 눈 앞에는 흑판에 쓴 글씨 같은 것이 떠올랐습니다. 자, 목사야, 정신을 차리는 거야. 차분하고 냉정하게…….

필립의 친구들이 지금 그 목사를 만났다면 아마 놀라서 눈이 동그래질 겁니다. 나는 메이슨 장군의 등을 탁 치면서 이렇게 말해 주고 싶었습니다. '각하, 뒷좌석 밑을 좀 들여다보십시오. 내성적인 목사티가 나는 녀석이라고 놀림받던 내가 이만큼 큰일을 해냈으니, 각하께서도 퍽 뜻밖의 일이라고 생각하시겠지요?'

물론 그런 말은 하지 않았습니다. 생각하면 생각할수록 자동차의 속도가 떨어지거든요. 뒤에서 오던 차가 계속 앞질러 갔지요. 나중에는 장군까지도 이상하게 느낄 정도였으니까요. 그렇다고 해서 마구 속력을 낼 수도 없었습니다. 자동차의 앞길에 기다리고 있는 것은 무서운 파멸의 구렁이라는 것을 알고 있었으니까요. 그래도 차는 런던 탑을 향하고 있었습니다. 문명의 손에 끌려가듯이 똑바로 달리고 있었습니다. 방향을 바꾸려고 해도 바꿀 수가 없었습니다……

좀 이상하군요. 이 술은 취하지를 않는데요. 여느 때 같으면 이만큼 마시고 나면 취해 버리는데.

차를 몰고 가는 동안——그렇습니다. 20분쯤 되었겠지요——그 동안 생각하고 또 생각해 보았습니다. 필립이 죽고 나서 벌써 몇 시간이나 지난 것 같이 생각되었지요. 그러나 시계를 보고 놀랐습니다. 그때 두 시 8분을 조금 지나고 있었거든요. 그동안 나의 두뇌는 공장의 기계처럼 회전하고 있었습니다. 장군하고도 이야기를 하고 있었습니다만, 무슨 이야기를 했는지는 모르겠습니다. 결국 기회는 오직 하나뿐이라고 생각되었지요. 이 기회만 잘 이용하게 된다면 나는 완전히 알리바이가 성립되게 되는 겁니다!

아시겠지요, 여러분? 탑 안에 자동차를 몰아넣고서 사람들 눈에 잘 띄지 않는 곳에 시체를 내던져 버리면 그것으로 내 알리바이는 완벽한 겁니다. 누구든지 설마 내가 뒷좌석 밑에 시체를 집어 넣고 메이슨 장군과 함께 타고 탑으로 돌아왔다고는 생각 못할 테니까요. 칼 위를 지나가는 듯한 이 위험한 행동이 뜻밖에도 구조의 닻줄이 되었던 겁니다. 내 머릿속에 전광처럼 지나간 것은 드리스콜이 탑 밖으로 나간 것을 아무도 모르고 있다는 것입니다.

최후의 아이디어를 성공시키기 위해 나는 냉정해질 필요가 있었습니다. 그래서 일부러 기분이 언짢은 듯 꾸며 보이며 장군이 이야기를 걸어 와도 대답하지 않고 잠자코 있었습니다. 고작해야 앞질러 가는 자동차를 보고 몇 마디 투덜투덜 욕을 해 댔을 뿐이었지요. 드리스콜의 아파트까지 불려 나왔기 때문에 나는 화를 낼 만한 이유가 있었던 겁니다.

우리들이 탑 안으로 들어갔을 때 마침 두 시 반을 알리는 시계 소리가 울렸습니다. 나는 재빨리 필요한 장소를 생각해 냈습니다. 해자의 길을 앞에다 두고 나는 부근을 둘러보았습니다. 나는 이 길에 인기척만 없다면 더없이 좋은 곳이라 정해 버렸습니다. 박사님, 당신도 아까 말씀하셨지요? 안개 낀 날 시체를 감추는 데는 역적문보다 더 좋은 곳이 없다고 말입니다. 더군다나 그 곳이라면 나는 누구의 의심도 받지 않고 자동차를 세워 둘 수가 있었거든요."

덜래이는 몸을 앞으로 내밀 듯이 하였다. 그는 날카롭게 말했다.
"나는 장군을 혈탑으로 가는 입구에서 내려 드려야 했습니다. 나는 장군이 아치 아래를 지나 킹스 하우스 쪽으로 멀어져 가는 것을 확인하고 나서 행동으로 옮겼습니다. 뒤쪽 문을 열고 시체를 끌어 냈습니다. 그리고 곧 자동차를 타고 도망쳤습니다.
그러나 아슬아슬했지요. 장군은 거실로 돌아가는 도중에 성 토머스 탑에 볼일이 있었던 것을 생각해 내고 되돌아왔거든요. 그래서 시체는 그 자리에서 곧 발견된 겁니다. 이것으로서, 이것으로서 이야기는 끝났습니다. 아니, 아직 한 가지 말씀드릴 것이 남아 있습니다. 제가 꾸어 쓴 돈 이야기 말입니다. 말씀드리려고 생각했는데 깜박 잊고 있었습니다…….
이야기를 앞으로 되돌려서 말씀드린다면, 장군은 나에게 의사를 불러오라고 하기도 하고, 그 밖에 여러 가지를 지시하셨습니다. 나는 그것을 끝내고 방으로 돌아왔습니다. 신경을 가라앉히기 위해서였지요. 역시 정신에 타격이 컸던 것입니다. 탁자 위에 편지가 있더군요. 어떻게 뜯었는지 정신을 차려 보니 봉투를 열고 있었습니다. 한 손에는 브랜디 소다, 또 한 손에는 편지를 들고 서 있었습니다. 편지의 내용은."
덜래이는 갑자기 쓴 약이라도 입 안에 넣은 듯이 잠시 동안 잠자코 있었다. 그러나 그는 곧 설명을 계속했다.
"그 편지 내용은 이러했습니다. 이젠 걱정할 것 없다. 내가 다 지불했으니까. 형에게는 잠자코 있는 게 좋다고 생각한다. 두 번 다시 이런 바보 같은 짓을 하지 않도록. 그리고 레스터 비튼이라는 서명이 있었습니다."
덜래이는 일어나서 모든 사람과 마주 섰다. 얼굴이 시뻘개져서 눈동자까지 불타고 있었다. 아무도 입을 여는 사람은 없었다. 이윽고 덜래이는 불안에 떠는 듯한 이상한 표정을 띠면서 말했다.

"바보였습니다. 나는 바보였단 말입니다. 최후의 순간까지도 그것을 몰랐다니, 나는 역시 멍청한 목사였습니다! 레스터 비튼이 내 빚을 모조리 다 갚아 주었던 겁니다. 그러면서도 한 마디 말도 없었습니다.

오늘 밤에 당신들은 레스터를 문책했습니다. 그 사람은 자살해 버렸습니다. 내가 왜 고백하지 않으면 안 되었는지 이제 아시리라고 믿습니다."

덜래이는 흥분해 있었다. 눈썹 사이에 잔주름이 패어 있었다.

"나라는 사람은 돼지 같은 하등 인간입니다. 그러나 악인은 아니지요. 고백을 하게 된다면 어떤 결과를 가져오게 될지 물론 잘 알고 있습니다. 교수대의 줄이 눈 앞에 내려져 있는 것이 보입니다. 그러나 나는 잠자코 있을 수가 없었습니다. 당신들이 비튼 대령을 탓하지만 않았더라면, '범인은 끝내 판명되지 않음' 하고 수사를 중단해 준다면 나는 고백할 필요가 없었겠지요. 언젠가 고백하는 날이 올지라도 지금 여기서 말할 필요는 없었을 겁니다. 왜냐하면 나는 실러를 사랑하고 있기 때문입니다. 그렇지만 나로서는 나에게 친절히 해 준 사람에게 오명을 뒤집어씌운 채 모르는 척하고 있을 수는 없단 말입니다. 나는 오늘날까지 다른 사람에게서 친절을 받아 본 적이 그리 많지 않습니다. 오히려 세상 사람들은 나를 웃음거리로 취급하고 있었지요. 그러나 보십시오! 그 웃음거리가, 내성적인 목사티 나는 사나이가 경시청의 골치를 썩게 하는 소동을 벌일 줄이야 그 누가 꿈에서나마 생각했겠어요!"

그 순간 그의 볼에서 핏기가 가셨다.

"웃음거리, 목사티 나는 녀석!" 하고 로버트 덜래이는 되풀이했다.

난로불은 꺼져 있었다. 덜래이는 손을 꽉 쥐고 어두컴컴한 방 안을 둘러보고 있었다. 긴 고백이었다. 정원으로 향한 창에 새벽이 다가오고 있었다. 그러나 메이페어의 거리는 아직도 고요히 잠들어 있었다 …….

해드리는 조용히 의자에서 일어섰다.

"덜래이 씨, 잠시 동안 다른 방으로 가서 쉬도록 하시오. 곧 부르러 갈 테니까. 그 동안 여기서 좀 의논할 일이 있소. 꼭 한 가지 있는데, 당신은 우리가 부를 때까지 누구하고도 이야기해서는 안 되오. 알겠지요?"

"알겠습니다. 호송차든 뭐든 불러 오십시오. 기다리고 있겠습니다. 참 그렇지, 한 가지 더 이야기할 것을 잊고 있었습니다. 내가 아버 씨를 협박했다는 것을 말씀드리지 않았군요. 대단한 일은 아닙니다만, 낮에 아버 씨가 심문을 끝내고 나왔을 때 나는 관광객들을 대기시켜 두었던 위병 대기소에 있었습니다. 거기서 경감님의 부하 경사와 이야기를 하고 있었지요. 아버로부터 10피트도 떨어지지 않은 곳이었습니다. 심문을 받을 때는 내가 앞에 있어도 몰랐던 모양인데, 그때 우연히 알게 된 듯했습니다. 아버 씨는 기절이라도 할 듯이 놀라고 있었습니다.

나는 지금 발이 땅에 닿지도 않은 듯한 그런 느낌입니다. 쓰러지지만 않으면 좋겠다고 생각하고 있지요. 감옥으로 끌려가게 되면 이런 기분이 드는 것일까요?"

어깨를 축 떨어뜨리고 휘청거리면서 덜래이는 밖으로 나갔다.

덜래이의 모습이 문 밖으로 사라져 버리자 펠 박사가 곧 물었다.

"자, 어떻게 할 건가?"

해드리는 군인같이 딱딱한 모습으로 흰 대리석 맨틀피스 앞에서 꺼져 가는 불을 바라보고 서 있었다. 손에 덜래이의 진술을 기록한 노트가 있었다. 그러나 그는 뭔가 망설이는 듯했다. 그의 눈 밑에는 깊은 주름이 몇 가닥 비스듬히 달리고 있었다. 그는 아직도 눈을 감고 있었던 것이다.

"갑자기 늙어 버린 것 같군요. 법을 존중해야 한다. 이것은 말하지 않아도 알고 있습니다. 그러나 아무래도 당황하게 되는군요. 경험을 쌓을수록 점점 더 모르게 되어 버립니다. 10년 전에 저는 준엄한 경찰관으로 유명했습니다. 배심원들은 어린아이들의 증언같은 것은 채택하려고도 하지 않았습니다만, 나는 덮어놓고 채택하여 사건을 마무리지어 버렸지요. 그런데 지금은 나도."

"너무 생각할 필요는 없네." 박사가 말했다. "레스터 비튼만 없었더라면 이 사건은 해결이 안 된 채 끝나 버렸을 테니까. 자, 어떤가? 해드리! 여기를 법정이라 생각하고 이 사건의 결말은 우리들의 해결대로 처리해 버릴 생각이 없나?"

"좋겠지요, 박사님."

해드리는 엄숙한 표정으로 되돌아왔다. 여느 때처럼 현자다운 기묘한 웃음이 그의 입가에 떠오르고 있었다.

"그럼, 펠 박사님. 박사님의 의견은?"

"미해결."

"랜폴, 당신은?"

"미해결." 랜폴도 그 자리에서 대답했다.

꺼져 가는 난로 속의 불이 경감의 옆얼굴을 비추고 있었다. 아무 말 없이 그의 손이 홱 움직였다. 하얀 쪽지가 나부끼더니 난로 속으로 빨려들어갔다. 해드리의 손은 잠시 동안 그대로 멎어 있었다. 그의 얼굴에 현자다운 이상한 웃음이 다시 떠오르고 있었다.

그리고 그도 말했다.

"미해결!"

본격 미스터리의 거장 존 딕슨 카

한 마디로 미스터리소설이라고 하지만, 그 경향은 저마다 서로 다르다. 최근에는 하드보일드 파, 심리 서스펜스 파 같이 여느 소설과 친근성이 있는 새로운 장르가 나타나서, 적어도 그 출판량으로 보아서는 좋은 상태를 나타내고 있는 모양이다. 그러나 미스터리소설이라는 이 특수한 형식이 그 자체의 특유한 가치를 주장하며 넓은 독자층의 사랑을 받고 있는 까닭은 미스터리물의 본질, 곧 '해결할 수 없는 의문과 그 이치에 맞는 해결'에 편애에 가까운 애착을 느끼는 독자가 끊이지 않기 때문일 것이다.

이러한 미스터리소설의 한길을 걷는 이른바 '본격 미스터리소설'의 대표 작가를 손꼽는다면 현대에서는 존 딕슨 카의 이름을 드는 데 아무도 이의가 없을 것이다. 카는 처녀작 이래 60권에 이르는 작품 가운데 '밀실(密室)' 범죄를 중심으로 하여 미스터리소설로서 생각할 수 있는 최대의 기법을 구사해 독자의 의표를 찌르기 위해 분투하고 있다.

그의 작품 구성이 대단히 복잡하고 흥미진진한 것은 말할 것도 없지만, 무엇보다도 그의 특기는 예상을 불허하는 미스터리의 해명이다. 맨 첫 페이지를 들추면 불가사의한 사건이 일어난다. 미스터리가 너무도 기발하여 언뜻 보아 상식으로는 해결할 수 없는 것 같지만, 이야기의 흥미는 점점 더해 간다. 카가 불가능 범죄에 시종일관 무한한 정열을 쏟고 있는 이유는 바로 그런 데 있을 것이다.

그의 작품이 지니는 또 하나의 특징을 말한다면, 스토리가 모두 신비주의에 감싸여 있는 점이다. 물론 그것이 발단의 의외성과 구성의 괴기성을 강조해 주는 데 도움이 되는 것은 의심할 여지가 없지만, 그러나 단지 작품의 효과를 높이기 위한——예를 들면 반 다인에게서 볼 수 있는 것처럼——현학이란 장식과는 그 종류를 달리하고 있다. 말하자면 그것은 카라는 작가 그 자신에게 내재하는 본질과 같은 것으로, 독자는 그것 때문에 사건을 둘러싼 괴기스러운 분위기를 즐길 수 있을 뿐만 아니라 서구의 합리적인 문명 밑바닥에 아직도 강한 잠재력을 가지고 깃들어 있는 중세 이래 괴기 사상의 전통을 마음껏 엿볼 수가 있는 것이다.

카의 신비주의는 모든 부문에 걸쳐서 나타나고 있다. 말하자면 마술, 연금술, 점성술, 심령 현상, 흡혈귀 전설, 늑대 귀신, 인간 소실(消失), 불사의 인간, 살아 있는 인형, 교수대의 공포, 무쇠 처녀의 잔학 따위……. 과연 이래도 놀라지 않겠느냐 하고 내습해 오기 때문에 마음 약한 독자들은 졸도하고 말 것이다. 게다가 작품의 마지막 장에 와서는 명쾌하게 모든 것이 이치에 맞게 해결되기 때문에 미스터리 문학 애호가들은 심취하지 않을 수 없는 것이다.

그 자신이 기록한 것을 중심으로 하여 그의 약력을 적어 보면 다음과 같다.

'스코틀랜드 계의 피를 받아서' 1906년 미국 펜실베니아 주 유니언타운에서 출생. 아버지는 1913년부터 1915년까지 국회의원에 선출

됐을 정도로 명문 출신이라고 할 수 있다. 아버지는 그를 자신과 같은 변호사로 만들 목적으로 펜실베니아 대학에 보냈으나 법률을 싫어했기 때문에 학업을 마치지 못했다.

그래서 아버지는 그가 21살 때, 파리로 유학갈 것을 명령했다. 그래서 4년 동안 그는 '학업' 외의 모든 것에 흥미를 가졌다. 그리고 물론 학업을 끝내지 못한 채 1931년 귀국했으나 그 배 안에서 영국인 부인과 알게 되어 뉴욕에 도착하자마자 결혼했다.

그 전 해, 하버 사를 통해 처녀작 《밤에 걷다》를 발표했다. 이것이 예상 외의 호평을 받았기 때문에 그는 미스터리소설가가 되기로 결심했다.

영국인 부인과 결혼하게 된 인연으로, 주거지를 그녀의 고국으로 옮겨 그 뒤 십 몇 년 동안 런던에서 살았다. 그 동안 영국 미스터리소설 작가 클럽의 간사장 일도 맡아 보고, 전쟁 중에는 독일 공군에게 두 번이나 폭격을 당해 가면서도 BBC 방송의 대본을 중심으로 작가 활동을 계속했다. 미국인이면서도 일반적으로는 영국 작가라고 인정되는 것은 그런 이유 때문이다.

그의 저작은 수가 굉장히 많다. 1930년에 처녀작 《밤에 걷다》를 발표한 이래 1958년까지 63권의 작품을 발표하였다. 본명 존 딕슨 카 외에 필명(筆名)이 두 개 더 있는데, 초기엔 카 딕슨, 후기엔 카터 딕슨을 사용했다.

작품을 발표한 이름 별로 그의 저작 수를 나누어 본다면 존 딕슨 명의로 된 것이 단편집과 편찬물을 포함해서 38권, 카터 딕슨 명의로는 27권이 된다. 전자명의로 된 책은 또 파리 경찰인 앙리 방고랑이 활약하는 것과 영국인 의사 기디온 펠 박사가 등장하는 것, 그리고 시대 미스터리소설의 세 종류로 분류되고, 후자 명의를 사용한 것은 전 영국 정보국 장관 헨리 멜빌 경을 주인공으로 한 것이다.

이 《모자 수집광 사건》은 카 명의로 된 작품 가운데에서 대표로 지목되었으며, 1933년에 출판되었다. 음침한 전설에 찬 런던 탑을 무대로 해서 런던의 명물인 짙은 안개, 낮에도 어두운 그 탑 안에서 실크햇을 쓰고 중세기의 무쇠 화살을 등에 맞은 채 죽어 있는 시체를 둘러싼 이야기이다.